Nadia Hashimi vit avec sa famille dans la banlieue de Washington, où elle exerce le métier de pédiatre. Ses parents ont quitté l'Afghanistan dans les années 1970, avant l'invasion soviétique. Ils sont retournés dans leur pays d'origine pour la première fois en 2002 avec leur fille. Un voyage marquant qui lui permet de découvrir sous un nouveau jour l'histoire et la culture afghanes dont ses romans sont imprégnés.

Du même auteur, chez Milady :

La Perle et la Coquille
Si la lune éclaire nos pas

Chez Milady, en poche :

La Perle et la Coquille (Prix des Lectrices, 2016)

CE LIVRE EST ÉGALEMENT DISPONIBLE
AU FORMAT NUMÉRIQUE

www.milady.fr

Nadia Hashimi

SI LA LUNE ÉCLAIRE NOS PAS

Traduit de l'anglais (États-Unis) par Emmanuelle Ghez

Milady

Milady est un label des éditions Bragelonne

Titre original : *When the Moon is Low*

ISBN : 978-2-8112-1826-3

Bragelonne-Milady
60-62, rue d'Hauteville – 75010 Paris

E-mail : info@milady.fr
Site Internet : www.milady.fr

Pour Zoran, qui fit de moi la fille la plus chanceuse du monde lorsqu'il me promit d'être mon meilleur ami pour la vie.

Remerciements

Ma profonde gratitude va à mes parents, qui vivent une authentique histoire d'amour et sont mes plus grands héros. Pour mon *hamsar*, cette histoire n'existerait pas sans toi et ta confiance absolue. Zoran, Zayla et Kyrus, mes plus grands critiques, grâce à vous, l'écriture est un défi et une récompense, je vous aime de tout mon cœur. Fawod et sa famille, vos retentissants encouragements nourrissent mon âme. Merci, Fahima, de si bien me connaître et d'alimenter mon inspiration. Tu fais le bonheur de ma boîte de réception. À mon oncle Isah et aux autres membres de la famille qui ont partagé les détails de leurs voyages parfois déchirants, merci pour votre générosité. Emine, ma conseillère turque immensément talentueuse, ta contribution créative m'a été précieuse, et j'espère que le monde verra les moments importants que tu as saisis (www.eminegozdesevim.com). Pour Laura, ma guide hellénique surqualifiée, *efharisto koukle mou*. À ma sage éditrice, Rachel Kahan, merci d'avoir fait de mes amis imaginaires tes amis imaginaires, et d'avoir si bien pris soin d'eux. Hellen Heller, mon agent avisé, merci d'avoir trouvé une maison pour accueillir cette histoire et d'avoir insufflé de la poésie au titre (une fois de plus). À toute l'équipe de William Morrow/Harper Collins, merci pour votre créativité, votre dévouement et votre enthousiasme. Je ne remercierai jamais assez tous les amis qui ont soutenu mon projet par de multiples moyens artistiques : les Ladydocs, l'équipe de Queens, le professeur Holly Davidson, les Warwickiens et bien d'autres encore.

Cette histoire est inspirée des millions d'hommes et de femmes qui parcourent le monde en quête d'un lieu où ils puissent se sentir chez eux. C'est une fiction, dont la seule ambition est de représenter avec modestie les cruelles décisions auxquelles font face les migrants. Nombreux sont ceux qui relatent de réelles expériences humaines, et je leur suis reconnaissante pour le travail critique qu'ils accomplissent. Quel est mon espoir ? Étant un tiers idéaliste et deux tiers réaliste, je rêve d'un monde qui ne fabriquerait pas de réfugiés, mais en attendant, je me contenterai de l'humanité qui est en chacun de nous et qui permet de partager et d'entendre ces histoires essentielles.

Le petit homme
Construit des cages pour tous ceux
Qu'il connaît.
Tandis que le sage,
Contraint de baisser la tête
Lorsque la lune est basse,
Passe ses nuits à semer des clés
Pour les magnifiques
Et bruyants
Prisonniers.

« Celui qui sème des clés » d'Hafiz, poète soufi du XIVe siècle

Prologue

Fereiba

Même s'il m'est délicieux de voir mes enfants dormir à poings fermés, dans le silence de leur sommeil mon esprit intranquille revit notre périple. Comment me suis-je retrouvée ici, avec deux de mes trois enfants pelotonnés sur le couvre-lit rêche d'une chambre d'hôtel ? Si loin de chez nous, si loin des voix qui me sont familières ?

Dans ma jeunesse, l'Europe était pour nous la terre de la mode et de la sophistication. Lotions parfumées pour le corps, vestes impeccablement coupées, universités prestigieuses. Kaboul admirait les impérialistes au teint clair habitant au-delà de l'Oural. Nous leur faisions les yeux doux et mêlions à leur raffinement notre exotisme tribal.

Lorsque Kaboul s'écroula, les rêves pleins d'étoiles de ma génération en firent autant. Nous ne prêtions plus attention aux fioritures de l'Europe. Nous regardions à peine plus loin que nos rues, tant les fumées de la guerre étaient denses. Quand mon mari et moi décidâmes de fuir notre pays, l'attrait de l'Europe se trouvait réduit à une unique qualité, la plus séduisante : la paix.

Je ne suis plus une jeune mariée ni même une jeune femme. Je suis une mère, plus éloignée de Kaboul que je ne l'ai jamais été. Mes enfants et moi avons franchi des montagnes, des déserts et des océans pour atteindre cette chambre d'hôtel froide et humide, sans sophistication aucune ni parfum délicat. Cette terre ne correspond pas à mes attentes d'autrefois. De toute façon, ce que je convoitais dans ma jeunesse n'a plus d'importance à mes yeux.

Rien de ce que je vois, de ce que j'entends ou touche ne m'appartient. Tout m'est étranger au point d'agresser mes sens.

Je n'ose déranger les enfants, même si au fond de moi, je meurs d'envie qu'ils se réveillent et m'empêchent de ressasser. Je les laisse dormir, car je sais à quel point ils sont exténués. Quelle triste équipe nous formons, trouvant à peine la force d'échanger des sourires. J'aimerais pouvoir dormir, mais je ressens l'obligation de rester éveillée, attentive au fracas des pensées qui tournoient et s'entrechoquent sans cesse dans ma tête.

J'ai hâte d'entendre les pas décidés de Salim dans le couloir.

Mon poignet est nu. Mes bracelets en or ont disparu, emportant avec eux leur tintement mélancolique. J'ai décidé de les vendre. Nous n'avions pas assez d'argent pour entreprendre un si long voyage. Et nous sommes encore si loin de notre destination.

Salim déploie des efforts surhumains pour faire ses preuves. Il ressemble à son père, ce que son cœur adolescent a du mal à comprendre. Il se considère déjà comme un homme, et je n'y suis sans doute pas pour rien. Je lui ai donné trop d'occasions de le croire. Mais ce n'est guère plus qu'un enfant, et ce monde impitoyable ne manquera pas de le lui rappeler.

« J'y vais, Madar-*jan*. Si on se cache dans une chambre chaque fois qu'on a peur, on n'arrivera jamais en Angleterre. »

Il y avait du vrai dans ses mots. Je n'ai rien répondu, et cela continue de me ronger de l'intérieur. En attendant le retour de mon fils, je contemple les murs blafards, les tableaux représentant des ancres, les fleurs artificielles. J'attends que les murs s'écroulent, que les ancres se fracassent sur le sol et que les fleurs partent en poussière. Il faut que Salim revienne.

À présent, je pense davantage à mon mari que lorsqu'il se trouvait à mes côtés. Comme notre cœur est bête et ingrat lorsque nous sommes jeunes.

J'attends que la poignée de la porte pivote, que mon fils entre dans la pièce, se vante d'avoir fait pour notre famille ce dont j'ai été incapable. Je donnerais tout pour qu'il ne prenne pas autant de risques. Mais je n'ai rien à offrir en échange d'un vœu si naïf. Tout ce que je possède est étalé devant moi ; deux âmes innocentes que des rêves tourmentés font légèrement tressaillir.

Je peux encore les toucher, me dis-je. Salim va rentrer, si Dieu le veut, et nous serons au complet, ou presque. Un jour, nous n'aurons plus à regarder avec crainte par-dessus notre épaule, ni à dormir d'un seul œil dans un pays inconnu, ni à trembler à la vue d'un uniforme. Un jour, nous nous sentirons chez nous quelque part. J'emmènerai ces enfants

– les enfants de mon mari – le plus loin possible et prierai pour atteindre ce lieu où, dans le silence de leur sommeil, je pourrai, moi aussi, me reposer.

Première partie

Chapitre premier

Fereiba

Mon destin fut scellé par le sang le jour de ma naissance. Alors que je luttais pour entrer dans ce monde tortueux, ma mère y renonçait, emportant avec elle mes chances de devenir une véritable fille. La sage-femme trancha le cordon et libéra ma mère de toute obligation à mon égard. Son corps blêmissait tandis que le mien rosissait ; son souffle faiblissait tandis que j'apprenais à crier. Je fus lavée, enveloppée dans une couverture et conduite à mon père, désormais veuf par ma faute. Il tomba à genoux, son visage perdit ses couleurs. Padar-*jan* m'avoua qu'il lui avait fallu trois jours avant de pouvoir tenir dans ses bras la fille qui lui avait pris sa femme. J'aurais aimé ne pas imaginer les pensées qui avaient traversé son esprit, mais il est trop tard. S'il avait eu le choix, j'en suis persuadée, il aurait sauvé ma mère plutôt que moi.

Mon père fit de son mieux, mais il n'était pas fait pour cette tâche. À sa décharge, ce n'était pas facile à cette époque. À n'importe quelle époque, d'ailleurs. Padar-*jan* était le fils d'un vizir influent dans les environs. Les gens de la ville consultaient mon grand-père pour des conseils, de la médiation, ou des prêts. Mon grand-père, Boba-*jan*, avait un caractère calme, déterminé et sage. Il prenait facilement des décisions et ne pliait pas devant la contestation. J'ignore s'il avait toujours raison, mais il s'exprimait avec une telle conviction que les gens le pensaient.

Peu de temps après son mariage, Boba-*jan* avait obtenu un important lopin de terre au terme d'un marché bien mené. Il nourrissait et logeait plusieurs générations de ma famille. Ma grand-mère, Bibi-*jan*, qui mourut deux ans avant ma tragique naissance, lui avait donné quatre fils, dont mon père était le benjamin. Tous avaient grandi en jouissant des avantages que leur père leur avait garantis. La famille était respectée en ville, et mes oncles avaient tous fait un beau mariage, ayant chacun hérité d'une portion de terre sur laquelle fonder son propre foyer.

Mon père aussi possédait son lopin de terre – un verger, précisément – et travaillait comme fonctionnaire dans notre ville, Kaboul, l'effervescente capitale de l'Afghanistan, nichée au cœur de l'Asie centrale. Padar-*jan* n'était qu'une pâle copie de mon grand-père, dessinée à gros traits, sans les détails qui donnent du relief à une personnalité. Il possédait les bonnes intentions de Boba-*jan*, mais il lui manquait sa détermination.

Padar-*jan* avait hérité de sa part, le verger, en épousant ma mère. Il se dévoua corps et âme à cette terre, s'en occupant jour et nuit, grimpant aux arbres afin de cueillir les plus beaux fruits pour son épouse. Par les chaudes nuits d'été, il lui arrivait même d'y dormir, enivré par la végétation luxuriante et le parfum sucré des pêches mûres. Il troquait une partie de ses récoltes contre des denrées de base et des services, et semblait satisfait de ce qu'il parvenait à glaner de cette façon. Il s'en contentait et n'attendait guère plus de l'existence.

Parmi les rares témoignages que je parvins à recueillir sur mon enfance, on m'apprit que ma mère était une très belle femme. Une lourde chevelure ébène tombait en cascade sous ses épaules. Elle avait un regard doux et des pommettes majestueuses. Elle travaillait en fredonnant, portait toujours un pendentif vert, et était réputée pour son appétissant *aush*, de fines pâtes agrémentées de bœuf haché épicé plongées dans un bouillon au yaourt, un plat qui réchauffait les estomacs et permettait d'affronter la rudesse de l'hiver. Le bref mariage de mes parents avait été un heureux arrangement, à en juger par la façon dont les yeux de mon père s'emplissaient de larmes au cours des rares fois où il parlait d'elle. Même s'il me fallut presque une vie entière pour y parvenir, je finis par rassembler tout ce que je savais de ma mère et par me convaincre qu'elle m'avait pardonné mon offense. Je ne la verrais jamais, mais j'avais malgré tout besoin de sentir son amour.

Environ un an après leur mariage, ma mère donna naissance à un petit garçon. Mon père posa son premier regard sur son fils, un nouveau-né bien portant, et le nomma Asad, le lion. Mon grand-père murmura l'*azan*, l'appel à la prière, dans la minuscule oreille du bébé, le baptisant comme musulman. Connaissant Asad, je suis persuadée qu'il n'entendit rien du chant de Boba-*jan*, déjà distrait par les bêtises qu'il pourrait commettre et ignorant l'appel à la droiture.

Asad semblait croire, depuis sa naissance, que le monde lui appartenait. Il était, après tout, le fils aîné de mon père, une immense source de fierté pour la famille. Il transmettrait notre nom, hériterait de la terre, et prendrait soin de nos parents pendant leurs vieux jours. Comme s'il avait conscience de ce que l'avenir lui réservait, il les épuisa. Il téta le sein de ma mère jusqu'à ce qu'elle en ait mal. Mon père s'échina à construire des jouets pour son fils, se soucia de son éducation, et mit tout en œuvre pour que sa femme, une jeune mère, se rétablisse rapidement et reste en bonne santé.

Ma mère était fière d'avoir donné un fils à son mari, *a fortiori* un fils robuste. Craignant que la jalousie des voisins ou des membres de la famille ne jette le mauvais œil sur son enfant, elle cousit à ses vêtements une petite pierre bleue, une amulette que lui avait donnée sa belle-sœur pour repousser le *nazar*. Elle ne s'arrêta pas là. Elle disposait d'un véritable arsenal d'astuces pour combattre les multiples visages du *nazar*. Si Asad lui semblait plus lourd aux bras ou si un visiteur faisait un commentaire sur ses joues roses et rebondies, elle regardait ses ongles. Elle ponctuait leurs compliments de murmures, louant Dieu par des *nam-e-khoda*. L'arrogance attirait le *nazar* avec la férocité de la foudre s'abattant sur un champ.

Jour après jour, Asad s'engraissait en épuisant le lait de ma mère, son visage prenait forme et ses cuisses s'épaississaient. Quarante jours après sa naissance, ma mère poussa un soupir de soulagement ; son fils avait survécu à la période la plus dangereuse. Ma mère avait vu le bébé d'une voisine, deux semaines après sa naissance, se raidir puis s'agiter frénétiquement, comme possédé par le diable. L'esprit du petit avait été emporté avant qu'on puisse lui donner un nom. J'appris plus tard que couper le cordon ombilical avec un couteau sale semait probablement des bactéries toxiques dans le sang du bébé. Vrai ou pas, nous Afghans croyons fermement qu'il vaut mieux ne pas compter nos poulets avant le quarantième jour suivant l'éclosion des poussins.

Comme bien d'autres mères, Madar-*jan* convoqua les pouvoirs des graines sauvages de rue, ce que nous appelons l'*espand*. Elle laissa une poignée de graines noires éclater sur la flamme, et tandis que la fumée flottait au-dessus de la tête d'Asad, elle chanta :

*Il chasse le mauvais œil, c'est l'*espand
La bénédiction du roi Naqshband
Œil du néant, œil des nôtres
Œil des amis, œil des ennemis
Que celui qui souhaite le mal brûle dans ces braises

Cette chanson remontait au zoroastrisme, religion pré-islamique, et les musulmans perpétuaient ces croyances. Mon père observait son épouse, ravi qu'elle se donne tant de mal pour veiller sur sa progéniture. Et comme cela s'avéra efficace ! La mort de ma mère n'affecta pas la vie de mon frère comme elle le fit de la mienne. L'aîné de mon père continua de parvenir à ses fins, la plupart du temps aux dépens des autres. Ses actes désinvoltes blessaient ceux qui l'entouraient – j'en étais moi-même souvent la victime –, mais il semblait toujours en sortir indemne. Durant les deux années où ma mère l'avait nourri, il avait acquis suffisamment de force pour s'assurer une place solide dans le monde.

Malheureusement, ma mère s'éteignit avant d'avoir pu coudre une amulette à ma robe, avant d'avoir pu murmurer *nam-e-khoda* à mon oreille, avant d'avoir pu regarder ses ongles, et avant d'avoir pu faire flotter avec amour la fumée de l'*espand* au-dessus de ma tête. Ma vie fut jalonnée de tristes coups du sort, car personne n'avait fait le nécessaire pour m'épargner le mauvais œil. Ma naissance fut hantée par la mort de ma mère, et tandis que Boba-*jan* murmurait d'une voix lugubre l'*azan* à mon oreille, une tout autre prière était récitée au-dessus du corps sans vie de ma mère. L'*azan* chemina au plus profond de moi, m'apprenant à garder la foi. En écoutant, j'œuvrai à mon salut.

Ma mère fut enterrée dans un cimetière à proximité de chez nous. Je n'y allai pas souvent, d'une part car personne ne voulait m'y emmener, d'autre part à cause de mon sentiment persistant de culpabilité. J'avais conscience de l'avoir mise là, et les gens ne manqueraient pas de me le rappeler.

Mon père se transforma donc en jeune veuf avec à charge un fils de deux ans et un nouveau-né. Mon frère, nullement troublé par l'absence de notre mère, continua de vaquer à ses occupations à quatre pattes, tandis que, naïvement, je cherchais le sein de ma génitrice. Sa progéniture multipliée par deux, mon père enterra sa jeune épouse et se mit en quête d'une nouvelle mère pour ses enfants.

Mon grand-père accéléra le processus, conscient qu'un nouveau-né s'en sortirait mal entre les mains peu intuitives d'un homme. En tant que vizir, il connaissait toutes les familles du voisinage, notamment un fermier, père de cinq filles, dont l'aînée était en âge de se marier. Boba-*jan* était persuadé que cet homme, accablé par toutes ces bouches à nourrir, accepterait son fils comme prétendant.

Mon grand-père se rendit chez le fermier où, louant la noblesse et la fiabilité de son fils, que le mauvais sort avait frappé d'un veuvage prématuré, il négocia l'union de mon père avec l'aînée des filles. Une fois précisé que le bien-être de deux enfants en bas âge était à prendre en compte, l'affaire fut vite conclue. Quelques mois plus tard, Mahbuba fit son entrée dans notre maison, où elle fut rebaptisée, comme la plupart des jeunes mariées, avec un nom « domestique ». Le fait de ne pas appeler une femme par son nom habituel se veut une marque de respect. Je crois, en réalité, qu'il s'agit d'autre chose. Selon moi, c'est une façon de dire à la jeune mariée de ne pas regarder en arrière. Et parfois, c'est préférable.

Kokogul, en tant qu'aînée de cinq filles, s'était occupée de ses jeunes sœurs depuis toute petite et se trouvait ainsi parfaitement capable de prendre soin de deux enfants. Elle décida rapidement de ne pas vivre dans l'ombre de celle qui l'avait précédée. Elle réarrangea les quelques objets décoratifs de la maison, se débarrassa des vêtements de ma mère, et effaça toute trace de son existence, excepté mon frère et moi. Nous étions la seule preuve qu'elle n'était pas la première épouse, une distinction importante, même si la première était décédée.

À l'époque, il était courant que les hommes prennent plusieurs femmes, une pratique découlant des temps de guerre, où il fallait subvenir aux besoins des veufs, m'avait-on dit. Dans les faits, cela créait une certaine tension entre les épouses. La première femme disposait d'un statut auquel les suivantes ne pouvaient prétendre. Kokogul s'était vu voler la chance d'occuper la place de première épouse par une femme qu'elle n'avait jamais rencontrée, une femme avec qui il lui était impossible de rivaliser. Au lieu de cela, elle fut contrainte d'élever les enfants de celle-ci.

Kokogul n'était pas quelqu'un de mauvais. Elle ne m'affamait pas, ne me battait pas, ne me mettait jamais à la porte. Au contraire, elle me nourrissait, me baignait, m'habillait, et s'acquittait de tous les devoirs d'une mère. Quand je commençai à balbutier, je l'appelai maman. C'est vers elle que je fis mes premiers pas, la femme qui veillait sur moi, soignait mes fièvres juvéniles et mes éraflures.

Pourtant, tout cela se faisait à distance. Je perçus bien vite son ressentiment, même s'il me fallut des années avant de pouvoir le nommer. Pour mon frère, la situation fut légèrement différente. En quelques mois, il décerna le titre de « mère » à Kokogul, oubliant qu'une autre femme avait occupé cette fonction avant elle. Elle répondait à ses besoins avec un peu plus de diligence, consciente qu'il était la clé ouvrant le cœur de mon père. Ce dernier se satisfaisait d'avoir trouvé à ses enfants une mère convenable. Mon grand-père, plus avisé, nous surveillait de près. C'était une présence permanente.

Je n'étais pas une orpheline. J'avais des parents, un frère et des sœurs, j'avais un toit et mangeais à ma faim. J'aurais dû me sentir comblée.

Mais vivre sans mère est comme se voir dépouillée de ses vêtements et jetée dans la neige. Ma plus grande peur, la terreur qui grandit en moi en même temps que mon amour pour mes enfants, est de les abandonner à ce sort.

Je me demande si j'arriverai à vivre un jour sans cette angoisse.

Chapitre 2

Fereiba

Kokogul n'était pas désagréable à regarder, mais on ne l'aurait pas remarquée dans une pièce bondée. Elle était presque aussi grande que mon père, et son épaisse chevelure noire retombait mollement sur ses épaules quand elle ôtait ses bigoudis. Elle était trop plantureuse pour paraître délicate, et trop mince pour en imposer. Kokogul n'était pas haute en couleur, celles qu'on avait utilisées pour faire son portrait étaient un peu ternes.

Deux ans après avoir épousé mon père, elle mit au monde son premier enfant, une fille, déception qu'elle s'empressa de mettre sur le compte du fantôme de ma mère. Ma demi-sœur fut prénommée Najiba, en hommage à ma grand-mère disparue. Najiba avait le visage rond de Kokogul, et des yeux noirs surmontés d'épais sourcils arqués. Kokogul, comme le dicte la tradition, souligna de khôl les paupières de sa fille pour lui donner un regard vif. Pendant les deux premiers mois, Kokogul passa des heures à préparer des décoctions à base de graines de fenouil et d'herbes pour apaiser les coliques de Najiba et mettre fin à ses hurlements. En attendant que son irritabilité se calme, mère et fille formèrent un duo insomniaque et revêche.

La patience de Kokogul à l'égard de ses enfants adoptifs s'amenuisa encore à la naissance de sa fille. Prenant pleinement conscience du fait que nous n'étions pas la chair de sa chair, elle perdait patience, se montrait vite excédée et nous poursuivait de ses invectives au moindre prétexte, toujours prête à cracher son venin. Les gifles se mirent à pleuvoir. En l'absence de mon père, elle n'apportait aucun soin à nos repas et nous mangions de façon aléatoire, quand bon lui semblait. Nous n'étions attablés en famille que lorsqu'il rentrait à la maison en fin de journée.

Après la naissance de Najiba, Kokogul eut envie de porter d'autres enfants, et au cours des quatre années suivantes, elle mit au monde trois filles de plus. À chaque naissance, elle perdait davantage patience, et mon père, avide de tranquillité mais incapable de l'exiger, se montra de plus en plus distant. Sultana naquit un an après Najiba. Kokogul ne fit aucun effort pour cacher le fait qu'elle avait espéré un garçon, contrairement à mon père qui fit preuve d'un curieux détachement. Durant sa troisième grossesse, presque deux ans plus tard, elle pria, fit à contrecœur l'aumône aux pauvres, et ingéra tous les aliments réputés favoriser la mise au monde d'un garçon. La naissance de Mauriya la déçut, et elle se mit à croire que l'esprit de ma mère avait jeté un mauvais sort sur son ventre. Quand Mariam, ma quatrième sœur, vint au monde, Kokogul ne fut nullement déçue ni surprise. Sentant ses projets contrecarrés par ma mère disparue, elle décida avec amertume de ne plus avoir d'enfants. Asad serait l'unique fils de mon père.

Mon plus lointain souvenir aurait dû être lié à l'école ou à une poupée que j'adorais, mais mon enfance singulière me priva de ces privilèges. Kokogul était étendue sur un coussin dans le salon, Mauriya, venant de naître, blottie à côté d'elle, emmaillotée dans un châle de prière. J'avais cinq ans.

— Fereiba ! hurla ma belle-mère.

Le minuscule visage de Mauriya se tordit dans une grimace. Elle était trop serrée dans ses langes pour réagir autrement.

— Oui, Madar-*jan*.

Je n'étais qu'à quelques pas. Kokogul, qui se remettait encore de sa grossesse, était censée se consacrer entièrement à son bébé. Elle ne manquait pas une occasion de me le rappeler.

— Fereiba, ta tante a laissé du ragoût de poulet sur le feu. Ça ne suffira pas à nourrir tout le monde. Si tu allais chercher quelques pommes de terre dehors, pour qu'on puisse agrémenter le repas ?

Cela signifiait deux choses. Premièrement, que mon père et mon frère seraient les seuls à manger du poulet ce soir-là et que nous autres devrions nous contenter de pommes de terre bouillies. Deuxièmement, qu'il me faudrait aller dans le jardin pour déterrer quelques patates. Plus tôt dans la saison, nous avions enterré un stock de pommes de terre, de radis, de carottes et de navets derrière la maison, la terre les maintenant au frais.

— Madar-*jan*, tu ne peux pas demander à Asad de le faire ?

Il faisait froid, et je m'imaginais déjà lutter avec la pelle.

—Il n'est pas là et il nous faut les patates tout de suite, sinon elles ne seront pas prêtes pour le dîner. Mets le manteau et les moufles que ton père t'a achetés. Ça ne te prendra que quelques minutes.

Je n'avais pas envie d'y aller.

—Allez, ma chérie. Aide ta maman, tu veux bien ?

Ses mots tendres étaient comme du sucre en poudre sur du pain brûlé. Je mordis dedans.

Je me souviens d'avoir lutté avec une pelle aussi grande que moi, puis de l'avoir lâchée au profit d'une truelle, plus facile à manier. Mon souffle semblait se cristalliser dans l'air glacial, et mes doigts étaient engourdis malgré les moufles. En vitesse, je ramassai quatre pommes de terre et m'apprêtai à remettre le reste sous terre quand j'aperçus des radis. Sans véritable raison dont je puisse me souvenir, je pris également les radis, les fourrant dans mes poches puisque mes mains étaient pleines.

—Je les ai, Madar-*jan*, criai-je depuis la cuisine.

—Bonne petite, Fereiba. Que Dieu te bénisse. Maintenant, lave-les, épluche-les et verse-les dans la marmite pour qu'elles cuisent dans la sauce tomate.

Mauriya avait commencé à pleurnicher.

Je suivis les instructions de Kokogul, tranchai les patates comme elle me l'avait appris, en prenant garde de ne pas y laisser mes doigts. Sur un coup de tête, je fis de même avec les radis, que je plongeai dans la casserole dans un accès de créativité culinaire. Je remuai une fois, replaçai le couvercle en aluminium, puis allai jeter un coup d'œil à mes autres sœurs.

— D'où vient cette odeur épouvantable ? Fereiba ! Qu'est-ce que tu as fait ? hurla Kokogul.

Sa voix traversa toutes les pièces de la maison, comme si elle avait des jambes et une volonté propre. J'avais remarqué l'odeur plus tôt mais l'avais négligée, avec l'insouciance d'une enfant de cinq ans.

Je ne pensais pas être en cause jusqu'à ce que Kokogul se lève, marche jusqu'à la cuisine et soulève le couvercle de la marmite. Un nuage de vapeur âcre emplit la pièce. Je me couvris le nez d'une main, surprise de ne pas m'être alarmée de cette puanteur.

— Fereiba, espèce d'idiote ! Espèce d'idiote !

Elle répéta ces mots inlassablement, en secouant la tête et en soufflant, une main derrière le dos.

La chair rouge de mes radis en cubes avait alerté Kokogul sur la nature exacte de mes actes. J'appris ce jour-là que ces bulbes roses et durs dégageaient une odeur pestilentielle à la cuisson. Une odeur que je n'oublierai jamais, tout comme le sentiment que j'éprouvai alors.

Après chaque naissance, Kokogul répéta la routine qu'elle avait appliquée avec Najiba. Elle souligna de khôl les yeux du bébé, acheta des sucreries au bout de quarante jours de vie, puis lui rasa la tête pour faire en sorte qu'il ait une chevelure épaisse. Quant à moi, je n'avais d'autre choix que de déplorer l'image misérable, la malchance et la triste chevelure qui seraient mon lot, puisque rien de tout cela n'avait été fait pour moi.

Quand je fus en âge d'aller à l'école, Kokogul persuada Padar-*jan* qu'elle avait besoin de moi à la maison pour s'occuper des plus petits. Mon père, qui n'avait pas les moyens d'engager une aide extérieure, consentit à ce que l'on me garde une année de plus. Bien que jeune, j'étais utile, car capable d'aller chercher des denrées et d'effectuer de menues corvées. Mais alors que mes sœurs grandissaient, on persista à compter sur moi pour seconder ma mère dans ses tâches domestiques.

Heureusement, Boba-*jan*, mon grand-père, gardait un œil sur nous. Il passait souvent nous voir, et le comportement de Kokogul était radicalement différent en sa présence. Il nous invitait, Asad et moi, à nous promener avec lui ; pièces de monnaie et bonbons faisaient tinter ses poches. Il n'y avait aucun autre visiteur dont nous attendions la venue avec une telle impatience. Nous lui récitions nos prières pendant qu'il inspectait nos vêtements et nous pinçait le gras des bras. Kokogul l'observait du coin de l'œil, détestant l'attitude méfiante de son beau-père.

Mais les visites de Boba-*jan* ne changèrent pas grand-chose à ma condition. Tandis que mes sœurs grandissaient, que Kokogul était occupée à veiller sur elles, on me confia de plus en plus de tâches domestiques. Je nourrissais les poules et m'occupais de la chèvre. Je battais quotidiennement les tapis et surveillais les plus petites. Quand Najiba fut en âge d'aller à l'école, Kokogul argua qu'il y avait trop à faire et qu'elle ne pouvait s'en sortir seule. Mon père céda, et je fus condamnée à rester à la maison une année de plus. Mes sœurs partaient en trottinant apprendre à lire et à compter pendant que j'apprenais à cuisiner. Mes mains étaient rouges et craquelées à force de frotter le linge pour ôter les taches de nourriture. Par-dessus tout, je souffrais de devoir rester dans la cuisine pendant que tout le monde se préparait le matin pour l'école.

L'obsession de ma belle-mère pour les superstitions rendait la situation encore plus infernale. Notre culture est imprégnée de superstitions, mais Kokogul les suivait avec un zèle particulier. Nous ne pouvions pas dormir avec nos chaussettes, sous peine de devenir aveugles. Si quelqu'un faisait tomber un objet en argent, je devais nettoyer la maison de fond en comble au cas où nous aurions des invités. Si elle toussait en mangeant ou en buvant, elle maudissait ceux qui, forcément, disaient du mal d'elle quelque part. C'était, je crois, ce qu'elle préférait : cette conviction que d'autres jalousaient sa vie relativement privilégiée.

Comme si les superstitions connues ne suffisaient pas, Kokogul en inventait de nouvelles. Deux oiseaux volant au-dessus d'elle laissaient présager une dispute avec une amie proche. Si ses oignons brûlaient sur le feu, quelqu'un était en train de critiquer sa cuisine, et si elle éternuait plus de deux fois de suite, les mauvais esprits lui jouaient des tours. Padar-*jan* ne disait rien à Kokogul, mais nous indiquait discrètement lesquelles de ces croyances étaient le fruit de son imagination, pour que nous évitions de les partager avec d'autres. C'était peine perdue. Kokogul n'était pas le genre de femme à garder ses pensées pour elle, et tous les voisins connaissaient ses théories fantasques.

Dans un coin de notre verger se trouvaient plusieurs mûriers magnifiques, dont les branches les plus fournies pendaient, de sorte que leurs minuscules fruits étaient à portée de main.

C'étaient des arbres adultes, aux racines et au tronc épais. L'un des mûriers présentait une écorce si noueuse que Kokogul jurait qu'elle pouvait voir le visage d'un mauvais esprit dans ses circonvolutions boisées. Elle était terrifiée par ce visage sculpté dans l'écorce, mais raffolait des mûres que donnait l'arbre. Dès qu'une envie la prenait, elle faisait appel à moi.

— Fereiba-*jan*, m'appelait-elle gentiment en tirant un bol en céramique du buffet. Je voudrais que tu ailles cueillir quelques mûres. Tu es tellement plus délicate que les autres avec ces petits fruits.

Ses flatteries n'étaient pas nécessaires, mais savoir que Kokogul avait trop peur pour s'y rendre elle-même me faisait sourire. La fillette maigrichonne aux cheveux plats que j'étais craignait davantage Kokogul que le mystérieux labyrinthe du verger. À dire vrai, en plein jour, lorsque la maison était pleine de monde et que je croulais sous les corvées, le verger devenait mon refuge.

Un soir de semaine, alors que mes sœurs étaient penchées sur leurs devoirs, Kokogul fut prise d'une furieuse envie de mûres. Obéissante, je sortis par la porte de la cuisine, un bol vide à la main, et me frayai un chemin jusqu'à l'arbre en question, dont l'écorce tortueuse grimaçait sous le clair de lune orangé. Sans la lumière du jour pour me guider, je laissai mes doigts flotter au milieu des feuilles. Je n'avais cueilli que deux ou trois baies quand je sentis une douce brise derrière moi, aussi délicate qu'un murmure.

Je me retournai et découvris la silhouette fantomatique d'un homme. Je retins mon souffle lorsqu'il posa une main sur mon épaule, si légèrement que je sentis à peine son contact.

Je promenai mon regard de ses longs doigts fuselés à son bras, jusqu'à le voir dans son entier. Il était âgé ; une courte barbe blanche couvrait son menton et des rides sillonnaient son visage. D'épais sourcils chenus retombaient sur ses yeux, ne laissant voir que deux fentes gris-bleu. C'était un ami, je le sus immédiatement. Les battements effrénés de mon cœur ralentirent au son délicat de sa voix.

— Fereiba-*jan*. Dans le noir, quand tu ne vois plus le sol sous tes pieds et que tes mains se heurtent à la nuit, sache que tu n'es pas seule. Je suis avec toi, comme le clair de lune au-dessus de l'eau.

Je clignai des yeux et il disparut. Je regardai autour de moi, m'attendant à le voir s'éloigner à travers les arbres, mais il n'y avait rien. Je me répétai ses mots intérieurement, faisant résonner en moi l'écho de sa voix. Je les murmurai pour les retenir plus longtemps. Rarement mon prénom avait été prononcé si tendrement.

— Fereiba ! cria Kokogul depuis la maison.

Elle s'impatientait.

En vitesse, je cueillis autant de mûres que je le pus, les doigts tachés par leur jus violet. Je retournai à toutes jambes vers la maison, jetant de temps à autre un regard par-dessus mon épaule, au cas où l'homme reparaîtrait. Mes mains tremblaient quand je posai le bol devant Kokogul, assise à côté de mes sœurs qui s'appliquaient à leurs devoirs. Elle entama son en-cas. Je me tenais devant elle, immobile.

— Que se passe-t-il ? Qu'est-ce que tu as ? demanda-t-elle sèchement.

— Madar-*jan*, j'étais dehors, sous le mûrier.

— Et alors ?

— Eh bien, quand j'étais là-bas… j'ai vu un vieil homme. Il est sorti de la lumière, de *roshani*. Il a prononcé mon nom et il m'a dit que je n'étais pas seule.

Tout en relatant cela, j'entendais sa voix dans ma tête.

— Un vieil homme ? Et où est-il passé ? demanda Kokogul, les yeux plissés, en se penchant en avant.

— Il a disparu. Il est sorti de nulle part. J'ai senti sa main sur mon épaule. Il a dit ce qu'il avait à dire, et puis il a disparu tout de suite après. Je n'ai pas vu où il est allé ; il s'est volatilisé ! Je ne sais pas qui c'était.

J'étais à bout de souffle, mais je n'avais pas peur. J'attendais que Kokogul interprète ce que j'avais vu.

— *Bismillah* ! s'exclama-t-elle. Tu as vu un ange ! Voilà qui c'était, petite sotte ! Oh, mais comment peut-on ne pas reconnaître un ange quand il vous tape sur l'épaule et vous promet de veiller sur vous !

Un ange ? Était-ce possible ? Grand-père nous racontait parfois des histoires dans lesquelles il était question d'anges aux pouvoirs célestes quand nous récitions des sourates ensemble. Comment avais-je pu être aveugle au point de ne pas comprendre qu'une telle créature se trouvait sous mon nez ! Kokogul poursuivit, fulminant contre mon incapacité à apprécier une rencontre surnaturelle. Mes sœurs ouvraient de grands yeux incrédules. La voix tranchante de Kokogul s'affaiblit tandis que les mots de l'ange résonnaient dans mon esprit.

Il veillerait sur moi. Mon ange gardien éclairerait mon chemin de *roshani*. Je ne serais jamais seule.

Lors du *juma* suivant, nous attendions que mon père rentre du *masjid*. Kokogul lui avait demandé de prier pour mes sœurs, afin qu'elles reçoivent elles aussi la visite d'un ange gardien. Mon père n'avait pas commenté ma rencontre. J'ignorais ce qu'il en pensait, et s'il croyait à tout cela.

Kokogul et moi partagions désormais une croyance. Dans cet événement, nous étions unies. Elle me considérait soudain d'un autre œil, et je vis quel effet ce changement eut sur elle. Je me mis à marcher la tête haute. J'exécutais ses ordres, mais ne tremblais plus devant elle comme autrefois. J'allais et venais avec assurance entre le verger et la maison, de jour comme de nuit. J'espérais secrètement que mon ange reparaîtrait pour m'adresser de douces paroles de réconfort.

Kokogul était surexcitée. Devant ses amies, elle se vantait du fait que sa fille avait reçu la visite d'un ange. Cette visite était de bon augure, et elle espérait profiter de ses retombées positives. Elle se mit à examiner ses rêves avec plus d'application, en quête de signes que le ciel lui communiquerait, à elle aussi. J'entendais ses nouvelles suppliques quand elle priait à la maison. Elle me parlait avec un peu plus de douceur, me caressait tendrement les cheveux.

Toute cette histoire piqua la curiosité de mes sœurs, mais elles furent incapables de comprendre pourquoi ma mère tenait tant à rencontrer l'homme que j'avais vu dans le verger. Najiba, la plus proche de moi en âge, fut la plus déconcertée par les réactions de Kokogul.

— À quoi ressemblait l'ange, Fereiba ? Est-ce que tu as eu peur ?

Nous étions assises en tailleur sur le sol, en train d'écosser des pois.

— Il ressemblait simplement à un vieux monsieur, à un grand-père.

Mes mots me semblaient bien trop simples, mais je ne savais quelle autre réponse lui apporter.

— Au grand-père de qui ? Le nôtre ?

— Non, aucun que l'on connaît. Juste un grand-père.

Je marquai une pause, voulant le décrire sous un jour favorable.

— Il était lumineux et il connaissait mon prénom, ajoutai-je.

Je lâchai une poignée de pois dans le bol posé entre nous.

Najiba resta silencieuse, le temps de réfléchir à mon explication.

— Eh bien, je suis contente de ne pas l'avoir vu. Je crois que j'aurais eu peur.

J'aurais pu dire la même chose, si je n'avais pas été là pour voir ses yeux gris-bleu. Sa voix douce avait empli l'obscurité, ne laissant aucune place à la peur. Malgré cela, je me sentis courageuse en entendant Najiba.

Kokogul ne voyait pas du tout les choses de cette façon. Elle s'imprégna de cette expérience, la vécut par procuration. Un jour, je l'entendis parler à deux amies autour d'une tasse de thé.

— Et ensuite, il a disparu ? En un clin d'œil ?

— Tu pensais qu'une calèche allait venir le chercher ? lança Kokogul de ce ton cinglant qui n'appartenait qu'à elle.

Lorsqu'elles n'étaient pas la cible de ses sarcasmes, ses amies s'en amusaient.

— Dieu doit veiller sur elle s'Il lui a envoyé un ange, dit l'une des deux.

— Tu sais, la pauvre petite, l'esprit de sa mère la protège depuis le ciel. Ça doit avoir un rapport avec ça, dit l'autre avec compassion.

La référence à ma mère titilla l'imagination de Kokogul.

— J'avais envoyé Fereiba au verger ce soir-là. J'ai rarement de telles envies de mûres, mais quelque chose de mystérieux s'était emparé de moi. Mon palais s'était mis à me chatouiller. J'ai essayé de chasser ce désir, mais c'était plus fort que moi. Comme si quelque chose dans ces arbres m'appelait. Mais j'étais trop occupée à superviser les devoirs des filles, alors j'ai demandé à Fereiba d'aller en cueillir pour moi. C'est une si bonne petite, elle est sortie dans le jardin à ma place. Alors je ne sais pas vraiment qui l'ange était supposé rencontrer. Peut-être que cette envie de mûres était une façon de m'appeler. Comme c'est Fereiba-*jan* qui y est allée, on ne saura jamais.

Les femmes ne semblèrent pas adhérer à la théorie de Kokogul, mais se gardèrent bien de la contredire. J'entrai dans la pièce, tenant avec précaution un plateau surmonté de trois tasses de thé fumant dans une main et un bol de sucre dans l'autre.

— Ceux qui ont inventé les tapis afghans devaient penser à Fereiba-*jan*, annonça Kokogul. Grâce à leur couleur rouge, les taches de thé sont invisibles.

Il s'ensuivit de légers rires, et je gardai la tête baissée. Je souris poliment en posant une tasse devant chaque femme et leur proposai du sucre. Je me sentais scrutée.

— *Afarin, dokhtar*-jan, me complimenta Kokogul.

C'est bien, ma chère fille.

Je retournai à la cuisine avec le plateau vide. Ce jour-là, j'étais sa fille.

À vrai dire, j'étais sa fille presque tous les jours. Comme je n'allais pas à l'école, je passais beaucoup de temps à la maison avec elle. La charge domestique pesait essentiellement sur mes épaules, et elle me réprimandait sévèrement lorsque les choses n'étaient pas conformes à son désir. Mais j'étais en sa compagnie le plus souvent. Nous passions des heures ensemble à préparer les repas, à faire le ménage, à nous occuper des animaux. Sa langue acérée avait besoin d'un auditoire… ou d'une cible. J'adorais aller au marché avec elle. Inspectant un tas de tomates abîmées, elle demandait au marchand si sa grosse femme s'était malencontreusement assise sur sa marchandise. Au magasin d'articles ménagers, quand elle trouvait les prix trop élevés, elle demandait si la vaisselle venait de la collection privée du roi. Quand il n'agaçait pas, l'esprit de Kokogul lui valait des éclats de rire ou une ristourne.

Nous étions des alliées lorsque nous marchandions pour faire nos provisions de viande, de légumes, ou acheter des chaussures. J'imitais l'attitude effrontée de Kokogul en négociant le meilleur prix possible. Elle approuvait d'un signe de tête. Au marché et pour les corvées, mes jeunes sœurs n'avaient pas mon talent.

— Najiba, regarde-moi ça, se plaignait-elle. Cette chemise rend encore l'eau toute marron. Comment peux-tu penser qu'elle est propre ? Tu as vu comme ta sœur fait une belle mousse ? Combien de fois dois-je te le dire ? Une chemise ne va pas se nettoyer toute seule ! Dieu merci, j'ai au moins une fille capable de m'aider pour de bon à la maison.

Dans ces moments-là, je me sentais liée à elle, cette femme qui me tenait lieu de mère.

Chapitre 3

Fereiba

Tous les soirs, mon frère et mes sœurs étudiaient, crayon dans la main droite, gomme dans la gauche. Assis les coudes sur la table, le menton posé dans la paume, ils lisaient, mémorisaient, additionnaient et soustrayaient. Au commencement, ils butaient sur les lettres, découvrant que chaque caractère était lié à son voisin par des lignes courbes. Les points, les traits d'union correctement placés, donnaient naissance aux mots. Puis venaient les phrases, simples et courtes, pour décrire les activités quotidiennes des petites filles et des petits garçons obéissants. Lorsqu'ils se mirent à déchiffrer l'arabe complexe du Coran, je les enviai davantage. Je connaissais par cœur ces prières que mon grand-père m'avait apprises, mais personne n'avait pris la peine de m'enseigner la lecture du texte en elle-même.

Ils jouaient avec les nombres. En chantant des comptines, ils apprenaient les tables de multiplication. J'écoutais. Sur leurs feuilles de papier, ils manipulaient les chiffres et les symboles. Ils calculaient, donnaient du sens aux chiffres.

Ils apprenaient également des histoires. Celle de notre terre. L'histoire glorieuse des rois et de leurs fils. Comment notre pays avait été taillé dans les montagnes. Mon frère fut le premier à apprendre l'hymne national, qu'il chantait en faisant un salut de la main. Mes sœurs fredonnaient des comptines que leurs camarades de classe partageaient avec elles, sautillant gaiement, main dans la main, au rythme de la mélodie.

Rou cou cou, feuille de bouleau,
Fillettes assises sagement en rangs
Ôtant les graines des grenades
Ah, si seulement j'étais une colombe
Les ailes déployées dans le ciel
Le sable de la rivière n'aurait pas de secret pour moi
Pas plus que les eaux bénites dont je m'abreuverais

Le matin, je regardais mes sœurs enfiler leur pudique uniforme gris anthracite. Elles remontaient leurs chaussettes et nouaient leurs lacets, craignant d'être en retard et par-dessus tout de paraître négligées. Les professeurs attachaient la plus grande importance à la ponctualité et à la présentation. Tous les jours, le cœur gros, je les voyais s'affairer avant de sortir tandis que je restais à la maison. J'enviais leurs cartables pleins à craquer de cahiers, de crayons, d'histoires. Je me savais aussi intelligente que mes sœurs, peut-être même davantage.

Mon frère avait toujours obtenu de bonnes notes, pas au point d'être le premier de sa classe, mais suffisantes pour que mon père et mon grand-père ne se plaignent pas. Je suis sûre qu'il aurait pu exceller s'il l'avait voulu, mais il préférait expédier ses devoirs à la va-vite pour s'adonner à d'autres occupations : jouer au ballon avec les garçons du voisinage, escalader les arbres du verger, ou dévaler les rues du quartier à vélo. Adolescent, il subit sa phase la plus difficile, entre poussées d'acné et mue improbable. Une fois dépassée la puberté, sa voix fut celle d'un homme sûr de lui qui voulait découvrir le monde.

Par le passé, j'avais abordé le sujet de l'école avec mon père. Sa réponse était invariablement décevante : Kokogul avait besoin de mon aide pour s'occuper des petits. Toutefois, cette excuse commençait à s'user. Mariam, ma plus jeune sœur, avait sept ans et allait à l'école primaire. Il n'y avait plus de bébés dans la maison.

Nous avions débarrassé la table quand je tentai une nouvelle approche. J'avais treize ans, j'étais déterminée. Je savais que les filles qui n'avaient pas été scolarisées se mariaient plus tôt pour la plupart, ce que je ne voulais pas. Chaque année, je voyais s'amenuiser mes chances d'aller un jour à l'école et ma vie d'épouse s'approcher à grands pas.

— Padar-*jan* ?

Il leva les yeux vers moi et sourit gentiment. Les informations du soir terminées, il éteignit la radio. Je posai une tasse de thé vert fumant à côté de lui, dans laquelle je fis fondre deux morceaux de sucre. C'est ainsi qu'il aimait son thé du soir.

— Merci, ma chérie. C'est exactement ce dont j'avais besoin après ce bon dîner, dit-il en tapotant son estomac avec un soupir d'aise.

— *Nooshe-jan*, répondis-je, lui souhaitant un bon appétit. Padar-*jan*, je voulais te demander quelque chose.

Mon père haussa un sourcil en prenant une gorgée prudente de thé.

— Padar-*jan*, j'aimerais aller à l'école comme mes sœurs.

— Oh, tu n'abandonnes donc jamais, soupira-t-il.

Kokogul, penchée sur son crochet, suspendit son geste en entendant mon allusion à l'école.

— Je pourrai encore aider à la maison, après les cours. Toutes les autres filles y vont, et il n'y a plus de bébés maintenant. Je veux apprendre les choses qu'elles apprennent.

Un torrent de larmes m'empêcha de poursuivre. Je baissai la tête, maudissant mon incapacité à sortir plus de mots sans que ma voix se brise. J'attendis que le nœud de ma gorge se dissipe ou que mon père prenne la parole, dans n'importe quel ordre.

— Fereiba-*jan*, je pensais que ça ne t'intéressait plus, maintenant, d'aller à l'école. Tes sœurs ont toutes commencé quand elles étaient petites. Tu es une jeune fille, à présent, et tu n'as jamais pris le moindre cours.

Les sourcils froncés, il semblait absorbé dans une profonde réflexion. Je pinçais les lèvres, tentant de me contenir.

— Je sais, dis-je simplement.

Kokogul reprit son crochet à toute vitesse, se félicitant que cette discussion se soit achevée sur la même conclusion que toutes celles qui avaient précédé.

— C'est parce que tu voudrais savoir lire, c'est ça ? Peut-être que Najiba peut passer du temps avec toi pour t'apprendre. Ou même Sultana ; elle se débrouille très bien avec l'écriture et adore la poésie.

Jamais je ne ressentis une telle colère envers mon père. Je fus blessée par sa suggestion condescendante, et son sourire chaleureux me fit horreur. Je ne voulais pas que mes jeunes sœurs m'apprennent à lire. Elles rentraient tous les jours à la maison en parlant de leurs professeurs. Leurs commentaires ne faisaient que renforcer mon amertume.

« Moallim-*sahib* a dit que j'avais fait des progrès en écriture. Moallim-*sahib* a dit qu'il fallait boire un verre de lait par jour pour rester fort et en bonne santé. »

Je ne voulais pas considérer ma petite sœur comme ma *moallim*. Elle était peut-être capable de m'apprendre les bases de l'alphabet et à déchiffrer les mots, mais elle ne serait jamais un véritable professeur, debout devant sa classe, me poussant à mémoriser les tables de multiplication, contrôlant mes progrès. J'en voulais plus.

— Non, Padar-*jan*.

Je sentis ma trachée se libérer, ma voix recouvrer sa détermination.

— Je ne veux pas apprendre avec une élève, dis-je. Je veux apprendre avec un professeur.

Ma réponse dut le surprendre. Il dut penser qu'il s'agissait d'un caprice. Il dut penser que j'avais envie de porter l'uniforme de l'école et d'échapper à certaines tâches ménagères. Mais je désirais bien plus que cela et me trouvais incapable de le formuler, sachant seulement que le temps me manquait. Mon père me regarda attentivement, la bouche sévère.

— Ce ne sera pas facile pour toi. Tu devras recommencer à zéro, dans une classe d'enfants.

— Il a raison. Tu seras une géante au milieu de bébés. C'est une très mauvaise idée. Est-ce qu'un poulet voudrait retourner dans un œuf? m'avertit Kokogul.

— Ça ne me dérange pas, promis-je.

Un mensonge nécessaire. C'était la première fois que mon père envisageait d'exaucer mes vœux.

— J'en parlerai au directeur de l'école. Nous verrons ce qu'il dira. Mais je suis sûr que ton aide manquera à ta mère.

— C'est vraiment ridicule. Pourquoi se soucie-t-elle de l'école maintenant? Elle a tout ce dont elle a besoin à la maison.

Kokogul était clairement surprise par le tour qu'avait pris notre conversation.

— Je ne promets rien. Laisse-moi en parler à l'école et voir si c'est envisageable, dit-il.

Avec son manque d'implication coutumier, mon père nous laissa, Kokogul et moi, en suspens.

À la grande surprise de mon père et au désespoir de Kokogul, l'école accepta de m'accueillir à condition que je commence au plus bas niveau. Je rejoignis donc le cours préparatoire avec six ans de retard. La veille de mon premier jour, je repassai la jupe et la blouse austères de rigueur, voulant faire bonne impression sur Moallim-*sahib*. Mauriya et Mariam, mes deux plus jeunes sœurs, étaient ravies de me voir en uniforme pour la première fois quand nous partîmes ensemble le matin.

Najiba et Sultana, les deux plus grandes, semblaient un peu plus inquiètes de ce que les autres diraient en voyant une adolescente entrer dans une classe de CP. Sur le chemin, Najiba tenta de me préparer.

— Moallim-*sahib* va vérifier que tu as un crayon et un cahier. Et elle va sûrement te faire asseoir au fond de la classe, tu sais, puisque tu seras la plus grande.

J'appréciai la délicatesse avec laquelle Najiba formula sa prédiction. Sultana approuva d'un signe de tête, mais de façon moins diplomatique.

— Oui, personne n'y verra rien derrière toi.

Najiba la foudroya du regard et Sultana baissa les yeux en ralentissant le pas.

— On te changera rapidement de classe. Tu maîtrises déjà l'alphabet. Tu sauras vite lire.

J'adressai un sourire reconnaissant à ma sœur. Nous n'étions pas très proches, mais il y avait de la sincérité dans ses mots et, en ce jour particulier, j'en avais besoin.

— Si Sultana y est parvenue, je suis sûre que je n'aurai aucune difficulté.

Sultana maugréa, regarda droit devant elle, puis accéléra. Je n'avais pas voulu la blesser par ma remarque. Honteuse, je me retournai vers Mauriya et Mariam qui marchaient derrière nous, main dans la main, leur cartable sur le dos.

Mes sœurs m'évitèrent la fébrilité de mon premier jour d'école. Najiba m'indiqua le chemin de ma classe une fois que nous eûmes franchi le portail en fer forgé de l'établissement. Sultana se hâta de disparaître dans sa propre classe. Mauriya et Mariam me firent un joyeux signe de la main.

J'entrai lentement, promenant mon regard dans la pièce. Devais-je choisir une place ou me diriger vers l'estrade pour me présenter d'abord au professeur ? Les autres élèves entraient, l'une derrière l'autre, et s'asseyaient à leur place. Il valait mieux me signaler, plutôt que d'attendre que l'institutrice me remarque et me gronde. Je ressemblais plus à une jeune femme qu'à une fillette, pourtant je me trouvais là au milieu d'enfants. Dans un autre contexte, j'aurais pu être chargée de m'occuper d'eux. Ici, j'étais leur pair.

— Bienvenue, ma chère. J'ai été prévenue de ton arrivée parmi nous. Tu vas t'asseoir au dernier rang, tout au fond. C'est la seule place libre qu'il nous reste. Tiens, prends ce livre. C'est ce que nous apprenons à partir de maintenant. Est-ce que tu connais les lettres ?

Mon premier professeur était une femme sévère, mais au cœur tendre qui me prit immédiatement en affection, Dieu merci. Elle ne me parlait pas de la même façon qu'à mes camarades et m'évita la gêne que j'aurais dû éprouver au milieu de si jeunes enfants. Reconnaissante et déterminée, j'étudiai avec ferveur. J'avais écouté mes sœurs réciter leur alphabet, de sorte que les lettres s'écoulèrent de mes lèvres avec une certaine fluidité.

Au bout de deux mois, on me fit passer au cours élémentaire. J'étais heureuse de sauter une classe, mais triste de laisser derrière moi mon institutrice. Et c'était avant que je ne rencontre ma deuxième *moallim*. Celle-ci semblait contrariée par la présence d'une élève si démesurée dans sa classe. Elle me demandait souvent de lire à voix haute et prenait un malin plaisir à me voir buter sur les mots. Quand mes camarades ricanaient, elle les réprimandait d'un air amusé.

— Ça suffit ! Souvenez-vous, les enfants, ne vous laissez pas duper par la taille de Fereiba. Le cours élémentaire est nouveau pour elle.

Je travaillai plus dur encore, et après m'avoir fait passer les tests de compétence, elle n'eut d'autre choix que de me faire passer au niveau supérieur. Tous les après-midi, je rentrais à la maison et me consacrais aux corvées domestiques auxquelles je ne pouvais échapper. J'avais promis d'aider Kokogul et voulais éviter à tout prix qu'elle se plaigne à mon père du retard pris dans mes tâches, je continuais donc de battre les tapis, de faire la lessive et de m'occuper des animaux dans la cour. Ce n'était qu'une fois mes corvées achevées puis le dîner familial passé que je pouvais m'asseoir pour étudier. Je révisais jusqu'à une heure avancée de la nuit. Padar-*jan* le remarqua.

— Fereiba-*jan*, tu étudies plus dur que tes sœurs ne l'ont jamais fait. Tes bonnes notes en attestent. Est-ce que ça va ?

— Oui, Padar-*jan*. Je veux juste rattraper mon retard.

— Et tes camarades de classe ? Tu t'entends bien avec elles ?

Je savais ce qu'il voulait dire. Il me demandait s'il n'était pas trop mal vu d'être une adolescente en classe de CE2.

— Elles sont gentilles. Elles ne m'embêtent pas, et de toute façon, j'espère quitter cette classe bientôt.

Satisfait, il me laissa finir mes devoirs. Cette conversation se répéta régulièrement, jusqu'à ce que j'atteigne le cours moyen. Les sujets exigeaient alors davantage de concentration et de connaissances. L'apprentissage de la lecture n'avait pas été difficile pour moi, contrairement à celui des mathématiques.

J'avais appris les rudiments du calcul au marché. Si le marchand m'indiquait un prix pour un mètre de tissu, je savais combien il m'en coûterait pour cinq. J'étais capable de calculer le prix de 250 grammes ou d'une livre de raisins en me basant sur le prix au kilo. La géométrie et l'algèbre s'avérèrent plus compliquées, mais je me débrouillai.

J'apprenais mes leçons à la lueur d'une bougie. Je récitais tout en faisant la poussière du salon. Mon doigt traçait des mots invisibles et des phrases sur ma jambe pendant le dîner. Je volais des moments pour assimiler tout ce qu'il me fallait savoir.

Je parvins à rattraper mon retard. J'avais seize ans en première, et côtoyais enfin des filles de mon âge. Je n'étais plus qu'à une année du baccalauréat. J'étais fière, tout comme mon père. Il lisait chacun de nos bulletins avec soin. Il parcourait les notes et les commentaires, puis levait les yeux vers moi. Je lisais dans son regard ce qu'il n'arrivait pas à mettre en mots. Il tentait de feindre la désinvolture, mais je surprenais sur son visage une esquisse de sourire.

— Beau travail.

Mon grand-père écoutait dans un coin de la pièce, le coude posé sur un coussin et le dos contre le mur, glissant des doigts agiles entre les perles de son *tasbeh*. Son expression ne trahissait aucune trace de surprise.

Chapitre 4

Fereiba

Malgré le jeûne à observer du lever du jour à la tombée de la nuit, le mois du ramadan était une période festive. Généralement, j'étais si absorbée par mon travail scolaire et mes corvées domestiques que ces heures sans manger passaient rapidement et sans peine. Durant la journée, les estomacs grondaient, mais dès le coucher du soleil, nous nous régalions de mets que nous avions passé la journée à préparer, des plats particuliers venant récompenser notre stoïcisme.

Mon frère Asad était souvent d'humeur massacrante pendant les après-midi de jeûne. Un jour, il entra dans le salon où j'étais en train de glisser un coussin derrière le dos de Boba-*jan*. Sans un mot, il jeta une de ses chemises par terre. Je me retournai, surprise.

— Asad ! Qu'est-ce que tu fais ?

C'était une chemise à manches longues que j'avais récemment lavée.

— Asad, *bachem*. Pourquoi fais-tu une chose pareille ? le gronda notre grand-père.

— Boba-*jan*, j'ai besoin de cette chemise, mais il reste une tache. Elle était censée la faire disparaître !

— Quelle tache ? s'enquit-il.

— C'était du jus de mûre, dis-je.

— Ah. Alors c'est compréhensible. On ne peut pas faire partir du jus de mûre d'une chemise. Sais-tu pourquoi ?

— Pourquoi, Boba-*jan* ? demandai-je, n'en ayant aucune idée.

— Asseyez-vous, je vais vous expliquer. C'est une bonne façon de passer le temps avant l'*iftar*, quand nous pourrons casser le jeûne et mettre fin à notre impatience. Donc, il y avait et il n'y avait pas, sous un ciel d'orage…

Par cette phrase, le « Il était une fois » qui ouvre les contes afghans, Boba-*jan* débuta son histoire.

— … une belle jeune fille…

Il nous raconta l'histoire de la jeune fille et de l'archer qui se rencontrèrent par hasard dans la jungle. Quand la belle entendit le grognement guttural du tigre venant des arbres, elle fut prise de panique et son nez se mit à saigner. Elle s'enfuit immédiatement, en laissant derrière elle son foulard taché de sang. Son bien-aimé, trouvant le linge ensanglanté et repérant un tigre étendu au loin, imagina le pire. Le cœur brisé, désirant venger la mort de son aimée, il attaqua le fauve, qui le tua aisément. Quand la jeune fille trouva le courage de retourner dans la jungle, elle hurla en découvrant son chasseur mutilé et sans vie. Elle s'écroula à côté d'un buisson de baies vénéneuses et, dans son épouvantable chagrin, saisit une poignée de fruits toxiques qu'elle porta à sa bouche, voulant que son âme s'unisse dans l'au-delà à celle de son bien-aimé.

— Depuis ce jour, ce mûrier et tous les autres ont donné des fruits dont le jus a la couleur du sang qui unit ces deux âmes, et dont la tache est indélébile.

Asad avait écouté attentivement mais, lorsque Boba-*jan* eut fini son histoire, il sembla déçu de n'avoir personne à blâmer pour sa chemise à jamais souillée. En maugréant, il la ramassa à mes pieds.

— Elle est vieille de toute façon. J'en ai de plus belles.

Je repensais à l'histoire de Boba-*jan* en déambulant au marché un an plus tard, en quête de dattes fraîches pour notre *iftar*. Je marchais d'un pas alerte, impatiente de rentrer annoncer la bonne nouvelle : j'avais été classée deuxième à l'examen de mathématiques. Assez fort pour que toute la classe l'entende, mon professeur avait annoncé : « Fereiba, c'est presque parfait, tu arrives juste après Latifa. Excellent. »

Je savais que les yeux de Boba-*jan*, plus éloquents que les mots, scintilleraient de fierté. Je voulais acheter les dattes et rentrer assez tôt pour le voir.

Sheragha tenait une boutique pleine de barils d'épices et de fruits séchés : des noix, de la cardamome odorante, du gros sel, de la poudre de curcuma brillante et des piments rougeoyants. Son magasin était à mes yeux le plus coloré et le plus agréable aux sens, mais Sheragha n'était pas de bonne composition. Il marchait d'un pas lourd et lent. Large comme deux hommes, le front luisant de sueur même dans le froid glacial de l'hiver. Je parvenais rarement à marchander avec ce vendeur, mais ce jour-là il semblait d'humeur généreuse. Je gardais la tête baissée et lui pris le sachet de dattes qu'il me tendait, en faisant attention à ne pas effleurer ses gros doigts poilus.

Avant de reprendre le chemin de la maison, je rajustai mon tchador et comptai les pièces que j'avais dans ma bourse.

Kokogul serait impressionnée. Satisfaite de ma victoire, je ne remarquai pas l'ombre qui me suivait dans l'étroite ruelle. Deux pièces me glissèrent des mains pour atterrir sur le sol poussiéreux. Je m'accroupis pour les ramasser lorsque j'entendis des pas et des mots si vulgaires que mon visage s'embrasa. Je me redressai d'un bond et me retournai, lâchant de nouveau mes pièces. À quelques centimètres de moi se tenait un des vauriens qui traînaient au marché. Je reculai d'un pas et fronçai les sourcils. Ses cheveux longs lui barraient le front. Ses yeux étaient sombres et rapprochés. Son sourire en coin révéla une dentition jaunie et inégale.

— Où tu vas, comme ça ? Tu ne veux pas rester encore un peu ? J'ai du *nakhod* dans la poche. Viens, prends-en un peu, dit-il avec le même sourire, en ouvrant la poche de son pantalon suffisamment grand pour qu'une poignée de pois chiches en dégringolent.

— *Be-tarbia* ! criai-je.

Espèce de brute.

Je tournai les talons et pris mes jambes à mon cou, en priant pour que le cuir usé de mes vieilles sandales résiste à ma course effrénée. Le garçon éclata de rire derrière moi.

Je fis irruption dans la cuisine comme un ouragan, en sueur. Kokogul éminçait de la viande crue, qu'elle jetait ensuite dans une marmite où grésillaient des oignons.

— Eh, *dokhtar* ! s'écria-t-elle, surprise.

Elle me lança un regard menaçant. De la pointe de son couteau, elle me désigna dans un coin de la cuisine un paquet, posé contre le mur, enveloppé dans une grossière couverture verte. Kokogul préparait du yaourt et il fallait le calme absolu pour que la fermentation se fasse.

— Un éléphant serait plus délicat.

— Pardonne-moi, haletai-je.

— Que se passe-t-il ? Tu as l'air dans tous tes états.

J'étais trop gênée pour lui raconter ce qui m'était arrivé.

— J'avais peur d'être en retard pour t'aider à préparer le dîner.

— Tu *es* en retard. C'est presque prêt. Va te laver et prépare au moins une salade. Mon dos commence à me faire mal. Tu as la *khorma* ? demanda-t-elle, se souvenant de la tâche qu'elle m'avait assignée dans la matinée.

— Oui, je l'ai.

Je tirai le sachet de dattes de mes affaires d'école et lui tendis la monnaie qu'il me restait. Elle compta les pièces, d'où manquaient les quelques-unes que j'avais laissées tomber dans ma fuite.

— Elles ont l'air fraîches. Dans quel magasin tu es allée ?

— Chez Sheragha. Il était encore plus grognon que d'habitude, dis-je, espérant justifier la somme que j'avais dépensée pour les dattes.

Kokogul fit claquer sa langue et posa le sachet de côté.

— Il ne lâche rien, celui-là, avec ses grosses pattes d'ours. Va dans le salon. Ton grand-père t'attend.

J'évitai le salon et allai d'abord me débarbouiller. J'étais persuadée que mon grand-père lirait en moi avec une perspicacité dont Kokogul était incapable. Les joues encore rouges de honte, je n'aurais pu le regarder en face.

Un autre jour, décidai-je avant de ranger mon contrôle dans ma chambre.

Chapitre 5

Fereiba

Au cours de ma dernière année de lycée, le verger exerça sur moi une attraction particulière ; ses branches chargées de fruits m'invitaient à entrer en tendant vers moi leurs doigts courbes. Dans le berceau des pêchers, tout en mâchouillant la sève gommeuse et ambrée que j'avais tirée de l'écorce, je réfléchissais à mon avenir. Certaines filles iraient à l'université après le baccalauréat. D'autres deviendraient enseignantes. Beaucoup seraient mariées. Je ne savais pas ce que je voulais, mais le mariage et la tenue d'un foyer ne me séduisaient pas.

Une fois mes corvées terminées, je pénétrais dans le verger avec un livre. L'herbe était fraîche sous mes pieds, elle chatouillait mes orteils de ses brins soyeux. Je lisais, adossée à un mûrier, ou parfois allongée sur le ventre. Mes sœurs me demandaient pourquoi j'étais autant attirée par les mûriers, et je leur répondais que j'y faisais mes plus beaux rêves.

— De quoi rêves-tu ? demandaient-elles.

— Je rêve à l'avenir.

— Et que vois-tu dans l'avenir ?

—Je ne sais pas. Je ne m'en souviens pas, mais je me réveille avec le sentiment que ce sera fabuleux. Une histoire qui vaudra la peine d'être racontée.

Cet été-là, mon grand-père tomba malade, une toux continuelle et douloureuse s'empara de lui. Il resta alité durant plusieurs jours, et but des tisanes censées éradiquer le mal qui rongeait son corps. J'observais sa respiration laborieuse, la sueur au-dessus de sa lèvre supérieure. Padar-*jan* appela un médecin qui lui fit une piqûre puis laissa deux flacons de pilules. Je portai le verre d'eau à ses lèvres pour l'aider à avaler les comprimés blancs.

J'allai le voir presque quotidiennement en espérant constater une amélioration. Mais son visage pâlissait, alors même que sa fièvre grimpait. Pour ma quatrième visite, je lui préparai de la soupe et du thé sucré. Il ne but que quelques gorgées avant de me supplier de le laisser se reposer.

Nous rappelâmes le médecin. Boba-*jan* avait l'air si frêle et si petit dans son lit. J'avais hâte de le voir à nouveau debout, sa canne à la main, marcher vers la cuisine. Mon père et moi étions à ses côtés la plupart du temps, mais aucun de nous deux ne parlait de l'état évident de faiblesse de Boba-*jan*. Padar-*jan* était très peu bavard de toute façon, c'était dans sa nature, comme si le son de sa propre voix l'effrayait.

—Fereiba-*jan*, m'appela mon grand-père.

—Oui, Boba-*jan* ?

—Ma gentille petite-fille. Tu as presque terminé le lycée, n'est-ce pas ?

—Oui, Boba-*jan*. Il ne me reste qu'une année.

—Bien, bien. Et que vas-tu faire ensuite ?

— Je ne sais pas encore, Boba-*jan*. Je pensais aller à l'université, mais…

Ses yeux étaient mi-clos. Je laissai traîner ma voix, pensant qu'il s'était endormi. Ce n'était pas le cas.

— Mais quoi ?

Je ne savais pas quoi lui répondre. Je haussai les épaules et lui passai un linge frais sur le front.

— Fereiba, tu as observé ton père au jardin, n'est-ce pas ? C'est là que ses talents prennent vie. Je lui ai appris ce que je pouvais quand il était petit, mais avant même qu'il devienne un homme, j'ai constaté qu'il m'avait dépassé. Les greffes n'ont aucun secret pour lui.

C'était vrai. Un hiver, j'avais vu mon père prélever sur un pommier un scion soigneusement sélectionné. Je l'avais suivi au fond du verger où il avait choisi un autre pommier bien enraciné, donnant des fruits rouges et brillants. En fredonnant, il avait caressé l'écorce et fait le tour du tronc, cherchant l'endroit idéal pour opérer la greffe. Avec une précision chirurgicale, il avait fendu une branche à un certain angle. Dans l'ouverture, il avait glissé le bout fuselé du scion, en plaçant les deux faces rugueuses en contact direct l'une avec l'autre, faisant l'interface entre deux espèces. Toujours en fredonnant, il avait attaché la pousse à son hôte à l'aide de longues bandes de tissu venant cercler l'articulation. Il avait couvert l'extrémité du scion et ses trois bourgeons d'un sac en papier, pour les protéger de la sécheresse de l'air. Le printemps venu, nous avions une nouvelle espèce de pomme sur une jeune branche qui sans cela aurait dû se flétrir et mourir. Au lieu de quoi, l'union de deux espèces vivantes avait donné naissance à un fruit inédit, propre à notre verger, une création de mon père.

—J'aimerais que ton père fasse entrer ses talents dans votre maison, mais il semble les abandonner sur le seuil. Les cartes sont donc entre tes mains, Fereiba-*jan*.

Boba-*jan* secoua la tête. Je voulais le contredire, lui opposer que mon père n'avait rien en commun avec Kokogul, mais il poursuivit.

—Même ton frère a trouvé son chemin, sans s'acquitter d'aucun devoir envers quiconque. Je ne sais pas qui est à blâmer. Il a le corps d'un cheval et le cerveau d'un âne.

—Mais tu as toujours veillé sur moi, dis-je en lui tenant la main.

—Peut-être suis-je trop dur avec ton père parce qu'il me ressemble trop. Toi, tu es différente. Davantage comme ta mère, qu'Allah lui apporte la paix. Elle voyait plus loin que le bout de son nez. Avec elle, ton père était meilleur. C'est vraiment triste. Elle aurait fait de lui un autre homme.

Je sentais mes jambes s'engourdir à force de rester assise à côté de Boba-*jan*, mais n'osai bouger. Je voulais me rappeler chacun de ses mots.

—Inutile de soulever de telles questions. Tu es une fille intelligente. Aie confiance en toi et tu sauras ce qui est le mieux pour toi.

—Tu sais toujours ce qui est le mieux pour moi, Boba-*jan*. Je peux toujours me tourner vers toi.

—Il vaut mieux ne pas trop compter sur les anciens. Nous sommes trop proches de Dieu, me prévint-il avec un soupir de fatigue.

Il était épuisé, alors je changeai de sujet, évoquai les rosiers qui poussaient devant la maison. Je lui parlai également du vendeur de poules qui avait dû courir après ses volailles gloussantes dans la rue du marché, car un garnement avait défait le loquet d'une cage. Il sourit et hocha la tête, puis son regard s'éteignit progressivement, à mesure que le sommeil le gagnait.

J'embrassai sa main et lui promis de revenir le lendemain matin, mais entre ce moment et le lever du jour, Boba-*jan* nous quitta pour rejoindre Dieu et ma mère. Je me demandai si l'ange du verger était descendu le chercher. Je pleurai pendant deux semaines, loin de mon père, de Kokogul et de mes sœurs. Je voulais être aussi seule que je me sentais seule à l'intérieur, et l'unique endroit où une telle chose était possible, c'était au cœur du verger.

Quarante jours après le décès de mon grand-père, j'allai me promener au milieu des arbres. La mort de Boba-*jan* me fit repenser à l'ange de mon enfance, même si j'étais convaincue qu'il était le fruit de mon imagination juvénile. Malgré cela, une pensée fugace me traversa : si je le voyais, j'aimerais l'interroger sur mon grand-mère et sur ma mère.

Derrière une rangée de mûriers se trouvait le verger de notre voisin, séparé du nôtre par un grand mur d'argile. Au bout d'un certain temps passé à l'ombre des arbres, j'eus le sentiment de ne pas être seule. C'était différent du jour où j'avais vu mon ange gardien. Cette fois-ci, la présence semblait terrestre. Cette fois-ci, la présence éternua.

Je me redressai, soudain extrêmement gênée. Je refermai mon livre et lissai ma jupe, cherchant d'où venait l'éternuement.

Il n'y avait même pas un oiseau en vue. Je marchais au milieu des arbres quand j'entendis un froissement de feuilles provenant de l'autre côté du mur, puis un bruit sourd, suivi de pas rapides. Quelqu'un m'avait épiée !

Les jours suivants, j'hésitai à y retourner. Mais au fond de mon cœur, je savais que le mûrier m'avait toujours porté chance, alors je m'aventurai de nouveau dans la végétation, à pas de loup, en dressant l'oreille. Une semaine plus tard, je longeai le mur avec la même prudence et levai les yeux vers les arbres du voisin. Je fus surprise d'apercevoir une paire de jambes se balancer au bout d'une grosse branche.

C'était lui, j'en étais certaine. Je tentais d'avoir un meilleur aperçu du garçon, mais ne pus voir que ces jambes. Des sandales en cuir pendaient de ses pieds.

Ce devait être le fils des voisins. Il avait quelques années de plus que moi, mais je ne l'avais jamais croisé. Si ma scolarité n'avait pas connu un tel décalage, nous nous serions peut-être connus à l'école. Que faisait un garçon, un jeune homme de cet âge, perché en haut d'un arbre ?

D'humeur quelque peu effrontée, je piétinai intentionnellement des brindilles et poussai une pierre du pied tout en me frayant un chemin vers le mûrier pour reprendre ma place sous son ombre généreuse. Je jetai un coup d'œil vers le ciel ; les jambes avaient disparu. Il se cachait ! Je sortis mon livre et regardai fixement la page, où les mots se brouillaient tandis que je me demandais pourquoi j'étais venue. Après un interminable silence, je me levai et regagnai la maison, espérant que ma panique ne se lirait pas sur mon visage.

Rien n'est insensé pour un adolescent. Un adolescent agit, sans remettre en question la logique de son acte. À partir de ce jour, je retournai au verger quotidiennement, passant furtivement entre les arbres, guettant les sandales en cuir familières, et m'installant sous le mûrier. Cela devint une routine : école, devoirs, verger. Je veillais tard pour étudier, puisque j'étais désormais incapable de me concentrer dans mon refuge. Au bout de deux semaines de silence, je décidai de faire savoir à l'étranger que je l'avais repéré. Cette impasse me rendait folle.

En rentrant de l'école, je puisai en moi le courage d'agir. Au moment où je m'enfonçai dans le verger cet après-midi-là, je m'étonnai de ma propre témérité. D'un pas ferme, je m'approchai du mur. Quand je fus sûre d'être entendue, j'annonçai d'une voix forte, mais sans crier : « Ça ne se fait pas d'épier les gens. Quand on est bien élevé, on se manifeste en disant bonjour. »

Aucune réponse. Pas un seul mot. M'étais-je fait des idées, ou bien était-il simplement absent ce jour-là ? Pire, peut-être trouvait-il indécent de s'adresser ainsi à un inconnu. Je passais tout mon temps dans une classe de filles ou à la maison. Les seuls garçons de mon âge que je côtoyais étaient mes cousins. Tout contact avec l'autre sexe était proscrit, et je le savais. J'étais à l'âge où il fallait faire attention à son comportement, mais c'était le verger et j'étais invisible. Je m'autorisai donc quelque liberté.

J'avais pris des risques en faisant le premier pas, et le fait qu'il m'ignore me déçut et me mit en colère. Je repartis furieuse.

Je revins le lendemain, la curiosité ayant eu raison de moi. Défiante, je restai assise un moment sous l'arbre lorsque j'entendis une voix.

— *Salam.*

Je redressai le dos et rougis quand je compris que j'avais en effet franchi une limite. J'avais soudain honte et peur. Je me levai, bredouillai un *salam* en réponse, les yeux baissés, puis détalai vers la maison.

Ce fut une période étrange pour moi. Pendant deux semaines, Kokogul avait parlé avec enthousiasme du fait qu'une famille aisée voulait nous rendre visite. Ils avaient un fils, un beau jeune homme qui marcherait probablement sur les pas accomplis de son père. Mon père avait rencontré celui du jeune homme, Agha Firooz, dans le cadre d'affaires officielles, à plusieurs reprises. Agha Firooz voyait à présent un intérêt à s'associer avec mon père, qui avait hérité de l'influence de Boba-*jan* dans la communauté. Mû par son désir de prospérité et de reconnaissance sociale, il envoya son épouse taper à notre porte.

J'étais inquiète. Comme toutes les filles, j'avais rêvé d'avoir des soupirants, que mes parents éconduisent quelques familles insistantes avant d'arrêter leur choix sur celle qui nous paraîtrait convenable. L'idée qu'on me fasse la cour était séduisante, tout comme le sentiment d'être désirée par une famille entière, sans parler des nombreuses célébrations et de la pluie de cadeaux qu'un tel engagement impliquait.

Pourtant, il y avait quelque chose de dérangeant dans tout cela. Les intérêts en jeu semblaient sournois, mercantiles.

Kokogul vint me voir un vendredi, pendant que mon père était aux prières de *juma*. Elle portait une robe fraîchement repassée et son tchador le plus délicat, une mousseline mauve bordée de dentelle d'un ton plus foncé. Elle fredonnait joyeusement lorsqu'elle entra dans la cuisine où je me préparais un en-cas à base de pain azyme et de noix.

— La femme et la fille d'Agha Firooz passent nous voir cet après-midi. Si tu allais te brosser les cheveux et enfiler une jolie robe, la violette par exemple ? Quand elles arriveront, tu pourras leur servir du thé et des biscuits salés. Mais attention, pas de sucreries ! Je ne sais pas exactement quel est l'objet de cette visite, alors il vaut mieux éviter de nous mettre dans l'embarras.

Les sucreries étaient ce que l'on offrait à la famille d'un prétendant en guise d'assentiment, pour signaler que l'on acceptait de donner sa fille en mariage. Il aurait été bien présomptueux de servir des amandes enrobées de sucre ou des chocolats aux invités dès leur première visite.

— Si tu m'entends réclamer du thé, tu en apportes au salon et sers nos invitées. Et tu t'en tiens à ça. On ne va pas leur donner l'occasion de tout connaître de toi ; elles n'auront droit qu'à un avant-goût. Tu poses les tasses, tu leur sers des biscuits, et puis tu repars poliment à la cuisine. Et si tu m'entends réclamer encore des biscuits, tu demandes à l'une de tes sœurs d'apporter le plateau. Tu n'entres plus dans la pièce.

C'était une stratégie. Kokogul ne voulait pas dévoiler son jeu avant de connaître celui de ses adversaires.

Ayant perdu l'appétit, je partis me rendre présentable. Je fouillai dans ma garde-robe, réfléchissant à un moyen d'échapper à cette visite orchestrée, et ne sachant pas vraiment pourquoi j'étais méfiante à l'égard de quelque chose que toutes les filles désiraient. J'avais envie de me cacher dans le verger.

Lorsqu'on frappa au portail, Najiba courut dehors pour accueillir nos visiteuses. Elle leur fit traverser notre modeste cour. Kokogul attendit à la porte, impatiente de les recevoir. De la fenêtre de l'étage, je vis les deux femmes tirer sur leurs châles brodés pour les draper autour de leurs bras, de façon presque synchronisée. Elles se saluèrent et échangèrent des civilités, puis Kokogul les conduisit dans notre salon. Sur la pointe des pieds, j'avançai jusqu'au palier pour les épier.

La femme d'Agha Firooz était corpulente, de petite taille, avec des cheveux gris et un grain de beauté peu flatteur au-dessus du sourcil gauche. Sa lèvre inférieure était proéminente, lui donnant un air mécontent. Elle promenait son regard autour d'elle, évaluant notre maison et la comparant sans doute à la sienne. Kokogul dirigea nos invitées vers le canapé sculpté à la main que Boba-*jan* avait offert à mes parents en cadeau de mariage.

La fille d'Agha Firooz affichait le même comportement que sa mère, mais était très différente physiquement. Elle la dépassait de quinze centimètres et était deux fois plus mince. D'épais sourcils dessinés au crayon structuraient ses yeux soulignés de khôl, tandis que son rouge à lèvres fuchsia était parfaitement assorti à sa robe. Elle me parut presque jolie, jusqu'au moment où je la vis sourire poliment à Kokogul. Même depuis ma cachette, je pus remarquer sa dentition irrégulière et disgracieuse. Soudain, mon estomac se retourna, sans que je puisse interpréter une réaction si viscérale.

Connaissant Kokogul, je la devinais en train de jauger la fille d'Agha Firooz et de nous comparer. Tout comme la femme d'Agha Firooz, elle promenait un regard nerveux autour d'elle, se demandant sûrement ce que cette famille penserait de moi en me découvrant. Sans être une grande beauté, j'avais le teint clair et régulier de ma mère et ses cheveux noirs. Je savais que Kokogul calculait déjà le potentiel financier d'une telle association. Si mon père aidait Agha Firooz à développer son commerce de textiles pour qu'il s'ouvre à de nouveaux domaines, les deux hommes en tireraient des bénéfices. Kokogul était impatiente, et dépensait déjà dans sa tête l'argent tant espéré.

— Fereiba-*jan*, tu veux bien apporter du thé à nos chères invitées ? Vous devez être assoiffées, toutes les deux, après avoir fait la route par ce temps. Il fait très chaud depuis quelques jours, vous ne trouvez pas ? dit-elle avec beaucoup de manières.

Je descendis les marches grinçantes et entrai dans la cuisine. Je déposai le service à thé en porcelaine de Kokogul sur un plateau d'argent et le portai au salon. Mon visage s'enflamma dès que je sentis les regards sur moi. Je gardai les yeux baissés sur le plateau, serrant tellement les poignées que mes articulations blanchirent.

— *Salam*, dis-je doucement en posant une tasse de thé devant la femme d'Agha Firooz.

— *Wa-alaikum*, chère petite, répondit-elle avec un sourire carnassier.

Je tirai mon tchador sur mes joues en feu. En m'efforçant de ne pas trembler, je posai la seconde tasse devant la fille puis leur tendis le plateau de biscuits. La fille d'Agha Firooz se fendit d'un grand sourire en en saisissant deux d'un coup. De près, ses dents me donnèrent encore des sueurs froides, mais cette fois-ci je savais pourquoi.

Elle avait le même sourire édenté que le garçon lubrique du marché.

Si je n'avais pas déjà posé les tasses, je suis certaine qu'elles se seraient entrechoquées avant de glisser du plateau. Je gardai la tête baissée et m'éclipsai rapidement. J'entendis la femme d'Agha Firooz suggérer, l'air de rien, que je me joigne à elles pour le thé. Kokogul balaya cette suggestion et commença à chanter mes louanges. Najiba était dans la cuisine en train de boire un verre d'eau à longs traits, toujours aussi inconsciente de ce qui se passait autour d'elle.

— Najiba, tu peux rester ici pour entendre Madar-*jan* ? Tu attends quelques minutes puis tu vas remplir leurs tasses, s'il te plaît. J'ai la tête qui tourne, j'ai besoin de m'allonger.

Najiba me regarda en tirant une mèche de cheveux derrière son oreille.

— D'accord, Ferei, répondit-elle gentiment.

Je déposai un baiser sur sa joue, puis sortis par la porte de la cuisine et montai les marches le plus discrètement possible.

À l'étage, je m'adossai au mur, le cœur battant. Je priai pour que les émissaires d'Agha Firooz prennent rapidement congé.

Chapitre 6

Fereiba

La cour et les cadeaux perdirent leur attrait romantique quand la réalité du mariage me heurta de plein fouet. Il m'était inimaginable d'intégrer la famille d'Agha Firooz. Comment dire à Padar-*jan* ce que je ressentais ? À travers les commentaires obliques de Kokogul, j'appris que mon père étudiait les propositions commerciales d'Agha Firooz. Je ne pouvais confier mes inquiétudes à mes sœurs ni à mon frère. Les pensées se bousculaient dans ma tête, et je n'avais personne à qui parler.

Kokogul attendait avec impatience la deuxième visite de la femme d'Agha Firooz. Une cour respectable était une parade lente, délibérément timide, entre deux familles. Kokogul se prépara à cette visite ; il s'agissait pour elle de feindre la surprise et l'hésitation. Avec moi, elle se montra particulièrement indulgente au cours des semaines qui suivirent. Elle me dispensa d'un grand nombre de corvées domestiques, mais cette façon de me dorloter me rendit plus méfiante que reconnaissante.

—Fereiba-*jan*, ne t'embête pas avec les casseroles aujourd'hui. Tout ce frottage risque d'abîmer tes mains douces. Laisse tes sœurs t'aider.

Je reposai donc le chiffon et tournai mes paumes vers le haut. Des années à laver le linge de la famille, à tamiser le riz séché et à frotter les marmites brûlées avaient rendu mes doigts calleux. Je m'essuyai les mains. Le verger m'appelait.

Lorsque j'approchai du mûrier, les jambes aux sandales cessèrent brusquement leur mouvement de balancier. Je tentai d'apercevoir le visage du garçon, mais le reste de sa personne était caché, comme d'habitude, par le feuillage. Lui pouvait me voir depuis son poste d'observation, ce que je trouvais très injuste, sans oser protester. Je devais surveiller mes manières.

—*Salam*.

Un salut prudent.

—*Salam*, répondis-je.

Ma respiration se calma dans le silence qui suivit. J'étais moins mal à l'aise dans cette zone de mystère, protégée par les murs du verger. J'attendis, laissant mon voisin chercher ses mots. Il régnait, ce jour-là, une tension silencieuse entre nous.

—Tu n'as pas apporté de livre aujourd'hui.

—Je n'ai pas très envie de lire ces temps-ci, avouai-je.

—Quelque chose te tracasse.

À quel point pouvais-je me livrer ? J'étais si seule. Aucun membre de ma famille ne savait ce que je ressentais. Personne ne connaissait les causes de mes angoisses. Mon tourment était coincé au milieu de ma gorge, et je ne pouvais ni l'avaler ni le cracher.

— Je viens dans le verger quand je veux échapper aux soucis. Ou quand j'ai besoin de réfléchir à quelque chose… quelque chose de personnel, me confia-t-il.

Sa voix faiblit vers la fin. Je gardai les yeux rivés sur l'herbe. Je ne voulais pas voir son visage ni aucune partie de lui. À ce moment-là, les fluctuations hésitantes de sa voix étaient tout ce dont j'avais besoin.

— Mon père aime tellement son verger qu'il vient y réciter ses prières à l'aube, dis-je. Il pense qu'elles nourrissent les arbres, mais c'est probablement l'inverse. Il leur déverse le contenu de son cœur, l'offre à leurs branches et à leurs racines, et en retour, il reçoit la douceur sucrée de leurs fruits. L'après-midi, le verger m'appartient. Mes sœurs ont trop peur de s'aventurer si loin au milieu des arbres.

— Certaines personnes ont peur de ce qu'elles n'ont jamais vu.

— J'ai vu, et il n'y a rien à craindre ici. C'est ce qu'il y a au-delà du verger qui m'effraie.

À nouveau, il y eut une pause.

— Tu lisais Ibrahim Khalil la dernière fois.

Je fus surprise. C'était vrai. J'avais fait d'immenses progrès en lecture, au point d'étudier les écrits des poètes afghans contemporains.

— Oui, c'est vrai.

— Pourquoi ?

Pourquoi ? Voilà une question à laquelle il m'était difficile de répondre avec éloquence. Il y avait un souffle puissant dans la limpidité et la concision des vers. Quelle merveille, d'arriver à concentrer sur quelques lignes la profondeur d'une pensée, à la condenser et la façonner pour en faire un objet rimé plein de grâce. J'adorais saisir ces objets séparément, les ouvrir comme des cadeaux destinés à moi seule, en déchiffrer le contenu.

—C'est une boussole, lui dis-je finalement. Certains jours, je m'endors et me réveille avec un dilemme. Je tourne le problème dans tous les sens sans rien y comprendre. Mais plus d'une fois, j'ai lu ses mots et… Je ne sais pas comment l'expliquer. C'est comme s'il avait écrit des réponses à des questions que je ne lui ai jamais posées.

—Hum.

Me trouvait-il ridicule ?

—C'est comme ça que je vois les choses, ajoutai-je, sentant le rouge me monter aux joues.

—Je peux te réciter un de mes poèmes préférés ?

Je hochai la tête. Il se racla la gorge et se mit à réciter. Je reconnus le poème, un de ceux que j'avais soulignés dans mon livre.

Sur le chemin du temple de ta quête suprême
Par centaines les cimes se dresseront devant toi
Avec la ténacité pour hache, abats-les une à une
Et ainsi tes rêves seront à portée de main

Oui, pensai-je en regardant le ciel et en voyant les centaines de cimes séparant Kaboul du reste du monde. Le silence s'installa, tandis que ces mots simples avaient réduit la distance entre nous, la rendant insignifiante. Le choix de ces vers me donna le sentiment qu'il connaissait toutes les pensées que je n'avais osé partager avec d'autres. C'était comme s'il avait posé un bras tendre sur mes épaules. Je faisais pour la première fois l'expérience de l'intime, et trouvais cela tout aussi excitant qu'effrayant.

— C'est un poème magnifique, dis-je finalement. Merci.

Je lui souhaitai alors une bonne journée et rentrai lentement vers la maison, la gorge nouée. Par pudeur, j'avais retenu mes larmes en sa présence. J'en avais assez dévoilé pour la journée.

J'entrai alors en vitesse, croisant Kokogul dans l'escalier. Elle cousait l'ourlet d'une jupe et leva à peine les yeux.

— Qui te portera quand tu te seras cassé la jambe, hein ? Grandis un peu !

Quelques jours plus tard, Kokogul reçut la visite qu'elle attendait. Les Firooz avaient clarifié et officialisé leurs intentions. Ma belle-mère était aux anges, comme si c'était elle et non moi que l'on courtisait.

— Je le savais. Je savais qu'un seul regard sur le visage de ma fille leur suffirait pour voir la plus belle *arous* qu'une mère peut souhaiter à son fils ! Cette femme sera bénie de t'avoir comme belle-fille, et ils le savent à présent. Tu es beaucoup plus belle que toutes les femmes de sa parenté, et notre famille a une bonne réputation. Ton padar est autant respecté que l'était Boba-*jan*, que Dieu lui donne la paix éternelle. Maintenant, c'est à Agha Firooz de *nous* prouver qu'*eux* sont dignes de notre fille. Et nous n'allons pas leur faciliter la tâche… non, non, non. J'obligerai cette femme à nous rendre tellement de visites qu'elle sera incapable de danser à ton mariage à cause des ampoules qu'elle aura aux pieds ; je me fiche de savoir à combien s'élève leur fortune.

Je savais qu'elle mentait. Elle avait estimé, après leur première visite, le prix de leurs robes. Elle avait jugé les coutures et la coupe, déduisant que seules les couturières les plus talentueuses de Kaboul étaient capables d'apporter de la féminité à une silhouette aussi massive.

Je fus soulagée en entendant ce qu'avait prévu Kokogul pour leur deuxième visite. Ni elle ni moi ne voulions de ma présence dans les parages.

— Tes sœurs serviront le thé et les biscuits. Les Firooz t'ont vue la dernière fois. Laissons-les saliver un peu.

— Madar-*jan*, une fille doit avoir plusieurs *khastgars*, non ? Tu as souvent dit qu'un premier *khastgar* en attirait un deuxième, puis un troisième. Nous ferions meilleure impression, tu ne crois pas ? Peut-être que tu devrais éconduire cette famille.

Kokogul contredit mon raisonnement.

— Un deuxième et un troisième *khastgar* ? Voyez donc qui a une si haute opinion d'elle-même ! Le fils d'Agha Firooz n'est pas assez bien pour toi ? Un garçon éduqué issu d'une famille riche et respectée ? Écoute, ma fille, ce n'est pas parce qu'une famille est venue frapper à notre porte que d'autres vont s'y bousculer. Kaboul regorge de jeunes filles.

Son attitude avait totalement changé.

— Je pensais juste…

— Tu devrais te réjouir qu'on ait frappé à ta porte au moins une fois ! Une fille élevée sans mère n'est pas tout à fait le genre d'épouse qu'une famille accueille à bras ouverts.

« Sans mère ». Ses mots n'auraient pas dû me transpercer le cœur avec autant de violence. J'avais vécu toute mon existence en tant que belle-fille de Kokogul, consciente à chaque seconde de ne pas être Najiba ou les autres. On avait hérité de moi, et j'étais une étrangère dans le foyer de mon père. Avoir ri à ses plaisanteries, avoir appris à cuisiner les plats qu'elle adorait, lui avoir frotté le dos lorsqu'il la faisait souffrir, avoir passé ma vie à l'appeler Madar-*jan*, j'aurais voulu tout lui reprendre. Le cœur de Kokogul était un espace immuable, aux frontières bien définies, et chaque centimètre de cet espace avait été réservé à mes sœurs et à mon père. Je la regardai et lus en elle. Une fois de plus, et de façon encore plus inattendue, je me trouvais privée de mère.

— Quelles considérations ridicules ! C'est à moi de mener cette affaire. Tu es trop jeune pour savoir ce qui est bon pour toi.

Sa bague en lapis-lazuli cogna bruyamment contre sa tasse de thé. C'était une femme fougueuse, avec des avis tranchés sur tout. Mais dans chaque étreinte, chaque conversation, chaque regard échangé avec moi, elle était tiède. J'imaginai alors la maison sans moi : mes sœurs riant dans les couloirs, mon frère aux côtés de mon père, et Kokogul, les mains sur les hanches, dominant fièrement tout ce petit monde.

Pourquoi fallait-il que ma vraie mère meure ?

Rien d'exceptionnel ne s'était produit cet après-midi-là. Un simple échange de mots, peu différent des autres jours, mais ce fut pour moi un cataclysme intime, car je vis alors la femme qui se trouvait devant moi sans œillères.

— Elles reviennent plus tôt que je ne l'imaginais, dit Kokogul, pensant à voix haute. Mais je trouverai un moyen de les laisser mordre à l'hameçon un peu plus longtemps.

Kokogul se faisait saliver toute seule.

Je vis les cimes se dresser devant moi par centaines.

Chapitre 7

Fereiba

La famille d'Agha Firooz me trouva à son goût. J'aurais dû me sentir flattée.

Au lieu de cela, je me demandai ce que j'aurais pu faire pour ne pas attiser leur intérêt lors de leur première visite.

La mère revint, cette fois avec son fils. Interdite d'apparition, je restai cachée. Je me faufilai brièvement pour jeter un coup d'œil au salon et pus confirmer mes soupçons. Assis à côté de sa mère, fier comme un prince, se trouvait le garçon du marché. Je m'éloignai furtivement, sans que personne ne me remarque.

Prise de dégoût, je m'assis sur mon lit, la tête contre le mur.

J'entendais Kokogul parler, avec cette voix chantante qu'elle adoptait pour raconter des histoires piquantes. C'était une conteuse hors pair, sachant tenir son auditoire en haleine par le rythme de ses phrases. Ses yeux brillaient devant l'attention qu'elle suscitait. Elle désarmait les gens ainsi, imitant voix et mimiques d'une façon qui faisait redoubler de rire ses interlocuteurs.

Les gens l'adoraient. Je l'adorais.

Depuis la mort de Boba-*jan*, mon père était encore plus distant. Un jour, je posai un bol d'abricots secs et de noix à côté de lui pendant qu'il lisait. Il leva les yeux de son journal en sursautant. Son léger marmonnement et son tremblement de tête m'indiquèrent que ce n'était pas moi qu'il avait aperçue à cet instant. Il pleurait encore ma mère, tout comme moi. Il n'en disait jamais rien, mais son regard mélancolique le trahissait. Il ne prenait plus la peine de m'interroger sur mes études. Nous n'échangions que quelques mots dans la journée.

Je voulais lui demander d'éconduire ce prétendant.

Mon père se ralliait toujours au point de vue de Kokogul. Depuis toujours. Non pas tant parce qu'elle privilégiait ses intérêts financiers, mais parce que cela graissait les rouages de la machine domestique. La vie était plus facile pour lui lorsqu'ils étaient du même avis.

Je passais de plus en plus de temps au verger. Dans une maison pleine de monde, mon sentiment de solitude se révélait. Jamais Kokogul n'avait été de si bonne humeur. Elle passait ses matinées à la mercerie et ses après-midi avec la couturière. Son armoire s'enrichit de nouvelles dentelles, d'un délicat foulard et d'un châle de laine blanc orné de broderies dorées et vert émeraude.

La cour se poursuivit, les dames n'hésitant plus à affirmer clairement qu'elles cherchaient une épouse pour le fils d'Agha Firooz. Elles ne voulaient pas qu'on les fasse attendre. C'était un jeune homme instruit, destiné à hériter de l'affaire de son père. Kokogul n'aimait pas qu'on la presse. Pour elle, la danse venait de commencer.

— Fereiba-*jan* est une jeune fille très travailleuse, vous savez. Mon mari a proposé à maintes reprises de faire venir des domestiques pour nous aider à la maison, mais Fereiba et moi gérons toutes les corvées ensemble. Et je ne voulais pas d'étrangers chez moi, alors j'ai refusé.

Je secouai la tête. Il était difficile de distinguer le vrai du faux dans les paroles de Kokogul. Je doutais qu'elle-même en fût capable.

— Je te félicite d'avoir élevé une fille travailleuse. Je n'ai jamais demandé à mes filles de m'aider aux corvées. J'avais peur qu'elles finissent domestiques chez les autres si je le faisais. Mais avoir une *arous*, une jeune mariée, capable de tenir une maison… voilà qui serait un changement bienvenu.

— Oui, en effet. Mes autres filles ne sont pas aussi impliquées pour cette même raison.

Kokogul poursuivait sa danse, son doigt orné de lapis-lazuli tourbillonnant dans l'air tandis qu'elle chorégraphiait leur échange.

— Ferei, tu vas vraiment te marier ? me demanda Sultana sur un ton désinvolte tandis que j'essayais de me concentrer sur mon devoir de littérature.

Je ne prêtais pas attention à la curiosité de mes petites sœurs. Je parlais, mangeais et dormais très peu. Les études étaient pour moi la seule distraction efficace. Quand j'en avais le temps, je me réfugiais dans le verger pour laisser libre cours à ma mélancolie à l'abri des regards.

Kokogul rassemblait sereinement ce dont elle avait besoin pour constituer mon *shirni*, un plateau symbolique plein de sucreries à présenter à la famille du prétendant, qui constituait une acceptation officielle de la demande. Un plateau d'argent, du tulle doré et une boîte venant de la pâtisserie de Kaboul attendaient dans le tiroir de sa commode. Malgré la danse trompeuse dans laquelle elle avait entraîné la femme d'Agha Firooz, Kokogul était impatiente de me couvrir de rubans et de m'envoyer vers un nouveau foyer. J'examinai ses achats. Je rangeai ses sous-vêtements fraîchement repassés dans son tiroir, et luttai contre l'envie de mettre tout ce tulle en pièces, d'écrabouiller les friandises et de ne laisser à Kokogul qu'un tas de papier d'emballage doré.

— Qu'est-ce qui te rend malheureuse ?

Perdue dans mes pensées, je n'avais pas entendu le craquement des feuilles sous les pas de mon voisin. Tant que mon visage rougi demeurait caché, sa compagnie anonyme ne me gênait pas. Je touchai le mur rugueux, y promenai mes doigts, quand un morceau d'argile se détacha. Je frottai un peu plus fort, fis tomber plus de terre. Je me tournai alors pour m'adosser au mur. Les extrémités de mes doigts étaient tachées de poussière kaki.

— Il y a une famille… avec un garçon.

Je tentai plusieurs combinaisons de mots, mais butai sur une véritable explication.

— Ton prétendant ?

Bien qu'il ne pût me voir, je hochai la tête.

— Tu le savais ? demandai-je.

— Ma mère et mes sœurs en ont parlé. Elles ont vu les allées et venues de la famille, et Kokogul y a fait allusion quand elle est passée cette semaine.

— Elle est venue chez toi ?

Je n'avais pas prêté attention aux déplacements de Kokogul au cours des deux dernières semaines.

— Oui, dit-il à voix basse. Et je ne pense pas beaucoup de bien de ce garçon.

— Tu le connais ?

Il confirmait mon jugement.

— Pas très bien. Je l'ai croisé à l'occasion et j'ai pu l'observer de loin. On fréquentait le même lycée.

— Et même de loin, tu as eu cette opinion de lui.

— Certaines vérités paraissent plus nettes à distance. Je ne sais pas si je devrais en dire plus.

— Quoi que tu saches, tu dois le dire. Personne d'autre ne dit des choses dignes d'intérêt.

Il me parla des méfaits du garçon. Il harcelait les filles, se battait avec ses camarades, avait des résultats scolaires désastreux. Les rumeurs circulaient à son sujet, des choses que mon confident du verger refusa de dévoiler. Le fils des Firooz ayant obtenu son diplôme, ses parents espéraient que le mariage le ferait grandir, puisque le temps y avait échoué.

Je me laissai glisser au sol, serrai mes genoux contre moi et poussai un gémissement désespéré.

— Je suis désolé. Je ne voulais pas t'effrayer, mais je pense que tu dois le savoir. Ta famille doit le savoir.

Comment pourrais-je en parler à ma famille ? Comment leur répéter des informations qu'un inconnu rencontré dans le verger m'avait révélées ?

— Je ne sais pas quoi faire, murmurai-je. Ma belle-mère pense que l'on gagnerait à s'unir à leur famille. Et mon père…

même quand il est dans la pièce, c'est comme s'il était ailleurs. Il est bien content de laisser sa femme s'occuper de ces affaires-là. J'ai essayé de dire à Kokogul que je ne voulais pas me marier tout de suite, mais elle reste sourde à mes demandes. Elle ne me croira pas de toute façon. Elle me répondra simplement de ne pas écouter les rumeurs.

— Je vois.

Mon comportement était impardonnable. J'avais dévoilé mes pensées intimes et les affaires de notre famille au fils du voisin, une voix sans visage derrière un mur. Qu'avais-je fait de mon honneur ? Et comment être sûre qu'il tiendrait sa langue ? L'appréhension me rendit nerveuse.

— Excuse-moi. Je n'aurais pas dû parler. Je ne sais pas pourquoi je t'ai embêté avec ces histoires. Oublie ça, tu veux bien ? dis-je en redressant les épaules et en tentant de chasser l'émotion de ma voix.

— Tu es bouleversée, c'est tout. Tu n'as rien fait de mal…

— Mais si. Garde ça pour toi, d'accord ? Je ne pensais pas être… être aussi…

— Tu as ma parole. Je ne répéterai rien à personne. Mais laisse-moi te dire autre chose. Je suis aussi contrarié que toi par la nouvelle de ce mariage.

Le verger semblait retenir son souffle. Ses mots restèrent suspendus dans l'air au-dessus du mur ; ils flottèrent suffisamment haut pour qu'il ne puisse les rattraper et que je ne puisse les saisir. Je ne voulais pas qu'ils s'envolent.

— Pourquoi es-tu contrarié par la nouvelle de ce mariage ?

Il resta muet. Je répétai ma question et n'obtins aucune réponse.

— Tu es toujours là ?

— Oui.

— Tu n'as pas répondu.

— Non, en effet.

L'air s'alourdit de son refus. Je me retins de parler, n'osant combler le silence par mes propres inventions. Je ne voulais que ses mots à lui. Dans un sursaut de lucidité, je sus pourquoi je venais tous les jours à cet endroit. Je touchai alors le mur, les mains tremblantes.

— Je rentre à la maison.

— Fereiba-*jan*.

Il connaissait mon prénom ? Mes pas se figèrent. J'en frissonnai.

— Pour l'instant, sache seulement que la nouvelle de ce mariage me tourmente. Reviens demain et nous chercherons un moyen d'arranger la situation. Dieu est miséricordieux.

J'entendis ses pas s'éloigner, imaginai l'herbe se plier sous ses sandales de cuir. Mes yeux restèrent rivés au mur, la barrière qui nous maintenait séparés, mais pas autant qu'elle nous maintenait liés, car sans elle j'aurais fui de honte depuis longtemps. Le mur était mon *purdah*, mon voile.

Mon père rentra à la maison ce soir-là et me trouva dans la cuisine en train d'éplucher des carottes violettes qu'il avait récoltées dans son jardin. Je me levai pour le saluer, l'embrassai sur la joue. Il hocha la tête en silence. Il avait l'air contrarié, comme s'il avait quelque chose d'important à dire, mais qu'il n'y arrivait pas.

— Où est Kokogul ? Elle se repose ?

— Elle est allée au marché avec Najiba et Sultana. Elles ne devraient pas tarder.

Il fit deux pas hors de la cuisine, hésita, puis revint.

— Et toi, comment vas-tu ?

Il semblait inquiet.

— Moi, Padar-*jan* ? Je vais bien.

— Vraiment ?

— Oui, répondis-je d'une voix faible.

À son intonation, je compris qu'il sous-entendait quelque chose. Je savais qu'il m'aimait autant que mon frère et mes sœurs. Si je ne lui avais pas enlevé ma mère, il m'aurait peut-être aimée davantage.

— Tu sais, tu es une aide précieuse pour tout le monde dans cette maison. Tu as toujours travaillé très dur.

J'écoutais, la tête baissée en signe de respect.

— Qu'Allah te donne la vie et la santé, ma fille.

— Et à toi aussi, Padar-*jan*.

— Chaque jour, il y a un peu plus d'elle en toi. Chaque jour.

Comme les mots que j'avais laissés suspendus au-dessus du verger, ceux-là flottèrent dans l'air. Ils étaient restés tus dans chaque conversation que j'avais eue avec mon père, insinués derrière chaque regard qu'il avait posé sur mon visage, comme si cela lui était douloureux. C'était le genre de mots tendres que Kokogul brûlait d'entendre.

Si j'avais été moins avisée, j'aurais cru difficile de pleurer une inconnue. Je ne me serais pas cru capable de le faire toute ma vie.

Comme j'aurais aimé pouvoir tirer une chaise pour mon père et le supplier de poursuivre, de me décrire toutes les qualités de ma mère, afin que je puisse enfin savoir quelle femme je pleurais. J'aurais voulu qu'il me parle de leur première rencontre, du son de sa voix, de ses plats préférés, de la forme de ses doigts. J'aurais voulu fermer les yeux et la voir apparaître devant moi, l'entendre prononcer mon nom, juste une fois. Mais tenter de convoquer ma mère revenait à essayer de fredonner un air que je n'avais jamais entendu.

Padar-*jan* s'éclipsa rapidement, comme s'il savait ce que j'allais lui demander s'il s'attardait. Je l'entendis presser le pas pour passer dans l'autre pièce et je restai là, contemplant d'un œil vide mes mains, que les carottes cultivées par mon père avaient tachées d'un sinistre violet.

Kokogul avait certainement discuté avec mon père du fils d'Agha Firooz, mais Padar-*jan* ne laissa rien paraître de son sentiment. Je ne m'attendais pas à ce qu'il me parle directement de cette union ; de tels sujets n'étaient pas abordés entre un père et sa fille. Les mères jouaient les intermédiaires dans ces affaires, transmettant les informations, les modifiant selon leur désir. Dans mon cas, Kokogul avait chanté les louanges du fils d'Agha Firooz comme s'il s'était agi du sien.

Padar-*jan* voulait-il me marier ? Y avait-il une chance pour qu'il rejette leur demande ?

Je restai dans l'incertitude.

Je repensai alors à ma conversation avec le voisin dans le verger. L'entendre prononcer mon prénom m'avait décontenancée. L'anonymat du lieu était désormais brisé. Je me sentais excitée, mais aussi mise à nu. Je voulais le connaître.

Je retournai au mûrier l'après-midi suivant. Je me sentis rougir avant même que mes pieds ne touchent l'herbe. Je jouais un jeu dangereux. Pourtant, on ne pouvait pas nous accuser de badinage. Pas plus que deux cerfs-volants dont les fils se seraient emmêlés sous l'effet d'un vent capricieux.

La brise charia un sifflement. Je souris intérieurement et pris une profonde inspiration. C'était lui. Je me raclai la gorge pour annoncer mon arrivée. Il la remarqua.

— *Salam*, dit-il.

— *Salam*.

— Comment vas-tu aujourd'hui ?

— Je vais bien. Et toi ?

J'étais de plus en plus audacieuse dans mes échanges avec lui.

— Bien.

Le soleil perçait à travers les branches du mûrier, me réchauffant le visage. Je plissai les yeux, mais restai où j'étais. La lumière avait sur moi un effet apaisant. Je me demandai s'il ressentait la même chose.

— J'ai vu ton prétendant ce matin.

Il retint mon attention avec ces quelques mots.

— Ah oui ? Où ça ?

— Près de la boulangerie. J'achetais de la pâte pour ma mère. Il traînait avec des amis, ils passaient le temps comme ils ont l'habitude de le faire.

Ses mots étaient mesurés, prudents. Le ton de sa voix révélait une réalité que ses phrases contournaient.

— C'est une chance que tu aies commencé ta scolarité aussi tard. Aucune des mises en garde des professeurs n'a pu le refréner. Il paraît qu'ils ont fait la fête quand il est parti.

Il savait pour ma scolarité. Comment savait-il autant de choses sur moi alors que je ne connaissais rien de lui ?

— On dirait que tu connais bien mon histoire. Moi, je ne sais rien de toi, sauf que tu aimes espionner tes voisins et lire de la poésie dans les arbres.

Un éclat de rire s'éleva derrière le mur.

— La hauteur me donne de la perspective. Mais tu as probablement raison. Qu'aimerais-tu savoir de moi ?

— Ce que tu étudies.

Je tirais sur les brins d'herbe, essayant d'imaginer son visage.

— Je fais des études d'ingénieur. J'ai presque terminé la fac. C'est peut-être pour ça que j'aime m'asseoir auprès des oiseaux. De loin, c'est plus facile de voir comment fonctionnent les choses, d'observer les courants par exemple.

— Ça te plaît beaucoup, on dirait.

— Oui.

— J'aimerais bien aller à l'université, moi aussi.

— Qu'aimerais-tu étudier ?

Des mois plus tôt, je réfléchissais beaucoup à cette question, sans parvenir à une réponse. Je me rendis compte que depuis quelques semaines j'avais cessé de rêver à mon avenir. J'avais cessé de penser à ce que j'aimerais faire. Boba-*jan* aurait été déçu. Mon ange du verger, à supposer qu'il existât, aurait secoué la tête. Qu'avais-je envie de faire ?

Une réponse s'échappa de mes lèvres comme si je m'étais décidée des années auparavant. Et c'était la décision la plus naturelle.

— L'enseignement, je crois qu'il n'y a rien de plus important que l'enseignement. Bien sûr, l'ingénierie, c'est important aussi, mais même les ingénieurs ont besoin de professeurs.

— Tu as raison. Les professeurs sont essentiels pour former les jeunes esprits. Tu ferais une formidable enseignante.

— Je ne sais pas si j'en aurai la possibilité, dis-je en baissant le ton.

— Est-ce que ta famille en a parlé ?

— Non. Je ne crois pas que j'entendrai quoi que ce soit avant que la décision soit prise. C'est comme si je ne faisais déjà plus partie de la famille. Ma mère et mes sœurs sont tellement plongées dans les invitations, les cadeaux, les célébrations. Tout ça se déroule autour de moi, et je suis invisible, celle qui vivait autrefois dans cette maison, dis-je, finissant d'une voix brisée.

— Tu n'es pas invisible. Je peux fermer les yeux et te visualiser. Je peux être seul et entendre ta voix. Tu es tout sauf invisible.

À travers ces mots, le garçon me faisait une déclaration qui ne laissait nulle place au doute. C'était la seule voix que j'avais envie d'entendre, la seule personne qui s'adressait à moi pour me parler de moi. C'était comme s'il avait escaladé le mur qui nous séparait et qu'il m'avait laissée reposer la tête sur son épaule.

— Tu ne devrais pas dire des choses pareilles, répondis-je calmement.

C'était un réflexe de protection.

Il comprenait.

— Faisons quelque chose, tu veux bien ? Si on récitait une prière ? Qu'en penses-tu ?

Je n'étais pas étrangère aux prières. Quand j'entendais s'élever l'*azan* depuis le minaret le plus proche, cela m'apaisait. Cinq fois par jour, j'avais l'occasion de partager mes pensées avec Dieu, de demander pardon et de prier pour qu'Allah abrite ma mère et mon grand-père dans ses jardins paisibles. Peut-être que l'union de deux voix serait plus audible qu'une seule.

— D'accord.

Je le laissai commencer.

— *Bismillah al Rahman al Rahim…*

— *Bismillah al Rahman al Rahim…*

Il récita une prière simple et je répétai ses mots doucement, les yeux clos. Il termina par une supplique.

— S'il te plaît, Allah, apporte une solution à la situation de ma voisine. Aide-la à éviter le chemin que d'autres choisissent pour elle et son prétendant. Son inquiétude n'a pas connu un seul moment de répit depuis plusieurs semaines et les choses ne pourront qu'empirer avec ce garçon, comme tu le sais mieux que quiconque. S'il te plaît, trouve un moyen de l'emmener dans un foyer où elle ne sera pas considérée comme acquise. S'il te plaît, aide-la dans ce choix et aide sa famille à prendre la décision qui serait la meilleure pour elle. Laisse-la poursuivre ses études d'enseignement pour qu'elle puisse, à son tour, aider les autres. S'il te plaît, ne laisse personne la détourner de ses objectifs.

Il s'arrêta.

— Et s'il te plaît, aide-moi à accomplir mes buts, à la fois dans les études et dans la vie. S'il te plaît, offre-nous à tous les deux un avenir plus brillant.

Si j'avais pu voir l'avenir et constater dans quelle mesure nos prières avaient trouvé une réponse, je me demande si j'aurais continué à prier. Je me demande s'il aurait prononcé ces mots s'il avait su. Je tremble à l'idée qu'on aurait bel et bien continué. Je tremble plus encore à l'idée de ce qui serait arrivé si nous n'avions pas prié.

Cette nuit-là, la tête sur l'oreiller, je pensai à Rabia Balkhi, la légendaire poétesse afghane du xe siècle. Rabia, une véritable princesse, vivait dans l'opulence avec des domestiques à ses pieds. À la mort de son père, son frère devint son tuteur. Elle vécut alors dans une incroyable solitude, comblant le vide de ses jours par des vers de sa création.

Mais l'amour peut naître partout, même là où l'on a tout juste assez d'air pour respirer, et Rabia tomba amoureuse d'un beau jeune homme, Baktash. Leur histoire, un échange secret de lettres et de poèmes, fut découverte par le frère de la jeune fille, qui ordonna qu'on portât sa sœur dans le bain. Tandis qu'elle était étendue dans les eaux fumantes, on lui trancha les poignets.

Rabia, avec son propre sang, écrivit son dernier poème sur les murs des bains, déclarant son amour éternel pour Baktash.

L'amour n'était pas un sujet que l'on pouvait aborder. Nous n'explorions le phénomène qu'à travers les poèmes, les paroles de chansons ou les films de Bollywood dans lesquels, à mesure que la tragédie prenait le dessus, que la malédiction s'abattait sur les amants, leurs sentiments se renforçaient. Voilà ce que nous apprenions, et uniquement par hasard.

La mère disparue, le prétendant non désiré, le garçon dans le verger : tous les éléments requis étaient rassemblés pour faire de ma vie un conte d'amour épique. Mon cœur adolescent battait la chamade dans l'attente angoissée du lendemain.

Les yeux fermés, je tentai de me rappeler le fameux poème de Rabia, mais ne retrouvai que les deux derniers vers :

Quand tu vois des choses hideuses, imagine-les belles
Avale du poison, mais goûte la douceur du miel

Chapitre 8

Fereiba

Kokogul était devant la porte d'entrée quand je sortis de ma chambre. Sa voix s'éleva, traversa le couloir en montant dans les aigus. En quelques secondes, elle atteignit une stridence effrénée.

Ma belle-mère passa devant moi en courant. Je tendis la main pour retenir les tasses à thé qu'elle avait posées à grand fracas sur la table gigogne en verre.

— Reste ici. Surveille tes sœurs et prie pour que ces nouvelles ne soient pas vraies ! Je sors pour essayer d'en savoir plus. Je n'ai jamais entendu une telle histoire… Si c'est un mensonge, que cette fouineuse soit maudite. Mon Dieu, ce n'est pas possible !

Elle se couvrit la tête à la hâte et rabattit les pans de son tchador sur ses épaules. Avant que je puisse lui demander où elle allait et quelles étaient ces terribles nouvelles, elle avait claqué la porte derrière elle. Je repris mes corvées avec un sentiment de malaise. Mes sœurs étaient occupées à apprendre leurs leçons et n'en sauraient pas davantage. J'étais condamnée à attendre le retour de Kokogul.

Deux heures passèrent, et mon appréhension ne cessa de croître. Je traversai la cour et ouvris le portail. Notre rue calme ne m'offrit aucun indice. Quelques enfants poursuivaient un chien errant, envoyant sur lui des rafales d'ordures. Un vieil homme marchait en s'aidant d'une canne. Rien ne semblait sortir de l'ordinaire.

Padar-*jan* rentra plus tôt que d'habitude et me trouva en train de battre les coussins du salon. Je ne tenais pas en place.

— Où est ta mère ? Ne me dis pas qu'elle est repartie au marché.

— Non, Padar-*jan*, elle est allée rendre visite à une amie, je crois. Elle n'a pas dit grand-chose, seulement qu'elle avait appris une terrible nouvelle et qu'elle espérait que ce n'était pas vrai.

— Une terrible nouvelle ?

Il sembla inquiet, à la fois du départ soudain de Kokogul et du ton de ma voix.

— A-t-elle dit de quoi il s'agissait ?

Je secouai la tête.

— Elle était pressée. Elle est sortie comme un ouragan et sans explication.

Mon père poussa un profond soupir et me demanda si j'avais préparé le dîner. Il était inutile de s'énerver avant de savoir de quoi il retournait. Mon père aurait volontiers avalé une cuillère à soupe de sel si telle était la condition pour avoir la tranquillité dans sa maison.

Comme Padar-*jan* avait faim, j'appelai mon frère et mes sœurs et mis la table, en me demandant si Kokogul serait de retour avant que nous commencions à manger. Des vapeurs de cumin s'élevèrent du plat de riz fumant que j'apportais lorsqu'elle entra en trombe dans la pièce. Kokogul jeta son tchador sur le dossier d'une chaise en maugréant. Sa voix résonna dans le petit espace.

— Oh, mon Dieu, miséricordieux Allah ! Quelle terrible nouvelle !

Elle s'assit à côté de mon père en balançant la tête de droite à gauche.

— Quels événements tragiques et inattendus nous sont tombés dessus... Je n'arrive toujours pas à croire que de telles choses ont pu arriver !

Padar-*jan* fronça les sourcils, ce prélude dramatique éprouvait sa patience.

— Veux-tu bien nous dire de quoi il s'agit, Kokogul ? Qu'est-il arrivé ?

Elle ne prêta pas attention à l'exaspération de son époux et poursuivit son récit à son rythme.

— J'étais à la maison aujourd'hui en train de surveiller les devoirs des filles, et en plus de ça il y avait toute cette lessive à faire et les repas à préparer, et j'avais les mains pleines, comme d'habitude.

Padar-*jan* soupira profondément, et je me demandai à quel moment Kokogul avait lavé la moindre chaussette ou remué la moindre sauce.

— Habiba-*jan* est venue frapper à notre porte pour emprunter de la farine – je me dis parfois que nous serions riches si nous lui facturions tous les ingrédients qu'elle oublie d'acheter à l'épicerie –, donc j'ai donné à cette imbécile ce qu'elle demandait et ensuite elle s'est mise à bavarder au sujet d'une malheureuse famille qui devait organiser une *fatiha* dans deux jours pour leur jeune fils et qui vit maintenant une tragédie. Je lui ai demandé de qui il s'agissait et elle m'a répondu que c'était cette famille riche qui vit de l'autre côté de la ville, celle d'Agha Firooz.

J'agrippai fermement le rebord de la table. Je me sentis blêmir. J'attendis qu'elle poursuive.

— Quand elle a dit ça, ma tête s'est mise à tourner et j'ai failli tomber dans les pommes, à ses pieds, mais je me suis reprise et je lui ai demandé si elle savait de quel garçon il s'agissait et comment c'était arrivé. Elle était plus intéressée par sa farine et elle n'en savait pas plus de toute façon, alors je lui ai donné congé. Je me suis ensuite rendue chez Fatana-*jan*, dont le beau-frère est voisin d'Agha Firooz. Fatana est mieux informée que le KGB, elle m'a tout raconté ! Mon Dieu, ça change tout pour nous ! Dire qu'il y a à peine deux jours…

— Bon sang, femme ! Veux-tu bien nous dire ce qui est arrivé !

— C'est incroyable, proprement incroyable ! Toute l'histoire est absolument inimaginable ! Le fils d'Agha Firooz rentrait du cinéma avec des amis. Comme tu le sais, ils nous ont dit qu'il faisait des études d'ingénieur, eh bien, d'après Fatana, il n'a jamais mis les pieds dans une classe depuis le lycée et il n'aurait même jamais eu son baccalauréat si son père n'avait pas fait jouer son influence.

Kokogul savourait chaque détail de son histoire. Tragique ou pas, elle ne voulait pas en laisser une miette. C'était la première fois qu'elle la racontait, et cela tenait lieu de répétition, puisque, de toute évidence, elle aurait bien d'autres occasions de le faire.

— Il rentrait à la maison avec des amis quand ils se sont arrêtés pour acheter du *nakhod* au marché. Ces jeunes ne peuvent pas faire cinq mètres sans grignoter quelque chose ! Chacun a rempli sa poche de *nakhod* et ils ont repris leur chemin quand soudain le garçon a commencé à se gratter le bras, celui-ci était couvert de boutons rouges. Le temps qu'ils arrivent au bout de la rue, il était encore plus mal en point, il toussait et traînait les pieds derrière les autres. Ses camarades n'avaient aucune idée de ce qui se passait, et ils ont décidé de l'accompagner chez lui. Il parvenait à peine à marcher, alors ils l'ont étendu sur le canapé du salon. Sa pauvre mère était à la maison. Elle est entrée dans la pièce, a jeté un regard à son fils et a tout de suite compris. Quand il était petit, il avait eu les mêmes symptômes après avoir mangé des noix. Elle cria aux amis de son fils de l'aider à l'emmener chez un médecin, mais les garçons avaient déjà décampé. Fatana pense qu'ils préparaient un mauvais coup et qu'ils ont eu peur de s'attirer des ennuis. Le temps qu'elle appelle la bonne et réussisse à le conduire chez le médecin, il avait cessé de respirer. C'était fini !

Kokogul se couvrit le visage des deux mains, prit une profonde inspiration, puis posa les paumes à plat sur la table. Sa voix se chargea alors de gravité.

— Ils sont dévastés par le chagrin et sous le choc. Au moment où nous parlons, ils sont en train d'organiser l'enterrement alors qu'ils devraient s'occuper des préparatifs du mariage.

Padar-*jan* se pencha en arrière, la bouche légèrement entrouverte. Mes sœurs me regardèrent avec insistance. Je m'efforçais de garder un visage impassible, mes sentiments étaient confus, et je ne voulais pas que mon expression trahisse mes pensées.

— Qu'Allah lui pardonne ses péchés ! Perdre un enfant, un jeune homme...

Padar-*jan* secoua la tête. Il continua de regarder Kokogul, puis hasarda vers moi un coup d'œil furtif pour jauger ma réaction.

— Quelle tristesse. Quelle tristesse ! Nous commencions à peine à connaître leur famille ! Ils avaient l'air de gens si gentils, avec le sens des affaires et visiblement bien mieux lotis que la plupart des habitants de Kaboul. Ils ont un autre fils, mais il est déjà marié ! Nous avons manqué notre chance avec eux.

Kokogul fut incapable de dissimuler sa véritable déception.

Padar-*jan* lâcha un autre soupir. Cela faisait longtemps qu'il s'était fait au caractère de Kokogul, mais cela ne l'empêchait pas d'espérer, jour après jour, qu'elle ne ramènerait pas le moindre événement à sa petite personne. Il se racla la gorge.

— Je vais me renseigner demain sur la *jenaza* et la *fatiha*. Nous irons présenter nos condoléances à la famille. Pour l'instant, mangeons le repas qu'a préparé Fereiba pour nous. Il ne faut pas gaspiller.

Il adopta alors un air pensif.

— Nous leur enverrons de la nourriture, ajouta-t-il.

— De la nourriture ? Ils ont une cuisinière pour s'occuper de leurs repas. Nous avons déjà assez de mal à nourrir toutes les bouches de cette maison !

— Nous leur enverrons de la nourriture et nous leur présenterons nos condoléances. Nous avons connu des jours heureux avec eux et nous ne devons pas craindre de partager leur douleur, dit Padar-*jan* avec une lenteur délibérée, en jetant un regard sévère à Kokogul.

Elle répondit à cette réprimande par une moue boudeuse.

Tandis qu'une famille pleurait la mort de son fils, j'eus honte d'admettre mon soulagement ; j'avais l'impression qu'un joug venait d'être ôté de ma nuque. Mais au poids du malheur auquel j'avais échappé se substituèrent de bien sombres pensées.

Durant les repas, je gardais un visage de marbre. Je mâchais une nourriture qui n'avait plus de goût.

Il ne pouvait s'agir d'une simple coïncidence.

Je baissais les yeux. Mes pensées tourbillonnaient dans mon cerveau, j'avais peur que ma famille ne les entende, qu'ils ne se rendent compte de ce que j'étais. Je n'étais plus invisible.

Dans le verger, j'avais mis mes mains en coupe, levé la tête vers le soleil et prié Dieu. Quand mon voisin avait fini de réciter sa prière fatale, j'avais murmuré « Amen ». J'avais poussé ses mots vers Allah, comme s'il était normal de prier avec un inconnu. Ses mots, nos mots, se répétaient dans mon esprit.

« S'il te plaît, Allah, apporte une solution à la situation de ma voisine. Aide-la à éviter le chemin que d'autres choisissent pour elle et son prétendant. Son inquiétude n'a pas connu un seul moment de répit depuis plusieurs semaines et les choses ne pourront qu'empirer avec ce garçon, comme tu le sais mieux que quiconque. »

Du répit. Une solution.

« Ne laisse personne la détourner de ses objectifs. »

Kokogul était trop bouleversée pour manger. Je me cachais derrière ses longs soupirs. Mes sœurs échangeaient des regards curieux, impatientes de quitter le silence étrange de nos repas et de partager leurs pensées loin de mon père.

Une panique secrète s'empara de moi. Peut-être étais-je complice du triste sort de ce garçon. Pire, peut-être étais-je responsable de sa mort.

Je mâchais avec soin, craignant de m'étouffer. Allah était d'humeur inconstante.

Je me demandai si mon voisin avait eu vent de la nouvelle. Mes pensées prirent alors une tout autre direction. Je réfléchis à ses intentions et au sens des mots qu'il avait adressés aux cieux.

Je luttais contre l'envie de sortir de la maison et de courir vers le verger pour tout lui raconter.

Il me faudrait attendre.

Indépendamment de la mort de ma mère, j'étais quasiment persuadée que le monde s'agitait autour de moi sans être affecté par mon existence. Peut-être en était-il autrement tout compte fait.

Deux jours plus tard, le calme était revenu dans notre maison. Mes sœurs finirent par se faire une raison ; je n'avais rien à dire sur la mort du garçon. Kokogul s'était résignée à reprendre sa routine, dans son foyer privé d'exaltation. Padar-*jan* alla présenter ses condoléances à Agha Firooz, un échange que les deux pères n'avaient pas anticipé. Dans mon état d'angoisse, je démarrai ma lessive et me rendis compte que j'avais oublié le savon. En allant le chercher, je me rappelai qu'il fallait mettre la viande à mariner. Plusieurs heures plus tard, je trouvai la lessive oubliée, dégoulinante, attendant toujours.

Le cœur au bord de l'explosion, je partis errer dans le verger. Chacun de mes pas me sembla une intrusion. Les branches qui autrefois m'avaient accueillie tels des bras ouverts semblaient pointer vers moi comme des doigts accusateurs, témoins de mes actes.

Je toussai légèrement.

— *Salam*, dit-il prudemment.

— Je ne savais pas si tu serais là.

— C'est toi ? Tant mieux, reprit-il d'une voix plus gaie. Je n'en étais pas sûr.

Son ton joyeux me sembla blasphématoire.

— Tu n'as pas appris la nouvelle ? murmurai-je.

— La nouvelle ? Quelle nouvelle ? s'enquit-il, soudain solennel.

— À propos du garçon. Vraiment ? Tu ne sais pas ?

— Qu'y a-t-il ? Tu as l'air bouleversée.

— Il est mort.

— Quoi ? Est-ce que c'est une plaisanterie, Fereiba ? murmura-t-il à son tour.

Je fus surprise par le ton tranchant de sa voix.

— Je ne plaisanterais pas sur une chose pareille, répondis-je.

Je laissai enfin échapper ce que j'avais voulu hurler depuis que Kokogul nous avait appris la nouvelle au dîner.

— C'est vrai. Il est mort, et c'est comme si nous avions prié pour que ça arrive, mais ce n'est pas ce que nous avons fait, si ? Qu'avons-nous demandé ? Quel péché avons-nous commis ?

— Parle moins fort, m'avertit-il. Donc, tu es sérieuse. Bien sûr, nous n'avons jamais prié pour qu'une telle chose se produise. Ne sois pas bête. Dis-moi ce qui lui est arrivé.

Je lui refis le récit de Kokogul. Je m'étais répété les événements dans ma tête tant de fois que j'avais l'impression d'avoir assisté à ses dernières heures. Je l'imaginais s'étouffer, se tenir la poitrine, le visage écarlate, comme si une tempête faisait rage en lui et tentait de sortir par sa gorge.

— Fereiba-*jan*, écoute-moi bien. C'est une nouvelle choquante et je sais que ça peut paraître étrange étant donné notre conversation, mais crois-moi, je n'avais aucune intention de lui nuire. C'était une prière, pas une malédiction. Nous ne sommes pas responsables de son décès.

— Mais nous avons prié…

— Et c'est tout ce que nous avons fait. Nous n'avons souhaité de mal à personne, je te le promets. Nous voulions seulement qu'un malheur te soit épargné. Il faut que tu le saches.

Le verger fut traversé d'une petite brise, et l'angoisse qui me comprimait la poitrine desserra un peu son étreinte. Il avait raison. Je savais que nous n'avions jamais souhaité quelque chose d'aussi fatal par nos prières. Et je savais, depuis notre premier échange, que cette voix dans le verger était celle d'un cœur bon. Il avait agi en ami à un moment où je n'avais personne à qui confier mes pensées intimes. Une fois encore, c'était mon seul ami, dans une époque et un lieu où l'amitié entre filles et garçons n'existait pas. Il y avait des frères et sœurs, des oncles et tantes, des maris et femmes… mais pas d'amis.

Je n'aurais pas eu le droit de poser les yeux sur lui ni de lui serrer la main, mais de toute façon de tels gestes auraient été insignifiants, comparés aux pensées profondes que nous avions déjà partagées. Je me sentis rougir en me rappelant à quel point je m'étais appuyée sur cet inconnu dans mes heures sombres.

— Tu as raison. C'était un sentiment si horrible, de penser que…

— Ne vois pas les choses ainsi. Tu as été libérée par ce triste coup du sort. Je ne dirais pas du mal des morts, mais toi et moi, nous savions quel genre de garçon c'était. Ce n'est pas ta faute. Ni la mienne. Alors ne porte pas ce poids sur tes épaules.

Je n'osai l'interrompre, car il disait exactement ce que j'avais besoin d'entendre. Avec le recul, je me demande si son discours n'était pas un peu trop parfait. Il était possible que, dans ma solitude, j'aie inventé cet ami, à partir de l'ombre d'une personne, que je lui aie donné corps pour combler un vide, comme dupée par mon imagination.

— Fereiba-*jan* ? Dis quelque chose. Dis-moi que tu es d'accord.

Tous mes doutes s'évanouirent lorsque je l'entendis prononcer mon prénom. Pour l'heure, il était aussi réel, vrai et attentionné que nécessaire. Je ne pouvais partir, attachée à lui par un fil inconvenant de ma propre création.

Chapitre 9

Fereiba

— Ils te reprochent sa mort. C'est le bruit qui court, me dit froidement Kokogul.

Ma nuque devint brûlante. Je cessai brusquement d'essuyer la vaisselle. Le torchon pendait mollement de ma main.

— Moi ? Pourquoi pensent-ils que c'est ma faute ?

— Ils disent que c'était un jeune homme en pleine santé et qu'il a été arraché à sa famille la veille de ton *shirni*. Bien entendu, la femme d'Agha Firooz est persuadée que tu es maudite. D'abord ta mère, ensuite ton grand-père et maintenant ce prétendant qui n'était qu'à quelques heures de devenir ton fiancé.

Mes yeux se remplirent de larmes. Nommer ainsi les gens dont la perte me faisait le plus de mal était cruel.

— Il n'y a pas de quoi pleurer, me gronda Kokogul. Comment ne pas tirer de telles conclusions ? Ils sont malheureux et perdus, et ils connaissent ton histoire. Je devrais peut-être m'estimer heureuse d'être encore en vie, pouffa-t-elle.

Elle avait pu tout inventer. J'avais du mal à distinguer le vrai du faux avec elle. Parfois, elle se laissait tellement emporter par sa propre version de l'histoire que toute trace de vérité disparaissait. Je me remis à essuyer les plats, mais elle poursuivit.

— Je suis allée présenter mes condoléances à sa mère. Dès qu'elle a vu mon visage, elle a éclaté en sanglots et déclaré que ma fille était maudite. Elle a affirmé que les premiers problèmes se sont déclarés au moment où ils ont commencé à te courtiser. Je crois que certaines des femmes ont entendu ses commentaires, mais pas beaucoup.

Oh, Seigneur.

Dans le silence de la *fatiha*, j'étais certaine que toutes les femmes de la ville avaient entendu ces paroles. Je serais à jamais la fiancée maudite de Kaboul, suscitant murmures et regards curieux partout où elle passerait.

— Qu'est-ce que tu lui as répondu ? demandai-je d'une voix hésitante.

— Que pouvais-je dire à une mère endeuillée ? Je lui ai dit que je priais pour que Dieu leur apporte la tranquillité et que son fils repose en paix au paradis.

— Je veux dire sur moi. Sur le fait que je sois maudite.

— Fereiba, la *fatiha* n'est ni l'endroit ni le lieu pour se disputer. Je lui ai dit que j'espérais qu'elle se trompait.

Kokogul se servit un verre d'eau.

— Quoi qu'il en soit, même si c'est affreux de dire du mal d'un mort, il paraît que c'était un fauteur de troubles, un voyou qui volait sa propre famille. Homaira-*jan* a raconté qu'un jour il a frappé son jeune fils si violemment qu'il est resté aveugle d'un œil pendant une semaine.

— Quand as-tu vu Homaira-*jan* ? demandai-je innocemment, les yeux rivés sur la vaisselle.

— Oh, il y a deux semaines, au marché. Elle vient de rentrer de son voyage en Inde, elle exhibait ses tout nouveaux bracelets en or, évidemment.

Et malgré ces rumeurs, Kokogul préparait mon *shirni*.

Maman. Toute ma vie, j'avais appelé Kokogul par ce nom lumineux et plein d'espoir, désirant la caresse de la soie sur ma joue et n'obtenant trop souvent qu'un glacial courant d'air.

— Les femmes en ont parlé pendant la cérémonie. Agha Firooz pensait que le mariage calmerait son fils et soignerait sa malveillance. Ça faisait des mois qu'ils lui cherchaient une fiancée. Qui aurait voulu de lui dans ces conditions ? Qui voudrait donner sa fille en deuxième ou troisième choix ?

Je fis claquer mon torchon contre le plan de travail.

— Mais tu étais prête à leur offrir mon *shirni* malgré tout, non ? Pourquoi suis-je si différente ?

Le ton de ma voix était sec. La blessure, révélée, gisait ouverte entre Kokogul et moi, dans un rare moment d'honnêteté.

Nos regards se croisèrent.

— Ma chère, il y a une différence de taille entre toi et Najiba, et je suis étonnée que tu m'interroges là-dessus seulement maintenant. Najiba est simple. C'est une jolie fille… assez jolie pour attirer l'attention. Elle est issue d'une bonne famille. Elle est brillante et polie.

— Et moi ?

— Et toi, reprit Kokogul, ses mots s'enfonçant en moi comme un doigt dans mon sternum. Je dois faire plus attention avec toi. Oui, tu as de bonnes manières et des traits assez gracieux, mais tout le monde sait que tu as perdu ta mère.

C'est ça qui te rend différente. Et avant de me regarder avec ces yeux pleins de colère, rappelle-toi que ce n'est pas ma faute si tu es orpheline et si les gens parlent ainsi. Mais c'est à moi qu'il revient de veiller sur toi. Penses-y, Fereiba. Si tu attends de danser sur la lune, tu ne danseras jamais.

— Tu ne m'aimes pas comme tu aimes les autres ?

— Et tu ne m'aimes pas comme tu aimes ton père. Ou ton grand-père. Ne crois pas que je ne le sais pas.

Je restai silencieuse. Elle avait raison, évidemment.

Kokogul, imperturbable, reprit alors son attitude coutumière ; elle s'estima victime d'un coup du sort.

— Je suis désolée qu'elle ait perdu son fils, mais je suis encore plus navrée d'avoir perdu mon temps à leur servir du thé et des biscuits.

Padar-*jan* ne s'exprima pas sur cette histoire. Il entrait et sortait, nous interrogeait gentiment sur nos cours, mais ne mentionnait jamais Agha Firooz ni son fils. J'aurais aimé que mon père se comporte différemment, mais il en était incapable. Même si j'étais libérée de ce prétendant et de cette famille, une question me hantait, à savoir l'empressement avec lequel mes parents m'auraient donnée à eux. Je craignais que cela ne se reproduise.

Mon voisin était mon unique refuge. Il récitait des poèmes et se plaignait de sa note à son dernier examen. Il parlait avec passion du métier qu'il voulait faire après l'obtention de son diplôme. Il voulait voyager et travailler pour une compagnie étrangère. Il voulait explorer le monde. J'adorais l'écouter parler de l'université. Il me décrivait les bâtiments et les professeurs de façon si détaillée qu'en fermant les yeux j'avais l'impression d'y être.

Un jour, il me dit une chose qu'il n'avait jamais dite.

—J'aimerais beaucoup te connaître mieux et rencontrer ta famille, sans mur entre nous.

Mes joues s'échauffèrent. Je souris et remuai les orteils dans l'herbe.

—Mais ce serait... Je veux dire, ce n'est pas...

—Je ne veux pas te manquer de respect, mais je voulais te faire savoir que, selon moi, nos familles devraient commencer à discuter...

—Tu te rends compte de ce que tu dis ? demandai-je, à demi gênée. Ne dis pas des choses que tu ne penses pas.

—Je ne me permettrais pas, Fereiba-*jan*. Crois-moi, *qandem. Ma douce.*

Je ressentis des picotements en entendant les syllabes de mon prénom, et le délicat mais osé *qandem* se posa au creux de mon oreille comme un baiser léger.

—Tu sais à quoi je pense tous les jours ?

Je me rassis dans l'herbe, levai les yeux vers les branches et leurs feuilles vertes en forme de larmes dont un soleil provocant éclairait les contours. Les fruits noirs, rouges et blancs luisaient à différents stades de maturité. La lumière me piqua les yeux.

—À quoi penses-tu ?

—Tous les jours, quand nous nous parlons à travers ce mur, j'ai envie de l'escalader, de passer de l'autre côté pour pouvoir te regarder, me promener dans le verger de ton père avec toi et discuter en écoutant des chansons à la radio.

Je retins mon souffle. La sensation au creux de mon ventre – l'impression effrayante de tomber d'une falaise – était nouvelle pour moi. Je m'étonnais de ma capacité à reconnaître aussi facilement quelque chose que je n'avais jamais vu ni ressenti auparavant. C'était l'amour que décrivaient les poètes, j'en étais sûre.

— Mais plus j'y pense, plus je me rends compte que je ne veux pas m'introduire clandestinement dans le verger de ton père. Je veux être accueilli au portail. Je veux marcher avec toi, main dans la main, sans mur entre nous, sans que nous cherchions à étouffer nos voix pour que le reste du monde ne nous entende pas.

Des larmes glissèrent du coin de mes yeux, coulèrent le long de mes tempes et s'écrasèrent au sol. Pendant tant d'années, je n'avais rien eu d'autre que l'amour délavé de mes sœurs, la tolérance amère de Kokogul et l'affection retenue de mon père. Ces mots, mûrs et pleins, comblèrent le vide avec lequel j'avais vécu toute ma vie.

— Fereiba.

— Oui ?

— Tu n'as rien dit.

— Je ne sais pas quoi dire.

— Tu peux dire ce que tu veux.

Je me redressai et couvris mon visage de mes mains. Je ne pouvais parler avec le soleil de Dieu sur ma figure.

— Je veux la même chose, murmurai-je, juste assez fort pour qu'il m'entende.

Deux jours plus tard, on frappa au portail. Par chance, j'avais les bras plongés jusqu'aux coudes dans une bassine d'eau savonneuse où trempaient vêtements et chaussettes ; ce fut donc Kokogul qui alla ouvrir. Quelques instants plus tard, elle se dressait devant moi ; j'étais en train de frotter le col d'une chemise de mon père.

—Après l'obscurité, la lumière vient toujours. Lave également ma robe bordeaux. Nous allons recevoir des invités jeudi après-midi.

—Qui doit venir ?

—La femme d'Agha Walid, Bibi Shirin, dit-elle avec un clin d'œil lourd de sens. Il semblerait que nos voisins aient quelque chose à nous annoncer. Tu devrais aussi laver la robe vert olive de Najiba. Non, tout bien réfléchi, lave plutôt la jaune. La verte lui grossit les hanches.

Je me contentai de hocher la tête, sans un mot. Kokogul serait surprise lorsqu'elle comprendrait que la visite ne concernait pas Najiba. De deux ans ma cadette, ma demi-sœur était devenue une grande jeune femme, dont la chevelure noire et lisse ondulait coquettement. Sa peau était d'un blanc laiteux, et sa bouche en forme de cœur d'un rose exquis. Kokogul affirmait que Najiba avait hérité de ses traits, mais la ressemblance était loin d'être flagrante.

La maison et le verger adjacents aux nôtres appartenaient à Agha Walid, un penseur et ingénieur respecté. Kokogul avait une haute opinion de cet homme, non parce qu'elle pensait que c'était un brillant ingénieur, mais parce que d'autres le pensaient. La respectabilité et les rumeurs se propageaient d'elles-mêmes à Kaboul. Cela pouvait être un bien comme un mal.

Kokogul jubilait de plus belle. Une autre cour, une autre parade, une savante chorégraphie de flatteries.

Je me tins à distance du verger et aidai ma belle-mère à préparer le salon pour le jeudi après-midi. Kokogul choisit la robe que porterait Najiba, celle dont les manches capes et la coupe évasée flattaient la silhouette tout en préservant la pudeur. Juste avant qu'ils n'arrivent, je me changeai pour enfiler une robe ornée de broderies à l'encolure. Kokogul leva un sourcil en me voyant vêtue d'une tenue que je réservais aux occasions particulières.

— Ne renverse rien sur ta robe, me prévint-elle. Najiba pourrait en avoir besoin dans les prochains mois.

Je ne savais pas comment Kokogul et Najiba réagiraient en découvrant que le prétendant était là pour moi. Najiba était dans un état d'agitation nerveuse depuis qu'elle avait appris leur venue. La première cour dont j'avais fait l'objet lui avait donné un avant-goût du processus, et elle était impatiente d'être de nouveau au centre de l'attention.

J'ouvris le portail à Bibi Shirin, la mère de mon ami du verger. Elle avait amené sa sœur avec elle. Je les saluai sobrement, craignant que ma langue ne se noue si je tentais de longues phrases. Je les conduisis au salon au moment où Kokogul émergeait du couloir. Rayonnante, elle ouvrit les bras pour accueillir notre voisine. Elles se firent la bise trois fois et se sourirent chaleureusement. Kokogul me fit signe d'apporter du thé à nos invitées.

J'adressai un regard furtif à Bibi Shirin, me demandant à quoi ressemblait son fils et s'il avait hérité de ses traits.

Elle me sourit de ses yeux noisette empreints de douceur, et le nœud de mon ventre se desserra. Je lus dans son regard un message que m'envoyait mon ami du verger.

Tout va bien se passer, me disait-il. *Elle est ici pour arranger les choses.*

Je disposai dans de petites assiettes des raisins blonds, des pignons de pin et des pistaches. Je revins au salon au moment où Bibi Shirin disait à Kokogul quel honneur c'était d'avoir une si charmante famille pour voisins.

— Merci, ma petite, me dit-elle quand je posai le thé devant nos hôtes.

J'espérais qu'elle n'avait pas vu les tasses trembler sur leurs soucoupes.

— Je vous en prie, marmonnai-je avant de m'éclipser rapidement dans la cuisine.

Je me demandais ce qu'il lui avait dit de moi et de nos conversations.

Je les épiai de loin. Elle continua de chanter les louanges de notre famille puis se mit à parler de la sienne. Son fils, expliqua-t-elle, achevait ses études d'ingénieur et était à présent en âge de se marier.

— Il sera bientôt indépendant, ce dont toute mère rêve pour son enfant. Nous sommes très fiers du chemin qu'il a déjà accompli.

— Vous pouvez, dit Kokogul, j'imagine qu'il a pris de son père. Agha Walid est très respecté.

— En effet, ajouta sa tante. C'est un modèle pour ses petits frères et ses cousins, y compris pour mon cher fils.

— Je vois.

— Kokogul-*jan*, nous venons à toi aujourd'hui au nom de notre fils adoré, qui est le joyau de notre famille. Grâce à Dieu, j'ai été bénie en mettant au monde un garçon intelligent, travailleur et aimant, et je veux m'assurer que sa femme saura lui apporter le bonheur qu'il mérite. Il est temps qu'il fonde un foyer. En tant que mère, c'est un de mes plus grands devoirs de mettre à ses côtés l'épouse qu'il lui faut. Ta famille est respectée, digne de confiance et, grâce à Dieu, magnifique.

— Tu es gentille, dit Kokogul, assise bien droite, les mains soigneusement croisées sur les genoux.

Elle savourait les paroles sucrées de Bibi Shirin.

— Nous sommes venues pour te parler de ta fille chérie, poursuivit-elle.

— Je vois, dit Kokogul, s'efforçant de feindre un minimum de surprise.

Dans le couloir, je retenais mon souffle. Najiba était toujours dans sa chambre, se demandant si Kokogul l'appellerait à rejoindre les invitées.

— Nous pensons que ta fille aînée sera un bon parti pour notre fils.

— Eh bien, dit Kokogul en posant une main sur son cœur. Ma famille est flattée, mais nous n'avons pas encore envisagé le mariage pour notre fille. Elle est encore jeune.

— Jeune, oui, mais parfaitement en âge d'être mariée. C'est une période idéale pour que l'amour s'épanouisse, ne crois-tu pas ?

Sa sœur, Hakima, partageait son opinion.

— Oui, c'est un âge parfait pour que deux jeunes gens apprennent à se connaître et s'engagent l'un envers l'autre.

—Je pense qu'ils feraient un couple merveilleux. Nos deux familles entretiennent d'excellents rapports de voisinage depuis des années. Nos enfants ont grandi, et il nous appartient de penser à leur avenir.

J'entendis le cliquetis des tasses, tandis que les femmes préparaient leurs prochaines répliques.

—Nous devons y réfléchir sérieusement. Je n'arrive même pas à imaginer donner la main de ma fille. Nous aussi considérons ce voisinage comme un honneur... Pour l'instant, je ne peux rien dire de plus. En tant que mère, je suis sûre que tu comprends.

—Bien entendu, chère Kokogul. Nous ne sommes ici que pour amorcer une discussion. Je veux que tu saches que nos intentions ne sont pas frivoles. Tout ce que j'ai dit était sincère. Je comprends que ta famille doit y réfléchir, prenez le temps qu'il faudra. Mais je suis aussi persuadée que tu veux ce qu'il y a de mieux pour ta fille adorée et j'espère que tu considéreras mon fils comme le meilleur parti pour Najiba-*jan*.

Najiba?

J'étouffai le cri qui se forma dans ma gorge.

—Najiba est ma fille adorée, une excellente élève et une sœur généreuse. J'ai prié pour elle ainsi que pour tous mes enfants, afin que dans leur *nasib* se trouve la bonne personne, un partenaire de vie qui saura les honorer et respecter notre famille.

—Tu es une mère aimante, Kokogul. Tes enfants ont de la chance de vous avoir pour parents, Agha-*sahib* et toi.

C'était Najiba qu'ils voulaient, pas moi.

Chapitre 10

Fereiba

Kokogul avait dit vrai. Nos voisins courtisaient ma sœur, Najiba. Après leur départ, je me retirai dans ma chambre. Najiba me trouva assise par terre, en sous-vêtements. Des lambeaux de tissu étaient éparpillés sur mes genoux, mes pieds, tout autour de moi. J'avais mis ma belle robe en pièces. Ma sœur m'arracha les ciseaux des mains et appela Kokogul. Cette dernière balaya la pièce d'un regard soupçonneux depuis le seuil, la scène venant confirmer sa théorie sur la cause de ma furie.

— Emporte les ciseaux et laisse-la toute seule. Je ne sais pas ce que ça veut dire, Fereiba, mais sache que la folie et la destruction n'ont pas leur place dans cette maison.

Najiba semblait inquiète. J'attendis qu'elles soient parties. J'entendis alors Kokogul parler à voix basse à ma sœur dans le couloir.

— Elle avait un prétendant et regarde ce qui est arrivé. La jalousie fait tourner l'âme comme le vinaigre fait cailler le lait. Bibi Shirin connaît l'histoire de Fereiba, comme tous les autres voisins. Les gens veulent marier leurs fils à des jeunes filles respectables. Fereiba est la fille de ton père et je ne veux pas être méchante, mais les gens la considèrent comme une orpheline, comme une fille sans famille. Elle a perdu la seule chance qu'elle avait d'entrer dans une famille estimée.

— Mais elle a une famille, Madar-*jan*, protesta timidement Najiba.

— Ce n'est pas la même chose, ma chérie, gloussa Kokogul. J'ai essayé de faire en sorte qu'elle se sente autant ma fille que tes sœurs et toi, mais elle s'est tenue à l'écart. Elle est plus à l'aise dans les tâches ménagères qu'avec nous.

Tout au long de ma vie, Kokogul m'avait donné juste assez d'affection pour que je croie à cette théorie.

Il y avait en effet des jours où elle me prenait dans ses bras comme elle le faisait avec mes sœurs, où elle caressait mes cheveux comme si je faisais partie de ses enfants. Des jours où l'on restait assises ensemble à effectuer les corvées, à rire d'une bêtise qu'avait faite Mauriya. Il y eut juste assez de ces moments pour que je me pose la question : était-ce moi qui gardais mes distances vis-à-vis du reste de la famille ?

Mon bien-aimé devait être dévasté. Mais savait-il ce que sa mère avait fait ? Il n'était pas rare que les mères prennent des décisions pour leurs fils insouciants. Les garçons ne pensaient qu'au temps présent. Les mères se souciaient de l'avenir. Mais mon bien-aimé n'était pas comme les autres. C'était mon confident patient, le gardien de mes secrets. Lui et moi allions devoir nous battre pour être ensemble. Tout bien réfléchi, j'aurais dû m'y attendre.

Bibi Shirin nous avait volé notre histoire naissante. Elle avait refusé au monde sa chance de se racheter après m'avoir privée d'une mère et d'un père aimants, et d'une enfance égale à celle de mon frère et de mes sœurs. Cette femme m'avait souri timidement, m'avait laissée la servir puis avait tiré le tapis sous mes pieds. Nourrie d'ardeur adolescente, je tombai encore plus éperdument amoureuse du garçon invisible.

Pendant des jours, j'allai m'asseoir sous le mûrier, mais il ne vint pas. Je restai là plusieurs heures, les lignes de l'écorce imprimées dans mon dos, preuve de ma dévotion. Bibi Shirin nous rendit une deuxième, puis une troisième visite. Elle se montra insistante, pressant Kokogul d'accorder la main de Najiba, comme si le temps était compté. Son obstination me fit comprendre que mon bien-aimé ne savait rien des actes de sa mère. Bibi Shirin avait accordé foi aux rumeurs me concernant et espérait sauver son fils d'un mariage avec la fille maudite de Kaboul, la fille-domestique-orpheline d'à côté.

Najiba gravitait autour de moi sur la pointe des pieds. Dans mes moments les plus lucides, j'avais de la peine pour elle. Mon attitude rancunière venait gâcher ce qui aurait dû être une cour excitante et joyeuse. Je parlais peu et ne souriais guère. Je me souciais avant tout de trouver un moyen de communiquer avec mon bien-aimé sans compromettre notre secret.

À la lueur du crépuscule, j'écrivis le poème baigné de sang de Rabia Balkhi sur un bout de papier. Je roulai ce papier en boule et sortis en douce de ma chambre à la tombée de la nuit, me frayant un chemin au milieu des cerisiers, sous les vignes et jusqu'au creux des mûriers, contre le mur. Je m'arrêtai puis, n'entendant que le coassement lointain d'une grenouille, lançai ma boule de papier par-dessus le mur, en espérant que mon amour secret le trouverait et se rendrait compte que mon attachement était indéfectible malgré les forces à l'œuvre pour nous séparer.

Des jours durant, je cherchai des morceaux de papier de mon côté du mur. J'imaginai pour lui différents moyens de me répondre.

Je continuai de rêver, alors même que Kokogul utilisait les rouleaux de tulle doré et le plateau d'argent qu'elle avait gardés dans son tiroir pour préparer le *shirni* de Najiba. Je continuai de rêver, alors même qu'elle posait le plateau devant une Bibi Shirin aux anges dans notre modeste salon, et que mes sœurs regardaient Najiba entrer dans la pièce avec un enthousiasme silencieux. L'air timide, elle garda les yeux au sol quand Bibi Shirin lui embrassa les deux joues et la serra dans ses bras. Najiba baisa la main de sa belle-mère.

Comment ne pas dévisager le fiancé de ma sœur ? Comment ne pas rester bouche bée devant l'homme qui m'avait fait croire que j'étais importante à ses yeux ? Je découvris qu'il était beau, ce qui n'arrangea pas la situation. Il avait des cheveux châtains, un regard doux et poétique. Dans son costume couleur café aux larges revers, il dégageait une assurance discrète. Il promena son regard dans la pièce, s'arrêta brièvement sur les hôtes et les membres de sa famille pour reconnaître leur présence, mais sembla nous éviter, Najiba et moi. Mon imagination s'activa pour interpréter cette observation.

Voilà, il n'y avait plus de mur entre nous. C'était ce que nous voulions, non ? Il avait embrassé les mains de mon père et celles de Kokogul. Mon père l'avait accueilli par une étreinte chaleureuse. Retournant aux côtés de sa mère, il avait alors levé la tête et offert à sa fiancée un regard timide. Je ne ratai pas une miette de la scène. Je me déplaçai même dans la pièce pour offrir des chocolats aux emballages colorés aux quelques personnes présentes. La sœur de Bibi Shirin. Le mari de Bibi Shirin. Mes oncles et tantes.

Kokogul, lasse de mon comportement fantasque, avait demandé à Sultana de servir le thé aux convives. Peut-être avait-elle raison de ne pas me faire confiance.

— Najiba, se réjouit Bibi Shirin au bord des larmes. À partir d'aujourd'hui, tu es ma fille. Tu as deux mamans, ma beauté. Tu apportes un grand bonheur à notre famille !

Mon bien-aimé. Je rougis en pensant à nos conversations secrètes. Je me sentis petite et idiote. Il avait probablement lu mon poème d'amour et secoué la tête avec consternation. Il avait probablement ri à l'idée d'avoir laissé les choses aller si loin entre nous ou peut-être était-il gêné de m'avoir envisagée, moi, la demi-sœur sans mère, comme épouse.

J'avais envie de fuir. J'avais envie de déchirer le tulle et de provoquer un scandale, pour être enfin entendue. J'avais envie de répandre ma douleur sur les murs.

Je restai là, le regard vide, comprenant peu à peu que Kokogul avait eu raison. La jalousie avait flétri l'amour que j'éprouvais pour ma sœur. C'était son moment de bonheur, son union avec un beau jeune homme issu d'une famille aimante, et je ne pouvais prendre part aux célébrations à cause des sombres pensées qui m'accaparaient.

Une de ces pensées retentit plus fort que les autres : Najiba avait à présent deux mamans et moi aucune.

Chapitre 11

Fereiba

Il s'appelait Hamid. Puisqu'il ne m'appartenait plus, je pouvais prononcer son nom sans rougir. D'une certaine façon, j'étais contente de ne jamais l'avoir fait auparavant. Pour moi, ce n'était rien d'autre qu'une succession de sons creux. Son visage ne m'affectait pas non plus. Je n'avais aucun souvenir de ses yeux, n'avais jamais vu ses mains. Par bien des aspects, Hamid était un étranger pour moi.

Les parfums du verger, le timbre de sa voix, ses pas approchant… voilà ce qui me brisait le cœur et me rendait folle de rage.

Plus jamais je ne m'aveuglerais de la sorte.

Les jeunes fiancés passèrent du temps ensemble, se promenèrent dans le quartier au grand jour en échangeant de timides sourires et des chuchotements. Najiba rentrait à la maison les joues rouges. Je savais pourquoi. J'aurais pu lui révéler nos conversations secrètes et les promesses vides que son fiancé m'avait faites, mais je tins ma langue. Il me sembla que c'était l'attitude la plus décente à adopter.

Pendant des semaines, j'observai les allées et venues du couple. Occupée par les préparatifs du mariage, Kokogul était radieuse. Elle passa de nombreux après-midi en compagnie de Bibi Shirin. Elles étaient presque aussi éprises l'une de l'autre que les nouveaux fiancés. Je décidai de taire mes sentiments après ma crise. Kokogul excusa mon comportement, ne cherchant pas à faire la lumière sur ce qui s'était passé. Elle ne dit rien à mon père de la robe que j'avais mise en pièces.

Un jour, je tombai sur Hamid dans la cour. Il attendait Najiba, qui s'était précipitée dans la maison pour prendre une écharpe. C'était l'automne, et la fraîcheur de la nuit se prolongeait dans le petit matin. La porte d'entrée claqua derrière moi. Hamid se retourna, et son sourire juvénile s'évanouit à ma vue. Je perçus la tension dans ses bras et ses jambes. Chaque fibre de son corps avait envie de fuir, la cour s'étant soudain transformée en cage étouffante. Il aurait pu tout aussi bien se trouver à quelques centimètres de moi.

Il marmonna un faible « bonjour » et se tourna sur le côté en fourrant les mains dans ses poches.

J'hésitai, tentée de repartir à l'intérieur avec mon panier de vêtements mouillés, mais l'expression de son visage me donna du courage. Il détournait les yeux de honte et rentrait les épaules comme s'il essayait de se plier en deux.

— *Salam*, dis-je d'une voix claire et forte.

Mon audace me surprit. Hamid tressaillit.

Je passai lentement devant lui, consciente de chaque souffle et comptant les pas entre nous. Je me dirigeai vers le côté de la maison, où il pouvait toujours me voir, et commençai à étendre le linge sur la corde, secouant chaque vêtement d'un claquement sec. Il faudrait des heures pour que cela sèche par ce froid.

Du coin de l'œil, je voyais Hamid remuer nerveusement.

J'aurais voulu le haïr.

— Fereiba…, commença-t-il dans un murmure.

Je persistai à lui tourner le dos. Je fermai les yeux. Deux gouttes d'eau glissèrent de la chemise humide de mon père et atterrirent sur mes orteils.

— Tout ça, ce sont des affaires de famille. Je n'ai aucune emprise là-dessus.

J'écoutai.

— Et maintenant, je veux seulement ton bonheur. Pour l'amour de nos familles, laissons tout ça derrière nous.

Il faisait peu de cas de notre histoire. Ma honte se mit à bouillir et se transforma en indignation.

— Que veux-tu laisser derrière nous au juste ? demandai-je sèchement.

— Ne le prends pas comme ça. Tu sais bien que je n'ai voulu nuire à personne.

— Je ne sais rien de toi. Najiba encore moins.

Il soupira d'agacement. Je me retournai et croisai son regard.

— Tu sais, dit-il alors, si tu racontes quoi que ce soit, ça te causera beaucoup de tort.

— Si je raconte quoi que ce soit ? C'est donc ça qui te tracasse ? Je n'ai aucun intérêt à gâcher la vie de ma sœur, répondis-je, même si ce n'était qu'à moitié vrai. Je la plains de se retrouver avec un garçon qui fait semblant de suspendre son cœur à un arbre.

— Tu ne sais pas de quoi tu parles.

— Ah bon ?

Il jeta un regard furtif derrière son épaule et esquissa deux pas vers moi.

— J'ai chargé ma mère de demander aux voisins la main de leur fille aînée. Ne crois pas que je n'ai pas été surpris quand elle est revenue en m'ayant fiancé à Najiba. Tout ce que j'aurais pu dire après ça aurait jeté l'opprobre sur nos deux familles.

Je le regardai, hébétée. Il y a des vérités, des mensonges, et il y a un entre-deux, des eaux troubles où la lumière bute et se brise. Je ne le connaissais pas suffisamment pour savoir s'il était sincère. Je n'étais pas capable de déchiffrer les mouvements de ses lèvres ni les ombres de son regard. Voulait-il que je le comprenne, ou voulait-il que je le croie ? Et si je le croyais, cela suffirait-il à modifier le cours de notre histoire ?

Najiba reparut avec l'une des écharpes de Sultana nouée autour du cou. Sa figure s'éclaira d'un sourire. Elle n'était plus la jeune fille timide qui baissait la tête. Elle était désormais à son aise en compagnie d'Hamid, et pouvait marcher à ses côtés sans que cela lui paraisse indécent. La joie se lisait sur son visage.

Hamid et moi ne parlâmes plus de notre bref passé. Je ne saurais jamais s'il avait éprouvé pour moi autre chose qu'un intérêt frivole, ou s'il avait été piégé dans un mariage qu'il n'avait jamais désiré. L'inconvenance de nos moments partagés dans le verger nous habitait encore, et nous évitions au possible de croiser nos regards. Najiba ne détecta jamais cette distance entre nous. Si c'était le cas, du moins elle n'en dit mot. J'aurais peut-être agi comme elle à sa place.

Les jours qui suivirent le mariage de Najiba, Kokogul reçut à nouveau la visite de Bibi Shirin et de sa sœur. Cette fois-ci, c'était cette dernière, Khanum Zeba, qui venait en quête d'une fiancée.

Elle venait pour moi.

Kokogul avait ri. Je la connaissais suffisamment pour ne pas m'en offenser. Je n'étais pas prête pour le mariage, non pas parce que j'étais trop jeune ou immature, mais parce que mon cœur s'était endurci. J'avais connu l'illusion des sentiments, mais jamais l'amour réel. Je n'avais aucune raison de croire à son existence.

Mais Khanum Zeba s'avéra la femme la plus gentille du monde. Ma mère l'aurait adorée, pensai-je. Les yeux rivés sur les motifs complexes du tapis de notre salon, je l'entendis prononcer à mon égard des mots qui n'avaient jamais été dits auparavant.

« Elle est tout ce que je désire pour mon fils. »

« Dès que je l'ai vue, j'ai su qu'elle était faite pour notre famille. »

Ses paroles me donnèrent le courage de lever la tête pour croiser son regard. De petites rides se formaient autour de ses yeux bruns et limpides tandis qu'elle expliquait sereinement à une Kokogul très curieuse pourquoi son choix s'était porté sur moi.

— Une nuit… il y a des années… j'ai rêvé du mariage de mon fils. À mon réveil, je me souvenais de chaque détail comme si j'avais assisté à la fête la veille à peine, y compris du visage de la mariée quand nous avons soulevé le voile vert du *nikah*. Lorsque je suis venue chez vous et que j'ai rencontré Fereiba, je l'ai tout de suite reconnue.

— Ton fils a de la chance, railla Kokogul, que tu n'aies pas rêvé de la fille du boulanger : sa peau est aussi sombre que son pain brûlé.

Tandis que d'autres cachaient leur sourire amusé d'une main, les commentaires de Kokogul glissèrent sur ma future belle-mère.

— Ta fille est un être unique. Elle mérite une vie pleine de *roshani*, d'une lumière aussi douce qu'elle.

Le discours de Khanum Zeba fut pour moi une lune éclatante éclairant les ténèbres. Kokogul était atterrée. Elle m'ordonna de quitter la pièce, mais Khanum Zeba s'interposa et couvrit ma main de la sienne, calmant ma nervosité.

J'avais envie d'y croire.

Chapitre 12

Fereiba

Au cours de ma vie en Afghanistan, je survécus à de nombreux bouleversements, à commencer par la mort de ma mère et le remariage de mon père. Certains furent plus difficiles à accepter que d'autres.

Khanum Zeba devint pour moi Khala Zeba, une fois que Kokogul eut posé mon *shirni* devant elle et consenti à me donner en mariage. Je n'avais encore jamais vu son fils, Mahmoud. D'une certaine façon, c'était de Khanum Zeba que je m'étais éprise. Son fils n'était que son prolongement. Pourtant, en traversant ensemble la routine quotidienne, Mahmoud et moi devînmes peu à peu mari et femme.

Quand je fis part à Khanum Zeba de mon désir d'enseigner, elle insista pour que je réalise ce souhait. Elle-même avait exercé ce métier. Je m'inscrivis donc à une formation et poursuivis les cours avec le soutien d'une famille dont je faisais à peine partie. Mon père et Kokogul s'en montrèrent satisfaits.

— L'école, l'école, l'école ! Ton mari va finir par t'offrir de la craie et des cahiers si tu ne lui fais pas comprendre que tu aimes autre chose que les études, me taquina Kokogul.

Mahmoud et moi nous mariâmes en 1979, un an après nos fiançailles et au moment précis où les premiers soldats aux traits juvéniles de l'Union soviétique posaient leurs lourdes bottes sur le sol afghan. Fière d'avoir obtenu mon diplôme en deux ans, je me réveillais chaque matin avec la même énergie pour retrouver ma classe à l'école primaire. Les élèves étaient tout aussi désireux d'apprendre qu'incapables de voler, des oisillons fraîchement éclos encore dans leur nid. C'était à moi de nourrir leurs esprits, de leur enseigner les mots, les nombres et les idées qui leur permettraient de déployer leurs ailes.

Deux mois à peine après notre mariage, Mahmoud apprit que la famille de son oncle, parmi laquelle quatre enfants, avait été tuée par des roquettes soviétiques dans la vallée du Panjshir. Nous passâmes donc nos premiers mois de jeunes époux dans le deuil. J'entendais les tantes et cousins de Mahmoud faire claquer leur langue devant le spectacle incongru d'une toute jeune mariée dans un contexte aussi sombre, lorsque les visiteurs venaient présenter leurs condoléances à la famille des défunts.

« On nous avait prévenus, murmura-t-on alors. Elle porte le mauvais œil en elle… Maintenant, elle est parmi nous. Sa famille nous avait pourtant mis en garde… »

Les rumeurs circulèrent jusqu'à nos oreilles. Ma belle-mère, Khala Zeba, s'en moquait. Elle ne dit rien lorsque Mahmoud décida, la mort dans l'âme, de prendre ses distances vis-à-vis des membres médisants de la famille. Il me protégea des parents aux regards méfiants, de ceux qui, craintifs, sommaient leurs enfants de ne pas m'approcher.

« Les femmes oisives sont dangereuses. Il vaut mieux que tu passes ton temps en compagnie de tes collègues, de femmes qui ont un travail et un foyer à gérer, comme toi. Ne fais pas attention aux caquètements du poulailler », m'avertissait-il.

J'étais soulagée et surprise d'entendre mon mari rejeter les calomnies. Lorsqu'il me défendait, en particulier devant sa propre famille, je redressais les épaules. Mahmoud et Khala Zeba me rappelaient mon grand-père, dont la force morale et l'amour inconditionnel avaient souvent fait dévier de leur cours les mots blessants de Kokogul. Grâce à Mahmoud, le sol sous mes pieds cessait de trembler. Il me fit une place et me donna des raisons de l'aimer.

Je suivis ses conseils en m'occupant. De temps à autre, je passais l'après-midi avec une collègue avec qui j'avais sympathisé. Je consacrai tout mon temps à l'enseignement. J'attendais beaucoup de mes élèves et ils travaillaient dur. J'avais conscience de ne pas être aussi sévère que les autres professeurs, mais j'étais avide de leur affection autant qu'ils se disputaient la mienne.

À cette époque, j'apportais un soin particulier à mon style vestimentaire. Dans la maison de mon père, j'avais arboré un look d'adolescente : jean, jupes à mi-mollet, tee-shirts à col rond. Dans ma nouvelle vie, je m'habillais davantage comme une femme : jupes droites, chemisiers à volants, escarpins à boucle, et toujours un sac à main. Avec Mahmoud, j'avais mon foyer et j'étais libre d'utiliser mon salaire comme bon me semblait. Je ne commettais pas d'extravagances, mais me faisais suffisamment belle pour que mon époux irradie de fierté lorsque nous quittions la maison pour une réunion entre amis ou une visite à la famille. Il me regardait comme si, moi aussi, je lui faisais une place et lui donnais des raisons de m'aimer.

C'était un romantique. Un jour, il partit en voyage à travers le pays. Au bout de deux semaines, il revint avec une pile de quatorze lettres qu'il m'avait écrites, et dans lesquelles il avait couché ses pensées sur notre première rencontre, l'avenir de son métier, ou son film indien préféré.

« Tes pauvres oreilles, Ferei. Si je suis capable d'écrire autant, tu imagines quel moulin à paroles je dois être ! »

Au moins, nous pouvions nous amuser l'un de l'autre en cette période. Le pays subissait d'innombrables pertes dans la lutte acharnée entre l'Union soviétique et les moudjahidin, les combattants afghans pour la liberté. De plus en plus de mères enterraient leurs fils. De plus en plus d'enfants partaient à l'école en boitant, amputés d'un membre par des explosifs déguisés en poupées ou en petites voitures. Mahmoud et moi écoutions les nouvelles ensemble sur notre canapé, son bras autour de mon épaule ou mon dos appuyé contre son torse. Il secoua la tête d'un air triste en apprenant que des Afghans fuyaient les campagnes à feu et à sang pour trouver refuge dans la capitale.

Nous vécûmes relativement heureux pendant six ans comme mari et femme, mais la déception de ne jamais voir mon ventre s'arrondir nous habitait en secret. Nous n'évoquions pas directement ce sujet, et lorsque j'exprimai enfin mon désir d'être mère, Mahmoud accepta que je consulte un médecin. Je vis les doctoresses les plus réputées de Kaboul, pris toutes les pilules qu'elles me prescrivirent avec aplomb. J'avalai les plus infâmes mixtures d'herbes que concoctait la vieille dame au bout de la rue. Mois après mois, mes saignements revenaient. Un matin, alors que je me préparais pour retrouver ma classe, je fondis en larmes devant Mahmoud, affligée de le voir ainsi privé de paternité à cause de ma stérilité. Il me serra aussi fort et gentiment que seule ma mère, imaginais-je, aurait pu le faire, et murmura à mon oreille que jamais plus je ne devais prononcer de tels mots. J'appris quelque chose de très important ce jour-là.

Sur une terre hostile, l'amour pousse comme une herbe folle.

Peu de temps après, Salim arriva ; une heureuse surprise qui réactiva les médisances.

« Regarde à quoi est réduit leur mariage », avait-on dit durant nos années sans enfants.

Ensuite, les chuchotements allèrent bon train : j'aurais utilisé quelque magie noire pour lever le mauvais œil que je portais en moi. Mes collègues enseignants, en revanche, partagèrent ma joie, et tandis que la plupart des familles luttaient pour joindre les deux bouts en des temps si troubles, ils se débrouillèrent pour offrir des cadeaux au bébé. Des pulls invraisemblablement petits tricotés à la main, des couvertures moelleuses, une assiette de biscuits à l'eau de rose. Khala Zeba célébra cette naissance avec nous, apportant ses meilleurs plats et s'occupant de son petit-fils pendant que je me remettais d'un accouchement difficile.

Lorsque nous allâmes rendre visite à ma famille, je remarquai un changement chez Kokogul. Elle me traita comme une lointaine cousine venant d'une autre ville. Elle ne savait plus comment se comporter avec moi, ne m'ayant plus à disposition comme cible de ses sarcasmes. Najiba n'habitait plus à la maison, mon frère Asad non plus, et mon père s'était encore plus replié sur lui-même depuis mon départ. Kokogul se retrouvait seule, privée d'auditoire. Si l'on aurait pu croire en apparence qu'elle était devenue plus chaleureuse avec moi, je la sentis plus froide qu'auparavant. Je vins souvent à la maison pour voir mes petites sœurs, mais Kokogul garda ses distances.

Salim fêta ses quatre ans au moment où les dernières troupes soviétiques se retiraient. Nous étions en 1989. Nous priâmes pour connaître enfin la paix.

Il n'en fut pas ainsi. À Kaboul, la situation empirait alors que Mahmoud et moi accueillions, abasourdis, un second miracle dans notre foyer. Nous l'appelâmes Samira. Avec un fils et une fille, nous aspirions encore plus ardemment au retour de la paix en Afghanistan.

Une pluie de roquettes s'abattit sur notre ville tandis que les factions rivales tentaient de s'emparer de la capitale.

Salim avait à cœur de mener une vie normale de petit garçon. Un jour, il me demanda à passer un après-midi chez un camarade à l'autre bout de la ville. Je refusai.

— Mais pourquoi, Madar-*jan* ? pleurnicha-t-il. Qasim est mon meilleur ami. Je serai rentré avant le dîner.

— Non, Salim-*jan*. Ton père et moi t'avons déjà parlé de ça. Ce quartier est un aimant à roquettes.

Je pris la voix la plus sévère possible, pour ne laisser aucune place à la négociation. Je n'aimais pas empêcher Salim de jouer comme j'avais vu les petits garçons le faire quand j'avais son âge, mais nous vivions une époque différente. Il passa le reste de la journée à bouder, et alla se coucher sans dîner, une punition pour lui comme pour moi.

Le matin, notre voisin, Rahim, vint discuter avec Mahmoud. Les bombardements de la nuit avaient détruit plusieurs maisons, et au moins deux enfants avaient été tués. J'écoutais tout en préparant le petit déjeuner. Après cela, je me consacrerais à la lecture du Coran. Que pouvais-je faire d'autre ?

Salim apprit à l'école ce que j'appris plus tard de l'une de mes amies. Son camarade Qasim avait survécu au bombardement, mais sa petite sœur de trois ans était morte étouffée sous un tas de débris, malgré les tentatives de sa famille pour l'en extraire. Salim ne me dit rien et je ne lui demandai rien non plus. C'était une erreur. Je n'aurais jamais dû croire que le silence pouvait nous protéger de la triste vérité.

Le nouveau régime en place, celui des talibans, imposait aux femmes de se vêtir plus pudiquement et aux hommes de porter la barbe selon la tradition islamique. Chaque jour, ils produisaient une nouvelle liste de décrets et infligeaient des châtiments à ceux qui désobéissaient. En tant que femme, je n'avais plus le droit d'enseigner. Les filles n'avaient pas leur place à l'école.

Ils me terrorisaient et me faisaient souffrir. Les années de frustration durant lesquelles j'avais été privée d'école trouvaient un écho dans l'histoire de toutes les petites filles. Qu'arrivait-il lorsque l'on enfonçait un couteau dans une vieille blessure ? Penser à toutes ces classes vides me rendait malade.

C'étaient des brutes religieuses mal dégrossies. Nous les voyions de nos fenêtres et entendions leurs discours. Ils avaient beau être violents et ignorants, certains de nos voisins soutenaient leur ascension en y voyant la fin des conflits.

Nous étions tous avides de paix et c'était ce qu'ils nous promettaient.

Alors que Salim était encore à l'école primaire, je passais mon temps assise dans un salon à boire du thé dilué avec un groupe d'enseignants renvoyés comme moi de l'école. Mahmoud et moi occupions nos nuits à parler. Nous espérions que nos enfants n'entendaient pas nos chuchotements anxieux. Les tantes et les oncles passèrent nous embrasser en pleurant avant de quitter l'Afghanistan. Salim nous demandait où ils partaient et fut déconcerté par la liste de pays : Pakistan, Hongrie, Allemagne.

Un jour, Khala Zeba fit un malaise en plein marché. Quand Mahmoud et moi l'apprîmes, nous nous précipitâmes à son chevet. Elle avait perdu connaissance. À l'hôpital, un médecin nous apprit qu'elle avait subi une attaque et qu'ils ne pouvaient rien faire pour l'aider. Elle se remettrait peut-être, mais d'elle-même. Nous la ramenâmes à la maison, et trois jours durant, je restai assise à ses côtés, apposant sur son front un linge humide et frais, ou portant un bol de bouillon à ses lèvres. Mahmoud et moi priâmes près d'elle en touchant les perles de son chapelet. Je lui parlais, même lorsqu'elle était inconsciente. Mon mari faisait les cent pas dans la chambre et lui embrassait les mains, tourmenté par le sentiment qu'il aurait pu faire davantage pour la soutenir. Mais il n'y avait rien de plus à faire. Ma belle-mère quitta cette vie avec autant de grâce qu'elle l'avait vécue.

J'aurais dû être insensibilisée après tout ce temps, mais ce n'était pas le cas. J'eus le sentiment qu'on me volait une mère que je venais de trouver, la première femme qui m'avait traitée comme sa véritable fille. Nos conversations me manquaient. Elle m'avait appris à emmailloter Salim et à soulager ses coliques. Elle s'était occupée de lui quand j'étais enceinte de Samira, lui avait préparé du riz aux haricots mungo. J'avais du mal à regarder mes enfants sans penser à elle. Je cherchai alors un moyen de me distraire.

Pendant quelques mois, je fis la classe à des filles du quartier, improvisant des cours dans notre maison. Mais quand les talibans exécutèrent trois personnes en une semaine pour avoir tenu une école clandestine, nos voisins préférèrent garder leurs filles chez eux. Notre foyer autrefois lumineux et joyeux était désormais sombre et oppressant. Mahmoud devenait taciturne et amer, se laissait pousser la barbe à contrecœur. Au moins, les bombardements avaient cessé avec ce nouveau régime.

Salim et Samira arrivaient encore à rire et à jouer à la maison. En les écoutant de loin, j'arrivais presque à croire que la vie était normale.

Salim entra en cinquième. Les talibans avaient arrêté plusieurs Européens qui avaient pris des photos d'un hôpital pour femmes de Kaboul. Mahmoud et moi gardâmes le silence quand Salim nous interrogea sur cette histoire.

— Les talibans pensent qu'il est contraire à l'islam de prendre des photos.

Ce fut tout ce que mon mari lui expliqua. Il ne fallait surtout pas qu'il répète quoi que ce soit de compromettant à ses camarades.

Si j'avais été européenne, jamais je n'aurais quitté mon pays pour venir à Kaboul. Pas en cette période. Je serais restée en Pologne, en Angleterre ou en Italie, là où le ciel ne sifflait pas, où la viande et les légumes abondaient, et où les femmes n'avaient pas peur de sortir de chez elles. Qui voudrait quitter un tel paradis pour Kaboul ?

L'année suivante, les téléviseurs et les magnétoscopes furent interdits. La musique fut également proscrite. Mahmoud était consterné, mais ce n'était qu'au sein de son petit cercle d'amis proches qu'il osait fulminer contre la destruction de notre société. Il continua de travailler au ministère de l'Eau et de l'Électricité comme ingénieur en mécanique. À l'origine, son travail consistait à fournir en eau potable et en électricité les banlieues de Kaboul, mais sa mission changea avec les nouveaux décrets. Chaque jour apportait son lot de restrictions et d'avertissements des talibans sur ce qui pouvait ou non être construit dans la capitale.

— Pendant combien de décennies pourrons-nous encore tenir sans progrès ni constructions ? Notre pays est en pleine régression.

Je reconnaissais à peine mon mari, avec ses épaules voûtées comme s'il portait le poids du monde. C'était l'enveloppe barbue de l'ancien Mahmoud. Je me demandais si je reverrais un jour l'homme grand et fier qui faisait tournoyer ses enfants dans les airs jusqu'à ce qu'ils soient hilares.

En 1997, Samira aurait dû rassembler ses crayons avec excitation et réciter l'alphabet en se préparant pour l'école. Nous étions incapables de lui expliquer pourquoi elle ne pouvait pas étudier comme son frère. Je lui dis que ce n'était pas grave et mis toute mon énergie à lui faire la classe à la maison. Cela me faisait du bien d'enseigner à nouveau, de défier le système à ma façon.

En 1999, contre toute attente, mon ventre s'arrondit une nouvelle fois. Nous aurions dû nous réjouir, mais j'eus l'impression de suffoquer. Je réprimais des larmes chaque fois que je parlais à Mahmoud de notre avenir.

— Et maintenant, nous devons mettre au monde un enfant de plus à Kaboul ? Une ville que ni toi ni moi ne reconnaissons ? Et pour quoi ? Si c'est un garçon, il grandira en ne connaissant rien d'autre que les barbes et la terreur. Et que Dieu épargne à cet enfant le triste sort de naître fille ! Je ne crois pas que je pourrai le supporter. J'ai déjà honte de l'image que j'offre à Samira. J'ai dû me recroqueviller sous le bâton de ces tyrans enturbannés pendant qu'ils me dépouillaient de ma carrière, de mes amis, de ma liberté de mouvement ! Quel avenir peut-il y avoir pour ma fille ?

Mahmoud se sentait tout aussi vaincu que moi.

— Tu as raison, Ferei. Il est temps que nous partions. Tous les espoirs que j'ai pu nourrir dans ce pays sont morts. Chaque jour est pire que le précédent. Je vais nous trouver une issue. Prions pour que j'y arrive avant la naissance de cet enfant. Bon sang, si seulement j'avais suivi l'exemple des autres.

Nous pourrions être en Angleterre à l'heure qu'il est, comme ta sœur et mon cousin. Jamais je n'aurais cru qu'il me serait impossible d'envoyer ma fille à l'école.

J'étais soulagée de pouvoir planifier notre fuite, mais aussi terrifiée à l'idée de quitter la maison. Sans Khala Zeba, je ne me sentais plus obligée de rester. Mahmoud alla voir Rahim, qui connaissait un membre du gouvernement, titre qui avait de moins en moins de sens. En échange d'environ la moitié de nos maigres économies, on nous promit des passeports afghans tamponnés. Rahim servit d'intermédiaire ; il recevrait sa propre enveloppe de billets.

Même avec des passeports, traverser la frontière était une entreprise périlleuse. Rahim nous conseilla de nous procurer également des papiers étrangers, car nos documents afghans ne nous mèneraient pas bien loin. Il connaissait un faussaire surnommé « l'Ambassadeur ». C'était un homme rusé, autrefois contremaître à l'imprimerie de Kaboul. Quand les talibans avaient condamné les presses au silence, ce dernier avait discrètement transporté chez lui une machine à écrire, en la cachant sous un drap, et fourré dans les poches de son manteau des cartouches d'encre. Il s'était mis à organiser l'avenir de sa propre famille. Cet homme, comme Mahmoud et moi, était un professionnel privé de sa profession.

Il existait tout de même une différence entre lui et nous. Tandis que « l'Ambassadeur » avait trop peur pour quitter Kaboul, nous avions trop peur pour y rester. Quant à savoir qui avait fait le choix le plus sage, c'était encore loin d'être évident.

Chapitre 13

Fereiba

Trois mois avant la naissance de mon troisième enfant, j'envoyai Salim au marché pour acheter du sel. Mon dos me faisait souffrir, et Mahmoud ne devait pas tarder à rentrer et serait affamé. Sans un seul grain de sel dans nos placards, le riz et le ragoût que j'avais préparés auraient été un vrai gâchis.

Mon garçon aventureux perdait souvent la notion du temps. Je regardai l'horloge et tentai de me rassurer : il avait sûrement croisé des camarades sur le chemin. Le soleil glissait derrière les montagnes. Salim était parti depuis deux heures alors que la course n'aurait dû lui prendre que vingt minutes.

Je m'assis sur une chaise et me frottai le bas du dos pour le dénouer. J'étais au bord de la crise de nerfs. Lorsque j'entendis le portail s'ouvrir, je me précipitai au salon, prête à gronder Salim pour son insouciance, mais aussi impatiente de le savoir à mes côtés. En fait, c'était Mahmoud, rentré un peu plus tôt que d'habitude. Il jeta un coup d'œil à mon visage et posa sa mallette sur le canapé. Je le vis balayer rapidement le salon du regard à la recherche d'un indice.

— Qu'y a-t-il, Fereiba ? Où est Salim ?

J'éclatai en sanglots. La présence de Mahmoud m'y encouragea. Je dormais mal depuis une semaine et me sentais particulièrement déprimée. Mes jambes et mon dos me faisaient souffrir, et cette nouvelle angoisse était la goutte d'eau qui faisait déborder le vase. Passant mes journées à la maison seule avec Samira, qui était sensible à mes humeurs, j'avais fait bonne figure jusqu'à présent.

Il m'enlaça et me rappela que Salim devait passer par la rue où ses amis avaient l'habitude de jouer et qu'il était rare que notre fils rentre directement à la maison après une course. Mahmoud et moi étions très différents dans ce domaine. Je m'inquiétais prématurément. Lui se faisait du souci trop tard.

Sur la suggestion de mon mari, nous nous assîmes pour dîner. J'étalai notre nappe en vinyle sur le sol du salon. Samira, désireuse de faire plaisir quand son frère causait des problèmes, disposa les bols et les cuillères. Le repas fut dénué de goût, avec ou sans sel. Mon cœur bondit quand j'entendis le claquement métallique du portail. Mahmoud mit sa main sur la mienne.

— Laissons-le venir à nous, *janem*, dit-il doucement.

Je hochai la tête, remuant le riz de mon assiette sans but. Je regardai Samira. Ses yeux noirs scintillaient au bruit des pas de son frère.

Salim entra dans le salon d'un air penaud.

— *Salam*, marmonna-t-il.

Mahmoud le regarda, le visage calme et posé.

— Salim, va te laver. Tu es couvert de terre. J'espère que ton match de foot méritait d'inquiéter ta mère.

Salim baissa la tête. Il posa le sachet de sel sur le plan de travail et bredouilla un semblant d'excuses. Le temps qu'il revienne, nous avions débarrassé les plats, laissant seulement un petit bol de riz. Gêné mais affamé, Salim s'assit en tailleur devant la nappe. Mahmoud s'installa dans le fauteuil pour lire, comme tous les soirs.

Je jetai un coup d'œil discret à Salim. Il avait englouti sa nourriture en quelques secondes et regardait fixement le tapis. Je sentais sa peur. L'attente d'une réprimande était toujours pire que la réprimande elle-même.

— Salim, tu n'as rien à me dire ? lâchai-je enfin en m'essuyant les mains dans un torchon.

Il baissait toujours la tête dans une posture contrite, mais semblait incapable de prononcer le moindre mot.

Mahmoud abaissa ses lunettes de lecture et posa son livre sur la table gigogne à sa droite. Il lisait les poèmes d'Ibrahim Khalil, le prolifique poète de Kaboul, très aimé dans la famille Waziri. Lorsqu'ils étaient étudiants, Mahmoud et Hamid avaient suivi un cours donné par Khalil. Même si j'aimais ses poèmes, je ne pouvais m'empêcher de penser au mari de Najiba quand je les entendais. Le fait d'avoir autorisé jadis le cousin de mon mari à me réciter ces vers m'embarrassait terriblement. Mahmoud essayait, de temps à autre, de me faire réciter un quatrain ou deux, mais il m'était impossible de partager cela avec lui. Je me sentais malhonnête.

— Lève les yeux, *bachem*, dit Mahmoud.

Salim, assis en tailleur devant son père, leva lentement la tête. Mahmoud marqua un arrêt, reconsidérant ce qu'il allait dire à son fils.

— Laisse-moi te lire quelque chose, dit-il enfin en reprenant le livre de Khalil sur la table.

Sache-le ta fortune n'est pas polluée
Nouveau-né tu fus nourri de lait non dilué
Le labyrinthe de malheur dans lequel tu es enfermé
De ta propre imagination est né et fut créé
Car la punition n'est pas le fait du Tout-Puissant
Qui ne perturbe ni ne détourne ni ne tourmente
Tout malaise et toute peine pesant sur nos épaules
Sont les fruits que nous seuls avons choisi de récolter

— Tu comprends ce que ces mots veulent dire ?

— Oui, Padar-*jan*.

— Alors dis-moi, Salim-*jan*, quelle est leur signification selon toi ?

— Que je ne dois pas me comporter comme un enfant.

— Salim-*jan*, je suis désolé que tu sois obligé de voir ce monde-là en te levant tous les matins. Je suis désolé que tu connaisses Kaboul ainsi, l'Afghanistan ainsi. J'aurais préféré que tu fasses tes premiers pas sans roquettes au-dessus de toi. Ce n'est pas un endroit pour un enfant, mais pour cette raison, il est d'autant plus important que tu t'élèves. Tu dois trouver un moyen de tirer le meilleur de cette situation, de récolter de nobles fruits.

La rancœur se lisait sur le visage de Salim. On ne lui disait jamais rien d'autre que « non ». C'était à peu près tout ce que nous partagions, lui et moi. Les choses qu'il pouvait faire étaient rares ; celles qu'il ne pouvait pas faire étaient innombrables. Mais Salim garda le silence, il ne protesta pas contre l'injustice que même Mahmoud reconnaissait.

— Salim-*jan*, mon fils, il est temps d'apprendre à faire attention à tes actes. Ta mère et moi veillons sur toi, mais jour après jour, tu es de moins en moins un petit garçon.

Parfois, je me disputais avec Mahmoud, lui reprochant son manque de sévérité avec les enfants. Je ne comprenais pas pourquoi ils craignaient ses punitions. Il se contentait de les sermonner un peu et de leur adresser des regards dépités. Pourtant, les enfants le respectaient, tout comme moi. Nous avions passé tant de nuits, eux et moi, blottis autour de Mahmoud, nous disputant la place pour écouter ses histoires. Il nous enlaçait tous ensemble, nous attachait en un seul paquet.

Je m'oubliais dans ces moments, aimant mon mari plus que je ne m'en serais jamais crue capable. Khala Zeba me manquait souvent, j'aurais voulu la remercier de m'avoir mise dans ses bras.

La nuit, tandis que les enfants respiraient doucement près de nous, Mahmoud me frotta le dos.

— Salim sera un grand homme, je vois l'âme d'un lion dans ses jeunes yeux, murmura-t-il. Bientôt, le jour viendra où il sera à la tête d'un foyer, avec des petits à lui. Sais-tu pour quoi je prie, *janem* ? Je prie pour que ce jour n'arrive ni trop tôt ni trop tard.

J'attrapai les mains de Mahmoud dans mon dos et les posai autour de ma taille.

— Et je prie pour qu'il soit dans mon *nasib* de voir ce jour, ajouta-t-il.

— Si Dieu le veut, nous verrons tous les deux ce jour, parvins-je à formuler avant que le nœud dans ma gorge ne se serre davantage.

Chapitre 14

Fereiba

Un mois plus tard commençait la fête de l'*Aïd*. De lointains parents et amis se mirent à nous rendre visite comme le voulait la coutume, malgré la sombre atmosphère dans laquelle était plongée la ville. Ainsi, quand nous entendîmes frapper au portail ce jour-là, nous ne fûmes pas surpris. Mahmoud alla ouvrir, et je mis mécaniquement de l'eau à bouillir pour le thé.

En réalité, les individus qui se trouvaient là n'étaient ni des amis ni des membres de la famille.

Des hommes à l'air bourru venaient de faire irruption dans notre cour et marchaient à présent dans notre demeure d'un pas nonchalant.

— Voilà donc la maison de l'ingénieur, ricana l'un d'entre eux sur un ton de profond dégoût.

Je retins mon souffle en entendant ces grosses voix masculines. La bouilloire tomba de mes mains dans un fracas métallique, puis une mare d'eau se forma sur le sol.

Salim et Samira étaient assis près de moi, en train de dessiner. Je leur lançai un regard et leur désignai l'escalier. Effrayés, ils montèrent en vitesse sans la moindre protestation.

J'enfilai rapidement ma burqa et jetai un coup d'œil au salon.

Trois hommes déambulaient dans la pièce, examinant avec mépris nos possessions.

Ils étaient vêtus de larges caftans et de pantalons kaki et gris, des couleurs ternes qui faisaient ressortir leurs barbes noires et leurs mitraillettes tout aussi noires. Ils portaient leur arme à l'épaule, en toute décontraction. Le plus grand des trois faisait tournoyer le *tasbeh* de Mahmoud autour de son doigt. Quand ils me virent, apparition bleu azur sur le seuil, ils m'ordonnèrent de retourner dans la cuisine.

Mahmoud avait l'air inquiet, mais calme. Il avait avancé vers moi instinctivement et m'implora en silence d'obéir.

J'étais terrifiée à l'idée de laisser mon mari seul avec ces hommes qui s'étaient introduits de force dans notre maison, mais je pensais également à mes deux enfants cachés à l'étage et à celui que je portais sous ma burqa. Je baissai la tête et me retranchai dans la cuisine, d'où je pouvais toujours les entendre, sans être vue.

— Tu es ingénieur.

— Oui, répondit Mahmoud d'une voix maîtrisée.

— Et tu travailles pour le ministère de l'Eau et de l'Électricité, ajouta-t-il.

J'entendis un léger tintement et compris qu'un des hommes avait porté son attention sur le service en porcelaine rangé dans notre vaisselier vitré. C'était un cadeau de mariage de Khala Zeba. Les tasses étaient délicates, décorées de feuilles dorées sur les anses et de jolies fleurs aux tons pastel. Nous n'avions ni photographies, ni téléviseur, ni radio, Dieu merci.

J'espérai qu'une fois assurés que notre maison ne comptait aucun produit de contrebande, ils partiraient.

— Oui, c'est bien ça. Que puis-je faire pour vous ?

— Nous cherchons Mahmoud Waziri, l'ingénieur qui travaille pour le ministère de l'Eau et de l'Électricité, l'homme dont on dit qu'il méprise nos lois islamiques.

Mon cœur se mit à battre la chamade. Je levai les yeux vers l'escalier et vis l'ombre de deux petites têtes dans un coin. Je leur fis signe de repartir.

— Méprise ? Mais je ne méprise aucune…

— Tu ferais mieux de nous suivre pour qu'on t'explique exactement de quels péchés tu es accusé.

— Péchés ? Mes frères, il doit y avoir un malentendu.

Je détectai un léger chevrotement dans la voix de Mahmoud, mais ce n'était rien en comparaison de mes propres tremblements.

— Il n'y a aucun malentendu.

— S'il vous plaît, écoutez-moi un instant. J'ai fait de mon mieux pour appliquer tous les décrets…

— Nous n'allons pas parler ici, à moins que tu aies envie de faire venir ta femme et tes deux enfants dans le salon pour qu'ils entendent la liste de tes crimes.

Mahmoud lâcha un profond soupir.

— Non, non, non. Ce n'est pas nécessaire. Je viens avec vous.

— Mahmoud ! S'il vous plaît, ne l'emmenez pas ! Il est innocent ! hurlai-je d'une voix stridente en me mettant à genoux sur le seuil.

Un des hommes s'avança vers moi, mais Mahmoud intervint.

— Pitié ! dit-il d'une voix forte avant de se tourner vers moi.

Les mains sur mes épaules, il me forçait à me tenir droite, tout en regardant à travers le grillage de ma burqa.

— Fereiba-*jan*, je t'en supplie, laisse-moi parler avec ces hommes. Je suis sûr que je peux régler ce malentendu. On a besoin de toi *ici*.

Le jour de mon mariage, je ne savais rien de mon époux. Avec le temps, j'appris qu'il était patient, généreux et pétri de morale. Le premier mois, j'étais trop timide pour le regarder dans les yeux, mais à la chaleur de son amitié, mes barrières fondirent. Il défit tout ce que ce monde m'avait fait. Je pris conscience, peu de temps après notre mariage, lorsque je me surpris à rire à une plaisanterie qu'il avait déjà faite, que j'aimais cet homme.

— Fereiba, sais-tu quel est le plus joli mot signifiant « époux » dans notre langue ?

— Non. Quel est-il ?

— « Hamsar ». Penses-y. « Qui partagent le même esprit ». C'est tout à fait nous, tu ne crois pas ?

Mahmoud était ainsi. Il prenait de vieux mots rouillés et fatigués – des phrases que les gens se disaient sans rien ressentir – et les retournait dans la paume de sa main. Il soufflait dessus pour en ôter la poussière et les faire briller, irradier d'une signification si touchante que vous aviez honte de les avoir négligés.

Il me posait des questions et écoutait mes réponses. Il avait le cœur généreux de sa mère et l'intelligence de son père. Il ne vivait pas dans la crainte du Tout-Puissant, car, selon son raisonnement, un dieu miséricordieux ne nous aurait pas créés dans l'unique but de nous punir pour des erreurs triviales et insignifiantes. Mahmoud était logique et déterminé. Il aimait ses enfants. Il les grondait avant de rire de leurs bêtises. Il me caressait le front au moment de nous coucher, un contact assez léger pour alourdir mes paupières, mais également assez ardent pour me donner envie de rester éveillée. Il voulait laisser son empreinte en Afghanistan par son travail, que sa famille soit fière de lui.

Sans enfants pour occuper notre attention dans les premières années de notre mariage, j'appris à connaître mon mari. Je l'entendais penser rien qu'en plongeant mon regard dans le sien.

C'était mon *hamsar*.

Tandis que les hommes lui aboyaient de les suivre, je m'accrochai au visage de Mahmoud ; la grille bleue de ma burqa faisant obstacle au moment le plus précieux, le plus intime de notre vie conjugale. Nous avions tant de choses à nous dire. Il me parla avec les yeux, comme seul un *hamsar* peut le faire.

Prends soin de nos enfants, janem. *Je vais faire mon possible pour arranger ça. Je suis désolé de t'imposer cette situation. Je donnerais tout pour rester à tes côtés.*

Mon mari fut escorté hors de la maison et conduit dans la nuit la plus noire de toute notre vie. Les hommes claquèrent la porte derrière eux. Deux tasses en porcelaine dégringolèrent de l'étagère et se fracassèrent sur le sol en projetant des éclats de blanc et de pastel.

J'entendis des pas affolés à l'étage et sus que Salim avait couru jusqu'à la fenêtre. Je ne lui ai jamais demandé ce qu'il avait vu. Mon mari, que je connaissais bien, était sûrement conscient que ses enfants l'observaient à cet instant. Il n'aurait jamais fait quoi que ce soit qui pût rendre cette nuit plus terrible encore qu'elle ne le serait à jamais dans leur esprit.

Chapitre 15

Fereiba

Salim avança vers moi sur la pointe des pieds. Débarrassée de ma burqa, je m'étais écroulée au sol. J'avais entendu le moteur de leur voiture vrombir au loin. Ils avaient emmené Mahmoud. Mon fils était assis à côté de moi tandis que Samira se tenait à distance respectable. Quand Salim ne supporta plus le silence, il le rompit.

— Madar-*jan*…, murmura-t-il.

Je l'arrêtai dans son élan, n'ayant aucune réponse à lui fournir.

— Mon fils, remonte dans ta chambre avec ta sœur et mets-toi au lit. Je vais attendre ton père.

Je savais qu'il avait peur. Je savais qu'il voulait se montrer utile. Il voulait faire des choses qui rendraient son père fier.

Samira n'avait que cinq ans. Elle n'était encore qu'une extension de moi. Ses humeurs fluctuaient au rythme des miennes, comme les marées répondent aux phases de la lune. Si je broyais du noir, Samira restait silencieuse, soufflant pour soulever sa frange de son front soucieux. Si j'étais heureuse, elle marchait en sautillant gaiement. Cette nuit-là, Samira, mutique et tremblante, se recroquevilla dans son lit. Ses petits poings serrés, elle mouilla de larmes son oreiller.

Salim se réveilla à l'aube et me trouva sur le canapé. J'étais assise, la tête contre le mur. J'ose à peine imaginer le spectacle que je lui offris alors.

— Madar-*jan*.

Il dut m'appeler deux fois.

— Oui, Salim, répondis-je, la gorge sèche et râpeuse.

Salim ne savait pas quoi dire. Il se sentait simplement obligé de briser le silence et d'évaluer la situation.

— Tu as dormi, Madar-*jan* ?

Mes mains étaient posées sur mon ventre rond ; mes pieds enflés touchaient à peine le sol.

— Oui, mon fils.

Il eut l'air sceptique et proposa de me servir du thé. Je regardai Salim, ses mains s'agitant dans son dos, son visage crispé de peur. Il était temps que je redevienne une mère.

— Il est encore tôt, dis-je. Prions plutôt pour ton père.

Nous ne prîmes pas la peine de chauffer l'eau pour les ablutions.

— Au nom de Dieu…, murmurai-je.

Je commençai à me laver les mains, la bouche, le nez. Je me cuirassai contre l'eau glaciale. Je ne montrerais aucune faiblesse.

À une cadence bien précise, Salim et moi nous levâmes, nous agenouillâmes puis nous inclinâmes tout en prononçant les phrases que nous avions tous deux mémorisées très tôt dans nos vies. Mes yeux s'embuèrent au souvenir de la nuit précédente.

J'ignorais si mon mari nous serait rendu un jour.

Notre maison se figea dans le temps, dans l'attente d'un signe.

Salim aida à certaines corvées et, malgré son jeune âge, se rendit au marché pour les courses de base. J'étais isolée. Mon frère et mes sœurs avaient quitté l'Afghanistan depuis longtemps avec Kokogul. Mon père était resté pour s'occuper de son verger, situé à une heure de chez nous. La famille de mon mari était également dispersée ; ses sœurs vivaient en Australie. Il ne nous restait que quelques cousins qui luttaient comme nous pour nourrir leurs enfants et survivre au nouveau régime de Kaboul. J'adressai un message à nos familles. Ils étaient morts d'angoisse, mais impuissants à nous aider. Les sœurs de Mahmoud me supplièrent de les tenir informées si j'avais des nouvelles.

Raisa, la femme d'Abdul Rahim, me rendit fréquemment visite après la disparition de mon mari. Certains jours, elle me faisait porter une plaquette de beurre ou un petit bol de riz. Raisa avait toujours été une amie chère, mais je redoutai ses visites après l'événement. Ses yeux humides de compassion me rappelaient brutalement tout ce qui n'allait pas.

Elle avait une douceur maternelle qui vous attirait, vous donnait envie d'être bercé contre son sein comme l'un de ses nombreux enfants. En ces jours sinistres, Raisa s'arrêtait pour de brèves visites. Tout en conversant, elle mettait de l'ordre dans la cuisine ou préparait un rapide repas avec ce qu'elle trouvait dans le placard.

— Fereiba-*jan*, des nouvelles ? demandait-elle vaguement.

— Pas encore, mais ça ne saurait tarder, j'en suis sûre, répondais-je en y croyant.

Mahmoud était une merveille de la nature. Je n'avais aucune raison d'en espérer moins de lui.

— Bon, si toi et les enfants avez besoin de quoi que ce soit…

Je me forgeai une carapace. Je tentai de tenir la maison en ordre, de faire en sorte que mes enfants dorment bien la nuit. Dans la journée, Samira affichait le même sang-froid que moi, mais la nuit sa frange noire collait à son front moite. Elle gémissait, pleurait dans son sommeil, un langage que je comprenais mais refusais de parler.

Je trouvai le cahier de Salim. Il avait tracé des croix sur la quatrième de couverture. Il comptait les jours depuis cette nuit. Il y en avait déjà quarante-sept.

Nous formions un foyer sans patriarche, le genre de créature que les bêtes sauvages de Kaboul dévoraient à vue. Le jour où je fus prise de violentes douleurs, je pris conscience de l'isolement profond dans lequel nous vivions, sans homme à la maison. Des heures durant, je gardai le visage tourné vers le mur, mais la pression finit par me submerger. Les enfants ne disaient rien. Nous jouions chacun notre rôle dans cette comédie de normalité.

Finalement, la peur de perdre mon bébé, de ne pas pouvoir le montrer à Mahmoud à son retour, suffit à me pousser hors de la maison sans escorte appropriée. J'enfilai ma burqa et pris Salim par la main. Je laissai Samira avec Raisa-*jan*, qui tira ma fille contre son sein et hocha la tête. Elle n'avait rien d'autre à offrir.

— Salim-*jan*, pardonne-moi si je serre ta main trop fort, *bachem.*

La douleur était si violente que j'étais presque pliée en deux.

— Tu es très malade, Madar-*jan* ? me demanda calmement Salim dans la rue.

— Non, *bachem.* Je suis sûre que ce n'est rien. Tout ira mieux quand ton père sera rentré.

Le doute se lisait sur le visage de Salim. Ma confiance commençait à vaciller. Samira l'avait senti elle aussi. Chaque jour, elle se repliait davantage sur elle-même.

— Est-ce que le bébé est en train d'arriver ?

Les questions de Salim étaient d'ordre pratique. Il ressemblait tellement à son père. Je ne m'étais pas rendu compte qu'il avait autant grandi en un an.

— Dieu nous en garde, *bachem.* C'est encore trop tôt. Les bébés ont besoin de neuf mois et neuf jours. Neuf mois et neuf jours, répétai-je, entendant la voix de ma belle-mère.

Elle avait partagé beaucoup avec moi avant de nous quitter, condensant sur quelques années une vie entière de maternage. C'était elle qui avait fait venir la sage-femme en urgence lorsque mes douleurs avaient commencé pour Salim puis pour Samira. Elle qui m'avait tenu la main pendant que je mettais au monde ses petits-enfants. Alors que le moment approchait pour ce troisième bébé, je ressentais plus amèrement son absence.

Une main sur le ventre et les yeux baissés, je ne remarquai pas les trois hommes au coin de la rue. Nous n'étions qu'à une centaine de mètres de l'hôpital.

— N'as-tu donc aucune dignité, femme ? Où est ton *mahram* ?

Un crachat atterrit à mes pieds. Je reculai d'un pas. Mon fils resserra ses doigts autour des miens. Je tentai de me positionner devant lui.

— C'est mon fils. Il m'accompagne à l'hôpital. J'ai de violentes douleurs, et mon état…

Ces hommes étaient-ils ceux qui étaient venus pour Mahmoud ? Avaient-ils des nouvelles de lui ? Avant que j'ose leur poser la question, un bâton s'abattit violemment sur mon épaule. Je me pliai en deux en me tenant le ventre.

— Non, s'il vous plaît ! cria Salim en se jetant sur moi.

— Seules les femmes légères parlent si ouvertement de ce genre de choses ! N'as-tu donc pas honte devant ton fils ? Où est son père ? Ou peut-être qu'il n'en a pas ?

Mon corps se mit à trembler de rage, mais je ne dis rien. Je devais être pragmatique, moi aussi.

— Nous vous demandons pardon. S'il vous plaît, laissez-nous passer, suppliai-je, la mâchoire crispée.

— Rentre chez toi. Rentre avec ton fils et tente de te comporter en musulmane respectable. Tu n'as pas besoin d'hôpital. Garde pour toi tes problèmes de femme et épargne à ton fils la honte d'être vu avec toi.

De violentes douleurs me transperçaient le bassin et l'épaule, mais je me relevai. Je tirai mon fils sidéré par la main et tournai les talons. Après seulement un pas, je sentis un coup dans mon dos. Ils frappèrent encore deux fois, pour faire bonne mesure. Je serrai la main de Salim, anticipant sa réaction.

— Madar !

Il était en colère.

— Ne dis rien, *bachem*, murmurai-je. Allons-nous-en, mon chéri. Je vais bien.

Le visage de Salim brûlait de rage. Cela lui faisait mal de ne rien faire, même si je l'exigeais de lui. En l'amenant avec moi comme escorte, je lui avais demandé d'être l'homme de la famille. En le sommant de se taire, je l'avais ramené à sa condition de petit garçon. Boitillante, je m'accrochai à lui pour avancer. Pour un Afghan, la fierté est plus difficile à ravaler qu'un sac de clous.

Nous nous arrêtâmes plusieurs fois pour que je puisse reprendre mon souffle et me reposer contre un mur. Le retour me parut beaucoup plus long que l'aller.

Je restai alitée pendant trois jours, suppliant Dieu de nous protéger, mon enfant et moi. Les douleurs s'intensifiaient puis déclinaient. Raisa restait à la maison jusqu'à la nuit tombée et préparait des repas simples pour les enfants. Elle apposait des linges humides contre mon front et me faisait boire de l'eau dans une coupe en cuivre sur laquelle était gravée une sourate du Coran. Salim et Samira, taciturnes, étaient devenus inséparables. Ils se cramponnaient l'un à l'autre comme deux voyageurs perdus essayant de se tenir chaud par une nuit glaciale.

Le troisième jour, Raisa entra tel un ouragan dans la maison, avec une détermination nouvelle. Elle tira de sa poche un petit sachet et fit tomber dans un bol de minuscules graines sombres. Tout en versant dessus de l'eau bouillante, elle murmura des prières dans la vapeur musquée. Raisa s'assit ensuite à côté de moi, le dos au mur, me hissa sur ses genoux comme un nouveau-né et porta le bol à mes lèvres desséchées. Je n'eus pas la force de lui demander ce qu'elle avait concocté et laissai la chaleur cheminer dans ma gorge.

Raisa prépara un plat à base de pain rassis et ajouta de l'eau au bouillon de viande que nous buvions depuis quatre jours. Nous avions de l'argent, mais les magasins étaient vides. Deux jours de bombardement avaient fait fuir tous les vendeurs de rue et les marchands, laissant le ventre de la ville gronder derrière les fenêtres occultées.

Je me réveillai en pleine nuit, un rayon de lune tombant sur mon visage. Je pris une profonde inspiration et sentis le bébé bouger. La douleur dans mon dos et mon flanc s'était calmée. Je me redressai pour m'asseoir, en proie à un léger vertige qui passa rapidement.

Je remerciai Dieu.

Salim me regarda avec un optimisme prudent. Il n'avait pas confiance en ce monde, et je ne trouvais pas les mots pour lui rendre la foi. Peut-être me manquait-il plus que des mots.

J'envoyai mon fils à côté pour remercier Raisa-*jan* de son aide et lui faire savoir qu'elle pouvait désormais s'occuper de sa propre famille sans inquiétude. Salim revint m'informer qu'Abdul Rahim et Raisa venaient nous voir.

Je mis de l'eau à bouillir pour le thé et cherchai dans le placard quelque chose à leur servir. Nous n'aurions pas survécu une semaine sans leur gentillesse.

Ils frappèrent doucement au portail. Je les accueillis dans la cour et les conduisis au salon, impatiente de montrer à Raisa que j'étais de nouveau sur pied.

— Tu devrais te reposer, me gronda-t-elle.

— Qu'Allah bénisse ta famille et lui offre une longue vie.

Je la serrai fort et l'embrassai sur les deux joues.

— Je ne sais pas comment te remercier pour tout ce que tu as fait. Tu m'as remise d'aplomb et tu as nourri mes enfants, alors que tu as ta propre maison à tenir. Mahmoud et moi n'oublierons jamais ça.

Raisa eut soudain l'air d'avoir mordu dans un citron et d'attendre le bon moment pour recracher.

— Fereiba-*jan*, asseyons-nous pour parler, dit Abdul Rahim. Salim-*jan*, va surveiller ta sœur un moment, *bachem.*

Lorsque Abdul Rahim, le gentil géant d'à côté, appela Salim « mon garçon », je sus. Tout ce que j'avais besoin de savoir était dans ce mot tendre apparemment banal, le mot qu'il avait prononcé instinctivement pour combler un vide tragique. Abdul Rahim, père aimant, connaissait les besoins d'un jeune homme. Un jeune homme a besoin de quelqu'un pour lui ébouriffer les cheveux, pour poser une main sur son épaule, pour le regarder bricoler une montre cassée.

Un jeune homme a besoin d'être le garçon de quelqu'un. *Bachem.*

Il n'était pas étonnant que Mahmoud ait respecté nos voisins comme il le faisait. Il avait vu la bonté en eux bien avant qu'ils n'eussent besoin de la manifester.

Mon fils était sans père. Mes enfants n'avaient plus de père.

Salim, mon fils obéissant, alla auprès de Samira. Je savais qu'il nous écouterait et je ne fis rien pour l'en empêcher. Je ne pouvais protéger personne de la réalité. Je m'assis et laissai Abdul Rahim me dire ce qu'il avait à me dire.

— Mon frère travaille pour le… il y a deux semaines… enlevé par les talibans… en désaccord avec leurs actions… homme d'idéaux… courageux… les ouvriers ont trouvé un corps… un mot dans sa poche… Pardonne-moi de partager ça avec toi…

Raisa me prit dans ses bras. Elle pleurait, sa lourde poitrine se soulevant au rythme de ses sanglots. Je le savais depuis des semaines, mais il est certaines vérités auxquelles on ne peut croire qu'une fois qu'elles ont été formulées à voix haute.

Mahmoud ne reviendrait jamais. Nous avions vécu notre dernier moment ensemble à quelques mètres de ce canapé. Il m'avait dit tout ce qu'il avait à me dire dans ce dernier moment, son destin gravé sur son visage. Il avait su, dès l'instant où les hommes étaient entrés chez nous.

Salim revint lentement dans le salon et se dirigea vers Abdul Rahim, assis les épaules basses, les mains croisées entre les jambes.

— Kaka-*jan* ? dit mon fils.

Abdul Rahim leva les yeux vers lui.

— Mon père… il ne reviendra pas ?

Ce n'était pas une question d'enfant. C'était la question d'un jeune homme qui avait besoin de savoir ce qu'il devait attendre du lendemain et ce que le lendemain devait attendre de lui.

Chapitre 16

Fereiba

Je devais faire sortir ma famille de Kaboul.

Sans Mahmoud, il ne nous restait plus rien. Nous allions très probablement mourir de faim une fois nos économies épuisées. L'arrivée imminente de mon troisième enfant compliquait la situation.

Samira n'avait pas ouvert la bouche depuis l'après-midi où Raisa et Abdul nous avaient rendu visite. Elle répondait par gestes ou hochements de tête. Je lui parlai avec douceur, essayant de l'encourager à formuler ses pensées, mais elle resta mutique.

Je trouvai Salim dans notre chambre en train de regarder les affaires de Mahmoud. Sans remarquer ma présence, il toucha le pantalon, porta une chemise à sa joue, puis étala les vêtements sur le sol, comme pour imaginer son père dedans. Il prit la montre de mon mari sur la table de nuit et la retourna dans sa main. Il la fit glisser à son poignet et tira sa manche dessus. C'était un moment d'intimité entre un père et son fils, alors je m'éclipsai furtivement dans le couloir.

Mon fils me croyait trop accaparée par mon chagrin pour savoir ce qu'il éprouvait, mais je voyais tout. Je le vis donner des coups de pied dans l'arbre derrière notre maison avant de s'écrouler comme un sac de sanglots, les orteils si abîmés et gonflés que chaque pas le fit grimacer pendant une semaine. Je l'aidais à marcher quand il me laissait faire, mais si je commençais à parler, il se dégageait. C'était encore trop tôt.

Je repensais sans cesse à mon dernier échange avec Mahmoud, et Salim en faisait sûrement de même. Je voyais le remords sur son visage aussi clairement que je le ressentais dans mon cœur. Nous aurions agi différemment, Salim et moi. Nous aurions eu tellement plus de choses à dire.

D'après ce qu'Abdul Rahim put glaner, les talibans du quartier avaient décidé de faire de Mahmoud Waziri un exemple. Le reste de la famille ne serait pas inquiété, selon lui, mais personne ne pouvait en être sûr. Même à la lumière du jour, il y avait peu de certitudes dans Kaboul. Le voile sombre qui recouvrait la ville rendait tout possible.

Je ne supportais plus de ne pas avoir mes enfants sous mon regard. Je n'envoyais Salim au marché qu'en cas de force majeure. À peine un mois après la nouvelle de l'assassinat de Mahmoud, mon ventre commença à me faire souffrir. Au début, je crus à une crampe causée par les senteurs hivernales, mais en me déplaçant d'une pièce à l'autre, je reconnus les douleurs familières.

Je fis les cent pas dans ma chambre, lentement, lèvres pincées.

— Neuf mois, neuf jours… neuf mois, neuf jours…, répétai-je à voix basse.

Quelques heures plus tard, Raisa mettait mon troisième enfant au monde. Je l'appelai Aziz.

— Salim et Samira, réussis-je à dire. Venez faire la connaissance du fils de votre père.

Nous devions attendre qu'Aziz ait pris du poids avant de nous aventurer hors de Kaboul. Peu à peu, son visage prit les traits de son père : les plis de ses yeux, sa fossette au menton, la courbe de ses oreilles.

Abdul Rahim garda un œil attentif sur la famille Waziri privée de père. Il invita Salim à s'asseoir avec lui après l'école. Je ne sais pas de quoi ils discutaient, mais Salim rentrait toujours à la maison l'air pensif. J'étais contente que mon fils ait un homme comme Abdul Rahim vers qui se tourner.

Abdul Rahim et Raisa reconnurent qu'il était préférable pour nous de partir. Nous n'avions pas de famille pour nous aider. Je craignais que mon fils ne se fît happer par les talibans et, en tant que femme, je ne pouvais pas faire grand-chose pour assurer notre survie.

— Nous allons partir, annonçai-je à mes voisins. Je n'ai d'autre choix que de faire sortir mes enfants de Kaboul. Leurs estomacs sont vides, leurs lèvres gercées. Nous n'avons plus rien ici.

Raisa acquiesça d'un signe du menton.

— On ne sait pas si les choses vont s'améliorer. Elles pourraient s'aggraver. Même si ça me fend le cœur de te voir partir, je ne peux pas supporter de te savoir seule ici. Si Mahmoud-*jan*, que son âme repose en paix, était avec toi, ce serait différent. Mais dans ces conditions, Kaboul est pire qu'une prison pour toi.

— Je vais avoir besoin de votre aide.

Abdul Rahim hocha la tête. Il avait anticipé cette conversation.

Trois mois après la naissance d'Aziz, je réunis mes enfants et remplis deux petits sacs du strict nécessaire : des vêtements, une enveloppe contenant une dizaine de photos de famille, et tout ce qu'il nous restait de nourriture. Je n'avais rien dit aux enfants jusqu'à l'avant-veille de notre départ. Salim semblait m'en vouloir de l'avoir tenu dans l'ignorance. Nous partagions le même espace, les mêmes pensées tristes, et pourtant, le plus clair de notre temps, nous étions désemparés l'un en face de l'autre. Nous étions une famille sans tête et comme telle nous pataugions maladroitement dans l'existence.

— Et s'ils découvrent que nous partons ? me demanda Salim d'une petite voix craintive.

— Ils n'en sauront rien, lui promis-je.

Je n'avais aucune autre réponse. Le visage impassible, Salim soutint mon regard pendant quelques secondes de trop. Il avait lu en moi.

Je me dis que les choses s'arrangeraient une fois que nous aurions échappé à l'atmosphère toxique de Kaboul.

J'informai mon père par courrier que nous allions nous rendre à Herat. Je voulais le voir une dernière fois avant notre départ. Mais Padar-*jan* était un homme qui préférait vivre dans le confort du passé. La lettre que je reçus en retour ne me surprit pas le moins du monde venant de lui. Le verger était dans un si piteux état que je le reconnaîtrais à peine, écrivait-il. Des armées de scarabées avaient creusé des tunnels dans le bois. Il s'était mis à dormir dehors certaines nuits, espérant que sa présence les fasse fuir, mais les insectes persistaient effrontément. L'hiver précédent avait été particulièrement rude, et il lui faudrait fournir beaucoup d'efforts pour obtenir ne serait-ce qu'un panier d'abricots. Ces fruits étaient plus délicats que des enfants, selon lui. Il regrettait de ne pouvoir nous aider pour le moment, mais espérait nous voir à notre retour.

Chacun a sa façon de dire au revoir, surtout quand cet au revoir est un adieu.

Quelques semaines plus tard, Abdul Rahim frappa à ma porte et me tendit une grande enveloppe. Raisa l'accompagnait. Les yeux humides de mon amie contredisaient son sourire d'encouragement.

Les passeports que Mahmoud s'était procurés étaient là, y compris le sien. Je caressai la photographie, de la taille de mon pouce, et ma douleur fut ravivée. Il aurait dû être avec nous dans ce périple. Douloureusement, je demandai alors à Abdul Rahim de renvoyer ce passeport à « l'Ambassadeur » en échange de ce qu'il voudrait bien nous donner. Nous n'avions pas le temps de faire du sentiment. Nous devions partir sans tarder.

— Mettez vos chaussures les plus robustes. Aujourd'hui, nous commençons notre voyage. Et souvenez-vous, si on vous pose des questions, nous allons rendre visite à votre tante à Herat. Dites une prière. Nous aurons besoin de Dieu pour veiller sur nous.

Quand Salim tendit le bras vers le placard pour saisir son bonnet, j'aperçus la montre de Mahmoud à son poignet. J'entrouvris les lèvres pour dire quelque chose puis me ravisai. Mieux valait laisser cela entre père et fils.

Nous dûmes abandonner beaucoup de nos affaires : le ballon de foot de Salim, les poupées en plastique de Samira, le service en porcelaine que ma belle-mère nous avait offert, désormais en morceaux. Je regardai mes casseroles et mes poêles, noircies par la flamme. Le tapis tissé à la main du salon avait été témoin de notre parcours, de jeunes mariés à famille complète, puis connu la nuit de notre dissolution. Des larmes de joie, des larmes de chagrin s'étaient mêlées dans ses motifs. Je laissai tout cela, les fragments de notre vie brisée, à Raisa. Je savais que notre maison ne resterait pas vide longtemps. Dès que les cousins de Mahmoud auraient eu vent de notre fuite, l'un d'entre eux viendrait en revendiquer la jouissance. La ville de Kaboul était devenue le terrain d'un jeu de chaises musicales, où squatteurs, militants et parents se précipitaient dans les demeures désertées avant que d'autres ne se les approprient.

Abdul Rahim regarda sa montre nerveusement. Nous avions un plan bien précis. Nos voisins nous avaient proposé de nous accompagner jusqu'à la gare routière. Si on nous arrêtait, Abdul Rahim devait dire qu'il était mon frère.

Je pris un sac dans une main et calai Aziz sous ma burqa. Salim portait un sac à dos et tenait la main de Samira.

Ils marchaient derrière Abdul Rahim et devant moi. Mes enfants se retournèrent à plusieurs reprises, comme s'ils craignaient que je ne m'égare.

La gare routière était une large route sur laquelle des bus étaient garés en rangs hasardeux. Devant la portière de chacun se tenait un homme qui criait la destination de son véhicule. Nous trouvâmes le nôtre et constatâmes qu'il se remplissait vite.

— Combien de temps allons-nous rouler, Madar-*jan* ? murmura Salim.

— Ce sera très long. Essaie de dormir, le temps passera plus vite.

Les enfants et moi nous plaçâmes dans la file. Je me rendis au fond dans la zone réservée aux femmes avec Samira et Aziz tandis que Salim s'installa dans la zone réservée aux hommes, plus près du chauffeur. Je gardai Aziz sur mes genoux, et Samira s'assit à côté de moi. Les places étaient limitées, et plusieurs jeunes femmes furent contraintes de rester debout.

Le bus démarra dans un vrombissement. Les burqas se soulevèrent comme des rideaux de théâtre, et les conversations reprirent.

Au bout d'une heure, Samira s'endormit malgré les secousses. Aziz et moi nous assoupîmes également quelques minutes et nous réveillâmes quand les bavardages devinrent plus intenses. Puis je me rendis compte que nous n'avancions plus.

Ma jambe droite était totalement engourdie.

Après trois heures de bricolage et de jurons, le conducteur parvint à faire redémarrer son véhicule. Nous reprîmes la route, mais à une lenteur d'escargot. Il descendit insulter le moteur à deux reprises pour qu'il reparte.

Trois jours plus tard, nous avions enfin atteint notre destination ; le bruyant chauffeur hurla à tous les passagers de rassembler leurs affaires et de descendre du bus.

Nous étions à Herat.

— Votre père venait ici plusieurs fois par an au nom du ministère, dis-je à mes enfants. Il dirigeait un projet dans la région.

Salim donna un coup de pied dans la terre tout en suivant l'ombre bleue du bus.

— Pourquoi est-ce qu'il ne m'en a jamais parlé ?

— C'était il y a longtemps, répondis-je, détectant le ressentiment dans sa question.

Nous attendîmes, comme Abdul Rahim nous l'avait indiqué, et une heure après notre arrivée, un couple s'avança vers nous. Un homme de petite taille, d'une cinquantaine d'années, murmura mon nom sur le ton interrogatif.

— Khanum Fereiba ?

— Oui, confirmai-je avec soulagement.

— Abdul Rahim et Raisa-*jan* nous ont prévenus de votre venue.

Il fit signe à sa femme, dissimulée sous une burqa, de le rejoindre.

Je fis passer mes enfants devant moi, et nous suivîmes Asim et Shabnam chez eux. Shabnam était la sœur de Raisa ; leurs voix comme leurs silhouettes maternelles étaient étonnamment similaires. Nous allions loger chez eux seulement une nuit. Le soir suivant, nous devions reprendre un bus en direction de la frontière afghano-iranienne. Salim et Samira étaient déçus, surtout après avoir fait la connaissance des jeunes enfants du couple. Samira joua avec les filles tandis que Salim, tenant Aziz dans ses bras, écouta les avertissements d'Asim sur la route dangereuse qui nous attendait.

— Méfiez-vous de ceux que vous croiserez, nous prévint-il avec sérieux.

Il remua les feuilles de son thé d'un air prophétique avant de poursuivre.

— Herat se situe à la porte de l'Iran, nous sommes donc témoins d'une grande partie du trafic qui se déroule dans la région. Les talibans sont présents ici et prêts à saisir la moindre chance de punir quelqu'un en exemple. Bien évidemment, vous connaissez leurs règles sur les *mahrams*, les escortes. Et vous savez que de nombreuses personnes tentent de passer en Iran, alors soyez vigilants et évitez d'attirer l'attention.

Asim et Shabnam vivaient dans une maison de trois pièces qui n'était pas sortie indemne des attaques de roquettes. Des parties du toit avaient été réparées, et les fenêtres étaient condamnées. Sans sa burqa, Shabnam ressemblait à sa sœur de façon encore plus frappante. Salim et Samira sourirent à ce visage familier. J'écoutai attentivement le discours d'Asim.

— Vous allez voyager dans une camionnette. D'ordinaire, elles sont bondées, il y a à peine assez de place pour respirer, alors garde tes enfants près de toi. Ils vont avoir peur. Le chauffeur vous fera traverser la frontière et entrer en Iran.

Le prix du passage a déjà été fixé, mais il essaiera de te soutirer plus que prévu. Cache bien tout ton argent et tous tes objets de valeur. Montre-toi très réticente et donne-lui une petite pièce. Fais-lui croire que c'est tout ce que tu as.

Je regardai Salim ; j'avais envie de l'envoyer jouer pour que cette conversation lui soit épargnée. D'un autre côté, il méritait de savoir dans quelle situation il allait être embarqué.

— Garde bien à l'esprit que le camion ne vous emmènera pas plus loin que la frontière. Vous devrez traverser à pied. Les passeurs choisissent la nuit pour le faire. Une fois que vous serez du côté iranien, un autre camion vous attendra. Celui-ci vous conduira à Mashhad. Je crois qu'Abdul Rahim t'a donné l'adresse de ton contact là-bas. Il y a beaucoup d'Afghans à Mashhad et, *Inchallah*, ils t'aideront à trouver ton chemin. J'ai appris que tu avais l'intention d'aller en Europe. La route qui vous attend est très difficile, mais beaucoup l'ont faite avant toi.

Je poussai un long soupir. Salim le remarqua.

— Je prie pour que nous fassions partie de ceux qui traversent cette épreuve avec succès. Je ne vois aucune autre solution pour mes enfants. J'espère avoir pris la bonne décision.

Shabnam hocha la tête avec compassion.

— Tu es une mère, et le cœur d'une mère ne conduit jamais ses enfants sur le mauvais chemin, me rassura-t-elle en serrant fort mes mains.

Les enfants, épuisés par le trajet en bus, dormirent à poings fermés tandis que je sommeillai, m'éveillant de temps à autre pour me rendre compte que j'étais toujours à Herat. J'avais du mal à croire que je m'étais lancée dans un voyage aussi périlleux avec trois jeunes enfants. Dans la chambre obscure et silencieuse, je continuai de douter.

Que m'avait promis mon ange du verger de nombreuses années auparavant ?

« Dans le noir, quand tu ne vois plus le sol sous tes pieds et que tes mains se heurtent à la nuit, sache que tu n'es pas seule. Je suis avec toi, comme le clair de lune au-dessus de l'eau. »

Je fermai les yeux et priai pour qu'il ne m'ait pas oubliée.

Chapitre 17

Fereiba

Je n'avais plus vraiment le temps de reconsidérer la situation. Si l'on m'avait accordé ne serait-ce qu'un jour de plus, je serais devenue folle. Le désert qui s'étendait devant nous m'étourdissait.

Aziz se nourrissait mal. Il dormait beaucoup et se réveillait de mauvaise humeur. Le voyage vers Herat n'avait pas été facile, et nous étions tous exténués.

En fin d'après-midi, je me penchai au-dessus de mes enfants endormis et leur embrassai délicatement le front, en leur murmurant des mots tendres pour qu'ils ouvrent les yeux. La nuit, moment où la frontière était la plus vulnérable, approchait. Des trous s'ouvraient et des personnes effrayées, désespérées, y rampaient. La guerre avait eu des conséquences étranges sur les Afghans : elle avait transformé certains d'entre eux en lions, d'autres en souris.

Shabnam nous donna du pain pour le voyage. Asim nous conduisit au point de rencontre. Salim et Samira le suivaient. Ils se tenaient la main tandis que la nuit tombait, une demi-lune éclairant un ciel sans nuages. Nous arrivâmes devant l'enseigne d'un garage et attendîmes. Cela pouvait prendre quelques minutes ou des heures, nous avait dit Asim en haussant les épaules, mais la camionnette viendrait.

Quarante minutes plus tard, alors qu'Aziz remuait et grognait, un véhicule apparut au coin de la rue. Je fis passer les enfants derrière moi, les poussant contre la devanture du magasin. La camionnette s'arrêta à quelques mètres de nous.

— Montez, chuchota le conducteur. Vite.

C'est le plan que Mahmoud avait prévu pour nous, me rappelai-je en aidant mes enfants à grimper dans le véhicule. *Fais-lui confiance.*

Deux autres familles se serraient à l'intérieur, chacune avec quatre ou cinq enfants. Je murmurai des salutations et conduisis ma famille dans un coin libre.

L'heure n'était pas au bavardage futile. De sombres pensées nous accablaient. Le trajet se fit donc dans un lourd silence, seulement ponctué par la respiration bruyante d'Aziz qui résonnait au rythme du moteur rouillé.

À la sortie d'Herat, le conducteur arrêta la camionnette et se pencha par-dessus le dossier de son siège.

— À partir d'ici, on traverse le désert et ensuite la frontière. Vous devez tous payer maintenant, sinon je vous débarque, déclara-t-il d'un ton sec.

Il sortit du véhicule et ouvrit la portière arrière. Il désigna du doigt l'homme assis en face de moi, et celui-ci s'extirpa pour préparer l'argent du voyage. Ses enfants le regardèrent avec angoisse, inquiets de voir leur père s'éloigner, même de quelques mètres.

Puis ce fut au tour du père de la deuxième famille. J'observai mes enfants, dont les yeux étaient rivés sur ces figures paternelles.

Il faut que je sois tout pour eux, me dis-je.

Je me dirigeai à mon tour vers le chauffeur, laissant Aziz sur les genoux de Salim. Je tendis à l'homme une petite enveloppe et attendis pendant qu'il feuilletait du pouce les billets que j'avais déjà comptés maintes fois.

— Tu voyages seule avec tes enfants.

Je hochai la tête.

— C'est un problème. Je ne crois pas qu'on pourra te prendre.

Je tentai de garder une voix calme.

— Quel est le problème ? Tout l'argent est là.

— Tu le sais bien. Je prends des risques en faisant traverser des gens. Mais toi, une femme seule… tu comprends ? C'est un risque beaucoup trop important pour moi, et je ne peux pas le prendre pour ce prix-là. C'est bien trop dangereux.

Même si Asim l'avait prédit, le raisonnement du conducteur me fit bouillir de colère. Si l'on nous empêchait d'avancer, j'étais prête à payer le prix fort. Mais j'étais préparée. Je jouerais son jeu.

— S'il vous plaît. Ayez pitié de moi et de mes enfants. Nous n'avons plus rien. Comment allons-nous faire pour manger ?

— Ma sœur, comment chacun va faire pour manger ? Est-ce que j'ai l'air d'un roi ? Qui aura pitié de moi ?

La frontière était si proche que j'en sentais le goût.

— C'est tout ce qu'il me reste, dis-je en faisant glisser à contrecœur de mon doigt un anneau surmonté d'une turquoise. C'était le cadeau de mariage de ma regrettée belle-mère, que son âme repose en paix. Maintenant, je n'ai plus qu'à prier pour trouver de quoi nourrir mes enfants.

— Dieu est grand, ma sœur, répondit-il en jetant un regard rapide à la pierre avant de la fourrer dans la poche de sa veste. Tes enfants auront à manger.

La route fut plus cahoteuse passé Herat. Lorsque la camionnette s'arrêta, nous retînmes tous notre souffle. Je pris la main de Salim.

— On est arrivés à la frontière, annonça le chauffeur. Le passage surveillé est à dix kilomètres dans cette direction. Il y a un chemin qui traverse les montagnes. Je vais vous y conduire. Ce n'est pas facile, mais beaucoup l'ont fait avant vous. Tenez vos enfants près de vous et calmez-les. Attention à vos pieds. Il y a des pierres, des scorpions et des serpents. Suivez ma lampe torche.

Salim et Samira se serrèrent contre moi, angoissés par les avertissements du chauffeur. Sous ma burqa, la respiration d'Aziz était haletante et humide contre mon cou ; lui aussi semblait nerveux.

Nous marchâmes prudemment, en suivant la lumière jaune de la lampe de notre guide. Lorsque j'entendis un sifflement, je poussai mes enfants du coude pour qu'ils avancent, sans un mot. Ils avaient déjà suffisamment peur, sans qu'il soit nécessaire de nommer le danger. Nous passâmes des heures à trébucher dans le noir, à tomber, à nous érafler les genoux, à nous tordre la cheville. J'avais rabattu ma burqa vers l'arrière et la laissais pendre dans mon dos comme les autres femmes. J'avais emmailloté Aziz dans une longue écharpe de mousseline et l'avais attaché contre ma poitrine. Je tenais mes deux autres enfants par la main.

Samira me lâcha et poussa un cri.

— Samira ! Qu'y a-t-il ? Où es-tu ?

Je cherchai sa silhouette dans l'obscurité.

— Elle est tombée, Madar, dit calmement Salim. Je lui tiens la main.

Même lorsque sa sœur s'était foulé la cheville, il avait tenu bon.

Samira gémit doucement dans le noir.

— Tu peux te lever, ma chérie ?

La distance qui nous séparait des autres s'allongeait dangereusement.

— Forcez-la à marcher ! cria le conducteur. On ne peut pas traîner.

Je tâtonnai pour trouver sa jambe. Ma main toucha quelque chose d'humide et de chaud ; elle avait dû s'entailler contre une pierre. Je priai pour que la blessure soit superficielle. Je pris une écharpe dans notre sac et la nouai autour de la plaie.

La lumière du conducteur se fit plus faible. Mon cœur s'affola.

Ma fille pressa le pas, mais je sentais bien qu'elle boitait. Salim s'efforça de la soutenir tout en faisant attention, lui aussi, à l'endroit où il posait les pieds.

Mon Dieu, pardonne-moi de leur infliger cette épreuve.

Une heure plus tard, la mère de famille qui nous précédait glissa alors qu'elle tenait dans ses bras son enfant de deux ans. Leurs cris retentirent dans la nuit.

La lampe torche se braqua sur eux. Une peur panique se lisait sur le visage de la femme.

— Qu'est-ce que j'ai fait ?

Son mari l'aida à se relever. L'enfant était grièvement blessé au bras ; une fracture formait un angle monstrueux entre le coude et le poignet.

Ils étaient désemparés. Ne sachant pas comment les aider, je restai en proie à un terrible sentiment d'impuissance.

Le bébé hurla quand son père tenta de toucher son bras. Le conducteur se dressait devant eux ; il soupira lourdement avant de cracher dans le noir.

— Écoutez, vous ne pouvez rien faire pour lui ici. Si vous avez quelque chose de sucré, donnez-le-lui. Ça pourrait le calmer. On doit continuer. Il va s'endormir bien assez tôt.

Les gémissements du bébé ne cessèrent pas de la journée. Sa mère le tenait avec précaution et faisait de son mieux pour maintenir son bras immobilisé.

C'était plus facile de marcher en plein jour, mais voir les enfants était une souffrance. Leurs paupières étaient lourdes, leurs pieds couverts d'ampoules et en sang, leurs lèvres gercées.

Nous fîmes une seule halte de trente minutes. Je rationnai notre nourriture et donnai aux enfants des biscuits de Raisa. Je fis couler quelques gouttes d'eau dans la bouche d'Aziz, mais il resta apathique. Je lui donnai le sein sous mon voile. Il téta faiblement.

Salim et Samira se blottirent l'un contre l'autre et s'endormirent presque immédiatement. La cheville de Samira était enflée et violacée. La coupure avait commencé à former une croûte. J'eus mal en imaginant ses efforts pour marcher à notre rythme.

À l'aube, l'Iran nous apparut. Au bas du chemin et au bord d'une petite route, une camionnette de couleur foncée nous attendait. Notre guide nous fit signe de le suivre tandis qu'il courait vers le véhicule. Il ouvrit la portière et nous nous entassâmes à l'intérieur, où se mêlaient des odeurs de sueur et d'haleine fétide. Je ressentis un soulagement timide, que je vis reflété sur les visages des autres voyageurs. Nous étions arrivés jusque-là, mais la frontière était encore toute proche. Si la camionnette se faisait arrêter, on pourrait nous ramener vers le poste de contrôle puis vers l'Afghanistan.

Notre guide s'assit à côté du conducteur. Les deux hommes parlèrent à voix basse, désignant la route devant eux.

J'observai le paysage poussiéreux par la vitre. Même si l'Iran offrait les mêmes teintes et les mêmes parfums que l'Afghanistan, ce pays m'apparut étranger et curieux. Nous étions loin de chez nous.

Les grognements du petit garçon s'accordèrent à ceux d'Aziz. Son bras tordu était posé contre sa poitrine, gonflé, difforme et violacé. Sa mère le regardait avec impuissance et séchait ses larmes. Son mari s'adressa au conducteur.

— Excusez-moi, mes amis, mais nous devons conduire notre fils chez un médecin. Son bras est en très mauvais état, et il souffre beaucoup.

— Les contacts à destination t'aideront à trouver un docteur.

— Mais, je vous en supplie, il est fracturé depuis trop longtemps. Ça empire à chaque minute.

— Je ne sais pas où trouver un médecin, et je vous rappelle que vous êtes dans ce pays illégalement. Si vous voulez éviter de vous mettre en danger, attendez que vos contacts puissent le conduire quelque part.

Heureusement, l'état de la cheville de Samira ne s'était pas aggravé. Elle était toujours enflée mais l'entaille cicatrisait. Aziz m'inquiétait davantage, il n'avait même plus la force de pleurnicher.

Le paysage désertique céda la place à un décor urbain et un réseau routier. Les passeurs nous lâchèrent devant un immeuble résidentiel à Tayyibat, une ville frontalière. C'était un bâtiment de quatre étages dont les fenêtres sombres donnaient sur la rue.

— Enlevez ces burqas et mettez ça.

Le conducteur jeta deux capes noires au fond du véhicule ; nous devions nous fondre au milieu des Iraniennes.

On nous envoya vers un appartement situé au deuxième étage. L'autre famille monta au troisième.

— Que Dieu vous aide, dis-je quand nos chemins se séparèrent. Je vais prier pour que le bras de votre petit garçon guérisse rapidement.

— Et que Dieu soit avec toi également, ma brave sœur, me répondit la mère. Qu'Allah vous protège pendant ce voyage.

Le silence avait régné jusque-là, personne n'étant disposé à lier des liens d'amitié. J'avais déjà si peu à offrir à mes propres enfants, je ne pouvais me permettre de partager ces quelques miettes avec des inconnus.

La porte s'ouvrit, et une femme nous fit entrer dans le deux-pièces. J'étais contente d'avoir un abri. Les Iraniens compatissants logeaient ainsi des réfugiés afghans et gagnaient un peu d'argent par la même occasion. Je fus beaucoup plus à l'aise avec cette femme étrange qu'en compagnie des hommes louches qui nous avaient conduits dans ce lieu. Elle nous servit un repas simple, à base de pain et de yaourt. Pour la première fois depuis plusieurs jours, nous pûmes dormir à poings fermés.

Après une nuit, on nous mit dans un bus et on nous envoya vers un appartement similaire à Mashhad, une ville plus grande où nous devions rester le temps de nous préparer à l'étape suivante de notre périple. Nos jours à Mashhad furent relativement agréables. Nous fûmes hébergés par une famille afghane qui avait fui Kaboul quelques mois auparavant. Ils avaient emprunté la même route périlleuse dans le désert et avaient échappé de peu à l'arrestation une fois entrés en Iran. Ils vivaient désormais en tant que réfugiés ; leurs moyens étaient modestes, mais leur âme généreuse.

En échange d'une petite somme, on nous donna une chambre et un endroit où prendre un bain chaud. Les enfants furent nourris, et la cheville de Samira recouvra sa taille et sa couleur normales. Aziz gazouillait de contentement, un son des plus rassurants. Nous avions repris des forces.

L'Iran avait ouvert ses portes à des hordes d'Afghans, leur accordant le statut de réfugiés. D'innombrables autres vivaient là clandestinement. Mais l'Iran n'avait jamais fait partie du plan que Mahmoud et moi avions imaginé. De nombreux Afghans se plaignaient d'y être mal traités, et les opportunités étaient rares. Si je voulais offrir une véritable chance à mes enfants, nous devions poursuivre notre route. Plus nous attendrions, plus nos jambes seraient lourdes.

Au bout d'un mois, j'avais préparé notre itinéraire vers la Turquie. Je réservai des tickets de bus pour Téhéran, la capitale. Mes enfants fatigués et moi, flottant dans ma cape noire, nous fondîmes sans mal dans la classe paysanne iranienne qui migrait à travers le pays en quête d'une vie meilleure.

De Téhéran, nous prîmes un autre bus qui nous fit traverser la frontière vers la Turquie, cette fois-ci grâce aux documents qu'Abdul Rahim nous avait obtenus. Le douanier me regarda puis examina la photo de mon passeport, le tamponna puis me le rendit avec une déplaisante caresse au poignet, que je préférai ne pas relever étant donné nos faux visas.

Nous avions mis une frontière de plus derrière nous, un tampon de plus entre nous et la vie que nous avions laissée. La Turquie ressemblait moins à l'Afghanistan que l'Iran. La langue, la terre, la nourriture : tout nous était un peu plus étranger. À bien y réfléchir, c'était nous qui étions étrangers. Nous débarquions sur des terres où nous n'étions pas les bienvenus et craignions à chacun de nos pas d'être renvoyés chez nous, un sort que je ne pouvais même pas imaginer.

Je conduisais mes enfants vers un monde inconnu, et tout ce qui pourrait leur arriver, nous arriver, relèverait de ma responsabilité. Il aurait été plus facile pour moi de fermer les yeux et de disparaître, de ne pas me soucier de leurs estomacs ni de leur sécurité quand nous traversions des frontières. Mais ces vies dépendaient de moi, même celle de Salim, qui parfois broyait du noir comme un adulte et remettait mes choix en question. Le duvet naissant au-dessus de sa lèvre supérieure, la façon dont il portait nos sacs sur son épaule, la montre-bracelet qu'il chérissait… Salim pensait être un homme. Même si j'avais besoin qu'il se comporte comme tel, j'avais aussi peur pour lui. Celui qui risque le plus de se noyer dans la rivière est celui qui croit savoir nager.

Dans une bourse que j'avais cousue dans la doublure de ma robe se trouvait tout l'argent que j'avais réussi à glaner en vendant nos possessions. Envolés notre vaisselle, le plateau d'argent, l'horloge. J'y avais rangé mes bijoux également. C'était tout ce que nous avions pour financer notre voyage vers l'Angleterre. Mahmoud avait choisi ce pays parce que nous y avions de la famille. Je n'étais pas sûre que ce fût la bonne décision, mais il avait insisté.

Je ne voulais pas m'imposer chez ma famille en Angleterre, surtout sans Mahmoud à mes côtés. Mais changer de destination aurait été accorder trop d'importance à une certaine période de mon passé. Je ne pouvais me permettre de regretter des biens matériels, mais je pouvais laisser libre cours à mes émotions concernant mon mari. Je ne changerais pas de destination. Je ne changerais pas une seule ligne au plan de Mahmoud. D'une certaine façon, cela me donnait le sentiment que nos doigts étaient encore entrelacés, qu'il nous ouvrait le chemin.

De plus, je n'avais pas de meilleure idée en tête. Nous irions à Londres.

Chapitre 18

Fereiba

Nous nous retrouvâmes dans la bourgade turque d'Intikal, un charmant village entouré de terres arables. L'air était pur, et le paysage verdoyant me rappela le verger de mon père. Dès notre arrivée dans l'après-midi, nous nous mîmes en quête d'un abri. Heureusement, Mahmoud avait enseigné à Salim des rudiments d'anglais, ce qui lui permit de communiquer avec quelques gens du coin.

— Viens, Salim. Allons parler à ces hommes là-bas, dis-je en désignant un groupe sortant d'un *masjid*.

J'ajustai mon foulard. J'avais mis de côté la burqa afghane pour adopter le style vestimentaire de ce nouveau pays. C'était agréable de ne porter qu'un simple voile. Comme une plongée dans le passé.

— Madar-*jan*, pourquoi tu n'attendrais pas ici avec les petits ? Il vaut mieux que j'y aille seul. Tu parles très peu l'anglais, de toute façon.

Je voulus m'y opposer.

— Je peux le faire, Madar, insista Salim en me regardant droit dans les yeux.

Alors je cédai.

J'observai mon fils marcher vers le groupe d'hommes, s'adresser à chacun l'un après l'autre, et se voir gratifier chaque fois d'un mouvement négatif de la tête, d'un froncement de sourcils, d'un haussement d'épaules. Salim regarda autour de lui. Je le vis tripoter sa montre, la consulter brièvement, puis examiner un autre groupe près de l'entrée de la mosquée.

Un homme âgé sortit du temple, vêtu d'un costume élimé et délavé témoignant de son usage fréquent. Le regard de Salim fut attiré vers cet homme, tout comme le mien. Sa stature, ses cheveux poivre et sel, son doux sourire… si mon mari avait vécu vingt ans de plus, il aurait eu cette apparence. La même pensée avait-elle traversé Salim ? Y avait-il autre chose ? Je n'osai le lui demander. Il s'approcha de lui prudemment. L'homme pencha la tête, tendit l'oreille vers mon fils quand celui-ci lui adressa la parole, puis regarda dans notre direction en plissant les yeux.

Il s'appelait Hakan Yilmaz. Sa femme Hayal et lui vivaient dans une modeste demeure à quelques encablures du centre du village. Pendant des années, il avait enseigné les sciences politiques, tandis que son épouse avait été institutrice. Ils avaient élevé deux garçons, à présent pères de famille. Au moment de la retraite, le couple avait déménagé à Intikal pour se rapprocher des frères et sœurs d'Hakan. C'étaient des gens chaleureux et sans prétention, davantage rompus aux usages du monde que ne l'aurait laissé penser l'endroit où ils vivaient. C'était le genre de personnes qui, en voyant une mère afghane voyageant avec ses trois enfants, devinaient l'épreuve qui était la sienne.

Salim expliqua à Hakan que nous étions à la recherche d'un lieu pour dormir et que nous étions prêts à payer pour un bref séjour. Hakan posa une main sur l'épaule de mon fils et nous conduisit chez lui, où nous fîmes la connaissance de son épouse. Hayal, petite femme menue au regard doux, fut ravie d'accueillir un bébé gazouillant dans sa maison. À la retraite depuis longtemps, elle avait gardé l'apparence d'une institutrice : cheveux bruns soigneusement attachés en chignon, robe toute simple en coton bleu marine, ceinture marron clair. Samira la prit immédiatement en affection.

Ils nous menèrent dans une petite chambre dont la porte donnait directement sur l'extérieur. Nous pourrions utiliser la cuisine à notre guise, nous dirent-ils, sans préciser combien de temps nous serions autorisés à rester.

Mon cœur trouva une alliée en Hayal, même si nous ne parlions pas la même langue. Par des mots et des gestes qu'elle ne comprit probablement pas, je lui expliquai que j'avais été enseignante en Afghanistan avant les talibans et que les enfants avaient pris du retard malgré mes efforts pour leur faire la classe à la maison.

Je faillis chanter de joie quand nous pûmes enfin poser nos têtes sur de moelleux oreillers, l'estomac plein, réchauffés par la bonté de deux étrangers.

Le lendemain matin, Hayal nous apporta un carton rempli de manuels de mathématiques et de livres illustrés en anglais. Samira écarquilla les yeux avec une excitation qui me ravit et me fit mal en même temps. J'expliquai à Hayal que Samira était brillante, mais qu'elle n'avait pas dit un mot depuis notre départ. Hayal sembla comprendre, liant le mutisme de ma fille à la disparition de son père. Elle regarda Samira et tapota la chaise vide à côté d'elle. Ma fille s'y assit tandis que notre hôte tournait la première page du livre.

J'entendais Salim dans la pièce à côté, et même si je ne connaissais qu'une poignée de mots anglais, je devinai qu'il parlait à Hakan de trouver un emploi. Il travaillerait dur, promit-il.

Je n'avais pas parlé à mon fils d'un éventuel travail. Je m'éloignai d'Hayal et Samira et me dirigeai vers la fenêtre. Hakan parla de fermes voisines où des réfugiés se faisaient embaucher. Je voulais les interrompre, mais m'en abstins.

Mes pensées dérivèrent alors.

Lorsqu'on avait mis pour la première fois la main de Mahmoud dans la mienne, je n'avais eu aucune idée de ce qu'il deviendrait pour moi. Parmi les quelques photographies que j'avais apportées se trouvait un cliché de notre mariage, qui avait été une cérémonie modeste. Je portais une robe vert émeraude, plissée à partir de la taille, ornée de dentelle aux épaules. Une des amies de Kokogul m'avait maquillée. Mes lèvres et mes paupières étaient chargées de couleurs que je ne porterais jamais plus. Mahmoud était en costume noir, col de chemise à l'extérieur de la veste, rose rouge dépassant de sa poche poitrine. Il regardait droit vers l'objectif, tandis que mes yeux étaient rivés au sol.

En examinant cette image, je voulus remonter le temps et sommer cette jeune fille de regarder cet homme, son mari, dans les yeux. Je voulus dire à cette jeune mariée de se réjouir de cette union autant que les convives impatients de faire la fête.

Il fut bien plus qu'un époux. Notre amour mit du temps à s'épanouir, mais il le fit, par petites touches, nourri par ce que le monde nous offrit de joies et de peines. Chaque promesse que nous faisions, chaque fois que nous nous prenions la main, chaque secret que nous échangions, chaque enfant triste que nous consolions… tout cela réduisit la distance entre nous. Cette nuit-là, cette horrible nuit où Mahmoud fut arraché à nos vies, cet espace entre nous n'existait déjà plus. Nous étions en symbiose, un homme et une femme liés non pas par les liens du mariage, mais par l'harmonie de leurs cœurs.

La mort ne pouvait pas défaire cette union, avais-je appris. Mon *hamsar* était toujours avec moi. Il veillait sur nous, mon époux bien-aimé, tandis que nous cheminions vers l'avenir.

Le destin arrangera les choses au final, mais seulement une fois que le travail aura été fait, que les larmes auront été versées, et que les nuits blanches auront été endurées.

J'avais envie de le croire.

Pour que ma famille puisse prendre ce nouveau départ, il me faudrait compter sur Salim. Il me faudrait admettre qu'il n'était plus un enfant. Mahmoud savait lui laisser de l'espace pour qu'il déploie ses ailes. Quant à moi, je couvais mes enfants, craignant toujours de ne pas être une bonne mère. Je voulais leur offrir tout ce dont j'avais été privée. Je voulais qu'ils se sentent choyés, aimés, protégés. J'étais en train d'échouer.

Salim me regardait différemment à présent. Disparue l'étincelle juvénile, envolé ce regard confiant qui me donnait le sentiment que je ne pouvais rien faire de mal. Il se tenait à mes côtés, ne traînait plus derrière. Il était temps pour moi de lui accorder la liberté dont il avait besoin.

J'avais réussi à nous amener jusque-là : de Kaboul à la Turquie, en passant par l'Iran. Voilà ce qui avait été mon périple. Mon histoire.

Ce qui nous arriverait à partir de ce moment serait autant celle de Salim que la mienne. Je ne pouvais continuer à raconter son histoire à sa place. Lui lâcher la main et le laisser se tenir sur ses propres jambes ne ferait pas de moi une mère indigne. Si seulement Mahmoud avait été là pour me dire que j'agissais bien et qu'en cessant de le materner je n'en étais pas moins mère.

Je pouvais entendre la voix murmurée de mon mari. Je pouvais sentir ses mains sur mes épaules. Si je fermais les yeux, je pouvais presque sentir son baiser sur mon front.

Laisse-le parler, Ferei. Nous avons raconté notre histoire. À présent, laisse Salim raconter la sienne.

Chapitre 19

Salim

Le lendemain matin, Hakan emmena Salim à la périphérie du village, où quelques réfugiés aux traits tirés étaient réunis en petits groupes. Il y avait des hommes et des femmes de toutes corpulences et de toutes tailles, et quelques enfants accrochés aux jupes de leurs mères. Hakan lui expliqua que des camionnettes viendraient chercher les travailleurs pour les conduire sur les terrains agricoles, où il y avait beaucoup à faire.

Hakan n'aimait pas l'idée de laisser Salim, mais sa présence ne lui serait d'aucune aide. Il tourna au coin de la rue et alla rendre visite à sa sœur. C'était le printemps et l'air était plus doux, même à cette heure matinale. Salim se toucha le visage du bout des doigts, sentit la rangée de poils fins ourlant sa lèvre supérieure. Ce jour marquait la naissance d'un nouveau Salim. Il était résolu, prêt à être traité en homme. Même sa mère l'avait regardé différemment ce matin-là, comme si elle avait perçu le changement en lui.

Aziz, bébé nomade, commençait à présent à saisir les objets qu'on agitait devant lui et à babiller. Il marcherait bientôt à quatre pattes, prédisait Madar-*jan*. Salim regardait son petit frère grandir, et souhaitait que sa propre métamorphose en adulte se fît avec la même rapidité. Il lui tardait de voir des poils pousser sur son visage, son torse, et partout où un homme était censé en avoir. Dans l'intimité de la salle de bains, il s'examinait attentivement, remarquait d'infimes changements qui passaient inaperçus aux yeux des autres. Il voulait que ses avant-bras épaississent et se marquent du même réseau de veines qu'il avait tracé du doigt sur ceux de son père. Sa voix se brisait et vacillait, alors ses mots se faisaient rares. Bientôt, espérait-il, son timbre se stabiliserait.

La responsabilité qu'il éprouvait vis-à-vis des siens et le respect qu'Hakan lui témoignait lui donnaient le sentiment d'être un homme, même si son corps ne le montrait pas encore. Salim se déplaça dans la foule, à la recherche de visages amicaux. Hakan ne connaissait aucun des fermiers ; le conduire dans ce lieu de rassemblement était tout ce qu'il pouvait faire pour lui. Salim ignorait ce qui l'attendait dans ces fermes, il avait besoin d'être aiguillé.

La plupart de ses compagnons de route étaient plus âgés. Ils fumaient des cigarettes et plissaient les yeux sous le soleil aveuglant du matin. Ils étaient une trentaine. Les femmes restaient entre elles, formant un groupe lâche sur le côté. Certaines portaient des triangles de tissus colorés en guise de foulard, sagement noués sous le menton, ainsi que des chemisiers à manches longues et des jupes à mi-mollet. Elles composaient un ensemble éclectique, une mosaïque de motifs qui piquait les yeux.

Salim voulut aborder les femmes, mais se ravisa. S'il voulait qu'on le traite en adulte, il devait se comporter comme tel. Il prit une profonde inspiration et s'assit sur le bord du trottoir, à côté d'un homme d'une quarantaine d'années. Salim frotta ses paumes contre ses cuisses, réfléchissant à la meilleure façon de lier connaissance. Soudain, l'homme se racla la gorge et projeta un crachat jaunâtre sur le sol. Une porte claquée au nez de Salim aurait été plus engageante.

Dégoûté, il se leva et regarda sa montre, se toucha le visage puis passa les doigts sur le bracelet en cuir usé. Vers l'arrière de la foule se tenaient trois hommes d'une trentaine d'années, qui bavardaient avec décontraction. Salim saisit sa chance. Il s'avança vers eux, mais tandis qu'il approchait, ils cessèrent de parler.

— Salut. Vous travaillez dans une ferme ? demanda-t-il, sa voix sautant une octave.

Il sentit ses joues s'embraser.

Les hommes le regardèrent avec curiosité. L'un d'entre eux hocha la tête ; vêtu d'une chemise vert anis et d'un pantalon marin flottant, il semblait le plus âgé des trois. Salim fut surpris de l'entendre parler en pachto.

— Tu es afghan ?

Les Waziri parlaient le dari, mais Salim était capable de reconnaître et de comprendre une conversation simple en pachto. Il acquiesça énergiquement.

— Oui, oui, je suis afghan ! confirma-t-il en dari.

— Tu es venu pour travailler ? demanda l'un des hommes d'un air amusé.

— Oui, nous sommes arrivés il y a quelques jours seulement.

Salim mélangeait le dari et le pachto. Ses interlocuteurs semblaient comprendre.

— Alors tu voyages avec d'autres personnes ?

— Oui, avec ma mère, ma sœur et mon petit frère.

Un des hommes sortit une cigarette à moitié consumée et la ralluma, haussant les sourcils devant l'inventaire de la famille.

— D'où tu viens ?

— De Kaboul. Nous sommes passés par Herat et ensuite par l'Iran. De là, nous sommes venus en Turquie, mais nous essayons d'aller en Angleterre.

Salim était soulagé d'avoir trouvé des Afghans, comme s'il était tombé sur un panneau indicateur lui confirmant son itinéraire.

— L'Angleterre, hein ?

Des éclats de rire parcoururent l'assemblée.

— Avec une femme et deux autres gosses ? C'est déjà difficile de voyager seul. Si tu es malin, tu restes ici et tu essaies de trouver un moyen de gagner de l'argent sans te faire arrêter. C'est tout ce que tu peux espérer.

Salim ne trouva pas leur pessimisme à son goût. Il décida de changer de sujet.

— Comment se fait-on embaucher dans les fermes ?

— Tu verras, et tu regretteras de l'avoir demandé. Des camions viennent te chercher et t'emmènent sur les terrains les plus grands que tu aies jamais vus. Tu frappes aux portes et tu vois si un fermier est prêt à te payer une journée de travail.

Ce qu'il te donnera comme salaire, ça te dégoûtera encore plus que le fumier qu'il t'aura fait nettoyer.

— Ils paient combien ?

— Qu'est-ce que ça peut faire ? Tu n'es pas en position de négocier. Si tu peux obtenir un truc à manger, n'hésite pas. C'est la deuxième chose la plus recherchée après l'argent.

L'homme à la cigarette prit enfin la parole. Il avait une question à poser.

— Où est le reste de ta famille en ce moment ? Ils sont ici ?

— Oui, nous logeons chez une famille turque, un couple. Ils nous ont donné une petite chambre, mais je ne sais pas pour combien de temps.

— Et tu as un frère et une sœur.

— Oui, et ma mère.

— Dis-moi, mon ami, comment s'appelle ta sœur chérie ? demanda-t-il avec un clin d'œil.

Salim serra les dents.

— Merci pour les renseignements, marmonna-t-il.

Il adressa un signe de tête à l'homme en vert et ignora les deux autres. Il s'éloigna, furieux de la manière dont ses compatriotes l'avaient traité, et de son incapacité à défendre l'honneur de sa famille. Il s'en voulait d'être assez stupide pour parler aussi librement avec des inconnus.

Salim tourna au coin de la rue et se trouva devant la devanture d'une boutique de céramiques, dont la vitrine était si sale qu'il eut l'impression de contempler une autre époque. À l'intérieur, un homme d'une quarantaine d'années balayait le sol d'un geste lent.

Partout où il se rendait, Salim voyait son père.

Il l'avait même vu en Hakan. La façon dont celui-ci avait émergé du *masjid*, la paix émanant de son visage après les prières, lui avaient rappelé Padar-*jan*. Il était partout et nulle part.

Le bruit des moteurs ramena Salim au présent. Il revint vers la foule et prit place au fond d'un des trois camions attendant au coin. Il se tint à l'écart des Afghans qu'il avait rencontrés.

Les fermes étaient telles que les hommes les avaient décrites. Chaque exploitation avait son propre terrain, séparé de celui du voisin par des hectares de verdure. Quand les camions s'arrêtèrent, les passagers de toutes sortes en descendirent avec leurs petites sacoches, puis se dispersèrent vers leurs fermes respectives. Salim se tint sur le bord de la route, hésitant. Il regarda les travailleurs valides ; ils allaient à droite, à gauche. Une femme âgée avançait péniblement en s'aidant de sa canne. Elle semblait se diriger vers une maison jaune délabrée. Salim la suivit.

Devant la demeure, un garçon de huit ou neuf ans brossait le flanc d'un âne au pelage brunâtre. La maison était en plus mauvais état que celles des voisins, mais entourée d'un vaste terrain quadrillé de récoltes. Ces champs, dont le personnel paraissait se résumer à cette vieille dame, auraient sûrement besoin de renfort.

Salim la laissa ouvrir la route.

À mi-chemin, elle lança un regard furtif par-dessus son épaule, sans ralentir le pas. Elle était ronde et renfrognée. Salim la rattrapa, jusqu'à pouvoir distinguer les traits de son visage ridé. Il se racla la gorge et la salua. Elle n'avait pas l'air afghane. Elle avait des cheveux noirs en bataille, coupés comme ceux d'un homme, et portait une robe à fleurs, dont le tissu était si raide qu'il semblait flotter autour de ses jambes sans les toucher.

Elle regarda Salim et marmonna une réponse. Le jeune homme désigna du doigt la ferme jaune située devant eux et lui demanda s'ils avaient besoin de travailleurs supplémentaires. Elle fronça les sourcils et secoua la tête. Salim, n'étant pas sûr qu'elle ait compris sa question, persista.

Dans son meilleur anglais, il proposa ses services à M. Polat, le propriétaire efflanqué. Ce dernier le regarda de haut en bas, haussa les épaules, puis lui montra le travail à effectuer.

À la fin de sa première journée, Salim s'attarda, pensant que le fermier le paierait. Mais M. Polat secoua la tête, refusant de lui régler une journée d'apprentissage. Il dit à Salim de revenir le lendemain s'il voulait gagner de l'argent. Salim regagna donc la petite route en silence, à la nuit tombée. Il donna des coups de pied dans la terre et cracha au sol. La femme qui avait travaillé à ses côtés l'observa sans faire le moindre commentaire. Tandis qu'ils attendaient que les camions viennent les récupérer pour les ramener au village, Salim plongea la main dans sa poche et remit sa montre à son poignet. Comment allait-il expliquer à Madar-*jan* qu'il avait travaillé un jour entier gratuitement ?

Salim travailla de mauvaise grâce pendant quatre jours consécutifs, avec pour seule indemnité un morceau de poulet grillé entre deux tranches de pain. Il ramassa des tomates à s'en casser le dos et n'en plus sentir ses doigts. La femme qu'il avait suivie dans cette maison était arménienne, apprit-il plus tard dans la semaine. Elle ne parlait pas anglais, mais parvint à lui enseigner deux choses importantes : premièrement, comment reconnaître des tomates mûres, à leur chair et leur poids ; deuxièmement, que Polat finirait par le payer. Salim toléra cette semaine sans salaire faute d'options de rechange, et parce qu'il craignait d'avoir à subir une nouvelle période d'essai s'il abordait un autre fermier.

À la fin de la semaine, Polat tendit à Salim quelques billets froissés. Il n'y eut ni discussion ni négociation. Le jeune homme regarda fixement l'argent dans sa main – une somme ridicule – et hocha la tête. Cela ne suffirait même pas à offrir un repas à sa famille.

À partir de ce jour, Salim fut payé chaque fin de journée, mais ses gages étaient insignifiants et jamais calculés en fonction du nombre de seaux de tomates qu'il était capable de remplir. Quand l'Arménienne vit Salim compter ses billets avec consternation, elle se joignit à sa plainte dans sa propre langue.

Bientôt, les ongles de Salim devinrent noirs de crasse et abîmés. Des callosités se développèrent sur ses paumes et les extrémités de ses doigts. Son visage luisait de sueur, mais il se sentait bien. Il travaillait comme un homme. Comme son père l'aurait fait. Son salaire était dérisoire, mais il le tendait à sa mère avec fierté.

Hakan n'interrogea pas Salim sur ce qu'il gagnait. Hayal acceptait les quelques billets que Madar-*jan* lui mettait silencieusement dans la main chaque semaine, mais immédiatement après, elle les dépensait en nourriture qu'elle et son mari partageaient avec la famille Waziri. Ils semblaient heureux d'avoir des enfants à la maison, et Madar-*jan* participait aux travaux ménagers autant que possible. Elle balayait les sols, faisait la vaisselle et la lessive, pendant qu'Hayal faisait la classe à Samira muette, mais curieuse. La fillette tapotait son cahier de la pointe de son crayon puis levait les yeux vers son professeur, une fois cochées toutes les réponses aux exercices d'arithmétique.

Ils vivaient confortablement à Intikal, mais Salim était tout de même inquiet.

— Madar-*jan*, il nous faudra une éternité avant de réunir assez d'argent pour aller en Grèce. Peut-être qu'on pourrait demander de l'aide à des membres de notre famille ? Peut-être qu'on devrait appeler en Angleterre ?

Madar-*jan* s'essuya les mains sur son torchon et soupira.

— Mon fils, j'y ai déjà pensé. Je vais essayer de leur téléphoner, mais je ne crois pas qu'ils pourront nous envoyer grand-chose. La dernière fois que je les ai appelés, ton oncle m'a dit qu'ils arrivaient à peine à payer les fournitures scolaires de leur fille. Espérons que la situation s'est améliorée depuis. Je ne vois pas d'autre solution.

Fereiba se mit alors à penser à voix haute.

— Peut-être qu'on devrait renoncer à Londres. Peut-être qu'on devrait aller ailleurs.

Mais il n'y avait nulle part ailleurs où aller. Le reste de la famille était disséminée en Inde, au Canada, en Australie. L'Inde offrait peu d'opportunités pour une vie meilleure, tandis que le Canada et l'Australie étaient impossibles à atteindre sans visa.

Madar-*jan* s'adossa au plan de travail et regarda les dalles du plafond. La veille, elle avait commencé à faire le ménage dans les maisons voisines, grâce à la recommandation d'Hayal, mais cela ne suffisait pas à garder Salim à la maison. Elle posa les yeux sur son fils.

— C'est affreux là-bas, n'est-ce pas ? À la ferme ?

Il avait commencé à lui parler de la ferme après son deuxième jour, mais l'expression de son visage l'avait arrêté net. Il sourit et secoua la tête. Les traits de sa mère se détendirent. Ils survivraient de cette façon, en prétendant que les choses n'étaient pas si terribles qu'elles l'étaient en réalité.

Chapitre 20

Salim

M. Polat fit travailler Salim quatorze heures par jour de façon acharnée. C'était le mois d'août et la pleine saison pour la culture des tomates. Le travail ne manquait pas, même dans la ferme délabrée de Polat, dont la terre était plus rocailleuse que celle de ses voisins.

Salim apprit à deviner l'heure qu'il était d'après la position du soleil. Dès le matin, il lui tardait de voir son ombre s'allonger, lui indiquant que sa journée de labeur touchait à sa fin. Il avait droit à quinze minutes de pause, quand l'épouse de Polat apportait le casse-croûte. Chaque jour, le même sandwich plat accompagné d'un verre d'eau tiède. Malgré cette monotonie, la nourriture soulageait les gargouillis de son estomac et l'eau éteignait le feu de sa gorge.

M. Polat et sa femme avaient quatre enfants. Le jeune garçon qui avait observé Salim dans la cour le premier jour était celui du milieu, Ahmet. Après lui venaient deux jumelles, d'environ trois ans. L'aîné était une fille, Ekin. Son prénom signifiait « récolte » en turc.

Ekin avait à peu près le même âge que Salim, était dégingandée comme son père et présentait les mêmes traits tirés. Avec sa peau constellée de taches de rousseur et sa tignasse de boucles filasse, elle n'était pas attirante, même aux yeux d'un jeune adolescent réfugié.

Ekin observait Salim de loin tout en aidant sa mère à étendre le linge sur la corde derrière la maison. À la fin du mois d'août, l'année scolaire terminée, la jeune fille traînait son ennui à la ferme. Elle passait beaucoup de temps près de Salim et de l'Arménienne. Elle aimait particulièrement flâner autour du garçon quand il nettoyait la grange.

Polat avait assigné cette nouvelle corvée à Salim, car elle requérait des forces dont la femme manquait. La grange abritait deux ânes, trois chèvres et quelques poulets. L'air était nauséabond, chargé des odeurs de fumier et de toison humide. Salim ne s'était jamais occupé d'animaux auparavant, et les effluves lui brûlaient les narines. Il redoutait ces jours où M. Polat lui donnait une tape sur l'épaule et lui désignait la grange du doigt, son râteau à la main. Le fermier prenait quelques instants pour lui expliquer ce qu'il fallait faire avant de s'éloigner.

Salim ratissait le foin humide et la terre pour en charger la brouette, qu'il emportait dans un coin de la ferme, où le fumier ferait office de terreau. L'odeur lui collait aux vêtements et à la peau. Le soir, dans le bus qui le ramenait au village, il se tenait à l'écart, sachant que les gens se bouchaient le nez à ses côtés.

Tandis que Salim respirait par la bouche, Ekin errait autour de la grange, entrant et sortant sans cesse d'un pas nonchalant. Au bout d'un moment, elle décida de se racler la gorge en passant. Bientôt, elle s'assit sur un cageot dans le coin, en observatrice désinvolte. Comment et pourquoi supportait-elle la puanteur, Salim en était perplexe. Un jour, elle se mit à lui parler dans un anglais scolaire.

— Pas bien, fit-elle remarquer. Encore sale.

— Je n'ai pas fini, répondit Salim, gardant la tête baissée.

Un père turc ne devait guère être différent d'un père afghan quand il s'agissait de sa fille, pensa-t-il. Il ne voulait pas avoir de problème avec Polat. Ekin tenait un grand gobelet d'eau à la main. Elle but bruyamment.

La poussière de la grange avait desséché la langue et les voies respiratoires de Salim. Entendre la fille se désaltérer le rendit furieux, mais il se tut.

— Comment tu t'appelles ?

N'obtenant pas de réponse, Ekin répéta sa question, plus fort et sur un ton agacé.

— J'ai dit, comment tu t'appelles ?

— Salim, marmonna-t-il.

— Salim ?

Ekin tripotait ses cheveux filasse. Elle en attrapait les pointes, se prenait les doigts dans les nœuds.

— C'est un nom de vieux. Pourquoi tu as un nom de vieux ?

Salim pinça les lèvres.

— Pourquoi tu ne nettoies pas ici ? Ça va encore sentir si tu ne nettoies pas ça. Les animaux seront malades. Mon père ne sera pas content.

Salim garda le silence, finit aussi vite que possible et retourna aux champs, où l'Arménienne haussa un sourcil et désigna la grange du menton. Quand il secoua la tête d'un air dépité, elle sourit. Ils commençaient à se comprendre.

Une semaine plus tard, Ekin vit Salim se diriger vers la grange. Elle le suivit, retourna le cageot et s'assit dessus en étendant les jambes.

— Il fait trop chaud. Je suis dans la maison toute la journée. C'est trop long ! Je préfère l'école. Au moins, je vois mes amies.

Le silence de Salim n'eut pas d'effet dissuasif.

— Ici, il y a rien. Je ne peux pas parler à mes amies. Je suis seule.

Elle marqua un arrêt.

— Tu ne vas pas à l'école, alors tu ne sais pas. Tu connais l'école ?

Salim ratissa plus fort.

— Je sais que les gens travaillent pour ne pas aller à l'école. Mais mon père et ma mère disent que je dois apprendre pour ne pas travailler. Ils disent que je dois être une bonne élève et être propre, et avoir une belle vie. Pourquoi tu ne parles pas ? Heureusement que tu ne vas pas à l'école. À l'école, les professeurs t'obligent à parler ! s'amusa-t-elle en tapant ses talons sur le sol couvert de paille.

La voix de Mme Polat retentit. Ekin se leva en poussant un soupir. Elle ôta la paille de son pantalon et quitta la grange, jetant à Salim un curieux regard en partant. Le garçon se félicita de pouvoir profiter d'un moment de répit.

Quelques minutes en compagnie d'Ekin étaient plus exténuantes qu'une journée de travail de quatorze heures. Avant qu'il pût pleinement savourer ce silence, elle revint, un sandwich à la main.

— Tiens.

Ekin l'appelait depuis la porte de la grange. Elle s'arrêta et regarda le sandwich qu'elle tenait. Elle le porta à son visage, si près que Salim vit son nez effleurer la viande.

— C'est bon. On peut manger ensemble ?

Ekin s'assit sur le cageot et, au moment où Salim s'approcha pour réclamer son déjeuner, elle le divisa soigneusement en deux et tendit une moitié au garçon. Salim regarda avec rage le pain et le poulet disparaître entre ses dents.

— Cette nourriture est pour moi, protesta-t-il.

— Mais on mange ensemble, répliqua Ekin, déconcertée. Comme des amis, d'accord ?

— Non, non, non. Pas d'accord !

Salim avait mal au dos. Ses doigts le brûlaient et son estomac grondait de colère.

Ekin sembla surprise par sa réaction. Au bout d'un moment, elle se leva, mit sa main dans sa poche et en tira un sachet contenant deux petits biscuits sucrés. Elle jeta le sachet sur le cageot et sortit de la grange sans un mot.

Salim, furieux, ne pensait qu'à une chose : il aurait faim pour le reste de la journée. Le demi-sandwich qu'elle lui avait laissé n'était pas très consistant, et il était inutile de se plaindre à Polat ou à sa femme. Il jeta le râteau au sol et engloutit son maigre repas. Il regarda les biscuits et se demanda ce que cela signifiait tout en déchirant l'emballage.

Ekin ne s'aventurait pas dans les champs, mais Salim sentait ses yeux posés sur lui ; la jeune fille le regardait de loin cueillir les tomates en faisant semblant de lire un livre. L'Arménienne remarqua la présence d'Ekin et fit claquer sa langue d'un air désapprobateur. Elle mit deux doigts sur ses lèvres et secoua la tête. Elle désigna d'un geste les six rangées de plants de tomates restant à récolter et tapota sa poche.

Ne dis rien, lui disait-elle. *Retourne travailler et gagne ton argent.*

Salim savait que c'était un sage conseil. Enfant, il s'était rarement soucié de l'argent. S'il lui arrivait d'y penser, c'était pour se demander s'il en aurait assez pour se payer un bonbon ou un soda au marché. Ils étaient loin d'être riches, mais Padar-*jan* s'assurait qu'ils ne manquent jamais de rien. Après sa mort, Madar-*jan* se mit à rationner leurs économies et à réserver de petites sommes pour les courses et les produits de première nécessité. Salim savait qu'ils possédaient peu, mais il n'avait jamais imaginé que leurs ressources allaient totalement s'épuiser. À présent qu'il donnait son salaire à sa mère, il avait conscience de la situation extrêmement précaire dans laquelle ils se trouvaient.

Nous sommes trop nombreux, songea-t-il dans le camion sur le chemin du retour.

Il se rappela l'épaisse enveloppe de billets que sa mère avait tendue à Abdul Rahim en échange des documents. Le prix des passeports et de la nourriture, ainsi que les tarifs pratiqués par les passeurs, multipliés par quatre, avaient quasiment vidé les réserves de la famille Waziri. Samira était trop petite pour comprendre combien son frère travaillait dur tous les jours. Elle restait à la maison et aidait Madar-*jan* aux corvées, mais seulement quand Hayal ne lui faisait pas rattraper son retard scolaire. Les besoins d'Aziz étaient encore plus grands.

Salim regrettait ses pensées. Il adorait sa sœur et son petit frère, mais la frustration et la fatigue commençaient à mettre ses nerfs à rude épreuve.

Chaque jour, sa mère avait davantage besoin de lui. Il refoula le désir qu'il éprouvait de se blottir contre elle. Il n'était plus temps de se comporter en enfant. Il souffrait encore de l'absence de son père, mais il ne pouvait s'empêcher de penser que s'ils étaient en danger à présent, c'était à cause des choix qu'il avait faits. Au cours d'autres nuits blanches, au contraire, Salim regrettait ses bêtises de gamin et la déception qu'il avait causée à son père. Ses parents éveillaient en lui un vaste kaléidoscope de sentiments.

Dorénavant, Salim était le gagne-pain des Waziri. Plus il y pensait, plus il se considérait en chef de famille et moins il était disposé à recevoir des ordres. Il réprimait son orgueil adolescent devant M. Polat, mais avec sa mère, sa langue se déliait. Il disait des choses qu'il n'aurait pas osé dire un an auparavant. Il lui lançait des regards qu'il savait déplacés, mais s'accordait cette liberté. Il travaillait de longues heures, nourrissait la famille et voulait que ses opinions soient respectées.

En rentrant chez les Yilmaz, il trouva sa mère en train de nettoyer la cuisine. Samira et le bébé dormaient déjà.

— Ils vont bien ? demanda-t-il en s'affalant sur une chaise.

— Oui. Mais tu sais, Aziz te cherche des yeux.

Elle lui adressa un faible sourire. Elle glissa une assiette devant lui et s'assit à ses côtés pendant qu'il mangeait. La situation était critique, il le savait, mais elle ne voulait pas accabler son jeune fils avec ses problèmes. Il en faisait déjà suffisamment.

C'est bon d'être choyé, pensa Salim en se laissant choir sur le matelas, les yeux fermés.

Chapitre 21

Fereiba

— Pourquoi est-il toujours malade ? demanda Salim.

Je faisais la toilette de son petit frère à l'aide d'une éponge quand il entra. Aziz était pâle et pleurnichait. Il avait déjà vomi deux fois ce jour-là.

J'enveloppai mon bébé dans une serviette et le posai délicatement sur le sol. Je n'avais pas de vraie réponse à donner à Salim.

— Ça doit être à cause de tous ces changements. L'air, la nourriture… tout est différent ici. Et il est si petit. Son corps doit avoir du mal à s'adapter.

Je versai quelques gouttes d'huile d'olive dans mes mains que je frottai pour les réchauffer. Même lorsque je lui massai doucement le torse et le ventre, Aziz semblait mal.

— Peut-être qu'il a besoin de vitamines pour reprendre des forces.

Il n'avait pas pris beaucoup de poids depuis notre arrivée en Turquie. J'essayais tous les remèdes possibles. J'utilisais les quelques mots de turc que j'avais appris au marché pour acheter des fruits et légumes. *Havuç, bezelye, muz* – carottes, petits pois, bananes. Lorsque le vocabulaire me manquait, je montrais les aliments du doigt et communiquais par signes rudimentaires. Je fouillais dans les fagots d'herbes et trouvais celles dont je connaissais les propriétés thérapeutiques. Je les faisais bouillir et portais une cuillerée de thé aux lèvres d'Aziz. Je le nourrissais des épinards les plus verts, des poires les plus juteuses, lui hachais les morceaux de viande les plus gras. Rien de tout cela ne semblait avoir le moindre effet.

Salim se dirigea vers la cuisine. J'entendis son lourd soupir et les pieds en bois de la chaise glisser contre le linoléum. Mon explication n'avait convaincu personne, ni lui ni moi.

—Nous l'emmènerons chez le docteur demain, Salim, lui dit Hayal. Mange ton dîner. On s'inquiète davantage l'estomac vide.

Samira était dans la cuisine elle aussi. Elle s'était mise à préparer le dîner pour son frère dès qu'elle l'avait entendu passer la porte. Tous les sentiments qu'elle avait éprouvés pour son père étaient désormais redirigés vers Salim. Cette profonde adoration allait de pair avec des attentes et des besoins. Elle était ce manteau lourd et chaud qui l'empêchait d'avoir froid, mais qui ralentissait son pas.

Samira faisait ce qu'elle pouvait pour me venir en aide. Elle écrasait les fruits et légumes pour le repas d'Aziz. Elle le surveillait quand j'allais faire le ménage ou de petits travaux chez les voisins. Je la trouvais toujours exténuée en rentrant.

—Aziz n'est pas facile, *janem*. Il n'est pas mieux avec moi.

Samira n'en était pas persuadée.

Hayal et moi parcourûmes la longue route du village pour aller consulter le docteur Ozdemir qui avait, des années auparavant, suivi ses enfants. Il pratiquait toujours et son fils s'était associé à lui. Ils vivaient à l'autre bout d'Intikal. Père et fils examinaient leurs patients dans une petite pièce adjacente à la maison. C'était un décor simple mais accueillant, où l'épouse du docteur passait parfois avec une assiette de biscuits.

J'étais nerveuse, trop nerveuse pour manger quoi que ce soit. Mme Ozdemir lut l'appréhension sur mon visage, et je compris qu'elle voulait dire quelque chose, mais nous ne parlions pas la même langue. Elle échangea quelques mots avec Hayal et posa une main rassurante sur mon épaule.

Je regardai mon fils et, l'espace d'un instant, le vis avec les yeux de cette dame. Des mèches de cheveux collaient à son front moite. Sa tête commençait à paraître trop grande pour son corps. Il n'avait pas l'air en bonne santé, je devais bien l'admettre, et cela faisait longtemps que je ne l'avais pas vu sourire ou prononcer le moindre mot. Je ne pouvais imaginer dans quelle situation nous aurions été sans l'infinie gentillesse qu'Hakan et Hayal nous témoignaient. Je me demandai de quelle façon je pourrais un jour rendre la pareille à ces parfaits inconnus.

Aziz s'agitait en tous sens pour trouver une position confortable. Il détestait être allongé. Je le connaissais bien, mais étais incapable de dire ce qui n'allait pas chez lui ; il était simplement très différent de mes autres enfants à son âge et cela m'effrayait.

Le docteur Ozdemir entra dans la pièce, et son sourire chaleureux disparut dès que nos regards se croisèrent.

Je compris que j'avais l'air bouleversée et me levai pour le saluer. Le pédiatre avait une épaisse chevelure grise et une solide bedaine au-dessus de la ceinture. Je lui fis confiance immédiatement et sus que quelque chose de bon sortirait de cette visite. Il me salua d'un hochement de tête et me fit signe de me rasseoir. Il tira une autre chaise et s'installa en face de moi.

Nous parvînmes à communiquer dans un mélange unique de turc, d'anglais et de dari. Quand les mots nous manquaient, nous recourions à des gestes et des mimes. Sur la demande du pédiatre, je posai Aziz sur la table d'examen et défis sa chemise et son pantalon. Le docteur Ozdemir pinça les lèvres avec consternation avant même de poser une main sur mon bébé. Aziz s'était endormi, mais tandis qu'il commençait à se réveiller, son torse se soulevait et s'abaissait de façon alarmante. Il se contorsionnait de droite à gauche, incapable de se mettre en position assise.

Le docteur Ozdemir tira sur la peau du ventre d'Aziz et écouta attentivement sa poitrine pendant ce qui me parut une éternité. À l'aide d'une lampe et d'un bâtonnet en bois, il sonda l'intérieur de sa bouche puis pinça l'abdomen de mon bébé, encore et encore, avançant progressivement sur son corps. Mon cœur battait la chamade.

— Docteur-*sahib*, interrompis-je avec autant de respect que possible. Y a-t-il un problème ?

Je lançai un regard nerveux à Hayal.

Le docteur Ozdemir soupira profondément. Il ôta son stéthoscope de son cou et enveloppa Aziz dans sa couverture avant de le remettre dans mes bras. Je le redressai sur mes genoux et tournai de nouveau mon attention vers le médecin qui se mit à parler lentement, en articulant avec soin et en lisant mon expression. Ses mots me semblèrent chargés de plomb dans mes efforts pour les comprendre.

Problème.

Il venait confirmer mes craintes.

— Quel problème ? A-t-il besoin d'antibiotiques ? De vitamines ?

Le docteur Ozdemir secoua la tête négativement en reprenant les mots « antibiotiques » et « vitamines », pour lesquels la traduction du dari en turc était inutile. Il désigna la poitrine d'Aziz, son cœur, et répéta le seul mot qu'il avait réussi à communiquer.

Problème. Kalp.

Kalp ?

Un autre mot hybride. « Kalp » signifiait « cœur ». Je sentis mes bras se vider de leur force.

Le docteur se leva et tira un livre d'une étagère. C'était un ouvrage à couverture souple, dont la reliure avait été recollée plus d'une fois. Il se mit à le feuilleter, à la recherche d'un dessin qui l'aiderait à expliquer son diagnostic, mais perdit vite patience et le rangea à sa place. Il sortit alors un crayon et une feuille de papier du tiroir de son bureau et commença à dessiner.

J'approchai ma chaise. Il dessina un cœur et se mit à ouvrir et fermer le poing de façon rythmée. Puis il esquissa deux formes et se mit à inspirer et expirer de façon exagérée.

Les poumons, pensai-je.

Le cœur et les poumons. Je hochai la tête, et il reprit ses schémas rudimentaires. Il désigna le cœur puis se remit à ouvrir et fermer le poing, plus lentement cette fois. Ensuite, il montra le dessin des poumons et en noircit la partie inférieure. Quelque chose bloquait les poumons d'Aziz. Le docteur Ozdemir reprit alors sa respiration exagérée, mimant la difficulté, inspirant plus vite, en prenant un air fatigué.

Je pensais qu'un bébé, mon bébé, était trop petit pour avoir des problèmes cardiaques. Je sentis l'impuissance me submerger. Comment allions-nous faire pour réparer son cœur ?

Le docteur Ozdemir comprit que son message était passé. Il tapota son crayon sur le dessin qu'il avait posé sur ses genoux. Intikal était un petit village, et il n'existait aucun endroit où l'on pouvait réaliser les examens qu'il estimait nécessaires. Il n'y aurait donc ni radio ni test sanguin. Aziz devait être conduit dans un hôpital, et même si nous avions été dans une grande ville disposant des ressources appropriées, mes moyens financiers ne m'auraient pas permis d'offrir à cet enfant les soins dont il avait besoin. Le docteur Ozdemir secoua la tête.

Cet homme venait de réduire mon univers à une esquisse au crayon sur un bout de papier. Il me restait à entendre sa conclusion. Il se frotta le front, tira un carnet de la poche de sa blouse blanche et griffonna quelques pattes de mouche. Il tendit l'ordonnance à Hayal et, ensemble, ils m'informèrent que ces médicaments aideraient Aziz à aller mieux dans l'immédiat, mais que son état s'aggraverait avec le temps.

Les yeux d'Hayal étaient humides. Elle eut du mal à prononcer les mots.

Ce ne fut pas la barrière de la langue qui empêcha nos échanges ce jour-là. Même si le pédiatre avait parlé couramment le dari, je n'aurais pas compris son pronostic concernant mon fils. Le docteur me regarda, et je vis dans ses yeux que ma réaction ne le surprenait pas. Je nierais la réalité, il le savait, comme tant de mères le faisaient jusqu'au tout dernier moment, et parfois même encore longtemps après.

Je mis de côté tout ce qu'on me disait et m'accrochai à ce que je pouvais faire. J'avais besoin d'un but tangible pour me maintenir à flot.

— Je lui donnerai ces médicaments, dis-je. Combien de fois par jour ? Pendant combien de temps ?

Ils me comprenaient. Le docteur Ozdemir décrivit des boucles dans l'air avec le doigt, de façon continue. *Hafta* signifiait « semaine » en turc comme en dari.

— Par semaine, indiqua-t-il avec un signe de la main.

J'acquiesçai.

— Revenez dans deux semaines, ajouta-t-il.

Hayal hocha le menton, remercia le pédiatre, puis me demanda quelque chose que je ne compris pas. Le docteur Ozdemir secoua la tête et la salua. Il me toucha l'épaule et caressa le front d'Aziz avant de quitter la pièce.

J'étais abasourdie. Hayal me conduisit vers la sortie, avec seulement ce petit carré de papier dans la main.

Je ne savais pas combien coûteraient ces médicaments. Nous reprîmes le chemin de la maison, dans le silence. À la pharmacie, je tirai des billets de mon porte-monnaie pour régler le flacon de liquide que le pharmacien prépara. Ne voulant pas attendre, j'ouvris la couverture d'Aziz pour dégager son visage et désignai la bouche de mon bébé. Hayal relaya ma demande, et l'homme à la moustache hocha la tête.

Il ouvrit le flacon et versa une petite quantité de son contenu dans une cuillère en plastique. Je portai le liquide sombre aux lèvres fines d'Aziz.

Le cœur de mon enfant était plus abîmé que le mien. J'enfouis au plus profond de moi la rage que j'éprouvais à l'égard de mon mari pour ses choix, ceux qui nous avaient valu cette déroute. Quand j'eus de nouveau la force d'être rationnelle, je finis par admettre que ce n'était pas vraiment sa faute. Mais à certains moments, lorsque mes épaules se mettaient à crouler sous la pression, mes pensées à l'égard de Mahmoud étaient obscurcies par le ressentiment. Je voyais de l'obstination et non plus de la persévérance, de la fierté et non plus des principes, du déni et non plus de la détermination. La lumière de notre mariage s'atténuait. Je priais pour trouver une façon d'aimer mon mari dans la mort aussi pleinement que je l'avais aimé dans la vie.

Au nom de Dieu, miséricordieux et compatissant, pleurait mon cœur lourd.

Chapitre 22

Salim

Salim avait sagement écouté Madar-*jan* lui répéter le diagnostic du pédiatre. Elle parvint à contrôler ses émotions en formulant des phrases courtes, réconfortée à l'idée que les médicaments s'étaient révélés efficaces. Mais la vérité se trouvait entre les mots, dans les silences que Salim et Samira avaient appris à décrypter et à craindre. Samira, les traits crispés par les non-dits, croisa le regard de son aîné.

Salim observa son petit frère. Aziz dormait profondément, la respiration apaisée. Hakan, ayant appris la nouvelle par Hayal, avait soupiré et secoué la tête. Aux yeux de Salim, c'était un regard de pitié, et ce sentiment lui déplaisait. S'il suait dans les champs de Polat jour après jour, c'était justement pour qu'on lui épargne la pitié. L'expression bienveillante d'Hakan, la main qu'il avait posée sur son épaule, Salim aurait voulu fuir tout cela.

Assis au bord du terrain de football de l'école, il arrachait des brins d'herbe d'un air absent. D'après la position du soleil dans le ciel, il devina que les enfants ne tarderaient pas à sortir. Il les imaginait remuer sur leurs chaises, regarder passer les minutes, attendre nerveusement que le professeur les libère. Dans un autre temps, sur une terre lointaine, Salim avait été comme eux : impatient de pouvoir enfin fourrer ses cahiers et ses crayons dans son cartable et de détaler.

Mais c'était une autre époque, un autre Salim. L'adolescent qu'il était devenu rêvait d'aller à l'école, de s'y faire des amis. Il aspirait à une vie normale. Le quotidien avait beau être plus douloureux qu'à Kaboul, la vie ordinaire était dorénavant à portée de main et pourtant inaccessible. C'était ce manque qui l'avait conduit là, sur la pelouse verte et ombragée de la cour. Il passait devant l'école tous les jours avant de rejoindre le camion. C'était un rappel permanent de ce qu'aurait pu être sa vie.

Salim était arrivé à la ferme en avance et avait fait savoir à Polat qu'il lui faudrait partir plus tôt. Il avait marmonné une demi-vérité à propos de son frère. Le fermier avait grommelé, et Salim avait compris qu'il devrait s'attendre à une coupe dans son salaire. Mais Polat avait peu d'options, et Salim savait qu'il serait de nouveau accueilli le lendemain.

Si la vie normale lui était pour l'instant interdite, il pouvait au moins en être spectateur. Il voulait seulement passer quelques heures les pieds dans l'herbe fraîche. Il voulait un après-midi à lui, loin du labeur qui lui brisait le dos.

Salim tenta de visualiser le cœur d'Aziz. Il pouvait sentir les battements du sien, ses martèlements parfois, dans sa poitrine. Un jour, il avait vu celui d'un animal. Il était allé chez le boucher avec son père pour acheter du poulet, un luxe rare destiné à marquer l'*Aïd* et l'apogée d'un long mois de jeûne. Ils avaient dû réduire leur train de vie lorsque le salaire de Padar-*jan* était devenu dérisoire.

Salim avait regardé le boucher essuyer ses mains ensanglantées dans un torchon et avancer vers son père pour lui parler. Les deux hommes avaient échangé des civilités, puis Padar-*jan* avait demandé à voir les poulets. Le boucher avait levé un sourcil, et Salim, le jeune fils, avait senti son torse se gonfler de fierté. Les Waziri n'étaient pas des clients ordinaires demandant les morceaux les moins chers. Ils étaient là pour le meilleur.

Tandis que son père et le boucher discutaient du prix, Salim examina la marchandise exposée dans la boutique. Une chèvre écorchée pendait à un crochet. Des morceaux de viande et des organes luisants étaient alignés sur le billot. Ils fascinaient et répugnaient Salim. Il se souvint d'avoir tiré sur la manche de son père.

— Padar-*jan*, qu'est-ce que c'est ? avait-il chuchoté, ne voulant pas attirer l'attention du boucher, mais incapable d'étouffer sa curiosité.

— Ce sont des cœurs de poulet.

Padar-*jan* et le boucher avaient ri en voyant l'enfant plaquer une main sur sa cage thoracique pour essayer de sentir les battements de son propre organe, les yeux rivés sur les abattis de la taille d'un abricot.

L'école ouvrit ses portes et déversa un flot d'élèves se bousculant bruyamment pour sortir. Salim envia leurs cartables, leurs cahiers, leur insouciance.

Les garçons de son âge, un groupe de huit ou neuf, se dirigèrent vers le terrain. Salim regarda sa montre tandis qu'ils approchaient. Il ne voulait pas être surpris en train de les dévisager. Les aiguilles s'étaient arrêtées de tourner la veille. Salim essaya de la remonter, mais sans trop y croire. C'était une montre d'ingénieur, avec un cadran incompréhensible à l'intérieur du cadran principal. Padar-*jan* aurait sans doute été capable de la réparer. Salim la gardait à son poignet, espérant qu'elle reprendrait vie spontanément.

Un des garçons, le plus efflanqué du groupe, tira un ballon d'une sacoche. Salim sentit ses pieds s'agiter, désireux de sentir le contact du cuir. Il ne put se résoudre à se lever et à s'en aller.

Ils ne vont sûrement pas me remarquer, se dit-il.

Il se tourna à demi, ne faisant plus directement face aux garçons qui avaient commencé à se passer la balle, leurs chaussures martelant le terrain qu'ils parcouraient en tous sens. Ils criaient, s'envoyaient sans doute des commentaires désobligeants en argot turc, que Salim ne comprenait pas.

Ils se rapprochèrent les uns des autres pour former un groupe lâche, et deux des garçons jetèrent des regards en direction de Salim. Ayant le sentiment d'être un intrus, ce dernier se leva et épousseta son pantalon. Il était sur le point de partir lorsqu'un cri attira son attention. Il se retourna à contrecœur. Le chef de bande efflanqué répéta sa phrase d'une voix forte. Salim ne savait pas comment répondre et se contenta de hausser les épaules.

— Pas parler turc.

— Pas parler turc ?

Le garçon se mit à rire et bascula alors vers l'anglais.

— Tu aimes jouer au football ou tu aimes dormir dans l'herbe ?

Salim fut saisi d'une poussée d'adrénaline. Il suivit alors le garçon vers les autres qui s'étaient déjà divisés en deux équipes. Il leur manquait un joueur.

— Tu joues avec eux, déclara l'efflanqué.

Il s'arrêta et examina Salim des pieds à la tête.

— Tu as un nom ?

Salim hésita, voulant être sûr qu'on ne se moquait pas de lui.

— Salim, répondit-il finalement en enlevant sa montre qu'il fourra dans sa poche.

— Salim ? Tu parles lentement. J'espère que tu cours vite.

Kaboul regorgeait de garçons comme eux. Salim avança vers son équipe désignée et salua les joueurs d'un rapide mouvement de tête. Ils l'examinèrent à leur tour et se mirent en position.

Tandis que le ballon passait de pied en pied, Salim était transporté. Il était à Kaboul, où il avait pris en cours un match improvisé dans la rue avec des copains du quartier avant la tombée de la nuit. Il courut après la balle, la prit à des garçons dont il se fichait de savoir le nom. Il tapait dedans, la passait à ses coéquipiers, des jeunes gens qui, ailleurs, auraient peut-être évité ce travailleur immigré. Il n'était pas un étranger dans ce lieu. On lui passa de nouveau la balle. Salim dribbla jusqu'au poteau de but, surveillant les défenseurs et essayant de se maintenir devant les autres.

Son équipe perdit d'un point, mais il avait assez bien joué pour gagner le respect du groupe. L'efflanqué, haletant et en sueur, regarda Salim du coin de l'œil.

— D'où tu viens ? demanda-t-il en s'essuyant le front du revers de la main.

— D'Afghanistan, répondit Salim après une brève hésitation.

Le garçon resta imperturbable.

— Je m'appelle Kamal.

Kamal et Salim se lièrent d'amitié, du moins autant qu'il était possible à Intikal pour un Turc et un immigrant. À partir de ce jour, Salim se joignit aux garçons une fois par semaine pour un match ; il allait jouer une heure ou deux en rentrant de la ferme et parfois même retournait ensuite chez Polat pour reprendre le travail. Ces journées l'épuisaient et le laissaient affamé, mais sentir l'herbe sous ses pieds, des tapes sur son épaule et le vent dans son visage, tout cela n'avait pas de prix. Polat faisait la grimace mais tolérait les absences de Salim, car ce dernier rattrapait toujours le travail manqué.

À la maison, il garda secrètes ses nouvelles activités. Il ne put se résoudre à avouer à sa mère qu'il se sentait libre une heure par semaine. Il décelait l'anxiété sur le visage de Madar-*jan* quand il rentrait. Elle passait son temps à s'occuper d'Aziz et à quémander le moindre travail susceptible de renflouer leurs caisses. Samira apportait sa contribution, soit en gardant le bébé en l'absence de sa mère, soit en offrant ses services à Hakan et Hayal dans la maison. Même si cela lui semblait malhonnête, Salim ne dit pas un mot de ses escapades sportives.

Sur le terrain, la barrière de la langue empêchait Salim de participer aux plaisanteries qu'échangeaient les garçons. Il espérait que son silence passait pour une froide indifférence. Kamal continua de le taquiner, et cette absence de réplique n'eut pas l'air de le gêner.

Le soir, les garçons se réunissaient parfois autour d'un soda et lorgnaient les filles dévêtues dans les publicités des magazines. Salim ne se joignait à eux qu'en de rares occasions, embarrassé par ses vêtements de travail imprégnés de sueur et ses mains abîmées. Incapable de tout cacher à sa mère, il lui avoua seulement qu'il avait sympathisé avec des garçons du village et qu'il allait parfois boire un verre avec eux. Elle l'encouragea, ce qui le fit culpabiliser davantage.

Ayant fait une fois le chemin avec Salim, Kamal savait où son ami vivait avec sa famille. Ce dernier fut malgré tout surpris, en rentrant de la ferme un soir, de le trouver assis dans la cuisine en compagnie d'Hakan. Ce soir-là, Salim comprit que Kamal était un véritable caméléon, ses capacités d'adaptation étaient stupéfiantes. Il admirait cette qualité pour son utilité.

— Salim, tu tombes bien. Tu as de la visite, annonça Hakan avec un sourire.

— Salut, Salim ! dit Kamal d'un ton jovial en se levant de sa chaise.

— Nous étions en train de bavarder ! Je suis content que tu fasses connaissance avec les garçons du coin. En plus, il se trouve que je connais le père de Kamal.

— Salut…

Salim était pris au dépourvu. Il n'était pas enchanté de voir Kamal chez lui.

— Tu... tu connais son père ?

— Oui, tu ne trouves pas ça amusant ? dit Kamal. Je ne savais pas que c'était la maison de ce cher M. Hakan.

— Nous sommes à Intikal. Les gens sont amenés à se croiser. Mais je n'avais pas vu Kamal ici depuis longtemps. La dernière fois, il atteignait à peine la hauteur de cette table, s'amusa Hakan.

Kamal se fendit d'un grand sourire ; il respirait la santé.

— Oui, mon père et M. Hakan enseignaient dans la même université, expliqua-t-il.

— En effet, mais le père de Kamal est beaucoup plus jeune que moi. C'était un nouveau, un professeur très brillant. Les étudiants l'adoraient et l'adorent toujours, même si je suis sûr que son fils aimerait le voir plus souvent à la maison.

La surprise de Salim avait dû se lire sur son visage. Il avait beaucoup à apprendre de son nouvel ami. Hakan se leva et déposa sa tasse de thé dans l'évier. Il ébouriffa les cheveux de Kamal en passant. En se concentrant, Salim parvenait à comprendre la majeure partie de leur conversation. Ce soir-là, le turc de son ami était une version aseptisée de son langage habituel.

— Bon, amusez-vous bien, les garçons. Kamal, passe le bonjour à ton père. Dis-lui que j'attends sa visite à son retour. J'aimerais bien discuter avec lui à la fin du semestre.

— Bien sûr, monsieur Hakan. Je transmettrai. Je suis certain qu'il sera ravi d'avoir de vos nouvelles. Encore quelques semaines et il sera rentré.

Hakan sortit de la cuisine, et Kamal donna à Salim une tape amicale sur l'épaule.

— Eh, allez, mon pote. Efface cet air étonné de ton visage ! Et cette sueur aussi, pendant que tu y es.

Salim sourit timidement et alla se laver la figure, le cou et les bras, gommant ainsi les traces de sa dure journée de travail. Madar-*jan*, Samira et Aziz étaient dans la chambre du fond. Aziz dormait déjà et Madar-*jan* brossait les cheveux de Samira. Salim les salua et se pencha pour embrasser sa mère sur la joue. Elle avait rencontré Kamal, lui dit-elle, et elle était contente qu'Hakan connaisse sa famille. Il avait l'air d'un gentil garçon.

— C'est le cas, dit Salim. Nous allons sortir un moment, d'accord ? Je reviens vite.

— D'accord, *bachem*. Fais attention et ne rentre pas trop tard. Une mère a besoin de voir le visage de son fils, elle aussi, tu sais.

Salim promit de rentrer tôt et sortit, trouvant Kamal impatient derrière la maison, cigarette aux lèvres.

— Ah, beaucoup mieux ! Comme ça, tu feras moins peur aux filles, s'amusa-t-il.

Salim et le fils du professeur se rendirent sur la place du marché, à la recherche de quelque bêtise à faire pour se divertir une petite heure. Salim goûtait là à une vie délicieusement normale, il aurait voulu se mettre à genoux et prier pour que cela dure.

Chapitre 23

Salim

Grâce à Kamal, Hakan et Hayal, Salim se sentit à sa place à Intikal, à des milliers de kilomètres de chez lui. Il devenait difficile de considérer ce village comme une escale provisoire avant de reprendre la route vers l'Angleterre.

L'état d'Aziz s'était légèrement amélioré. Son poids et son appétit tardaient encore à remonter, mais il semblait moins souffrir. Madar-*jan* lui administrait religieusement ses doses de médicament et se réjouissait de cette embellie. Pour sa deuxième consultation chez le docteur Ozdemir, elle avait préparé des *mantus*, une spécialité afghane. Elle s'était sentie dans l'obligation de lui témoigner sa reconnaissance d'une façon ou d'une autre. Une fois de plus, il insista pour examiner l'enfant gratuitement.

Même si la situation semblait s'arranger, Salim savait qu'il leur faudrait bientôt organiser leur prochain déplacement s'ils voulaient arriver un jour en Angleterre. Madar-*jan* avait tenté plusieurs fois de contacter leurs parents à Londres, mais en vain.

Elle paraissait réticente à les rappeler, alors que Salim les considérait comme leur seul espoir. Les médicaments d'Aziz représentaient une charge supplémentaire pour la famille aux finances précaires. Rien ne pouvait donc lui épargner les longues et dures journées de labeur à la ferme de Polat. Sans la générosité d'Hakan et Hayal, ils auraient été à la rue, cela ne faisait aucun doute.

Kamal et Salim passaient davantage de temps ensemble en dehors du terrain de football. Sachant qu'Hakan connaissait le père de Kamal, Madar-*jan* était d'autant plus heureuse que son fils ait ce nouvel ami. Elle voulait qu'il ait une vie sociale et profite de son temps libre. Lorsque Kamal invita Salim au mariage de son cousin, le jeune homme hésita. Il ne savait pas comment la famille de son ami l'accueillerait, lui, le travailleur immigré aux ongles noirs. Madar-*jan* l'encouragea à accepter.

À Kaboul, les mariages étaient des événements majeurs, gâchés depuis quelques années seulement par les restrictions sévères imposées par les talibans. Madar-*jan*, qui était coquette, avait toujours adoré le faste déployé à cette occasion, les banquets, les danses, ainsi que le spectacle des jeunes mariés embarquant pour une nouvelle vie à deux. Même si elle parlait peu de son propre mariage, Salim savait que sa mère, ce jour-là, s'était trouvée pour la première fois de sa vie au centre de l'attention et que ce moment avait marqué une rupture avec son enfance difficile. Il avait maintes fois entendu le récit du mariage de ses parents : la voiture drapée de fleurs et de rubans, le joueur de tambour qui ouvrait la procession dans la rue, la musique qui s'était poursuivie jusqu'à 4 heures du matin.

— Que vas-tu porter, Salim ? Voyons voir…

Elle plongea la main dans son sac en toile et en sortit un pantalon. Elle continua à fouiller.

— Voici ta chemise. Ça devrait faire l'affaire. Et si tu l'essayais ?

— Madar-*jan*, le mariage est dans trois jours.

— Et si elle ne te va pas ? Il vaut mieux le savoir maintenant qu'au dernier moment.

Le pantalon était de toute évidence trop court, et la chemise flottait aux épaules. Madar-*jan* défit l'ourlet et refit quelques points, pour que ses chevilles ne soient pas complètement découvertes. Ces habits devraient faire l'affaire de toute façon.

Le vendredi soir, Salim marcha quinze minutes avant d'arriver chez Kamal, les mains moites. En rentrant de la ferme, il s'était mis à imaginer comment un parfait inconnu serait reçu dans une fête privée turque. Il hésitait à s'y rendre. Craignant de décevoir Kamal, il décida de mettre de côté ses appréhensions.

Salim devait rejoindre son ami et deux de ses cousins. Le reste de la famille était déjà parti. La fête avait lieu dans une propriété en dehors de la ville, et les garçons étaient impatients d'y être avant que le dîner ne soit servi.

Les cousins de Kamal étaient plus âgés, dans la vingtaine, mais faits de la même étoffe indisciplinée. Tous fumaient cigarette sur cigarette, racontaient des blagues salaces, et rentraient manger la cuisine de leur maman tous les soirs. Les cousins levèrent à peine le sourcil en voyant Salim, une indifférence qui le rassura. Ils garèrent la voiture et se dirigèrent vers la maison, espérant avoir suffisamment tardé pour manquer la cérémonie religieuse et ne profiter que de la musique et du banquet.

Leur calcul s'avéra parfait. Les familles des jeunes mariés se serraient la main et se félicitaient mutuellement. Des odeurs de viande rôtie et de fromage flottaient dans l'air. Le repas devait être servi sous peu, ce qui laissait tout de même du temps aux convives pour aller et venir, échanger des ragots, se rappeler le bon vieux temps, ou se plaindre de la chaleur exceptionnelle de la saison.

Salim se délecta de tout cela.

Ça pourrait être un mariage afghan, pensa-t-il.

Ce n'était guère différent, en effet. Des hommes en cercle bavardaient dans un coin. Des femmes riaient dans un autre. Turcs et Afghans se ressemblaient, tout compte fait.

La nourriture était délicieuse. Comme Salim n'avait pas eu le temps d'avaler quoi que ce soit après sa journée de travail, il arriva à la fête affamé. Il ne quitta pas son assiette des yeux. Quelques filles de la salle avaient attiré son attention, mais il ne voulait pas être surpris en train de leur décocher des œillades. Malgré leurs tenues sages, leurs robes à mi-mollet laissaient deviner leurs courbes juvéniles. L'une d'elles avait les cheveux châtains, des boucles encadrant son visage et venant effleurer ses lèvres cerise. Salim fit un effort particulier pour ne pas regarder dans sa direction.

— Tu veux encore quelque chose ? Je vais me resservir. À moins que tu aies peur de déchirer ton pantalon ? dit Kamal en donnant à Salim un coup de coude avant de se lever.

— Non, je viens avec toi. Je suis prêt à sacrifier mon pantalon pour ce kebab.

Ils se dirigèrent vers les longs tréteaux sur lesquels des plateaux de nourriture étaient disposés. Au bout du buffet, les jeunes mariés étaient en train de bavarder avec quelques invités.

— La famille attendait ce mariage depuis longtemps, lui expliqua Kamal. La mariée est ma cousine. Le garçon vient d'une famille des environs, qui habite dans une ferme. Il est amoureux d'elle depuis des années. Une autre famille voulait qu'elle épouse leur fils, pour pouvoir hériter de la terre, mais elle n'était pas intéressée et son père ne les aime pas de toute façon.

On se croirait vraiment à Kaboul, pensa Salim.

Ils se remplirent l'estomac, écoutèrent de la musique, et virent les hommes s'échauffer au fil des heures. On frappa des mains, on agita les bras et battit des pieds au rythme des airs sortant à tue-tête des enceintes ; des sonorités qui rappelaient à Salim le Kaboul d'autrefois. On servit du thé et des pâtisseries imbibées de sirop. Salim, plus rassasié qu'il ne l'avait jamais été de toute sa vie, ne déclina pourtant pas le croustillant baklava ni les nougats recouverts de pistaches qu'on lui tendit. Il se lécha les doigts et se demanda s'il pourrait glisser deux ou trois pâtisseries dans ses poches sans se faire remarquer.

— Allons fumer. Il fait trop chaud ici, tu ne trouves pas ? suggéra Kamal.

Salim acquiesça et suivit son ami à l'extérieur. Ses oreilles bourdonnaient. Il emplit ses poumons d'air frais, étendit les bras, et sourit. Kamal s'en amusa.

— Tu t'éclates, hein ? lui demanda-t-il en sortant une cigarette et des allumettes.

— Ça faisait longtemps que je n'avais pas été à une fête. Très longtemps.

— Ouais, bon. La vie est comme ça à Intikal. Chaque jour est une fête, dit-il d'un ton sarcastique.

Il tira sur sa cigarette et projeta un halo orange dans l'obscurité. Les garçons se mirent à flâner près de l'abri situé à l'arrière de la maison quand ils s'arrêtèrent net.

Des détonations retentirent dans la nuit, suivies par des hurlements.

L'instinct de Salim se réveilla aussitôt. Il saisit Kamal par l'épaule et le plaqua contre le sol.

— Reste à terre ! cria-t-il.

Kamal fit ce que Salim lui dit. Rampant à genoux pour contourner l'abri, les garçons tentèrent de jeter un coup d'œil à la maison. Il y eut des bruits secs, encore des cris, et des bruits de verre brisé.

— Qu'est-ce qui se passe ? demanda Kamal d'une voix affolée.

Les cris étaient plus familiers que les coups de feu pour Salim. C'étaient ceux de gens qu'on attaquait.

— Mes parents ! hurla Kamal.

— Calme-toi, lui conseilla Salim en passant un bras autour de ses épaules. Reste ici une minute.

Trois ombres sortirent en courant de la maison, sautèrent dans une voiture, qui démarra en trombe. Kamal et Salim se précipitèrent alors à l'intérieur tandis que les phares du véhicule s'éloignaient sur la route. Les cris s'étaient transformés en sanglots.

Du sang.

Salim sentit son estomac se nouer à l'odeur de la poudre et du métal. Les gens étaient rassemblés dans deux coins de la pièce, et des gémissements couvraient la musique de fête, créant une cacophonie macabre. Deux femmes arrachèrent les rideaux des fenêtres pour confectionner des bandages. Parmi elles se trouvait la mère de Kamal, qui criait le nom de son fils tout en déchirant le tissu.

—Maman !

Kamal courut vers elle. Elle lâcha le rideau et saisit son enfant par les épaules.

—Tu n'es pas blessé ? Tu vas bien ? Oh, Dieu merci ! pleura-t-elle.

—Je vais bien, je vais bien. Où est papa ?

—Il aide tes cousins, juste là.

Elle ramassa le rideau et se précipita vers un groupe de personnes accroupies auprès d'une femme étendue au sol.

Salim resta figé.

Les convives hurlaient, marchaient autour de lui sans lui prêter attention. Il voyait leurs lèvres bouger, entendait du bruit, les cris des blessés. Il voyait les invités terrifiés courir en tous sens. Des bras et des jambes s'agitaient autour de lui, le bousculant parfois. Il était incapable de bouger.

Le voilà revenu à Kaboul. Il entendait les roquettes, voyait des gens enterrer de jeunes enfants et des familles pleurer leurs pères disparus. Sa respiration ralentit, puis sa vision se brouilla.

Il n'y avait pas d'échappatoire. L'effusion de sang l'avait suivi jusqu'à Intikal. Comme il avait été naïf de croire que le passé était derrière lui. La Faucheuse dansait en réalité autour de lui, le narguait, lui donnait des coups de coude. L'horreur ne l'avait pas quitté d'une semelle, attendant qu'il finisse par s'y habituer. Enfant, Salim avait enfoui la tête sous son oreiller pour étouffer le bruit des missiles. À présent, il se couvrait les oreilles avec les mains pour ne plus entendre les hurlements.

Il aperçut l'une des victimes, le père de la mariée, dont la chemise blanche était couverte de sang. Son visage pâlissait à vue d'œil, tandis que sa fille, penchée au-dessus de lui, poussait des cris perçants.

Partout où il se tournait, Salim voyait son père.

Chapitre 24

Salim

Sa mère remua à peine lorsque Salim entra à pas feutrés dans la chambre, le cœur encore battant. Il entendait la respiration lente de Samira. Il tâtonna dans l'obscurité, cherchant le matelas au sol.

— Dieu merci, tu es rentré, murmura Madar-*jan*. Il doit être très tard. Essaie de dormir, Salim-*jan*.

— Oui.

Ce fut tout ce que put dire Salim sans que sa voix se brise. Il entra dans la salle de bains et ouvrit le robinet, laissant couler un mince filet d'eau sur ses mains, entre ses doigts. Puis il posa les paumes sur son visage et s'immobilisa.

« Essaie de dormir », avait dit Madar-*jan*. « Essaie de dormir. »

Salim ôta son pantalon et sa chemise et se glissa sous les draps. Il regarda le plafond, en traça les fissures dans le noir, et tenta de refouler ce qu'il avait vu. Mais tout lui revint. La mariée, sa robe tachée du sang de son père. Son frère, blessé à la jambe mais vivant et poussant des cris tandis qu'on le portait jusqu'à une voiture pour le conduire à l'hôpital.

Deux autres avaient eu de la chance, les balles n'avaient fait qu'effleurer leurs bras.

Un coup de chance, pensa Salim. *Façon de parler.*

Quarante-cinq minutes de chaos. Quelques hommes de sang-froid avaient pris la situation en main et crié des ordres. Quelqu'un emmena la mariée inconsolable dans une pièce à l'écart. Son jeune époux, resté paralysé par la peur pendant le tumulte, cherchait sur son corps des traces de balles qui n'y étaient pas. Un des tireurs l'avait visé directement, mais son arme s'était enrayée.

Un coup de chance.

Salim se mit à murmurer des prières, comme si les mains de son père étaient posées sur ses épaules, le détournant des fenêtres pour le diriger vers le sol. Il toucha la montre sans vie attachée à son poignet, privée du doux tic-tac qui autrefois le berçait et l'aidait à s'endormir.

Le père de Kamal leur avait raconté ce qui s'était passé. Trois hommes avaient fait irruption dans la maison. On les avait reconnus immédiatement, c'étaient les fils de la ferme voisine, les garçons qui avaient voulu cette jeune fille pour leur clan. Révoltés, ils avaient décidé d'assouvir leur soif de vengeance le soir du mariage.

Ils avaient pris pour cibles le père de la mariée, le marié, puis les frères de la jeune fille. Les convives avaient couru se mettre à l'abri, s'étaient cachés sous les tables garnies de gâteaux de fête, ou s'étaient échappés vers les pièces adjacentes.

Les tireurs avaient épargné la mariée, une punition en soi.

Kamal n'avait jamais rien vu de pire qu'un nez ensanglanté dans une bagarre de rue.

« Les choses sont différentes en dehors de la ville. Les gens se font justice eux-mêmes quand ils ont le sentiment d'avoir été offensés. »

Les policiers avaient mis une éternité à arriver. Ils avaient secoué la tête, étaient passés de victime en victime, avaient évalué l'ampleur du carnage. Ils avaient pris des notes, mais les mesures qu'ils comptaient prendre contre les attaquants n'étaient pas claires. Le père de Kamal avait décidé de raccompagner les garçons chez eux. Sa mère était dans une autre voiture avec ses tantes et cousins.

Salim s'était endormi en pensant à une phrase qu'avait prononcée le père de Kamal.

« Les haines ne meurent pas, les gens si. »

Les cris de Madar-*jan* le réveillèrent en sursaut. Elle lui arracha son drap. Il se redressa d'un coup, les yeux rougis. Les mains de sa mère étaient sur lui, inspectaient son torse, son visage.

— Qu'est-il arrivé ? Pourquoi y a-t-il du sang sur tes habits ? Où es-tu blessé ?

Le souvenir de la nuit passée déferla de nouveau sur lui. Salim pencha la tête en arrière et se frotta les paupières.

— Ce n'est pas mon sang. Je ne suis pas blessé, dit-il.

Complètement réveillée, Samira ouvrait de grands yeux inquiets.

— Ils ont tiré, Madar-*jan*. C'était horrible.

— Tiré des balles ? De quoi parles-tu ?

Madar-*jan* n'était pas totalement convaincue que son fils était indemne, elle l'examina encore, cherchant des blessures cachées.

Salim repoussa les mains de sa mère et se leva pour sortir de son engourdissement. Il avait jeté ses vêtements tachés de sang à côté du matelas, vision macabre à cette heure matinale. Il lui raconta tout, à voix basse pour ne pas effrayer Samira. Il expliqua à sa mère qu'il avait aidé les autres à porter le frère de la mariée dans la voiture qui devait le conduire à l'hôpital.

S'il avait pu dormir quelques heures de plus, peut-être aurait-il eu le bon sens d'édulcorer son récit. À la fin, il pleurait. Il n'avait rien pu faire, se lamenta-t-il. Elle l'écouta attentivement, une main plaquée sur la bouche, incrédule. Samira s'était approchée de sa mère et écoutait avec le sérieux d'une adulte. Madar-*jan* remercia Dieu d'avoir épargné son fils.

Elle tira Salim vers elle et le berça comme elle le faisait avec Aziz. Il n'opposa aucune résistance, savourant le parfum de sa mère, le réconfort de ses bras, les baisers sur son front. Elle demanda à Samira de mettre de l'eau à bouillir et de commencer à préparer le petit déjeuner pour Hakan et Hayal. La fillette s'exécuta docilement.

— Et ton ami, Kamal… il n'a pas été blessé ?

— Non, Madar-*jan*, il était dehors avec moi. Il va bien.

— Et ses parents ?

— Ils sont indemnes.

Lorsque Hakan et Hayal descendirent prendre le petit déjeuner, Salim raconta l'histoire une seconde fois. Il chercha parfois ses mots, mais il avait fait d'immenses progrès en turc depuis qu'il fréquentait Kamal et ses amis. Hakan et Hayal furent sidérés. Cette dernière, instinctivement, posa une main sur celle de Fereiba. Dans l'esprit de Salim, la violence qui avait explosé au mariage semblait de moins en moins réelle, de plus en plus fictive.

Madar-*jan* sonda les visages de ses hôtes dans l'attente d'une explication. Comment une telle horreur pouvait se produire à Intikal ? Hakan se leva et annonça qu'il se rendait chez Kamal pour voir son père. Quelques minutes plus tard, il était prêt à partir.

— Je suis en retard pour le travail. Je devrais déjà être à la ferme, Madar-*jan*, dit Salim en regardant sa montre mécaniquement. Je vais me faire hurler dessus.

— Salim, *bachem*, tu ne vas pas à la ferme aujourd'hui. Après ce qui s'est passé hier soir, il en est hors de question. Je veux que tu restes avec moi.

Salim baissa les yeux sur ses mains et se rendit compte qu'elles tremblaient légèrement. Il savait qu'il devait faire peur à voir et ressentit le besoin urgent de prendre un bain, de frotter sa peau à l'eau savonneuse pour se laver des événements de la nuit.

Hayal lui prépara une tasse de thé avec du miel et une assiette garnie de pain et de fromage. Salim mangea en silence. Samira resta à côté, sans faire de bruit. Elle fit chauffer du lait pour Aziz et posa son petit frère sur ses genoux afin de lui donner son petit déjeuner. Pour la première fois depuis longtemps, le bébé Waziri au cœur endommagé semblait en meilleure forme que le reste de la famille.

Salim se rendit à la salle de bains où il se fit couler un bain brûlant. Il laissa l'eau ruisseler en cascade sur sa tête, son front, ses épaules. Il ferma les yeux et vit le visage de la jeune mariée, des traînées de sang lui maculant la joue. Il entendit les gémissements de ses frères. Il rouvrit alors les yeux pour essayer de chasser cette vision, mais celle-ci était gravée sur sa rétine. Il se frotta le corps jusqu'à devenir écarlate. Le sang tambourinait à ses tempes. Il ferma le robinet, la serviette rêche lui piqua la peau.

Madar-*jan* était assise dans la chambre, au bord du lit. Elle avait l'air triste.

— Que t'arrive-t-il, Madar-*jan* ? dit Salim, hésitant.

— Je pensais que nous étions en sécurité ici, chuchota-t-elle. Que ce n'était pas comme chez nous.

Salim s'assit à ses côtés.

— Je nous ai fait venir ici en croyant que ce serait plus sûr. Que ce serait mieux pour vous. Qu'ai-je donc fait ?

En l'absence de Padar-*jan*, elle n'avait personne avec qui partager la faute, la responsabilité du plan qui les avait conduits à Intikal. Salim appuya le front contre l'épaule de sa mère.

— On ne pouvait pas rester à Kaboul, Madar-*jan*. On n'avait plus rien. On aurait fini par mourir de faim… ou pire.

— Aziz allait bien là-bas. Jusqu'à ce qu'on parte.

Les yeux de Madar-*jan* étaient humides, pleins de souvenirs d'un temps idyllique qui n'existait plus que dans son esprit.

— Samira ne lavait pas la vaisselle sale d'inconnus, ne pliait pas leur linge. Tu ne t'épuisais pas dans un travail ingrat de l'aube à la tombée de la nuit. Nous étions bien à Kaboul, et il a fallu que je nous fasse venir ici.

Fereiba avait voulu maintenir ses enfants en bonne santé, qu'ils soient correctement nourris, qu'ils n'aient jamais à devenir les domestiques d'autrui. Elle avait échoué sur tous les plans.

—Madar-*jan*, on n'était pas bien là-bas.

Salim s'accroupit devant elle, inquiet de la façon dont sa mère semblait parler de lui au lieu de s'adresser à lui.

—Tu ne te rappelles pas ? On avait peur. On n'avait pas d'argent et on était prisonniers de la maison. On suffoquait.

—Je voulais que mes enfants aient une vie normale. Je voulais qu'ils rient, qu'ils jouent… qu'ils apprennent. Je voulais qu'ils fassent les choses que j'aurais dû faire quand j'étais petite. Jusqu'où devons-nous fuir ? À quelle vitesse devons-nous courir ?

Salim fut incapable de trouver les mots qui pourraient lui apporter un quelconque réconfort. Entendre sa mère parler ainsi le dévastait, il devinait qu'elle leur cachait la plupart du temps ses pensées profondes. Ses sourires, sa bonne humeur, tout cela avait-il servi à les rassurer ? Elle s'exprimait sans larmes. Ce n'était pas l'émotion qui dictait ses paroles, mais sa raison. Son discours était le résultat d'une analyse soigneuse et d'observations précises. Tout cela était bien réel.

—La situation va s'arranger, Madar-*jan*. Tu verras. Le pire est passé. On sera bientôt en Angleterre et tout ira bien.

La voix de Salim était hésitante. Il n'y croyait pas plus que sa mère.

Pourtant, l'expression de Madar-*jan* changea, comme si l'on avait tourné un bouton. Elle serra les lèvres et dans ses yeux apparut une lueur de détermination. Elle se redressa et croisa le regard plein d'espoir de Salim.

— Oui, mon fils. Tu as parfaitement raison. Nous allons partir en Angleterre.

Salim fut soulagé de savoir sa mère sortie de son état de transe. Il hocha la tête vigoureusement.

— Oui, Madar-*jan*, il faut seulement qu'on mette encore de l'argent de côté…

— Non, il faut partir tout de suite. Quitter Intikal. Quitter la Turquie.

— Quitter la Turquie ? Mais, Madar-*jan*, on n'a pas…

— Dieu n'aurait pas pu nous envoyer de signal plus clair. Le temps est venu pour nous de reprendre la route. Nous allons remercier Hakan et Hayal pour leur hospitalité, régler nos dettes et plier bagages. Chaque jour que nous passons ici nous enfonce dans un trou plus profond. Si nous ne partons pas maintenant, nous ne partirons jamais.

Madar-*jan* croyait à la nécessité d'aller de l'avant. Depuis toujours.

Chapitre 25

Salim

Hakan et Hayal étaient au bord des larmes lorsque la famille Waziri les quitta. Fereiba voulut régler le dernier mois de loyer à Hayal, mais celle-ci refusa gentiment. La gorge serrée, elle dit à Fereiba d'utiliser cet argent pour prendre soin des enfants. Elle tendit à Madar-*jan* un sac de victuailles qu'elle avait préparées, qui devraient durer quelques jours sans se gâter. Les deux mères de famille se tombèrent dans les bras. Leurs mois de vie commune en avaient fait des amies proches. Hayal était un murmure à l'oreille de Fereiba, lui assurant que Dieu produisait des miracles sous des formes inattendues. Fereiba, préoccupée par ses soucis d'argent, n'entendait pas toujours cette voix et la prenait parfois pour la sienne. Mais Hayal était une véritable alliée ; elle soulageait Fereiba sans rien attendre en retour.

Samira s'agrippait à Hayal. Elle ne voulait pas lâcher son institutrice adorée, celle qui lui offrait la sécurité.

Hakan assistait aux adieux, les épaules voûtées. Par respect, il avait observé une certaine distance vis-à-vis de Fereiba et des enfants. Ils étaient orphelins de père, vulnérables, et il n'avait pas voulu transgresser leur intimité comme le reste du monde ne manquerait pas de le faire. Leurs épreuves passées et futures ne dépendaient pas de lui. Il n'avait eu d'autre pouvoir que de leur offrir un répit sous son toit, ce qu'il avait fait, convaincu qu'il s'agissait d'une bonne action.

Hakan avait développé une fierté paternelle à l'égard de Salim. Le garçon était doté d'une grande force de caractère et de détermination. Il vacillait entre l'adolescence et l'âge adulte, une période complexe. Hakan voyait la façon dont Salim regardait sa mère ; c'était le regard d'un garçon qui refusait de croire ce qu'il n'avait pas appris par lui-même. Fereiba connaîtrait sûrement des difficultés avec lui, mais Salim était trop dévoué pour s'égarer bien loin. Il passa un bras autour des épaules du garçon et le serra.

Salim avait grandi depuis leur première rencontre à la sortie du temple, plusieurs mois auparavant. Il se mordit la lèvre, ayant l'impression de trahir Padar-*jan* en s'abandonnant à l'étreinte d'Hakan. Ces brefs moments, pourtant, lui insufflaient de la force.

— Salim, une longue route attend ta famille. Dieu est témoin de tout ce que tu fais pour eux et pour toi-même. Je suis sûr que ton père est très fier de l'homme que tu es en train de devenir. Nous allons prier pour vous. N'accorde pas ta confiance facilement et ne te décourage pas.

Salim hocha la tête de façon solennelle. Les mots d'Hakan le surprirent et le firent se sentir tout petit. Il s'était rendu en douce au terrain de football en prétendant partir à la ferme. Il avait fumé des cigarettes et subtilisé des sucreries au kiosque quand le marchand avait eu le dos tourné. Il en avait voulu à son petit frère d'exiger autant d'attention, et même à son père d'avoir été assez têtu pour maintenir sa famille en Afghanistan jusqu'à ce qu'il soit trop tard. Personne ne connaissait ces aspects de Salim. Il était méfiant, plein de secrets. Il aurait tellement aimé être la personne que décrivait Hakan.

Il regarda son visage, encore décontenancé par la ressemblance inexplicable de cet homme avec son père. Jour après jour, il sentait ses souvenirs s'amenuiser. Certaines nuits, Salim restait éveillé, essayant de se rappeler les traits de Padar-*jan*, sa voix, son odeur. Chaque jour, le passé glissait plus profondément dans une cavité sombre de son esprit. Chaque nuit, Salim devait creuser davantage pour se remémorer son père. Il s'accrochait aux images qu'il avait, craignant qu'elles ne disparaissent dans une blancheur aveuglante. Voilà autre chose qu'il avait honte d'admettre.

Salim n'avait pas pris la peine de retourner à la ferme de Polat, même si son patron lui devait encore cinq jours de travail. Il savait que ce dernier refuserait de le payer s'il n'avait pas l'intention de revenir. Ekin, qui avait repris son harcèlement comme si de rien n'était, trouverait un autre moyen d'occuper ses après-midi. Avec Kamal, les adieux furent gênants. Leur amitié s'était construite sur l'insouciance de la jeunesse, sur des jeux enfantins sans conséquence. Le mariage sanglant et le départ de Salim marquèrent leur lien d'une gravité à laquelle aucun des deux ne s'était préparé, et dont ni l'un ni l'autre ne voulait. Sans pousser la mèche qui lui cachait les yeux, Kamal souhaita pudiquement un bon voyage à Salim. Celui-ci tournait le dos au premier ami qu'il s'était fait hors de l'Afghanistan, en sachant qu'ils ne se reverraient plus jamais.

La famille Waziri quitta Intikal en bus, en direction de la côte ouest de la Turquie, d'où ils prendraient un bateau pour la Grèce. Ils avaient les passeports belges qu'Abdul Rahim leur avait fournis et n'auraient donc pas à recourir à des trafiquants. Si ces documents leur permettaient de passer les douanes, alors ils vaudraient le prix exorbitant que Madar-*jan* avait déboursé pour les obtenir.

Le trajet en bus fut long, cahoteux et silencieux. La famille Waziri regarda défiler le paysage verdoyant sans un mot. Ils laissaient derrière eux une vie qu'ils avaient commencé à aimer, des journées passant à la cadence rassurante d'un tambour. Une fois de plus, Madar-*jan* les emmenait vers l'inconnu.

Le port d'Izmir était situé à une journée de route. Tandis qu'ils s'en approchaient, l'air iodé vint titiller les narines de Salim, qui n'avait jamais côtoyé aucun littoral. Il regarda les autres. Leurs yeux brillaient, reflétant les eaux turquoise et scintillantes. La mer, vaste étendue où la lumière du soleil ricochait, passant de la surface de l'eau à la coque d'un bateau puis aux ailes d'une mouette. Samira souriait, le visage réchauffé par les rayons. Fereiba caressa les cheveux de sa fille. Ce fut un bref moment de joie, de ceux qui leur donnaient une raison de continuer.

Salim trouva la billetterie et acheta des allers simples pour toute la famille. L'employé, occupé à bavarder avec son collègue du guichet adjacent, regarda à peine leurs passeports.

Il fit un signe négatif de la tête quand Salim lui demanda si Aziz avait besoin d'un billet.

Leurs titres de transport en main, ils se tournèrent de nouveau vers l'immensité bleue et s'émerveillèrent des gigantesques navires amarrés au port. Ils n'avaient jamais vu d'eaux plus vastes qu'une rivière auparavant.

— L'eau est *roshani*, l'eau est lumière. Être entouré par tant de lumière...

Fereiba respira l'air marin à pleins poumons.

— C'est sûrement bon signe.

La famille Waziri devrait en effet compter sur la chance.

Le guichetier leur avait désigné un ferry bleu nuit, sorte d'immeuble flottant. Salim sentit son cœur bondir d'excitation juvénile. Il conduisit sa mère et ses frère et sœur vers leurs sièges. Le vent projetait de microgouttelettes d'eau froide sur leurs joues. Les cheveux de Samira voletaient devant son visage, et elle gloussait en essayant de les repousser. Salim et sa mère s'immobilisèrent. Cela faisait une éternité qu'ils n'avaient pas entendu ce rire.

Les vagues caressaient la coque du navire, et Salim et Samira se penchèrent par-dessus le bastingage pour s'approcher le plus possible de l'océan. Le voyage fut trop court, et bien avant qu'ils ne soient rassasiés, l'équipage annonça leur arrivée à Chios, une île grecque où la famille Waziri devait prendre un autre ferry pour Athènes.

Entourés de touristes en shorts et sandales et de Grecs faisant la navette, Salim et sa famille hissèrent leurs sacs sur leurs épaules et s'efforcèrent de passer inaperçus. Chaque étape de leur voyage comportait un point de contrôle, un lieu où leurs cœurs tambourinaient et où leurs faux documents pouvaient les trahir.

En réalité, entrer en Grèce s'avéra beaucoup plus facile qu'ils ne l'avaient imaginé, et ils se trouvèrent bientôt à bord du second bateau. Le trajet de Chios à Athènes fut long, offrant plus de temps à Fereiba pour se perdre dans les eaux infinies et prier afin qu'elles soient annonciatrices de jours meilleurs. Huit heures plus tard, ils atteignirent le port du Pirée, et l'anxiété resurgit. Samira s'était endormie, la tête contre l'épaule de Salim. Madar-*jan* se mordit la lèvre nerveusement tandis qu'ils approchaient du quai.

La présence d'hommes en uniforme ne fit qu'exacerber leur inquiétude. Salim et sa mère gardèrent des visages impassibles. Ce dernier s'autorisait à peine à respirer, comme s'il transportait sous sa chemise un ballon tendu à l'extrême, menaçant d'exploser au moindre mouvement et d'alerter le monde de sa transgression. Ils étaient poussés en avant par la foule. Salim sentit des yeux dans son dos, mais rien ne se produisit. Bientôt, ils se retrouvèrent au milieu du cortège de taxis dans la ville d'Athènes.

« La Turquie a un pied en Europe et l'autre en Asie. Les choses seront différentes en Grèce, l'avait prévenu Hakan. Vous serez en dehors du monde musulman, pour le meilleur ou pour le pire. »

Salim et sa mère savaient que le Pakistan, l'Iran et l'Inde croulaient sous l'afflux de réfugiés afghans, qui devenaient un fardeau pour ces pays. Ce n'était pas le cas de l'Europe ni de l'Amérique. Les gens qui fuyaient vers l'Europe ne parlaient jamais de retour. Les rumeurs au sujet de leurs nouvelles vies, de leur bonheur retrouvé, circulaient comme le parfum des pêches mûres dans la brise estivale. L'Europe témoignait de la compassion aux immigrés afghans dévastés par la guerre et leur offrait une main tendue.

Hakan s'était inquiété de la vision idyllique que Salim avait de la vie en Angleterre. L'adolescent avait parlé d'aller à l'école et de la possibilité pour sa mère de reprendre l'enseignement. Hakan savait que les immigrants, parmi lesquels des centaines de Turcs, se heurtaient à la misère en Europe, mais il les mit en garde avec douceur. Certains reprocheraient aux Waziri d'entrer illégalement sur leur territoire, de manger leur pain, d'avoir l'air différents. Mais les réfugiés afghans n'avaient pas d'autre solution, et il trouva inutile de leur ôter leurs illusions aussi tôt dans leur périple.

Salim avait préféré ignorer les mises en garde d'Hakan. À présent, les Waziri marchaient dans la ville portuaire, en se demandant s'ils pourraient passer pour des Grecs. Au moment de quitter Intikal, Fereiba s'était débarrassé du foulard que les talibans lui avaient imposé. Elle était contente de pouvoir s'en séparer. Là, en Grèce, elle pouvait s'habiller à sa guise, comme dans le Kaboul de sa jeunesse. Elle passa les doigts dans ses cheveux dénoués, se sentant revivre.

Ils s'arrêtèrent dans trois hôtels en quête d'une chambre, mais furent découragés par les prix, trop élevés pour leurs maigres finances. Une réceptionniste eut pitié de Salim et le dirigea vers un établissement plus modeste, moins cher, à cinq cents mètres de là. Elle lui traça l'itinéraire sur une serviette en papier avant de reporter son attention vers le petit poste de télévision sous le comptoir.

L'*Attica Dream* s'avéra pour eux le seul endroit abordable. Salim négocia le prix de quarante à vingt euros, promettant qu'ils seraient très propres et ne feraient aucun bruit. La réceptionniste, une femme d'une cinquantaine d'années, observa Madar-*jan* avec ses trois enfants et ses quatre valises, puis se tourna vers un registre à reliure de cuir posé sur le bureau, où elle tapota de la pointe de son crayon sur une grille de chiffres et de dates. L'*Attica Dream* avait traversé plusieurs décennies sans connaître la moindre rénovation, et les propriétaires ne semblaient pas se soucier du peu d'intérêt que suscitait leur établissement. Cela faisait longtemps que des hôtels plus récents l'éclipsaient. Ils seraient de toute façon bientôt à la retraite, à moins que le manque de clients ne les oblige à fermer avant.

La réceptionniste soupira puis acquiesça d'un signe de tête, prétendant ainsi qu'elle consentait à un énorme sacrifice en leur louant la chambre à si bas prix. Salim tendit les billets qu'il avait changés à Chios et régla une nuit à la femme tandis qu'elle sortait une clé d'une boîte en bois. Salim et sa famille empruntèrent un escalier grinçant avant d'entrer dans une chambre comportant deux lits. Les matelas étaient usés et pleins de bosses, mais les Waziri étaient contents de pouvoir enfin ôter leurs chaussures, d'étendre leurs jambes et de décrisper leurs épaules.

Salim sentit l'engourdissement de ses membres lorsque sa tête toucha l'oreiller. Il ferma les yeux et pensa à tout le chemin qu'ils avaient déjà parcouru. Peut-être avaient-ils choisi le bon moment pour quitter Intikal. Ou peut-être auraient-ils dû partir bien plus tôt. Ils entamaient une nouvelle phase de leur voyage, leur avait dit Madar-*jan*.

Bon, nous voilà en Grèce, pensa Salim en essayant de s'endormir. *Et maintenant?*

Chapitre 26

Salim

Les heures s'écoulaient au ralenti lorsque Salim était éveillé, il écoutait alors les bruits lointains des conversations, les pas dans la rue en contrebas. Athènes ne dormait jamais. Le soleil commença à filtrer à travers les fins rideaux. Samira s'étira en arquant le dos, les yeux encore clos. Aziz se retourna sur le ventre, et les jambes de Fereiba glissèrent vers le sol. Elle se frotta les paupières et se leva. Salim regardait sa famille démarrer une nouvelle journée.

Ils se rincèrent le visage à l'eau fraîche, dans une salle de bains si petite que Salim pouvait toucher les quatre murs en tendant les bras. Les restes de la nourriture qu'Hayal leur avait emballée étaient étalés sur un journal et divisés en parts égales.

Salim prit une douche puis sortit dans l'espoir de trouver à manger et d'obtenir des renseignements sur les différents moyens de se rendre en Italie. La vie à Athènes était bien plus chère qu'à Intikal, et même cet hôtel délabré épuiserait rapidement leurs économies. Salim fourra son passeport tout au fond de sa poche de jean, ainsi que quelques euros.

L'employée de l'hôtel, aussi indifférente ce matin-là que la veille, conseilla à Salim de prendre le métro jusqu'à Omonia s'il voulait faire des courses. Le métro, serpent argenté, entra en gare dans un grondement puis s'engouffra dans le tunnel chargé de nouveaux passagers. Salim imita la foule et monta dans le wagon, habité d'une sorte d'euphorie nerveuse. Il sortit de sa poche le petit bout de papier sur lequel la réceptionniste lui avait noté l'arrêt où descendre, puis consulta le plan sur le mur du métro. Il fit tourner sa montre autour de son poignet, s'étonnant que personne ne semble le remarquer. Lui, au contraire, fut attentif aux moindres détails de son environnement : le bourdonnement du train, l'odeur de café, le claquement des pages de journal qu'on tournait. Hakan lui avait dit qu'il croiserait beaucoup d'immigrants en Grèce. Salim aurait voulu en trouver pour leur demander comment se rendre en Italie et où trouver de la nourriture bon marché. Une fois sorti du métro, il baissa les yeux sur le plan de la ville qu'il avait emporté avec lui, puis plongea dans la foule dès qu'il aperçut des officiers en uniforme. Il serpenta à travers la ville, de place en place, découvrant un entrelacs de larges bâtiments et de rues pavées. Les hommes s'habillaient de la même façon qu'en Turquie, mais les tenues des femmes étaient très provocantes. Elles se promenaient en chemisiers moulants, suffisamment décolletés pour attirer son regard adolescent. Des bras et des jambes nus se mouvaient autour de lui, indifférents à sa sidération. Toutes sortes de silhouettes, de toutes les couleurs, parcouraient les rues. De nombreux piétons munis d'appareils photo et de guides touristiques s'arrêtaient occasionnellement pour prendre un cliché.

Salim portait un sac à dos vide qu'il espérait remplir avant de rentrer à l'hôtel. Il tomba sur un rond-point, bien plus spectaculaire que celui de Kaboul, avec des trottoirs, des lumières, et un flot de voitures. De petites rues bordées de magasins partaient du centre de celui-ci telles des mains tendues.

Des hommes à la peau plus noire que la nuit étaient accroupis sur les trottoirs, avec à côté d'eux des sacs en toile de jute remplis de porte-monnaie. Leurs yeux se promenaient de gauche à droite, scrutant la foule. Ils marmonnaient des appels aux passants, essayant de vendre leur marchandise. Ces hommes avaient l'air encore plus étrangers que lui, se dit Salim, qui fut pris de peur à l'idée de les approcher.

Plus loin, il aperçut deux hommes vendant des marionnettes en bois. Salim se rappela pourquoi il était là et les observa. Ils n'avaient pas la peau aussi sombre que les précédents, ceux-là devaient venir d'Inde. Une femme blonde dont le soleil rendait la chevelure encore plus éclatante éloigna son enfant des jouets. L'homme testa la résistance du petit en faisant danser son personnage en direction de ses jambes potelées. La mère secoua la tête, prit son enfant récalcitrant par la main et descendit la rue en vitesse.

Le vendeur de rue, qui paraissait s'ennuyer ferme, s'assit en tailleur sur le trottoir.

— Vous parlez anglais ? lui demanda timidement Salim.

L'homme lui adressa un signe d'assentiment à peine perceptible. Salim s'enhardit.

— D'où venez-vous ?

L'homme eut l'air pensif, il se posait la même question à propos de Salim.

— Bangladesh, répondit-il finalement.

Ensuite, il haussa les sourcils et pointa un doigt vers l'adolescent.

— Moi ? Afghanistan.

L'homme hocha la tête comme pour signifier qu'il l'avait deviné. Il était en Grèce depuis un an, raconta-t-il. Il tenta à nouveau d'attirer l'attention des passants, mais aucun ne regarda dans sa direction. Salim poursuivit.

— Je suis ici avec ma famille. Nous voulons aller en Italie.

— Beaucoup, beaucoup d'Afghans, commenta-t-il d'un ton absent.

Salim réfléchit.

— Ici, les Afghans travaillent ?

Sa dernière rencontre avec des Afghans en Turquie lui avait laissé un goût amer, mais c'était toujours rassurant de trouver des gens qui venaient du même coin du monde.

— Où ça ? Je cherche des Afghans. S'il vous plaît, aidez-moi.

— Les Afghans…

Le Bangladais pencha la tête de côté. Il agita la main gauche vers le lointain.

— Les Afghans pas ici. Mangent, dorment, tous ensemble.

— Où ? Dites-le-moi, monsieur, s'il vous plaît.

— Loin, loin, répondit l'homme avec un mouvement des deux bras et en secouant le menton pour appuyer ses propos. Métro, pas marcher. Place Attiki, précisa-t-il enfin.

Ce lieu était si éloigné que Salim ne le trouva pas sur son plan du métro. Avec des prix aussi élevés, il n'était pas surpris que les Afghans se soient réfugiés à distance du centre. L'homme leva un sourcil et regarda Salim avec insistance. Il montra ses marionnettes, toujours au complet, puis le salua d'un geste.

Salim décida de chercher d'abord à manger. Il sentit les billets et les pièces qu'il avait dans la poche. Cela ne représentait pas grand-chose. Il passa devant un kiosque qui vendait des journaux et des bouteilles d'eau. Le soleil était monté dans le ciel. Samira aurait bientôt faim, même si elle ne l'avouerait pas.

Il toucha nerveusement le cadran de sa montre. Des gens émergeaient d'un gros bâtiment gris à sa droite, de lourds sacs en plastique à la main. Des miches de pain dépassaient de certains cabas. Salim suivit la foule puis franchit avec elle les doubles portes vitrées.

L'endroit ressemblait à un hangar, si immense qu'on n'en voyait pas le fond et qu'on devait pencher la tête en arrière pour apercevoir le plafond. La pièce se divisait en trois rangées d'étals. Ses narines se dilatèrent. Des effluves d'eau salée, de poissons et d'oignon se mêlaient. Il tourna à gauche et marcha tout droit. Une forte odeur de sucre le fit grimacer. Salim s'enfonça encore.

Il parcourut les rangées en tous sens. Il écarquilla les yeux devant les fruits, les légumes, les fromages, les pâtisseries, les olives. Les étiquettes lui indiquèrent que la plupart de ces denrées étaient hors de sa portée.

Son cœur se mit à tambouriner dans sa poitrine tandis qu'une partie de lui commençait à comploter.

Personne ne regarde. C'est comme à Intikal. Choisis avec soin, en silence, puis cherche une issue.

Salim flâna près d'un étal dans la première rangée. L'homme derrière la table riait en expliquant quelque chose avec passion à deux clients intéressés par ses fruits secs. Salim prit deux sachets d'abricots et les retourna lentement dans ses mains. Il avait fait glisser son sac à dos de son épaule à son coude, et la fermeture Éclair, telle une bouche béante, appelait le butin. Les yeux baissés, il regarda subrepticement de gauche à droite.

Personne ne te regarde.

Sans un bruit, il lâcha un sachet dans le sac tout en se penchant en avant pour reposer l'autre sur l'étal. Le marchand tourna la tête quelques secondes, vit Salim replacer les abricots et reporta son attention vers le couple grec.

Salim s'éloigna lentement, muscles tendus, prêt à bondir au moindre signal lui indiquant que son acte avait été repéré. Il scruta encore les alentours. À moins de dix mètres de la porte, il aperçut des montagnes de pains plats et ronds ainsi que des fromages tranchés en portions. Encouragé par les gargouillis de son estomac, il se mit à envisager les denrées avec envie. De là où il se tenait, il put lire le prix inscrit sur le petit drapeau planté dans un morceau de fromage. Beaucoup trop cher. Salim s'approcha. Une épaisse tresse de pain brioché recouverte de graines de sésame lui tapa dans l'œil.

Salim évalua rapidement la distance entre le stand et la sortie. Une fois de l'autre côté des portes vitrées, il tournerait immédiatement à gauche et reprendrait la direction de l'hôtel.

Six ou sept personnes se massaient autour de l'étal, mais la plupart étaient sur le côté, là où se trouvaient les pâtisseries. D'un air nonchalant, Salim souleva un des gros pains tressés et l'examina. Ensuite, il empoigna un grand pain plat et le regarda attentivement, le positionnant par-dessus la tresse, qui était prête à chuter dans la gueule ouverte de son sac à dos. Tenant les deux miches dans la main gauche, il tendit le bras droit pour saisir une grosse part de fromage.

Soudain, la voix du vendeur retentit dans la foule, et les clients se rapprochèrent de la table. Salim sentit le feu lui monter aux joues. Il leva les yeux et vit que le marchand, un homme d'un certain âge aux cheveux gris portant un tablier blanc, avait coupé un de ses gâteaux, un long beignet imbibé de sirop. Il en proposait des échantillons aux clients, dont aucun n'avait remarqué le tour de passe-passe de Salim.

— *Ela, ela!*

Salim tournait désormais le dos à l'étal. Il se figea et se demanda s'il devait se retourner ou simplement courir. Sa bouche était sèche comme de la sciure.

L'homme au tablier aboya quelque chose en grec tout en poussant le plateau métallique garni d'échantillons en direction de Salim.

Est-ce que c'est un piège?

Le marchand lui adressa un signe de tête impatient. Salim se plaça devant son sac à dos, craignant que son aspect bombé ne le trahisse.

— *Dokimase!*

Le boulanger lui fit un clin d'œil. Salim saisit un morceau collant de beignet et l'homme approuva d'un geste, avant de se tourner vers une femme d'une cinquantaine d'années et son mari qui avaient taché de miel la vitrine de pâtisseries en montrant du doigt l'objet de leur désir. Salim ramassa son sac et se dirigea le plus calmement possible vers la sortie. Son butin battait contre son dos à chaque pas.

Une brise vint rafraîchir sa nuque en sueur.

Mâche, s'exhorta-t-il.

Le sirop faisait coller sa langue à son palais. Salim avala sans sentir le moindre goût. Il parcourut les rues sinueuses tel un automate, avec l'impression d'être cerné de regards accusateurs. Il dut prendre plusieurs tournants avant que le marché et ses clients ne soient vraiment derrière lui. Au bout de quelques minutes, il ne savait plus quel chemin il avait pris. Il était perdu et essoufflé.

Adossé à un mur en stuc, il observa le trottoir d'en face et aperçut un panneau indiquant le métro. Le sourire insistant du vendeur continuait de tourmenter sa conscience.

Je suis désolé, pensa-t-il.

Il l'était réellement.

Un autre sentiment l'habitait également, un sentiment qu'il n'avait pas eu l'intention d'éprouver. Salim souleva son sac et en constata le poids : des kilos de succès. Il pourrait nourrir sa famille pendant plusieurs jours, en gardant leurs précieuses économies de côté. Chaque bouchée de nourriture, chaque action, tout ce qu'ils vivaient se mesurait en journées de cueillette de tomates ou de ménage.

La famille Waziri, songea Salim, méritait un répit ; le destin, le monde, ou peut-être Dieu, le lui devait. La main d'Abdul Rahim était posée sur son épaule. Hakan le guidait. La voix de Padar-*jan* résonna alors dans son esprit.

« Salim-*jan*, mon fils, récolte de nobles fruits. »

Dans la chambre d'hôtel, il étala son butin sur du papier journal.

— Si ton père était avec nous, il serait si fier de toi, soupira Madar-*jan* en coupant le pain et le fromage. Que Dieu te bénisse pour tout ce que tu fais afin de maintenir cette famille en vie. Toute cette nourriture ! Combien ça t'a-t-il coûté ?

Salim répondit par un chiffre si ridicule qu'il en voulut à sa mère de ne même pas le remettre en question.

Ils mangèrent en silence, un silence qui habitait la plupart de leurs journées. Ils trouvaient plus simple de ne pas partager leurs pensées profondes. Samira mâchait lentement, les graines de sésame craquant sous ses dents. Elle coinça une mèche de cheveux derrière son oreille. Salim détourna le regard. Elle dormait à ses côtés depuis suffisamment longtemps pour comprendre qu'il leur cachait quelque chose.

— Il y a un endroit dans la ville où vivent tous les Afghans, annonça-t-il. J'irai là-bas demain matin pour leur parler. Peut-être qu'ils auront des tuyaux à nous refiler.

— Tout un quartier afghan, si loin de la maison ! Que Dieu les bénisse…

Pendant que sa mère priait pour d'autres, Salim douta que quiconque prie pour eux.

— J'essaierai de savoir comment les gens font pour passer dans les autres pays d'Europe. Et peut-être qu'ils pourront me dire comment on peut gagner de l'argent ici.

Il lui parla du Bangladais qui vendait des marionnettes en bois. Il lui parla aussi du métro et lui dit comment il avait payé son trajet. Il lui décrivit le marché et les rues, le rond-point qui lui rappelait Kaboul. Samira et Aziz écoutaient. Il en rajoutait, rendant les immeubles plus hauts, le métro plus rapide et les gens plus accueillants. Il leur servit une version idéalisée de sa journée, essentiellement pour faire plaisir à Samira. Il trouvait cela plus intéressant.

Tandis que leurs estomacs se remplissaient, ils gagnaient en confiance. Ils pouvaient planifier le lendemain et les jours suivants.

— Il faudra te montrer persévérant et déterminé. Et je suis sûre que tu y arriveras. *Inchallah, bachem*, soupira Madar-*jan* en mâchant avec reconnaissance la nourriture volée.

Avec l'aide de Dieu.

Chapitre 27

Salim

Le lendemain matin, Salim sortit de l'hôtel, la confiance ravivée par ses succès de la veille. Le propriétaire avait accepté que la famille reste toute la semaine à bas prix, en échange de corvées de ménage et de cuisine. Samira restait dans la chambre pour s'occuper d'Aziz pendant que sa mère aidait en bas.

On lui avait indiqué comment se rendre à Attiki, qui lui parut finalement beaucoup moins éloigné que le Bangladais ne l'avait laissé entendre. Il parcourut des rues, passa devant des boutiques. L'atmosphère était plus calme que la veille, mais il était encore tôt.

Il s'approcha d'un kiosque. Dans sa cabine, la vendeuse était occupée à charger les étagères de paquets de cigarettes. Salim regarda les journaux, en feuilleta les premières pages comme s'il arrivait à déchiffrer quoi que ce soit.

Des bouteilles de soda étaient alignées à côté des tas de journaux. Comme la rue pavée était déserte, Salim glissa une bouteille dans son sac, les yeux rivés sur le dos de la femme. Lorsqu'elle se tourna, il saisit un paquet de chewing-gums et le posa sur le comptoir. Il tira de sa poche une poignée de pièces, et elle se servit dans sa main. Il la remercia d'un hochement de tête, hissa son sac sur son épaule et poursuivit sa route.

Quelques rues plus loin, il sortit la boisson de son sac et prit une grande gorgée de soda. Le liquide sucré pétilla sur sa langue. Cela ne fut pas aussi bon qu'il l'avait imaginé, il ne ressentit pas non plus le même frisson que la veille. Il le but le plus rapidement possible, impatient de s'en débarrasser.

Salim marcha sous un ciel bleu azur, admira les hauts bâtiments autour de lui, les façades ornées de volutes et de boucles sculptées, l'arc-en-ciel de toits multicolores. Cette ville était vibrante, totalement différente de la monochrome Mashhad ou même d'Intikal. Des femmes aux jambes nues riaient, flirtaient et souriaient dans la rue. Certaines avaient les yeux ou les lèvres maquillées et ressemblaient aux pin-up que Salim et ses copains avaient admirées dans les magazines à Intikal. Elles se tenaient devant lui désormais, assez proches pour qu'il puisse leur parler. Garçons et filles se promenaient ensemble sans gêne. Salim se surprit à les regarder ouvertement. Peu de gens le remarquèrent. Certains pressèrent le pas pour l'éviter, mais la plupart étaient trop absorbés par leur conversation.

Puis il aperçut trois hommes d'une vingtaine d'années, adossés à une sculpture et bavardant de façon décontractée. Ils avaient les yeux noirs, d'épais sourcils, les traits fins. Les réfugiés ressemblaient beaucoup à leurs vêtements : des versions usées, élimées d'eux-mêmes. Salim avait appris à les repérer de loin.

— Salut, dit-il avec hésitation.

Il était persuadé qu'ils étaient afghans.

Les hommes levèrent les yeux vers lui et haussèrent les sourcils avec curiosité. Eux aussi étaient entraînés à reconnaître les personnes qui avaient fui leur pays. Ils attendirent qu'il parle.

— Vous êtes afghans ? demanda-t-il.

Les trois hommes se fendirent de larges sourires.

— Qu'est-ce qui nous a trahis, hein ? Nos ventres vides ou nos visages outrageusement beaux ?

Tout le monde éclata de rire. Salim se sentit plus détendu. Ces gars-là lui inspiraient confiance.

— C'est bon de pouvoir parler à un compatriote. J'ai l'impression que ma langue est nouée depuis des mois, admit Salim.

— Ah bon ? Eh bien, relâche la bête, mon ami. Libère ta langue !

— On ne t'a jamais vu dans le coin, dit l'un d'eux, le plus petit du groupe. Je m'appelle Abdullah. Tu es arrivé d'où ?

— De Turquie ?

— Oh, quelle chance ! Tu as survécu à l'océan alors ! Il paraît que certains n'ont pas eu la même chance la semaine dernière. Ils se sont noyés en essayant de traverser. Dieu a dû t'épargner, conclut Abdullah.

— C'est vrai que tu as eu de la chance. J'ai failli me noyer en venant ici, ajouta son ami.

Celui-là était plus grand, avec un visage rond et une fine moustache.

— Le bateau sur lequel j'ai traversé…

Les autres grognèrent d'un air amusé. Ils se préparaient à réentendre son histoire.

— Le bateau sur lequel j'ai traversé, on aurait dit des boîtes en carton et des planches en contreplaqué attachées ensemble. Normalement, on ne devait pas être plus de huit à bord, mais ces salauds… tu sais comment ils sont. Et la mer était déchaînée cette nuit-là. À la lumière du jour, elle est magnifique. Mais la nuit, elle dévore les gens tout crus.

Salim sentit une vague de gratitude l'envahir.

Merci, mon Dieu, pour les passeports qui nous ont épargné un tel cauchemar.

— Tu es là depuis quand ? demanda Abdullah. Et lui, c'est Jamal, au fait. Et son ami, là, c'est Hassan. Comment tu t'appelles ?

— Salim. Je suis arrivé il y a deux jours seulement. Un Bangladais m'a dit que les Afghans se réunissaient dans ce quartier.

— Oh, tu es nouveau en ville ! Laisse-nous te souhaiter la bienvenue en Grèce, personne d'autre ne le fera.

Ses compagnons se mirent à rire.

— Ouais, tu vas adorer cet endroit autant que nous, tu verras.

Hassan avait une longue cicatrice qui serpentait sur son avant-bras. Salim s'efforça de ne pas la regarder.

— Et vous, vous êtes là depuis combien de temps ? demanda-t-il au trio.

— Moi depuis deux ans, répondit Hassan en premier. Et eux sont arrivés environ six mois plus tard. Donc, tu es là depuis deux jours ? Et tu dors où ?

— Près du port. Mais on ne compte pas rester ici. J'ai une tante et un oncle en Angleterre, on va essayer de les rejoindre.

— On ? Tu n'es pas seul ? s'enquit Jamal.

— Euh… non, hésita Salim, se rappelant qu'il ne devait pas tout partager. Je suis avec ma famille.

— Oh, petit chanceux ! Tu as réussi à venir d'Afghanistan avec ta famille ! Vous êtes combien ?

Jamal écarquillait les yeux. Il semblait impressionné.

— On est quatre, répondit-il simplement.

Il ne voulait pas attirer la même attention excessive que sa famille avait suscitée en Turquie.

— Ça, pour de la chance ! confirma Abdullah. La plupart des Afghans que tu rencontreras ici, à Attiki, sont tout seuls, comme nous. Il y a beaucoup de garçons de ton âge. Tout le monde espère pouvoir demander l'asile et être accepté, mais ce pays n'accepte aucun réfugié. On est tous ici clandestinement.

— C'est plus difficile de se débarrasser de nous que des poux dans les cheveux d'Hassan ! plaisanta Jamal.

L'intéressé lui donna une bourrade amicale. Ils lui rappelèrent Kamal et sa bande à Intikal. De plus, c'était bon de comprendre tous les mots qui étaient prononcés, pour changer. Salim n'avait pas d'effort à fournir pour soutenir la conversation.

— Tu dis que tu veux voir des Afghans. On va te montrer où en trouver.

Ils conduisirent Salim quelques rues plus loin puis tournèrent à gauche, derrière un imposant bâtiment recouvert de graffitis. Ce coin était très différent des quartiers que Salim avait explorés la veille. Il n'aperçut aucun commerce, aucun touriste.

Dans un grand terrain en friche, le groupe de trois que Salim venait de rencontrer se démultiplia. Il y avait des hommes et de jeunes garçons partout, s'affairant devant des tentes de fortune ou assis sur des seaux retournés. Deux feux étaient allumés, autour desquels des gens étaient accroupis ou allongés. D'autres plongeaient leurs mains dans de grandes bassines d'eau pour se désaltérer.

L'endroit rivalisait de misère avec les pires quartiers de Kaboul. C'était le côté sombre d'Athènes, le monde secret de ceux qui n'avaient pas d'existence. Ce n'étaient ni des immigrants ni des réfugiés. Ces gens-là étaient sans papiers, invisibles, des ombres se fondant dans la lumière du soleil.

Hassan et Jamal se mirent en quête de quelque chose à manger. Ils grappillaient les restes jetés par les restaurants des alentours. Abdullah leur dit qu'ils perdaient du temps, alors ils firent faire le tour du camp à Salim, pour lui présenter quelques personnes.

— Même ici, parmi les tiens, tu dois faire attention à qui tu parles. Surtout toi, qui as une famille. Par exemple, tu vois ce type dans le coin avec la chemise jaune ?

Un homme était assis par terre, adossé contre un arbre. Partout, les gens se regroupaient. Celui-là était seul.

— Oui, je le vois.

— Eh bien, c'est Sabour. Ne t'approche surtout pas de lui.

— Pourquoi ?

Abdullah se mit à parler à voix basse pour lui raconter l'histoire qu'on avait sans doute le plus souvent répétée dans le camp.

— C'est un serpent. Il vole ses propres compatriotes, des malheureux qui ne sont pas mieux lotis que lui. Dans un endroit comme celui-ci, il n'y a ni serrures, ni portes, rien que des poches et des sacs en plastique. En principe, la nourriture est ce qu'on possède de plus précieux. Il arrive que les gens se réveillent au milieu de la nuit et le trouvent en train de ramper partout comme un rat et de fouiller dans leurs affaires. De petites choses ont disparu ici et là. Et quand tu n'as presque rien, c'est plus que tout. Il y a deux semaines, un des gars, Karim – un type plutôt sympa de Mazar – avait trouvé une pomme de terre et en avait mangé la moitié. Il gardait le reste pour plus tard. Et qu'est-ce qu'on voit ? Sabour, une demi-patate à la main, à l'autre bout du camp. Karim était furieux. Il a foncé vers Sabour, ce que personne n'avait fait avant, et l'a accusé d'avoir volé sa pomme de terre. Sabour est resté impassible, il lui a répondu qu'il l'avait eue à l'église. Mais aucune distribution de nourriture n'avait eu lieu cette semaine-là. Karim a tenu bon. Il l'a traité de menteur, lui a demandé de lui rendre sa patate, de s'excuser auprès des autres pour tout ce qu'il leur avait pris depuis son arrivée. Sabour a regardé Karim droit dans les yeux et lui a dit : « S'il y a d'autres imbéciles qui ont l'intention de faire des réclamations, laissez-moi vous prévenir. Vous avez des familles en Afghanistan et je connais leurs noms. J'ai des amis là-bas qui se feront un plaisir d'aller leur rendre une petite visite. Provoquez-moi, et vous le regretterez. » Depuis ce jour, tout le monde l'évite.

— S'il a des amis aussi puissants, pourquoi est-ce qu'il est parti ? demanda Salim, se détournant instinctivement de l'homme en question.

Abdullah haussa les épaules.

— C'est sans doute un mensonge, mais personne n'a envie de vérifier s'il est capable de mettre ses menaces à exécution. Ne t'approche pas de lui, c'est tout.

Ensuite, Abdullah conduisit Salim vers six garçons qui jouaient aux cartes. Certains d'entre eux étaient jeunes, à peine plus âgés que Samira. Tous accueillirent chaleureusement le nouveau venu et voulurent partager avec lui un peu de leur sagesse de réfugiés.

Ils étaient arrivés ensemble, un groupe de quinze jeunes. On les avait dirigés vers « le ministère ». Le ministère les envoya vers un autre organisme, le Conseil grec pour les réfugiés. Là-bas, ils se heurtèrent à l'indifférence générale. On leur dit qu'ils pouvaient faire une demande d'asile s'ils trouvaient du travail, mais on les prévint également que personne n'engagerait de réfugiés. De plus, on ne leur fournirait ni toit ni nourriture.

Les garçons, ainsi que quelques familles, étaient venus d'un endroit appelé Pagani, un nom qu'ils crachaient en secouant la tête. Pagani était un centre de rétention pour immigrants, situé sur une des nombreuses îles paradisiaques de Grèce. Ils comparaient le bâtiment à une cage, la plus grosse qu'ils aient jamais vue. Le centre grouillait de réfugiés qui s'étaient battus pour quitter leur pays, tout cela pour se retrouver piégés en Grèce. Des centaines d'hommes, de femmes et d'enfants peuplaient Pagani, multipliant par trois sa capacité d'accueil. La modeste cour ne pouvait accueillir qu'une fraction des résidents. Les gens passaient des journées entières sans mettre un pied dehors. Chaque cabinet de toilettes était utilisé par plus de cent personnes.

Les gens se rendaient compte trop tard de l'enfer que représentait ce centre. Pour certains, le séjour avait été si dévastateur que même une fois à l'air libre, dans le quartier d'Attiki, leur respiration était prise d'un sifflement nerveux dès que l'on mentionnait Pagani.

En tant que mineurs non accompagnés, ils y avaient leur place, mais les garçons refusaient de retourner au centre. Jamal, Hassan et Abdullah avaient décidé de vivre ensemble dans un appartement qu'ils partageaient avec neuf autres personnes. Ils avaient rêvé d'aller en Allemagne, où les réfugiés, disait-on, se voyaient offrir l'asile, des logements et de la nourriture. En Grèce, au contraire, les policiers les arrêtaient et leur demandaient leurs « papiers ».

— Les papiers ne veulent rien dire, expliqua Jamal. Ils nous en donnent à Pagani et ils nous demandent de les garder sur nous en permanence. Fais attention aux policiers. Même avec des papiers, nous sommes des cibles pour eux, comme des chiens errants. Ils vont jusqu'à surveiller les églises qui distribuent de la nourriture. Il n'y a pas d'asile ici.

Salim passa la journée à écouter, démoralisé. Séduisante et belle en apparence, la Grèce était en réalité une terre hostile, et un grand nombre des jeunes Afghans que Salim rencontra regrettaient d'avoir dépensé autant d'argent pour atteindre ses rives.

Les jours suivants, il retourna à Attiki. Les garçons lui indiquèrent les endroits à éviter et l'emmenèrent dans les églises où l'on distribuait à manger et à boire.

Connaissant à présent l'existence de Pagani, Salim était réticent à l'idée de laisser Madar-*jan* et les enfants errer seuls dans la ville. Ils avaient certes des passeports, mais c'étaient de faux documents, facilement détectables. Ils risquaient l'expulsion vers la Turquie, ou pire, vers l'Afghanistan.

Salim continua de voler de la nourriture et des produits de base comme le savon, mais il détestait cela et développa une paranoïa grandissante. C'était un risque calculé, il ne pouvait faire autrement, car leur départ en Angleterre dépendait de leurs maigres économies.

De temps à autre, une organisation humanitaire grecque venait à Attiki. Les bénévoles parlaient aux réfugiés, les aidaient à remplir des formulaires et leur donnaient de la nourriture et de l'eau. Une infirmière posait un bandage ici et là, proposait des antibiotiques. Les ressources du groupe étaient limitées elles aussi. La plupart de ses membres étaient de jeunes idéalistes, indignés de voir leur gouvernement infliger aux réfugiés des conditions de vie si dégradantes. Ils voulaient arranger la situation et représentaient, le plus souvent, la seule source fiable d'information et de nourriture.

Certains réfugiés se méfiaient pourtant de ces bénévoles. Ce fut le cas de Salim. Il évitait de croiser le regard des jeunes gens qui traversaient le camp en tee-shirt violet, le nom de leur association et son logo imprimés en gros caractères pour qu'on puisse les identifier de loin. Ils posaient beaucoup de questions et voulaient même prendre des photos.

Salim préféra mettre en doute leurs motivations. Il se gonfla de fierté en pensant qu'il se montrait plus malin que ces travailleurs humanitaires, qu'il avait plus de bon sens que ces garçons désireux de transcrire les histoires des réfugiés sur de minuscules blocs-notes ou de les enregistrer. Il fit tout pour les éviter.

C'était avant qu'il rencontre Roksana.

Chapitre 28

Salim

— Nous ne pouvons pas continuer ainsi, Salim-*jan*, lui murmura Madar-*jan*.

Samira et Aziz s'étaient endormis.

— Comment ça ?

— Dans quelques jours, nous serons à court d'argent et la route est encore longue. Il ne faut pas s'attendre à un miracle.

— Oui, je sais.

— Dieu merci, grâce au travail que tu as trouvé, nous n'allons pas mourir de faim.

Salim se mordit la lèvre, remerciant l'obscurité. Il avait dit à sa mère qu'on l'avait engagé dans un café pour balayer le sol et décharger des caisses en échange de nourriture. C'était une explication plausible, surtout pour qui avait envie d'y croire. En réalité, personne ne voulait l'embaucher. Salim était retourné plusieurs fois au marché, prenant sur les étals ce dont il avait besoin pour nourrir sa famille. Il avait le sentiment que ce péché lui était imposé. Pour avoir meilleure conscience, il mangeait uniquement de quoi calmer sa faim. Ce n'était pas simple.

— Ce travail ne durera pas. Il faut qu'on aille en Angleterre avant que nos ressources s'épuisent, acquiesça Salim.

— Oui, il le faut. De plus, nous aurons bientôt besoin de médicaments pour ton frère. Je ne peux pas le conduire chez un médecin ici, ni lui acheter son traitement. Ça nous coûtera trop cher, et on risque de nous dénoncer à la police.

— Tu as raison, Madar-*jan*, admit Salim.

Décider ou non d'entamer l'étape suivante de leur périple n'était pas chose facile. Ils jouaient à pile ou face.

— Nous devons trouver un moyen de nous rendre en Angleterre. Je crois que le train serait l'idéal, si l'on se fie aux conseils d'Hakan. Dans les aéroports, il y a trop de contrôles. Peut-être qu'en restant au sol nous aurons plus de chances de passer entre les mailles du filet.

— Demain, j'irai voir où se trouve la gare, et je me renseignerai auprès des Afghans.

— Il y a autre chose, Salim. Nous devons faire des choix douloureux maintenant, et j'y ai beaucoup réfléchi. Nous ne pouvons plus rester dans cet hôtel. Même s'ils nous font un prix, c'est encore trop élevé pour nous. L'argent file plus vite que prévu.

Cette chambre sommaire, avec ces fils électriques apparents et sa peinture écaillée, son lavabo délabré dont le robinet fuyait, était un palais aux yeux de Salim. Lorsqu'il quittait Attiki et venait là, lorsqu'il s'étendait sur le matelas et sentait les ressorts s'enfoncer dans son dos, lorsqu'il regardait l'autre lit et voyait sa mère et sa sœur dormir à soixante centimètres du sol et non dans la rue, il avait l'impression d'être un roi. Grâce à cette chambre, il se levait le matin sans éprouver le désespoir qui était le lot des garçons d'Attiki. Il avait ainsi une raison de croire que le destin réservait à sa famille autre chose qu'un rafiot risquant de chavirer au large. Abandonner cette chambre aurait été un terrible renoncement. Mais y rester… y rester revenait à choisir d'agoniser lentement, jusqu'à ne plus avoir la force d'atteindre l'avenir auquel ils aspiraient.

— Ce ne sera pas facile. Il nous faudra un endroit sûr, surtout pour la nuit.

Salim savait que certains des garçons d'Attiki ne dormaient que quelques heures par jour, craignant de fermer les yeux après minuit, quand émergeait tout un monde de dangers.

— Tu as l'air d'avoir soif, dit-elle dans un anglais impeccable.

Roksana, une bénévole de l'association, lui tendait une bouteille en plastique. Salim posa les yeux sur une main, les leva vers un poignet délicat, puis vers un bras gracieux. Et ce fut de mieux en mieux.

Elle portait un tee-shirt violet rentré dans un jean ajusté. Ses cheveux incroyablement lisses et noirs tombèrent sur le côté au moment où elle pencha la tête. Elle paraissait avoir son âge, peut-être seize ans. Ses yeux, soulignés d'un trait de crayon, captèrent son attention en un battement de cils. Elle ne souriait pas, ne le regardait pas avec pitié.

— Merci.

Salim accepta la bouteille.

— De rien. Comment tu t'appelles ? demanda-t-elle.

Si son visage était de ceux qui inspirent les ballades en dari les plus romantiques, le ton de sa voix était purement professionnel. C'était le genre de filles dont la beauté était si saisissante qu'elles étaient obligées de s'endurcir, surtout dans un endroit comme Attiki.

— Salim, répondit-il.

Et c'est tout ce qu'elle saura, se rappela-t-il.

Pourtant, il sentit ses défenses s'effondrer en la regardant dans les yeux.

— D'accord, Salim. C'est la première fois que je te vois ici. Tu es arrivé quand ?

Il avait envie qu'elle prononce son nom encore une fois.

— Il y a quelques semaines... Mais je ne loge pas ici, dit-il, soudain gêné qu'elle pense qu'il dormait dans le parc.

Il porta nonchalamment la bouteille à sa bouche.

— Oh ? Et tu dors où alors ?

Une autre gorgée, le temps de réfléchir.

Bonne question, pensa-t-il, décidant de changer de sujet.

— Et toi, comment tu t'appelles ? demanda-t-il gentiment.

Elle hésita et regarda son bloc-notes avant de répondre. De toute évidence, cette question ne lui faisait pas plaisir.

— Roksana.

— Rokshana ?

— Non. C'est Rok-sa-na, répéta-t-elle en articulant.

— Mais c'est un prénom afghan... Rokshana ! s'exclama-t-il avec un sourire.

— C'est mon nom, mon nom grec, dit-elle en pinçant les lèvres.

— Tu ne connais pas Iskandar, euh… Alexandre le Grand ? Il a épousé une Afghane. Rokshana. C'est le même prénom, expliqua Salim.

Il était fier de lui montrer qu'il connaissait un peu d'histoire. Elle eut l'air de regretter de l'avoir approché, mais fit preuve de patience.

— Ce n'est pas mon nom. Moi, c'est Roksana. Mais changeons de sujet. Dis-moi, Salim, tu veux rester en Grèce ou partir ?

— Personne n'a envie de rester en Grèce, marmonna-t-il.

Roksana, moins naïve que les autres filles de son âge, ne fut pas surprise de cette remarque.

— Où as-tu l'intention d'aller ?

— En Angleterre, soupira Salim.

En l'exprimant à voix haute, cette destination lui sembla terriblement lointaine.

— Ma tante vit là-bas, ajouta-t-il.

— Ah, l'Angleterre, dit la jeune fille en hochant la tête et en regardant les autres réfugiés. Oui, l'Angleterre a beaucoup de succès.

— La Grèce est un beau pays, mais elle ne veut pas de nous.

— C'est un petit pays. Le gouvernement n'a pas assez d'argent pour aider tout le monde.

— Mais vous… vous apportez à manger et de l'aide.

— Nous sommes seulement des individus, pas le gouvernement.

Roksana laissait l'idéologie et les motivations de côté. Elle n'était pas là pour plaider une cause. Sa présence silencieuse parlait pour ses convictions. Salim se sentit à court de mots auprès d'elle.

— Tu n'es pas d'accord avec le gouvernement ?

Salim s'inquiéta pour elle. Là d'où il venait, il était extrêmement dangereux de s'opposer ouvertement aux gens de pouvoir. Roksana était jeune et audacieuse. Padar-*jan* l'aurait appréciée.

— Nous pensons que les gens doivent être traités avec dignité. Nous savons ce qui arrive quand les gens viennent en Grèce, et nous pensons que ça devrait se passer autrement.

— Les gens ne peuvent pas demander l'asile ici. Pourquoi donc ?

Les garçons du camp lui avaient livré d'effroyables récits. Il craignait que le reste de l'Europe ne soit similaire, une zone morte où sa famille serait perpétuellement à la dérive et vivrait dans la peur d'être renvoyée en Afghanistan. Vivre dans le transitoire était épuisant physiquement et mentalement. Mais les Afghans qu'il avait rencontrés lui avaient aussi parlé d'endroits meilleurs, plus loin en Europe : l'Allemagne, la Hollande, la Suède. Ces pays ne faisaient pas la fine bouche comme la Grèce ou la Turquie. Ils donnaient aux Afghans une deuxième chance, la possibilité de mener une vie normale.

— La plupart des gens ne comprennent pas notre système. Comment es-tu arrivé ici ?

Salim n'avait pas envie de répondre. Il reboucha la bouteille d'eau et haussa les épaules d'un air amusé. Cette façon malicieuse de jouer les insaisissables fit rire Roksana.

— Explique-moi comment ça se passe ici, dit-il à la place.

— Oui, oui. Oublie ma question. Voilà ce qui arrive à la plupart des gens qui viennent ici. Ils se font arrêter et la police les conduit dans des centres de rétention. Ça devrait être des endroits propres et sécurisés, mais c'est surpeuplé. Il n'y a pas assez de place. Les gens comparent ces centres à des prisons, même pour les enfants. Ils disent que c'est pire que le pays qu'ils ont fui. Parfois, ils y restent plusieurs mois. Un jour, les portes s'ouvrent et ils obtiennent des papiers. On leur donne alors un mois pour quitter la Grèce. Certaines personnes obtiennent même un billet pour Athènes, afin de partir de là-bas.

— Mais l'asile ? Il n'y a pas d'asile ?

Une fois de plus, Salim se dit que leurs faux passeports étaient une bénédiction, et qu'ils avaient eu de la chance de ne pas se faire arrêter au Pirée. Ils avaient franchi les points de contrôle sans se retourner. D'après Roksana, leur cas était exceptionnel.

— Il n'y a pas de véritable asile. Il faut trouver du travail pour obtenir ce droit. Et comment font les gens pour trouver du travail ? dit-elle en esquissant un signe en direction du parc. D'abord, il faut un permis de travail. Et pour obtenir ce permis, il faut faire une demande d'asile. Tu vois le problème ?

— Tes amis, pourquoi ils parlent aux réfugiés et prennent toutes ces notes ?

— Nous sommes des bénévoles. Nous sommes ici par choix. Personne ne nous paie pour venir ici. Nous venons parce que nous avons envie d'aider.

Salim regarda Roksana et se demanda quel genre de personne il aurait été à sa place. Il tenta de s'imaginer en étudiant tranquille dans un Kaboul en paix, rentrant chez ses parents après les cours. Aurait-il eu envie de défendre la cause d'étrangers ? Se serait-il soucié de la façon dont les gens étaient traités au point de passer son temps libre à leur apporter à manger et à remplir pour eux des formulaires ?

Il l'espérait. Mais le contraire était également possible.

Le seul fait de s'imaginer dans cet instantané utopique était une souffrance. Il ne redeviendrait sans doute jamais celui qu'il avait été, celui qui autrefois était capable de rire, de rêver, de se sentir chez lui. Cette personne, comme son père, reposait probablement sous terre, sans pierre tombale, quelque part en Afghanistan.

Lors de leur deuxième rencontre, alors que Salim et sa famille avaient quitté leur chambre à l'*Attica Dream*, Roksana se montra plus directe.

— *Ela*, tu veux faire une demande d'asile ou pas ?

Elle n'était pas d'humeur à mâcher ses mots. Ils étaient assis sur les marches de béton à l'entrée du parc. Il voulait lui demander si elle connaissait un endroit où sa famille pourrait loger. Ils s'apprêtaient à passer leur première nuit dans la rue.

— Roksana, encore cette question ? Je ne veux pas rester en Grèce. Je veux emmener ma famille en Angleterre. Et puis tu as dit que la Grèce n'offrait pas l'asile. À quoi ils servent, ces papiers ?

Salim se sentait limité lorsqu'il parlait anglais, mais au moins la conversation était possible. Il aurait été plus éloquent s'il avait pu parler en dari. Elle l'aurait regardé autrement, pensa-t-il.

— Mais ils offrent l'asile de temps en temps. Ça dépend de l'histoire de la personne ou de la famille. Chaque cas est unique.

Elle jeta un regard triste vers le camp.

— Je crois que tu as une histoire.

— Une histoire ? De quoi tu parles ?

— Une histoire. La raison pour laquelle ta famille et toi avez fui l'Afghanistan. Certains ont quitté leur pays, car il n'y avait pas de travail chez eux ou parce qu'ils en avaient assez de la guerre. Mais je crois que ton histoire est un peu différente. Tu ne veux peut-être pas la raconter, mais ça pourrait t'aider pour faire une demande d'asile.

— Nous avions toutes les raisons de partir.

Roksana le regarda, attendant patiemment. Après un long silence, Salim se mit à parler, d'une voix feutrée.

— C'est vrai, il n'y avait pas de travail et la guerre était terrible. Les gens attendaient… la paix ou la mort.

Salim tourna son regard vers la rue, les immeubles. Il n'avait parlé à personne de sa vie à Kaboul, des choses qu'il avait vues. Il n'avait pas voulu ressasser cette période sombre. Dans son esprit, c'était comme le bruit d'un robinet qui fuyait, un bruit continuel qui s'amplifiait dans le silence. Pourtant, il poursuivit.

— D'abord, ma sœur ne pouvait pas aller à l'école. Ma mère ne pouvait plus enseigner ; mes tantes, mes oncles et mes cousins, tout le monde est parti. Ma famille est restée. On écoutait les missiles dans le ciel et on priait pour qu'ils ne tombent pas sur notre maison. Il n'y avait plus de musique. Les talibans décidaient de tout. Parfois, les gens pensaient que les talibans, c'était mieux que la guerre. Ils ont arrêté les combats, c'est vrai, mais ils ont apporté d'autres problèmes. Ma mère ne pouvait pas sortir sans un homme. Il n'y avait que moi. J'allais au marché pour trouver à manger, mais on n'avait pas beaucoup d'argent. Il n'y avait pas de travail. On a compris que bientôt on n'aurait plus assez nourriture, plus d'argent, plus de vie.

Roksana écoutait attentivement, les yeux baissés.

Il s'ensuivit un silence. Salim errait dans ses bribes de souvenirs. Il n'avait que treize ou quatorze ans à cette époque. En regardant en arrière, il voyait plus nettement encore à quel point leur situation était désespérée, d'autant plus nettement que la charge de nourrir sa famille reposait désormais sur ses épaules.

— Salim, murmura Roksana d'une voix à peine audible. Et ton père ?

Salim fit tourner sa montre autour de son poignet.

— Mon père…, commença-t-il lentement, sentant son cœur se serrer. Mon père était ingénieur. Il travaillait pour le ministère de l'Eau et de l'Électricité. Il s'occupait de l'eau.

Il ne rendait pas justice au travail de son père en se montrant incapable de l'expliquer plus précisément. Salim eut le sentiment de ne pas être à la hauteur.

— Mon père, il croyait… il croyait que certaines choses étaient importantes pour le pays, mais d'autres personnes n'étaient pas du même avis… Un soir, trois hommes sont venus à la maison. Je les ai entendus parler avec mon père. Je n'ai plus jamais revu mon père.

Salim appuya les doigts sur ses yeux pour empêcher les larmes de couler. Il garda la tête baissée.

— Je suis désolée, murmura-t-elle en posant une main sur son épaule. Je ne voulais pas…

— Non, non, dit Salim.

Il n'aima pas ce geste de réconfort ni cette voix empreinte de pitié. Son ressentiment le durcit, et le nœud dans sa gorge se relâcha. Il inspira profondément et reprit, de nouveau maître de ses émotions.

— On a quitté Kaboul. On avait peur que ces hommes… qu'ils reviennent. Ou de mourir de faim dans notre maison.

— Salim, laisse-moi t'aider à faire ta demande d'asile. Ta famille mérite d'être écoutée. Tu as un bon dossier.

— Mais il n'y a pas d'aide ici. On n'a rien. En Angleterre, on a de la famille. Les autres pays, ils nous donneront quelque chose. Ma mère, ma sœur, mon frère… ils ont besoin de nourriture et d'un toit.

Le regard de Roksana s'adoucit. Elle ne pouvait pas le contredire.

— Que feras-tu en Angleterre ?

— Qu'est-ce que je ferai ? répéta Salim en riant, sentant ses épaules se décontracter. Je conduirai une voiture rouge, je mangerai au restaurant et j'irai au cinéma !

Roksana ne dit rien. Le sourire de Salim s'évanouit tandis qu'il songeait à ce qu'il aimerait vraiment faire en Angleterre. Il aimerait aller à l'école avec sa sœur. Conduire Aziz chez un médecin. Voir sa mère se remettre à enseigner.

Salim se tourna vers Roksana et ressentit une pointe d'amertume en pensant aux privilèges dont elle jouissait.

— Toi, qu'est-ce que tu veux ici ? Aller à l'école, non ?

Roksana fréquentait un établissement international où les cours étaient dispensés en anglais. Ses parents voulaient qu'elle étudie dans un environnement cosmopolite, expliqua-t-elle.

— Roksana, pourquoi tu viens ici ? Tu as une bonne école. Tu peux passer du temps avec tes amis, ta famille. Pourquoi tu traînes dans un endroit aussi dégoûtant ? Tu es grecque. Pour nous, c'est différent. Nous sommes afghans, loin de notre pays.

Elle tourna la tête, évita son regard insistant.

— Nous ne sommes pas si différents, Salim.

Chapitre 29

Salim

Salim se réveilla avec des fourmillements dans la jambe. Il lui fallut un long moment pour comprendre ce qu'il ressentait. Il n'avait dormi qu'une heure ou deux. Son anxiété l'avait empêché de fermer l'œil la majeure partie de la nuit.

Roksana lui avait parlé d'une aire de jeux, nichée au milieu des immeubles résidentiels qui abritaient la classe moyenne d'Athènes. Le soir, le quartier était tranquille. On était loin des rues animées, et les piétons se faisaient rares une fois les boutiques alentour fermées. Les Waziri cachèrent leurs bagages à l'abri des regards dans un coin derrière un bâtiment. Salim poussa Samira sur la balançoire jusqu'à la tombée de la nuit. Ensuite, ils grimpèrent tous dans une petite cabane en bois et se blottirent les uns contre les autres. Sa mère étala sur eux, tant bien que mal, une couverture en laine qu'elle avait prise à l'hôtel avant de partir.

Madar-*jan* était assise, la tête contre le mur de la cabane. Ses paupières étaient closes, mais à son souffle, Salim devina qu'elle ne dormait pas. Elle ouvrit les yeux quand elle sentit la jambe de son fils effleurer la sienne.

— Désolée, Madar-*jan*, murmura-t-il. Je ne voulais pas te réveiller.

— Bonjour, *bachem*, dit-elle.

La journée s'annonçait belle. Le ciel commençait à passer du noir au bleu foncé.

— J'espère que tu as pu dormir.

— Je crois que oui.

Une crampe violente lui transperça la nuque lorsqu'il tourna la tête. Il frotta son muscle noué. La tête de Samira était posée contre le flanc de Madar-*jan*, qui tenait dans ses bras Aziz, petit paquet emmailloté. On aurait dit qu'elle n'avait pas bougé depuis la veille.

Mais elle ne se plaindra pas, pensa Salim.

Elle se pencha vers lui.

— *Bachem*, je vais sortir d'ici avant qu'il commence à y avoir du monde dans la rue. Je vais m'asseoir sur un des bancs près des balançoires. Samira et toi, vous pouvez dormir encore un peu. Dès que je vois des gens arriver, je viens vous réveiller.

Salim hocha la tête.

— Je viens avec toi, Madar-*jan*.

— Non, reste ici. Samira sera plus rassurée si elle voit son frère à côté d'elle quand elle se réveille. Tu n'as pas beaucoup dormi. Étends tes jambes et essaie de te reposer encore un peu.

Salim était trop épuisé pour discuter. Ses paupières lourdes se fermèrent de nouveau. Quand sa mère vint leur murmurer de se lever, il eut l'impression que quelques minutes à peine s'étaient écoulées. Les gens accompagnaient leurs enfants à l'école. Les Waziri avaient survécu à leur première nuit dans la rue. Salim se demanda combien il y en aurait encore avant qu'ils n'aient de nouveau un véritable toit au-dessus de leurs têtes.

Il ne pouvait pas faire grand-chose au petit matin. Il avait besoin de se fondre dans la foule pour s'adonner à son ravitaillement illicite. Roksana était à l'école. Elle avait promis de le retrouver à Attiki dans l'après-midi. Elle était son seul espoir dorénavant, mais lorsqu'il la vit, il devina à son expression qu'elle n'avait pas de nouvelles très prometteuses pour lui.

— Personne n'a entendu parler d'une chambre libre. Je suis en train d'étudier une autre possibilité, mais ce n'est pas gagné. Comment s'est passée la nuit ?

— Pas trop mal, c'était calme et pas trop froid. On n'avait pas mieux de toute façon.

Tant qu'on ne le traînait pas avec des menottes, Salim s'estimait chanceux.

— Salim-*jan*, comment vas-tu ? Alors comme ça, tu te promènes avec ta petite amie ? lui lança Jamal en dari.

Roksana le foudroya immédiatement du regard, ce que remarqua Salim. Il se tourna alors vers Jamal, auquel cette réaction n'avait pas non plus échappé.

— C'est gentil de sa part de perdre son temps à nous aider. On devrait lui montrer un peu de respect.

Salim n'avait pas voulu faire la leçon à Jamal, mais il n'aimait pas qu'on parle d'elle ainsi… même si l'intention n'était pas mauvaise.

— Salim, le grand défenseur de l'honneur de ces dames ! s'exclama le jeune Afghan avec un sourire. Bonjour, Roksana, comment allez-vous aujourd'hui ? ajouta-t-il dans un anglais articulé à l'extrême.

— Bien. Prends quelques sandwichs chez Niko avant qu'il n'y en ait plus, dit-elle d'un ton neutre.

Distrait par son estomac vide, Jamal ne prit pas la peine de se demander si la jeune fille avait compris que sa plaisanterie en dari la concernait. Il se précipita vers Niko, qui transportait une grosse boîte en carton. Un silence s'installa, puis Roksana reprit la conversation là où ils l'avaient laissée.

— Le train est le meilleur moyen de transport pour vous. Ils ne vérifient pas les passeports tant qu'on voyage à l'intérieur de l'Union européenne. Les frontières sont ouvertes maintenant. Je peux venir à la gare avec toi pour acheter les billets si tu veux.

— Oui, s'il te plaît. Ça m'aiderait beaucoup.

— Quand veux-tu partir ?

Ses yeux barbouillés de crayon noir lui donnaient un air énervé. Quand elle le voulait, cependant, ils se réchauffaient d'une douceur charbonneuse.

Salim n'avait pas suffisamment d'argent avec lui, et n'avait pas non plus apporté le passeport que le guichetier lui demanderait. Il proposa à Roksana de le retrouver le lendemain à la gare. Entre-temps, elle continuerait de chercher un meilleur abri pour sa famille.

« Tiens bon, lui disait-elle, les choses vont s'arranger. »

Il plut cette nuit-là. Cela commença doucement, puis l'averse s'intensifia et les gouttes s'infiltrèrent dans les fentes de la cabane. Salim se réveilla. Madar-*jan* était en train de couvrir Aziz et Samira avec ce qu'elle avait pu trouver, faisant de son mieux pour maintenir leurs têtes à l'abri. Dix minutes implacables s'écoulèrent. Samira, les yeux grands ouverts, essuyait des larmes de pluie sur son visage, sa frange plaquée contre son front. Seul Aziz était au sec, protégé par le sac en plastique que Madar-*jan* tenait au-dessus de lui.

— Salim-*jan*, prends ma place. Je vais essayer de trouver une solution. Il faut que nous restions secs, dit-elle.

— Je m'en occupe, Madar-*jan*. Laisse-moi faire, proposa-t-il.

— Non, *bachem*, répondit-elle en dépliant soigneusement ses jambes pour s'extirper de la maison miniature. Je préfère que tu restes avec eux. Je ne serai pas longue.

L'attente fut une torture. Salim regarda ses frère et sœur. Il était pleinement responsable d'eux à présent. Ce sentiment le submergea. Était-ce ce que Madar-*jan* ressentait ou percevait-elle les choses différemment en tant que mère ? Si elle se sentait submergée, en tout cas, elle n'en laissait rien paraître.

Et si Aziz a un problème ? Et si Samira se met à pleurer ? Et si quelqu'un vient et nous embarque ?

Tout le ressentiment que la charge de nourrir sa famille avait éveillé en lui disparut alors, laissant place au désir profond de voir revenir Madar-*jan*. Il était tard, c'était l'heure où traînaient les criminels. Si elle se faisait repérer par la police, elle n'aurait aucun moyen de les rejoindre.

Il s'épuisa les yeux à tenter d'apercevoir sa silhouette à travers la fenêtre plastifiée de la cabane, mais il faisait noir et la pluie lui brouillait complètement la vue. Les minutes s'écoulèrent au ralenti.

Quand elle reparut enfin, ses cheveux étaient trempés, ses vêtements dégoulinants lui collaient à la peau. Elle avait ramassé des pierres dans l'aire de jeux et les utilisa comme poids pour maintenir les sacs en plastique qu'elle avait attachés ensemble dans le but de bloquer la pluie qui s'infiltrait. Cela fonctionna.

Leurs vêtements et leur pain étaient mouillés, alors que l'averse s'était calmée. Bien avant le lever du soleil, Madar-*jan* replia les sacs en plastique et alla remettre les pierres près des parterres de fleurs. Elle garda les sacs au cas où la pluie reprendrait.

Ils se changèrent dans des toilettes publiques pour enfiler des vêtements secs. Salim dépensa quelques précieux euros afin d'acheter du pain frais et du jus de fruits dans une épicerie. Ils mangèrent en silence, épuisés par leur nuit.

Salim et Madar-*jan* comptèrent leurs économies et mirent de côté la somme que Roksana avait calculée pour leurs billets de train. Salim rangea dans sa poche son argent et son passeport belge, et partit. L'après-midi venu, il était inquiet à l'idée d'acheter leurs billets. Le fait que Roksana le retrouve à la gare était un immense soulagement.

Il aurait aimé lui ressembler. Elle était détendue et confiante. Il savait que ses parents voyageaient beaucoup, mais ignorait ce qu'ils faisaient dans la vie. Elle était fille unique et jouissait d'une grande autonomie pour son âge.

Chaque fois qu'il essayait d'en savoir plus à son sujet, elle esquivait ses questions et ramenait la conversation à lui.

Elle éveillait des sentiments en lui. Des sentiments qu'il aurait dû refouler, ce dont il se montra incapable. Il lui était difficile de ne pas la regarder. Il espérait seulement qu'elle ne s'en rendait pas compte. Il ignora son désir de passer les mains autour de sa taille ou d'enfouir le visage dans son cou. Elle n'avait pas l'air mal à l'aise en sa compagnie, alors il douta qu'elle ait conscience de ce trouble. Ou peut-être qu'elle savait, mais que cela lui était égal. Salim pouvait passer des heures à envisager les différentes possibilités.

Il attendit devant l'entrée de la gare, en prenant un air désinvolte. Il avait recoiffé ses cheveux en bataille en examinant son reflet dans une vitrine. Il la repéra de l'autre côté de la rue, un sac à dos sur l'épaule. Salim se redressa. Elle portait une chemise noire ajustée dont les manches étaient roulées jusqu'aux coudes. Son jean moulant dévoilait des chevilles délicates.

— Alors, comment s'est passée la nuit ? demanda-t-elle.

— Bien, dit-il dans un haussement d'épaules, un faible sourire aux lèvres.

— Mais il a plu. Vous êtes restés au sec ? Je ne m'étais même pas rendu compte qu'il avait plu avant ce matin. J'ai pensé à ton petit frère toute la journée.

Et voilà. Encore un indice lui prouvant qu'elle ne le considérait pas comme un réfugié parmi d'autres. Il archiva cette phrase dans sa mémoire, avec toutes celles qu'il avait enregistrées au fil de leurs conversations. Il y repenserait plus tard.

— Bien. Il a plu, mais… on s'est protégés. Aziz va bien aujourd'hui.

— Je suis rassurée. D'après les journaux, il ne pleuvra plus de la semaine, alors vous ne devriez plus avoir ce problème.

— Tant mieux.

— Bon, et si on allait acheter ces billets ?

Roksana ouvrit la marche. Ensemble, ils examinèrent le panneau mural qui indiquait les horaires de train.

— Vous avez décidé d'un itinéraire ?

— Oui, d'abord Patras et ensuite le ferry pour l'Italie.

Roksana approuva d'un hochement de tête.

— Oui, je crois que c'est le mieux. Tu as apporté de l'argent ?

Salim sortit son passeport et les billets pliés. Roksana lui conseilla de bien les tenir. Elle chercha un guichet ouvert et lui fit signe de la suivre. Elle se posta devant l'employée avec son plus beau sourire. Salim la regarda bavarder avec familiarité. L'employée, une femme d'une cinquantaine d'années que Salim n'aurait pas eu l'idée d'approcher, se mit à rire et secoua la tête. Roksana se tourna à demi vers Salim et tendit la main. Il lui donna l'argent et le passeport sans que l'employée s'en rende compte.

Ils ressortirent de la gare avec des billets pour Patras. Roksana était incroyablement à l'aise. Salim ne se souvenait pas de la dernière fois qu'il s'était senti ainsi. Il avait l'impression que la peur, toute sa vie, avait traqué les moindres de ses faits et gestes. Le monstre avait peut-être changé de forme et de couleur au fil des ans, mais il rôdait toujours à quelques pas de lui.

C'était un mercredi. Leur départ était prévu pour le vendredi matin. Les voyageurs du week-end étaient nombreux, ce qui leur laissait plus de chances de se fondre dans la foule. Madar-*jan* avait décidé qu'il était temps de vendre certains de ses bijoux. Salim avait donc besoin d'un jour libre pour trouver le moyen de changer les bracelets de sa mère en espèces à utiliser pour la nourriture et le transport.

— J'ai de bonnes nouvelles, dit Roksana quand ils furent dans la rue. J'aurais aimé que ça arrive plus tôt. Je vous ai trouvé un logement. Je sais que vous allez partir bientôt, mais au moins vous ne serez plus dans la rue. C'est une chambre. Dans un vieil hôtel tenu par un couple, les grands-parents d'un ami. Ils vont vendre l'hôtel dans deux ou trois semaines pour prendre leur retraite et celui-ci est en mauvais état, mais ils ont une chambre de libre. Comme ils sont âgés, ils vous demanderont de les aider pour quelques corvées sur place, mais ils sont gentils. Je leur ai expliqué la situation de ta famille, et ils ont dit que si vous les aidiez assez, ils ne vous demanderaient pas d'argent.

— Super, dit Salim avec enthousiasme.

Il avait du mal à croire à leur chance. Peut-être que Madar-*jan* avait eu raison. Peut-être que la pluie de la veille avait été annonciatrice de *roshani* après tout. Roksana lui tendit un bout de papier avec l'adresse de l'hôtel.

— Ne me remercie pas. C'est eux que tu devras remercier. Bonne chance, Salim. Je sais que ce n'est pas facile, surtout avec toute une famille. J'espère vraiment que vous serez bien traités dans les autres pays d'Europe.

Elle regarda sa montre.

— Je dois rentrer à la maison, mais je serai là vendredi matin, avant votre départ. Je veux m'assurer que vous montiez tous à bord du train. Et je te noterai quel ferry vous devrez prendre ensuite. Tu sais, à Patras, il y a un grand camp de réfugiés. Il y a plus d'Afghans là-bas qu'à Attiki et la situation est mauvaise. Ne finissez pas là-bas, Salim. D'après ce que j'ai entendu dire, c'est une impasse.

Il hocha la tête, la vit hisser son sac sur son épaule et traverser la rue. Il aurait une occasion de plus de la revoir. Il ne s'était pas senti prêt à lui faire ses adieux ce jour-là.

Leur départ imminent le rendait encore plus anxieux. Il ne savait pas de quoi ils disposeraient une fois dans le train ni même à Patras. Il s'arrêta dans quelques commerces sur son chemin et déroba ce qu'il put. Il évita de penser à Roksana et se rappela les maigres économies qu'il avait comptées avec Madar-*jan*. Il faisait presque nuit quand il retrouva sa famille. Madar-*jan* eut l'air soulagée de le voir.

Désormais, il comprenait mieux ce qu'elle ressentait lorsqu'il partait, même si une grande part restait dans l'ombre. Il lui était impossible de deviner tout ce qui habitait ses pensées, de la même façon que sa mère ne lisait pas ouvertement en lui. Il y avait des choses qu'ils s'avouaient à voix haute, des qu'ils se murmuraient avec un léger tic du visage, et d'autres qu'ils gardaient stoïquement enfouies en eux. Mère et fils étaient séparés par l'âge, par le rôle que chacun jouait, et par le désir de se protéger mutuellement. Pourtant, même s'ils ne l'auraient jamais admis, leurs secrets aussi étaient destinés à les protéger et à sauvegarder leur relation. Il y avait certaines vérités qu'aucun des deux n'aurait aimé savoir à propos de l'autre, même s'ils en avaient eu la possibilité. Certains silences les préservaient.

Il déchargea son sac, et elle rationna soigneusement ce qu'ils mangeraient le soir même et ce qu'il leur faudrait réserver pour le voyage. Il lui tendit les billets de train et le passeport, qu'elle glissa dans la pochette suspendue à un cordon qu'elle portait autour du cou, cachée sous son chemisier.

— Aziz a eu une nouvelle crise aujourd'hui, lui dit-elle calmement.

En effet, le teint du bébé était plus cireux que la veille. Il était allongé sur le lit, la tête surélevée par un oreiller. Il avait pris un peu de poids grâce aux médicaments achetés en Turquie. Il commençait à marcher, prononçait quelques mots et même gloussait de temps en temps. Salim ne le voyait pas beaucoup, et gardait ses distances. La situation était différente avec Samira. Il aimait l'avoir à ses côtés, sentir sa tête contre son épaule lorsqu'il leur racontait sa journée. Aziz, en revanche, était un enfant en bas âge, qui le regardait fixement dans l'attente de quelque chose et demandait bien plus d'attention. Salim était incapable de gérer cela. Il détournait les yeux, honteux de son propre ressentiment.

— Il faudra l'emmener voir un médecin en Angleterre. Le médicament ne fait plus le même effet. Il n'a pas bonne mine et a l'air très fatigué.

Madar-*jan* semblait vaincue. Salim se demanda comment son petit frère allait supporter la suite du voyage.

— Je vais appeler ta tante demain et je lui parlerai de nos plans. Peut-être que les choses vont mieux pour elle maintenant.

Elle s'arrêta, le temps de choisir ses mots avec soin.

— Salim-*jan*, nous ne pourrons pas compter sur eux. Il ne faut surtout pas l'oublier.

— Pourquoi ? C'est elle qui nous a dit de venir à Londres. Elle a promis de nous aider à notre arrivée, non ?

— C'est juste que parfois, les gens veulent aider… mais un obstacle se met en travers. Je veux qu'on se prépare à cette éventualité, car c'est peut-être ce qui nous attend.

— Ne t'inquiète pas pour ça, Madar-*jan*. On a une chambre pour ce soir. La fille de l'organisation humanitaire nous en a trouvé une. Allons-y sans tarder. Toute la pluie qu'on a eue la nuit dernière, c'était peut-être un signe de *roshani*, comme tu le dis toujours.

Le visage de Madar-*jan* s'illumina alors comme des braises ravivées par une brise.

Elle se hâta de rassembler leurs affaires, et ils se mirent en route vers l'hôtel Kitrino, appelé aussi l'Hôtel Jaune. L'établissement était tenu par un gentil couple aux cheveux gris, qui caressa la joue d'Aziz avant de les conduire dans leur chambre. Quand Madar-*jan* leur demanda ce qu'ils avaient besoin qu'elle fasse, ils lui répondirent par des signes qu'elle pouvait se reposer cette nuit et qu'elle ne commencerait que le lendemain.

Le jeudi, Madar-*jan* ôta les bracelets en or que son père lui avait donnés avant son mariage et les tendit à Salim le cœur lourd. Ils avaient appartenu à sa mère, un cadeau que son père avait gardé secret jusqu'aux fiançailles de Fereiba. C'était tout ce qu'elle possédait de sa mère. Elle aimait les entendre s'entrechoquer dans un cliquetis chaque fois qu'elle ouvrait un tiroir, lorsqu'elle faisait la vaisselle ou tournait la page d'un livre. Elle aimait regarder son poignet, voir danser ces cercles dorés à chacun de ses mouvements, sentir à travers ces cinq anneaux parfaitement ronds l'étreinte que lui prodiguait la mère qu'elle n'avait jamais connue. Son père avait dénoué le cordon de la pochette en velours et fait glisser les bracelets dans la main de sa fille, avant de lui refermer les doigts dessus dans un moment unique et silencieux. Avait-elle vu des larmes dans ses yeux ou les avait-elle imaginées ? Il se revoyait sûrement avec sa jeune mariée, la femme qui ne serait jamais remplacée et dont l'absence avait brisé leurs vies. Fereiba prit alors conscience de quelque chose : tandis que son père pleurait encore sa première épouse, il n'avait jamais compris comment sa fille pleurait sa mère. C'était son deuil et le sien seul. Elle ne le haïssait pas pour cela, mais elle fut capable de lire en lui plus clairement. Kokogul avait eu raison à son propos depuis le début. Son père était bien content de pouvoir se retirer dans son verger ; son amour myope les ignorait tous, pas seulement Fereiba. Il n'était pas étonnant que Kokogul y ait renoncé pour ne se consacrer qu'à ses filles.

Même si les bracelets lui avaient été remis par son père, c'était comme si sa mère s'était glissée près d'elle pendant son sommeil, avait passé la main de sa fille dans les anneaux. C'était la douce caresse d'une maman, une caresse que Fereiba ne connaîtrait jamais avant de tenir Salim dans ses bras pour la première fois, de poser ses lèvres sur son front et de se rendre compte qu'elle avait beaucoup à donner, tout ce qu'elle n'avait jamais reçu.

Salim ne savait rien de cela lorsqu'il prit les bracelets de sa mère. Il détecta seulement un malaise chez elle.

— J'ai l'esprit en ébullition aujourd'hui. J'aurais préféré que tu remettes ça à demain. On pourra passer au mont-de-piété sur le chemin de la gare. On pourra y aller tous ensemble.

— Ce n'est pas loin et on n'a plus beaucoup d'espèces, Madar-*jan*. Qui sait ce qui va arriver à Patras ? On aura besoin d'argent pour manger et pour le ferry, sinon on restera coincés là-bas.

— Mais aujourd'hui…

— J'y vais, Madar-*jan*. Si on se cache dans une chambre chaque fois qu'on a peur, on n'arrivera jamais en Angleterre.

Fereiba se tut alors, se rappelant qu'il n'était plus un enfant. Elle se mit à habiller Aziz et demanda à Samira de laver quelques-uns de leurs vêtements. Elle descendait voir les gérants de l'hôtel, pour leur demander en quoi elle pouvait leur être utile. Elle détourna le regard quand Salim mit les bracelets dans sa poche et la boutonna pour s'assurer qu'ils ne tombent pas. Elle ne décela pas l'hésitation sur son visage, cette seconde où il envisagea la proposition de sa mère et choisit finalement de la repousser, car il voulait se montrait plus courageux qu'elle.

— Je vais au mont-de-piété maintenant et je serai rentré dans deux heures, promit Salim.

Malheureusement, il ne tiendrait pas cette promesse.

Deuxième partie

Chapitre 30

Salim

Toute une vie peut basculer en un après-midi. Le reste du monde peut poursuivre son cours normal, sans avoir conscience qu'un cataclysme silencieux, isolé, se produit à quelques mètres. Un agent de police se tenait à la gauche de Salim et faisait tourner un trousseau de clés autour de son doigt. Un second avait une main plaquée contre le mur de béton, au-dessus de l'épaule droite du garçon. Celui-ci sentait son souffle sur sa joue.

— Où habites-tu ?

L'haleine chargée de l'homme lui retourna l'estomac. Il n'osa pourtant regarder ailleurs. Il observa son reflet dans les lunettes de soleil du policier, vit un garçon aux grands yeux apeurés, la caricature de lui-même. Son visage adolescent n'avait pas encore les traits anguleux d'un homme. Une ombre soulignait sa lèvre supérieure, rien de plus.

— Pardon ? Répéter ?

Salim sentit sa voix chevroter. Au cours de ses quelques semaines en Grèce, il avait appris deux ou trois phrases, mais ce n'était pas suffisant pour convaincre. Il redressa les épaules, espérant stabiliser son timbre.

— Où dors-tu ? Où est ta maison ?

Les policiers se mirent à maugréer et à secouer la tête devant le regard vide du jeune homme. Ils avaient la peau plus claire que Salim, dont le teint olive avait foncé à Intikal durant ses mois de travail à la ferme. Le policier au trousseau de clés renonça au grec pour s'exprimer en anglais.

— Où loges-tu ? demanda-t-il d'un ton énervé.

Le cerveau de Salim se mit à bouillonner, il lui fallait trouver une histoire plausible. Éviter à tout prix de conduire ces policiers jusqu'à sa famille.

— Je suis de passage. Touriste. Je viens pour les magasins, expliqua-t-il faiblement, montrant du doigt les boutiques de la rue.

Les deux officiers partirent d'un rire narquois.

— Les magasins ? Qu'est-ce que tu as acheté ?

— Euh… rien. Aujourd'hui, rien.

Salim aurait voulu qu'ils se lassent et le laissent repartir.

— Rien ? Bon. Où est ton passeport ? Tu as des papiers ?

L'estomac de Salim se noua. Un goût de bile lui vint à la bouche.

— Passeport ? Je n'ai pas mon passeport.

Le prêteur sur gages ouvrit alors sa porte, aperçut les deux agents encadrant son dernier client et se retrancha en vitesse dans sa boutique.

— Pas de passeport ?

Les policiers échangèrent un regard que Salim ne sut interpréter.

— Mon ami… c'est lui qui a mon passeport.

— Comment t'appelles-tu ?

— Salim.

— D'où viens-tu ?

Salim sentit son cœur tambouriner dans ses oreilles. Pouvait-il prendre ses jambes à son cou ? Difficilement. Il était cloué au mur dans un quartier commerçant très fréquenté. Des touristes entraient dans les boutiques, d'autres en sortaient, les portes carillonnaient à tout va. Un vendeur de rue à la peau sombre remballa à la hâte ses figurines dansantes. Les passants jetèrent un regard vague à la scène, ralentissant à peine le pas. Seul l'homme aux cheveux gris qui faisait griller des épis de maïs eut l'air de compatir. Il s'essuya les mains sur son demi-tablier et poussa les grains tombés au sol de la pointe de sa chaussure.

Il faisait assez chaud pour que l'on transpire même à l'ombre. Salim avait soif et n'avait pas mangé depuis la veille. S'il se mettait à courir, ils le rattraperaient rapidement. Les policiers portaient des uniformes bleus, des bérets en feutre et des chemises à col boutonné soigneusement rentrées dans leurs pantalons marine. Il regarda leurs larges ceintures, alourdies par des radios, des menottes… et des pistolets. Courir n'était pas envisageable. Refuser de répondre à leurs questions non plus.

— Je viens… Je viens de Turquie.

Salim avait répété ce discours avec sa mère au moins une centaine de fois, et encore plus souvent tout seul. D'autres réfugiés l'avaient prévenu de ces rafales de questions. Il espérait avoir été bien conseillé.

— De Turquie ?

Le policier afficha une mine dégoûtée. Il adressa au porteur de clés un regard entendu.

— Et comment es-tu venu ici ?

Salim hocha la tête.

— Avion.

— Avec qui es-tu venu ?

— Je suis venu seul.

Il pria intérieurement pour que rien dans sa voix ou son visage ne le trahisse. Il garda les mains collées à ses hanches.

— Seul ? Quel âge as-tu ?

— J'ai quinze ans.

— Quinze ans ? Et où sont tes parents ?

Salim haussa les épaules.

— Ils ne sont pas ici ?

Le plus âgé des deux agents, les pouces accrochés à son ceinturon, commençait à perdre patience. Salim secoua la tête. Les hommes échangèrent quelques mots en grec, mais la colère qui déformait leurs traits ne nécessitait aucune traduction. Salim savait que la législation internationale accordait le droit d'asile aux mineurs, mais il avait aussi appris que ces lois, dans la rue, offraient autant de protection qu'un parapluie cassé en plein ouragan.

Les officiers l'examinèrent de la tête aux pieds. Salim remua nerveusement, sentant leurs yeux sur son polo noir au col et aux épaules soulignés d'un liseré blanc. Son jean était élimé et délavé après des lessives répétées dans un lavabo avec du savon bon marché. Ses vêtements avaient eu une tenue parfaite avant son départ, mais à présent, des mois plus tard, il semblait flotter dedans. Les semelles en caoutchouc avachies et les lacets noircis de ses baskets attestaient de son voyage éprouvant. Le policier qui parlait anglais attacha son trousseau à un anneau de sa ceinture et poussa Salim pour le faire pivoter. Il tapota brièvement la taille du garçon avant de marmonner quelque chose à son collègue.

— Tourne-toi.

Salim obéit, les yeux rivés au sol.

— Pas de passeport ? Pas de papiers ?

Il secoua la tête une fois de plus. Son passeport belge à trois cents dollars se trouvait dans son sac à dos, à l'hôtel. Il l'y avait laissé, craignant de le perdre avant l'étape suivante de leur périple.

— Viens.

L'ordre était simple. Salim crut que son cœur allait sortir de sa poitrine. Il n'était pas question qu'il parte avec eux ! Qu'arriverait-il à sa mère ? Salim observa les agents puis jeta un regard furtif au trottoir pavé grouillant de chasseurs de souvenirs et d'habitants du quartier. Y avait-il quelque chose à dire qui puisse les dissuader ? Pouvait-il acheter sa liberté ? S'il les suivait, il serait sûrement jeté en prison, et même probablement renvoyé dans son pays.

Il courait vite. Il avait toujours couru vite et, au fil des derniers mois, avait même gagné en agilité. Il était incontestablement plus léger qu'avant et se sentait plus puissant, à force de porter Aziz, Samira et leurs modestes bagages. Plus il y pensa, plus il en fut convaincu. Il en était capable. Il le fallait. S'il suivait ces policiers, il n'y aurait plus personne pour s'occuper de sa mère, de sa sœur, de son petit frère.

Les pieds de Salim se mirent brusquement en mouvement, presque sans son consentement. Il passa sous le bras de l'agent et partit comme une flèche. Il dépassa le prêteur sur gages, le vendeur de maïs, bouscula à coups d'épaule les touristes médusés. Il entendit des cris derrière lui. Après la rue piétonne principale se trouvait un dédale de ruelles bienvenu. Salim en prit une sur sa gauche, elle était bordée de boutiques plus petites et moins fréquentées. Encore quelques mètres et il était au bout. Il pouvait tourner à droite ou à gauche. Sans rien de prometteur dans les deux directions, il opta pour la gauche. Il lui fallait mettre de la distance entre les policiers et lui, mais il ne pouvait reprendre le chemin de l'hôtel.

Salim prit un autre tournant. Un chien errant allongé sur le trottoir leva la tête avec curiosité en apercevant ce jeune homme haletant, hésitant. De quel côté ? Il avait du mal à s'orienter dans cette partie d'Athènes ; il manquait de repères, mais savait qu'une rue principale se trouvait à quelques pâtés de maisons. Il tourna encore et fonça droit dans un couple qui marchait bras dessus, bras dessous. Ils trébuchèrent, maudirent Salim qui reprenait son équilibre en s'excusant d'un signe de la main. La ruelle débouchait sur une place avec une vieille église au centre, un vestige entouré de boutiques de luxe. Il sonda l'intersection du regard, cherchant la prochaine direction à prendre dans ce labyrinthe. Il avait le sentiment d'attirer l'attention, avec son regard affolé.

Le métro, pensa-t-il alors.

Mais comment le trouver? Salim s'adossa à un mur, cherchant un indice. La rue descendait, et d'après son souvenir, la station de métro se situait en contrebas par rapport au marché. Il ne l'avait pas repris depuis son premier jour, ne voulant pas gaspiller leurs économies tant que ses jambes le portaient. Il inspira profondément et repartit, à l'affût d'uniformes bleus. Il n'en vit aucun. Il garda la tête baissée et serpenta entre les passants dans l'espoir de se fondre dans la foule. La voix de sa mère résonna alors dans sa tête, suffisamment longtemps pour propulser ses jambes tremblantes.

« J'ai l'esprit en ébullition aujourd'hui. J'aurais préféré que tu remettes ça à demain. On pourra passer au mont-de-piété sur le chemin de la gare. On pourra y aller tous ensemble. »

« Ce n'est pas loin et on n'a plus beaucoup d'espèces, Madar-*jan*. Qui sait ce qui va arriver à Patras ? On aura besoin d'argent pour la nourriture et le ferry, sinon on restera coincés là-bas. »

« Mais aujourd'hui… »

« J'y vais, Madar-*jan*. Si on se cache dans une chambre chaque fois qu'on a peur, on n'arrivera jamais en Angleterre. »

Salim regretterait plus tard d'avoir été brusque avec elle, mais il ne pouvait s'appesantir là-dessus pour le moment. L'enseigne du métro surgit au loin. Il pressa encore le pas. Il s'arrêta net devant l'entrée en forme de voûte et l'escalier menant aux voies. Les mollets en feu, il tendit l'oreille, guettant le grondement du train. Il ne voyait encore rien au loin. Salim fit de son mieux pour paraître calme. Il aurait voulu se cacher, mais ne pouvait pas s'éloigner.

Les vibrations traversèrent ses semelles fines. Il jeta un regard nerveux à la cabine près de l'entrée et rejoua son plan dans sa tête. Sauter dans le tourniquet dès que le train arriverait, y monter avant qu'on puisse l'arrêter et partir le plus loin possible. Mieux encore, il descendrait pour changer de ligne et continuerait ainsi jusqu'à être sûr d'avoir semé les policiers. Salim ne put s'empêcher de sourire en voyant le géant d'acier apparaître au tournant. Il ne parlerait pas à sa mère de sa mésaventure.

Au moment précis où il s'engouffrait dans le tourniquet en se jurant d'écouter à l'avenir les intuitions de Madar-*jan*, des doigts furieux s'enfoncèrent dans son épaule et le tirèrent en arrière. Il tournoya sur place. Il agita les bras devant lui, mais ne trouva rien à attraper.

Le bruit du train qui entrait en gare avant de redémarrer fut assez fort pour étouffer les cris de Salim.

Chapitre 31

Fereiba

Le monde est ainsi fait. Une femme sans mari. Des enfants sans père. Peut-être qu'une famille normale est incomplète par définition. Comment ai-je pu espérer qu'il en irait autrement ? L'Afghanistan est une terre endeuillée, peuplée de veufs, de veuves et d'orphelins. Une terre où l'on perd à tous les coups – une jambe droite, une main gauche, un enfant, une mère. Tout le monde a perdu quelque chose, comme si un trou noir s'était ouvert au centre du pays pour aspirer dans son ventre insatiable des fragments de chacun. Quelque part sous notre terre kaki repose tout ce que nous avons perdu.

J'ai entendu les Afghans aux cheveux gris vivant en pays étranger dire : « Enterrez-moi en Afghanistan quand je serai mort. Ramenez-moi à la terre qui m'a vu naître. » Ils prétendent que c'est par amour du pays, mais peut-être s'imaginent-ils en fait qu'ils retrouveront là-bas tout ce qu'ils ont perdu. D'autres refusent obstinément de quitter l'Afghanistan, quoi qu'il se passe dans nos rues. Peut-être croient-ils que la terre s'ouvrira un jour pour leur rendre ce qui leur a été volé.

Je ne crois à rien de tout cela.

Ce qui n'est plus n'est plus, et ne reviendra jamais. Ce que la terre avale, elle le garde en elle pour toujours, et nous passons le reste de notre vie à errer maladroitement avec ce sentiment d'absence. Tel est notre fardeau.

Mon fils s'est endurci. Il devient un homme sans les conseils d'un père. Je le laisse traîner avec des garçons, car il ne peut pas être entouré que de femmes. Je ne peux lui enseigner que ce que je sais. Il a besoin d'apprendre des choses d'hommes, et je prie pour qu'il le fasse sans se mettre en danger ; j'espère être capable de le sauver s'il s'égare trop loin. Il m'en voudra davantage si je ne lui accorde pas cet espace. Ses mots, ses regards accusateurs, sont déjà ceux d'un adulte, alors que son visage et son corps sont encore ceux d'un enfant. Il n'est plus le garçon qu'il était il y a un an.

Le Salim d'autrefois, espiègle et farouche, me manque. Son rire me manque. Ses bras autour de mon cou me manquent. Tout cela est resté au pays, dans la terre de la perte. Même si nous atteignons l'Angleterre et commençons une nouvelle vie, je sais que Salim ne redeviendra jamais ce garçon. Ce qui n'est plus n'est plus.

Mes enfants ont hérité de mon infortune, celle d'une enfance tronquée, comme si le temps passé dans mon ventre avait inscrit le manque dans leur *nasib*.

À présent, j'attends que Salim revienne du mont-de-piété. Mes bracelets en or, les seuls souvenirs de ma mère que je possédais, ne sont plus là, ils ont rejoint la liste des pertes. J'ai détesté m'en séparer, mais comment aurais-je pu les garder alors que mes enfants ont faim ou qu'ils sont obligés de travailler ? L'argent que Salim s'apprête à nous ramener sera l'ultime cadeau de ma mère à mes enfants. Il ne scintillera pas, ne tintera pas comme des clochettes dans le vent, mais ce sera son doux baiser sur leurs joues.

Kokogul n'avait pas su que ces bracelets existaient. Ils n'auraient sans doute jamais orné mon poignet dans le cas contraire.

— Alors, que m'as-tu caché d'autre, mon cher mari ? avait-elle demandé d'un ton taquin. Ces murs recèlent peut-être des tas de trésors qui prennent la poussière. Pourquoi ne m'as-tu pas laissée mettre ces bracelets en lieu sûr ?

— Quel lieu est plus sûr qu'un endroit dont tu ignores l'existence ? avait rétorqué mon père.

— Bon, laisse-moi les voir au moins avant qu'ils quittent cette maison pour de bon.

Kokogul m'avait fait signe d'approcher. J'avais tendu mon poignet, ne voulant pas les ôter, même l'espace d'une seconde.

— Hum. De loin, ils avaient l'air plus lourds. En réalité, ils sont très fins et légers. On dirait du plaqué or.

À chaque grincement dans le couloir, mon cœur se serre. J'espère que Salim va bientôt rentrer. Il a dit en avoir pour deux heures, mais cela fait bien plus longtemps qu'il est parti. Je ne devrais pas m'inquiéter. Quand il rentrera, il me dira qu'il s'est arrêté pour jouer au foot avec des copains, qu'il n'a pas vu le temps passer parce qu'il s'amusait, et son visage sera illuminé par le soleil de l'après-midi. Je secouerai la tête, mais je serai heureuse pour lui. Si seulement son père pouvait le voir à présent, notre garçon entêté, portant sa famille sur son dos. Mon mari passerait son bras autour de moi et sourirait comme le jour où Salim, à l'âge d'un an, a fait ses premiers pas triomphants.

La situation s'arrangera une fois que nous serons en Angleterre. Malgré ce que dit son époux, je sais que Najiba nous aidera. Nous pourrons compter sur eux, en attendant de trouver notre chemin, et cela ne devrait pas être long, avec l'aide de Dieu. Si nous sommes arrivés si loin, nous sommes capables de nous forger une nouvelle vie dans n'importe quel pays. Nous avons seulement besoin qu'on nous accorde une chance. Quelque part dans le monde, il doit bien y avoir un endroit où nous serons accueillis comme une sœur perdue de vue depuis longtemps, et non chassés à coups de pierre comme un serpent dans le jardin.

Je t'en prie, Salim, dépêche-toi. Il est tard et ma foi est trop faible pour me rassurer encore bien longtemps. Je t'en supplie, reviens vite.

Chapitre 32

Salim

La route vers la prison lui sembla interminable. Salim sentait la sueur perler dans son dos. Sa vitre était baissée d'un centimètre, juste assez pour qu'il ait envie de l'ouvrir davantage.

— S'il vous plaît, monsieur, je dois partir. Je quitte la Grèce demain. Je ne poserai aucun problème. Je n'ai pas besoin d'aide.

— Tu pars demain ? Tu crois que c'est si simple, hein ?

Le sarcasme ne se perdait jamais dans la traduction.

Ils atteignirent la périphérie de la ville, là où les touristes n'osaient pas s'aventurer. Les joues de Salim étaient brûlantes de larmes. Ils passèrent par la route étroite menant à l'Hôtel Jaune, un bâtiment nommé sans imagination en référence à sa couleur citron. Il regarda la rue, mais ne vit personne. Une heure plus tard, le soleil commencerait à se coucher et Madar-*jan* à s'inquiéter.

À la prison, Salim passa devant des bureaux et des agents qui levèrent à peine les yeux. On le conduisit au fond du bâtiment, un coin austère où deux Africains et un Grec étaient assis dans une cellule. Salim ressentit le besoin impérieux de courir vers la sortie la plus proche, mais à chaque minute qui passait, son courage s'amenuisait. Le policier le plus âgé fit signe à un de ses collègues d'ouvrir la cellule au nouveau venu.

— Entre.

Réfléchis, s'exhorta Salim. *Trouve quelque chose à dire pour qu'ils aient pitié de toi. Pour qu'ils te laissent partir.*

— S'il vous plaît, je vais rentrer chez moi. Laissez-moi partir, s'il vous plaît, monsieur, dit Salim dans un dernier appel peu éloquent.

— Tu vas rentrer, oui. Tu vas rentrer ici.

On le poussa dans le dos, et Salim entra en trébuchant à l'intérieur de la cellule. Il baissa les épaules, vaincu. Les autres prisonniers jetèrent un coup d'œil à la scène, avec le genre de vague intérêt que la passivité engendre. Ces hommes n'avaient aucune envie de croiser son regard, ni de converser avec lui. Salim se traîna jusqu'au coin le plus reculé de la pièce, qui faisait moins de quatre mètres carrés, et se renfrogna comme un animal en cage. Il s'adossa au mur froid et glissa lentement vers le sol, genoux fléchis contre son torse.

Madar-*jan* chargerait Samira de surveiller Aziz pendant qu'elle irait le chercher, Salim le savait. Peut-être irait-elle voir le prêteur sur gages. Et celui-ci lui raconterait que la police avait arrêté son fils. Peut-être allait-elle s'évanouir ou piquer une crise de nerfs sur place. Salim passa en revue les événements de l'après-midi et s'en voulut terriblement de son imprudence. L'homme de la famille, recroquevillé, inutile, croupissant dans une cellule. Une bouffée de chaleur traversa ses muscles adolescents quand il imagina sa mère, son frère et sa sœur, livrés à eux-mêmes, tandis que dans sa chaussette gauche reposait, hors de leur portée, l'argent des bracelets.

Salim passa la nuit en prison.

Dans la solitude de la cellule pourtant surpeuplée, il eut le temps de méditer. Il avait passé des mois à regarder par-dessus son épaule et à craindre ce genre de situation. Il n'avait plus à s'en inquiéter désormais. Ce sentiment de terreur avait disparu, mais de nouvelles peurs l'avaient remplacé.

Tandis qu'il réfléchissait calmement, il observa les hommes autour de lui. Les deux Africains, assis côte à côte, conversaient dans leur barbe sans prendre la peine de se regarder. Le Grec scrutait les autres en grommelant, le visage déformé par une grimace. Ses codétenus ne faisaient pas attention à lui. L'esprit de Salim se mit alors à vagabonder.

La vie serait différente si mon père était en vie.

Ce n'était pas la première fois que cette pensée le traversait, mais elle lui sembla plus fondée que jamais, assourdissante même, tandis qu'il se demandait ce qu'il adviendrait de sa famille. Lorsqu'il ressentit le besoin de rompre le fil de ses pensées, il se leva et parcourut la cellule en rasant les murs, mais cela ne servit à rien. Son esprit était tout autant prisonnier que son corps.

Salim dormit par intermittence au cours de la nuit, se réveillant chaque fois la nuque raide et les jambes engourdies. Il changea fréquemment de position, de plus en plus écœuré par l'odeur du sol en béton.

Et si je leur disais la vérité ? Est-ce qu'ils n'auraient pas pitié de moi ? S'ils savaient ce qui est arrivé, ils ne pourraient tout de même pas me renvoyer en Afghanistan. Oui, mais s'ils le faisaient quand même ?

Le lendemain matin, l'estomac criant famine, Salim fut conduit dans une autre pièce en vue d'être questionné. On le fit asseoir à une table, en face d'un nouvel agent qui se présenta à lui par un nom commençant par la lettre G. Ce nom avait une sonorité bien trop étrangère et compliquée pour que Salim en comprenne davantage. Le policier tira sur sa cigarette et envoya vers lui un épais nuage. Salim retint son souffle puis expira lentement, refusant de respirer la fumée de cet homme et de la laisser envahir ses poumons comme si elle en avait parfaitement le droit.

Cet agent était très différent de ceux qui l'avaient arrêté la veille. Il était plus âgé, d'une cinquantaine d'années, et plus petit. Il portait une chemise grise, mais le même pantalon bleu marine et le même ceinturon que ses collègues. Un paquet de cigarettes gonflait sa poche poitrine. Des cheveux poivre et sel, coupés si court qu'ils se dressaient sur sa tête, encadraient sa figure ridée. Ses sourcils et sa moustache étaient courbés vers le bas, de sorte que tout son visage semblait se faner.

L'officier G parlait bien l'anglais et ne paraissait pas du tout pressé. Il prit un air pensif avant de débuter son interrogatoire. Salim se demanda, brièvement, si cet homme pourrait avoir pitié de lui et le laisser partir.

— Quel âge as-tu ?

G plissa les yeux en tirant sur l'extrémité de sa cigarette, et révéla des dents jaunies par des années de nicotine et de café.

— Quinze ans, répondit Salim, déterminé à ne pas contredire ses réponses précédentes.

— Quinze ans, hum. Quinze ans.

Il marqua un arrêt.

— Et d'où viens-tu ?

Salim avait passé une bonne partie de la nuit à se préparer à cette question. La veille, il avait prétendu venir de Turquie. S'il avouait d'où il venait réellement, ils risquaient de le renvoyer là-bas. Il ne survivrait pas à un retour en Afghanistan sans les siens.

— De Turquie.

Salim s'arma de courage.

— De Turquie ?

Il hocha la tête.

— Tu es turc. Hum. Pourquoi es-tu venu ici ?

— Pour étudier, dit-il avec conviction.

— Étudier ? Tu ne peux pas étudier en Turquie ?

Salim ne répondit pas.

L'officier G tira une feuille de papier qui se trouvait sous son carnet. Il la fit glisser sur la table.

— Lis ça.

Salim regarda la feuille. Il reconnut l'écriture turque. Les caractères étaient les mêmes que l'alphabet anglais, mais avec des points et des accents qui lui rappelaient le dari. Il avait appris des phrases simples de conversation, mais il savait qu'il buterait sur les mots s'il essayait de lire. Il était coincé.

Il déglutit et se souvint que cet officier n'était pas turc. Il ne devait pas être plus capable que lui de lire ce texte.

— S'il vous plaît, monsieur, de l'eau ?

Le policier pencha la tête de côté et se leva.

— De l'eau ? Bien entendu.

Il sortit de la pièce et revint avec un petit gobelet en carton contenant tout juste une gorgée, à peine de quoi s'humecter les lèvres. Salim l'accepta et sentit ses espoirs de miséricorde décliner. Il baissa de nouveau les yeux sur la feuille et commença à prononcer les mots avec toute l'assurance possible. Il leva les yeux vers l'officier.

— Maintenant, traduis, lui dit l'homme avec désinvolture.

Il sortit le paquet de cigarettes de sa poche. Il utilisa celle qu'il venait de fumer pour en allumer une nouvelle.

Tout le corps de Salim se contracta. Est-ce qu'il jouait avec lui ? Sa respiration s'accéléra, et il sentit sa gorge se serrer. Il eut envie de retourner sur le sol gris et froid de la cellule. L'officier attendait sa réponse.

— Tu n'es pas turc, déclara-t-il simplement en voyant Salim remuer sur sa chaise. Je te le demande encore une fois. D'où viens-tu ?

Il articula avec soin, pour bien se faire comprendre et souligner l'importance de sa question.

Salim s'avoua vaincu.

— D'Afghanistan.

— Ah, d'Afghanistan. Et comment es-tu venu ici ?

— Je suis passé par la Turquie.

— En bateau ?

Salim secoua la tête.

— En avion.

— Sans passeport.

— J'ai un passeport, mais mon ami… il l'a pris.

— Depuis quand es-tu ici ?

— Une semaine.

Salim mentit sans conviction. Plus il aurait passé de temps dans ce pays, s'imaginait-il, plus l'homme serait en colère.

— Tu veux rester en Grèce ?

Salim secoua de nouveau la tête.

— Où veux-tu aller ?

— Je veux aller en Angleterre.

— En Angleterre.

Il rumina la réponse de Salim avant de passer à la question suivante.

— Quel âge as-tu ?

— Quinze ans, dit Salim.

— Quinze ans ?

L'officier G n'y croyait guère, pas plus qu'aux autres réponses du jeune homme.

— Oui.

En repensant à la nuit noire qu'ils avaient laissée derrière eux à Kaboul, Salim se persuada que même le plus insensible des agents de police aurait pitié d'un adolescent esseulé. L'officier G sortit de la pièce et revint avec une canette de soda à l'orange, le genre de boisson que tous les enfants du monde adorent. Il tira sur l'anneau et la fit glisser sur la table, puis ralluma sa cigarette.

— Tu es mal barré, dit-il simplement.

Salim observa son visage. Ce point était indiscutable.

— Et si tu ne nous dis pas la vérité, ça ne fera qu'aggraver ton cas.

Loin de sa famille, Salim n'avait rien à perdre. Exténué et désespéré, il crut déceler un assouplissement dans la voix de l'homme, le ton d'un père grondant son fils. Il prit une longue gorgée de soda. Le liquide pétillant lui chatouilla la langue et tapissa sa gorge d'une douceur rassurante. Il sentit ses épaules se détendre comme la canette de soda fraîchement ouverte avec son léger sifflement.

— Je vais tout vous dire maintenant, murmura Salim. Je vais vous raconter mon histoire.

L'agent se renversa contre le dossier de sa chaise, tira une longue bouffée de cigarette, puis hocha la tête, tandis que Salim s'apprêtait à replonger dans une nuit plus noire que l'enfer.

Chapitre 33

Salim

— Reste ici. Le docteur va venir.

Salim regarda d'un air hébété l'officier G quitter la pièce. Un docteur ? Son esprit était encore embrumé après sa nuit blanche. Il avait du mal à se concentrer.

Une heure plus tard, un homme en chemise et pantalon entra dans la pièce. Il tenait une blouse blanche sur le bras et une sacoche en cuir fauve à la main. Il était d'une carrure imposante, les boutons de sa chemise semblaient sur le point de céder. Son visage était rond, et ses bajoues pendouillaient tristement. Il ressemblait au personnage d'un dessin animé russe que Salim avait vu un jour sur une vidéo achetée au marché noir.

Le docteur marmonna quelques mots, puis lâcha son sac et sa blouse sur la table. Il sortit de la sacoche un stéthoscope, une petite lampe stylo et une paire de gants en latex. Il s'assit sur la chaise que l'officier G avait occupée et fit signe à Salim d'avancer vers lui. Le garçon se leva lentement et s'exécuta.

Le docteur le regarda d'abord des pieds à la tête puis démarra un examen plus approfondi. Il pointa sa lampe dans les yeux injectés de sang de Salim puis dans sa bouche sèche. Il demanda au jeune homme d'ôter son polo. Salim sentit sa propre transpiration en levant les bras. Cela ne sembla pas indisposer le médecin. Il posa son stéthoscope sur le torse de Salim et écouta pendant que ce dernier gardait les yeux au sol. Il examina de près les aisselles du garçon avant de s'écrouler de nouveau sur sa chaise. Il tapota la ceinture de pantalon de Salim.

— Enlève ça. Je dois vérifier, dit-il.

Il consulta sa montre puis adressa un regard insistant à Salim. Les bras croisés, celui-ci sentait la révolte sourdre en lui ; il en avait des frissons. Le docteur attendit un moment en pianotant du bout des doigts sur la table. Il prit alors un air sévère et fixa Salim droit dans les yeux.

— Enlève… ça.

Dans sa voix se lisait un message clair : il n'y échapperait pas. Salim se sentit terriblement seul et minuscule. Il inspira plusieurs fois avant d'obéir ; il se débattit nerveusement avec le bouton et la fermeture Éclair de son pantalon, puis le descendit lentement jusqu'aux chevilles. Son caleçon pendouillait sur ses hanches. Salim regardait le plafond.

— Enlève ça aussi.

Le docteur toucha l'élastique du sous-vêtement tout en enfilant ses gants en latex dans un claquement. Une bouffée de chaleur submergea Salim. Que cherchait à savoir ce médecin ?

Il respirait lentement, un goût amer dans la bouche, s'efforçant d'évacuer son humiliation dans un filet d'air. Il baissa son caleçon au niveau des genoux. Le docteur ajusta ses lunettes et examina attentivement l'entrejambe de Salim. Il sortit alors un mètre en papier de sa sacoche. Salim ne s'était pas trouvé nu devant quelqu'un depuis la petite enfance. Une partie de lui avait envie de balancer son poing dans les drôles de lunettes du médecin tandis qu'une autre aurait aimé se rouler en boule et sangloter. L'examen se termina avant qu'il puisse agir.

— D'accord. Terminé.

Il fit signe à Salim de remonter son caleçon et son jean, puis nota quelque chose dans un carnet qui tenait dans la paume de sa main.

— Des problèmes de santé ? demanda-t-il pendant que le jeune homme se rhabillait à la hâte.

— Non. Aucun.

— Quel âge as-tu ?

La question refaisait surface. Cela devait être la raison de cette visite médicale, songea Salim, de l'examen de ses parties intimes, ce qui avait le plus changé en lui au cours des dernières années.

— Quinze ans, répondit-il d'une voix faible.

— Hum.

Le docteur s'immobilisa un instant pour examiner le visage du jeune homme puis griffonna de nouveau dans son carnet. Il remballa ses instruments, récupéra sa blouse et sortit de la pièce sans un mot de plus.

Seul, Salim se mit à faire les cent pas, la fatigue attisant sa colère. Il lâcha un petit cri qui ricocha d'un mur à l'autre. Il en lâcha un autre, plus long, plus fort.

Il posa les paumes et la tête contre le mur. C'était froid et solide, plus solide que sa situation personnelle. Il plaqua de nouveau la paume droite contre le mur, plus violemment cette fois-ci.

Il frappa plusieurs fois, de plus en plus fort, contre le mur, tandis que tourbillonnaient dans son esprit les événements des dernières vingt-quatre heures : le policier lui agrippant le coude alors qu'il sortait du mont-de-piété, la fumée de cigarette soufflée à son visage, le médecin examinant ses parties génitales avec plus d'attention que le douanier n'en avait porté à leurs papiers, sa mère affolée dans la chambre d'hôtel, ou parcourant les rues à sa recherche, Samira effrayée et mutique, son père secouant la tête, la déception au fond des yeux, la petite poitrine d'Aziz se soulevant douloureusement. Tout cela explosa au-dessus de sa tête comme une pluie de missiles pour retomber sur son crâne et ses épaules, et il n'avait nulle part où fuir, il ne pouvait rien faire.

Enragé, en larmes, Salim cognait le mur des deux mains à présent. Il ne remarqua pas la porte qui s'ouvrait derrière lui.

— Ohé !

Il sentit une main le tirer par le bras. C'était l'officier G, une cigarette accrochée mollement à sa lèvre inférieure.

— Tu es fou ?

Salim se retourna et s'écroula sur le sol, affaibli par sa crise. Il n'avait rien mangé depuis deux jours. Comme s'il comprenait cela en même temps que le jeune homme, le policier quitta la pièce et revint avec une assiette garnie de quelques morceaux de poulet grillé et d'un pain pita. Il posa l'assiette sur la table sans cérémonie.

— Mange un peu.

La respiration de Salim ralentit. Ses paumes le brûlaient, palpitaient. Il revint vers la table, vaincu. Il mâcha une bouchée après l'autre sans sentir le moindre goût. Il regarda fixement la nourriture, un voile devant les yeux. Ses muscles se relâchèrent. L'officier observait le garçon, un spécimen en bocal. Captivant pour ceux qui l'avaient capturé.

Salim mangea sans lever les yeux ni prononcer un seul mot. Une fois l'estomac apaisé, peut-être trouverait-il un moyen de se sortir de ce chaos. Un moyen de rejoindre sa mère.

Chapitre 34

Salim

Deux policiers turcs toisèrent Salim et les autres réfugiés. Chargés sur un bateau comme du bétail, le jeune Afghan et une dizaine de migrants eux aussi contrariés dans leurs plans avaient été renvoyés à Izmir. Le gouvernement turc n'était pas ravi de les récupérer, mais les règles étaient ainsi. Ils devaient être renvoyés dans le premier pays où ils étaient entrés, et c'était à ce pays-là que revenait le fardeau de gérer leur cas. En résultait un perpétuel ressentiment entre Turcs et Grecs. Le transfert s'était fait sèchement.

Salim regarda les officiers grecs sourire avec suffisance en remettant à leurs homologues une pile de documents et en déchargeant leur cargaison humaine sur le sol turc. Peu de mots furent échangés, mais les sentiments étaient clairs d'un côté comme de l'autre.

Ce n'est plus notre problème, lisait-on sur les visages des Grecs.

Ne nous remerciez surtout pas, déchiffrait-on sur les expressions sarcastiques des Turcs.

Ceux-ci reportaient leur agacement sur les réfugiés, qu'ils tiraient par le bras avant de les jeter dans un camion attendant au port. Les cuisses se chevauchaient, les épaules étaient collées les unes aux autres. L'unique fenêtre du fond ne suffisait pas à ventiler un véhicule rempli de réfugiés qui avaient croupi dans un centre de rétention grec pendant des jours, des semaines, voire des mois.

À chaque étape du processus, Salim avait promis de quitter la Grèce sur-le-champ si on acceptait de le relâcher. Ses supplications se noyèrent dans un océan de requêtes similaires dont les immigrants faisant face à l'expulsion abreuvaient régulièrement les autorités.

Salim aurait voulu être l'élu, l'exception à la règle. Il aurait voulu repenser plus tard à ce moment en se disant qu'il s'était trouvé à deux doigts d'être expulsé, à deux doigts d'être séparé de sa famille. Mais chaque détail – le siège sur lequel il était assis, les odeurs ambiantes, les gens qui l'entouraient – lui rappelait que rien ne le distinguait de cette foule d'indésirables.

Il y avait des Africains, quelques Européens de l'Est – il le devina à leur apparence et à la langue inconnue qu'ils parlaient – et même quelques Turcs. Il ne dénombra pas d'autres Afghans. Salim se sentit encore plus seul en le constatant, mais aussi soulagé. Il n'était pas d'humeur à bavarder, sachant que cela ne servirait à rien.

*Où Madar-*jan *croit-elle que je suis ? Est-il possible qu'elle ait trouvé le prêteur sur gages ? Peut-être qu'ils sont allés à la gare pour m'attendre là-bas. Peut-être même qu'ils sont montés dans le train, en pensant que je les y retrouverais. Ils peuvent être n'importe où maintenant. Madar-*jan, *dans quel* *état d'affolement tu dois être ! Comment vais-je réussir à te retrouver ? Que puis-je faire tout seul ?*

Une tempête faisait rage dans l'esprit de Salim, où de rares moments d'accalmie étaient interrompus par des éclairs de terreur ou un torrent de remords.

Roshani, *mon œil.*

Il tripota sa montre. Deux jours s'étaient écoulés depuis son arrestation.

« J'aurais préféré que tu remettes ça à demain. On pourra passer au mont-de-piété sur le chemin de la gare. On pourra y aller tous ensemble. »

« Si on se cache dans une chambre chaque fois qu'on a peur, on n'arrivera jamais en Angleterre, Madar-*jan.* »

Il avait rejoué cent fois cette scène dans sa tête.

Pourquoi fallait-il que je lui parle aussi sèchement ? S'il vous plaît, mon Dieu, faites que ce ne soit pas notre dernière conversation.

Il repensa à son dernier échange avec Padar-*jan*. Les mots qu'il regrettait s'accumulaient comme des perles sur un *tasbeh.*

La route fut longue, cahoteuse. Ce fut un soulagement de sortir du véhicule pour être conduit dans un autre bâtiment grisâtre. Là, ils furent amenés dans une grande pièce, où chaque immigrant tenta de s'approprier une parcelle du sol en ciment.

Salim rejoignit la file et se glissa contre un mur de parpaing. Il se toucha la cheville, en espérant que personne ne le regardait. La liasse de billets était toujours là, à l'endroit exact où il l'avait placée. Il pria pour ne pas être fouillé. S'ils confisquaient son argent, il n'aurait plus rien.

Des heures passèrent. Dans un coin se trouvaient des urinoirs. Une forte odeur d'ammoniaque flottait dans l'air. Deux hommes sanglotaient sans prendre la peine de cacher leur visage. Les gens avaient abandonné leur dignité depuis longtemps.

Salim ferma les yeux. Seuls ou par groupes de deux, on faisait sortir les réfugiés de la salle pour les conduire dans une pièce destinée aux interrogatoires. Certains en ressortaient, d'autres pas. Salim ne savait pas ce qu'il devait espérer. Quand un garde pointa un doigt vers lui, il se leva et le suivit dans le couloir. On le fit asseoir devant une petite table. Le regard de l'officier de police qui lui faisait face passa de Salim au document posé sur le bureau.

Donne les mêmes réponses. Souviens-toi de ce que tu leur as dit en Grèce.

Les questions commencèrent à pleuvoir. Salim était désormais familier du processus.

— D'où viens-tu ? Pourquoi as-tu quitté la Turquie ? Que faisais-tu en Grèce ? Qui voyageait avec toi ? Quel âge as-tu ? Je veux la vérité : quel âge as-tu ?

— Je viens d'Afghanistan. Je ne veux pas être un réfugié en Turquie ni en Grèce. Je suis seul. J'ai quinze ans.

Pour la majeure partie de l'entretien, il fut capable de répondre en turc ; pour le reste, il s'exprima en anglais. Cela semblait divertir l'officier.

— Quinze ans ? Hum.

Encore ce sourire narquois et méfiant.

— Pourquoi as-tu quitté ton pays ?

Salim décida de parler sans détour, en choisissant soigneusement ses mots.

— Je veux aller en Angleterre. Dans mon pays, il y a les talibans. Ils sont dangereux. On n'avait pas d'argent, pas de travail, on n'allait pas à l'école. Ils tuent les gens.

Avaient-ils l'intention de le renvoyer chez lui ? Il ne pouvait pas y retourner. Il n'y survivrait pas tout seul.

— Es-tu un soldat ?

— Un soldat ? Non ! J'allais à l'école. Mon père était ingénieur. Ils l'ont enlevé et… ils l'ont tué.

Le cœur de Salim se fendit au moment où il prononça ces mots. L'officier semblait dubitatif. Ils l'avaient amené là et poussé comme un animal au milieu d'un troupeau ; cela ne leur suffisait-il donc pas ?

— Tu ne veux pas rester en Turquie ?

Salim secoua la tête.

— Mais tu parles un peu le turc.

Salim acquiesça, il n'était pas sûr que ce soit un avantage.

— Tu connais quelqu'un ici ? Tu as vécu ici ?

Ces questions-là étaient plus épineuses. Salim expliqua qu'il avait rencontré des garçons, mais qu'il ne savait pas où ils se trouvaient. Il avait vécu dans un petit village et travaillé dans une ferme, mais ne se souvenait pas du nom de cette bourgade. Il assura au policier qu'il ne voulait pas y retourner.

L'agent quitta la pièce puis revint accompagné d'un autre homme. Ils restèrent sur le seuil et discutèrent à voix basse. Salim ne put entendre leur conversation ni déchiffrer leurs expressions énigmatiques. Avait-il commis une erreur dans ses réponses ? Pensaient-ils qu'il mentait ? Qu'étaient-ils en train de décider ?

Sa tête lui faisait mal. Les odeurs corporelles, la faim qui le tenaillait et la fumée de cigarette l'avaient étourdi.

Les deux hommes entrèrent ensemble.

— Tu dois quitter la Turquie.

Salim acquiesça d'un hochement de tête.

— Tu ne dois pas revenir en Turquie. Et si on t'arrête quelque part, tu dois leur dire que tu n'as jamais mis les pieds en Turquie. Ne parle pas le turc. Tu parles un peu l'anglais. Tu te débrouilleras avec ça.

Salim eut du mal à interpréter leurs avertissements. Avaient-ils l'intention de lui bander les yeux, de le faire pivoter plusieurs fois sur lui-même puis de le jeter dehors, dans l'inconnu ? Comptaient-ils le renvoyer en Grèce ? En Iran ? L'officier n'avait pas apprécié la réticence de Salim. Peut-être l'avait-il mal interprétée.

Il fit un grand pas en avant et gifla violemment le garçon.

Salim eut soudain très peur.

— Si on te trouve encore une fois en Turquie, tu risques de passer un sale quart d'heure.

Clac ! L'oreille de Salim se remit à vibrer. Il garda la tête baissée.

— Tu comprends ce que je te dis ? Tu parles turc, non ? Tu ne veux plus causer, maintenant ?

— Je comprends, murmura Salim à grand-peine.

L'autre policier le saisit par le coude et le conduisit brusquement dans le couloir, jusqu'à une porte de sortie. Salim trébucha, titubant pour recouvrer l'équilibre.

La lumière du soleil l'aveugla. Il leva instinctivement la main.

Un violent coup de pied aux fesses, et il se retrouva au sol. Une autre botte frappa son flanc gauche, de la terre vola dans sa bouche ouverte.

— Peut-être que tu as vraiment quinze ans, au fond. Tu tombes comme un gamin, pas comme un homme.

Un des policiers se mit à rire.

— Qu'on ne te revoie plus en Turquie. Débrouille-toi pour disparaître et ne reviens pas.

Salim se redressa prudemment et secoua la tête. On l'avait libéré. L'officier referma la porte d'un coup sec. Salim était dehors. Il s'arrêta, craignit qu'il ne s'agisse d'une mauvaise plaisanterie ou d'un piège. Quelques minutes passèrent ; la porte restait fermée. Personne ne vint.

Salim commença à s'éloigner du bâtiment. Toujours rien. Une poussée d'adrénaline s'empara alors de lui, et il se mit à courir. Il fonça dans les rues silencieuses et se cacha derrière un immeuble. Il ne savait pas où il était ni où il allait, mais voulait simplement fuir le poste de police avant qu'ils changent d'avis.

Les mains sur les genoux, Salim haletait. Sa gorge était sèche et râpeuse, il recracha la poussière qui collait à sa langue. Pris de maux de ventre, il vomit de la bile contre le mur. Une douleur élança son côté gauche. Il respira profondément et attendit que cela passe.

Il n'entendit aucun pas derrière lui, aucun bruit laissant penser que la police le poursuivait. Ils ne le cherchaient pas, mais ils s'étaient montrés très clairs : il n'était pas question qu'ils retombent sur lui. Il fallait que Salim quitte cette ville au plus vite. Il avait un peu d'argent. Pourrait-il repartir en Grèce sans passeport ni aucun titre de transport ?

*Que dois-je faire ? Madar-*jan, *s'il te plaît, dis-moi quoi faire.*

Il tenta de se calmer. Ses pensées formaient un tourbillon autour de lui, qui s'élargissait de plus en plus, menaçant de l'engloutir.

Concentre-toi. Réfléchis. Tu en es capable.

Salim se calma. Tandis que son chaos intérieur s'apaisait, il entendit la voix de sa mère.

Trouve un endroit sûr. Procure-toi à manger. Retourne en Grèce.

Salim regarda autour de lui. Il n'y avait aucun commerce, aucun marchand de rue. Personne à aborder. Il était comme les garçons d'Attiki à présent. Il était sorti de son histoire pour rejoindre la leur, loin des privilèges qu'offrent un passeport et une famille. Il n'avait pas de bijoux à vendre, possédait seulement l'argent qu'il avait gardé caché. Les périples dont il avait entendu parler à Attiki, les histoires des survivants qu'il avait rencontrés, le hantaient.

Ses idées commencèrent à s'éclaircir. Il s'essuya la bouche du revers de la main.

Je dois faire peur à voir.

Salim erra dans les rues, cherchant un quartier plus fréquenté et les choses dont il avait besoin : de la nourriture, un abri, un moyen de retourner à Intikal.

Intikal était le seul endroit qui lui venait à l'esprit. Là-bas, il pourrait se tourner vers Hakan et Hayal, leur demander de l'aide pour prendre contact avec sa mère. La perspective de retrouver leur foyer lui apporta du réconfort.

Il n'eut aucun mal à se procurer à manger, étant assez désespéré et épuisé pour se payer un en-cas. Il avait besoin de forces pour continuer. Le marchand fronça les sourcils d'un air dégoûté, mais accepta les euros humides de sueur que le jeune homme tira de sa chaussette.

Des croûtons au sésame, le mets le moins cher qu'il trouva, apaisèrent son estomac qui grondait. C'était l'après-midi. Salim sentait les regards le transpercer, imaginait les doigts pointés vers lui. À l'intérieur de sa tête, une centaine de minuscules tambours l'appelait à dormir.

Dans des toilettes publiques, il nettoya son visage crasseux du mieux qu'il put. Il se rinça le corps à l'eau du robinet. Son flanc gauche lui faisait mal, et il levait difficilement le bras.

À Attiki, les garçons lui avaient parlé des épreuves qu'ils avaient traversées pour entrer en Grèce. Certains avaient embarqué sur des bateaux rudimentaires fournis par des passeurs. D'autres s'étaient infiltrés dans des camions de marchandises qui devaient être chargés sur des ferrys. Les deux stratagèmes étaient dangereux. Tout le monde avait des histoires à raconter : dans certaines, les gens périssaient par noyade ; dans d'autres, ils trouvaient la mort sous le châssis d'un poids lourd. Salim ignorait où trouver un passeur. Il valait mieux faire la longue route jusqu'à Intikal, se ressaisir et mettre au point un plan solide.

Ce fut un choix douloureux, mais Salim sortit des toilettes sans grande détermination. Il demanda son chemin et trouva la gare routière. Un bus pour Intikal devait partir six heures plus tard. Il acheta un billet et attendit.

Salim s'endormit, bercé par le grondement sourd du moteur. Au moins, il n'y aurait plus de point de contrôle jusqu'à Intikal, plus d'agent de police. De plus, dans ce pays, Salim était capable de communiquer. Son crâne cognait contre l'appui-tête rigide à chaque ornière. Il rêva qu'il se trouvait dans ce bus, mais avec Madar-*jan*, Samira et Aziz à ses côtés. Ils allaient à Intikal ensemble, un sac de bijoux et d'effets personnels glissé sous leurs sièges.

Le trajet était plus long que dans son souvenir, mais il trouva la ville d'Intikal inchangée, toujours aussi accueillante. Salim aperçut la mosquée devant laquelle il avait abordé Hakan le premier jour. Cette vision le rasséréna.

Il passa devant la boutique où Kamal et lui avaient chapardé des cigarettes et des bonbons par simple jeu. Dans la vitrine apparaissait le dos du propriétaire, occupé à charger ses étagères de paquets de biscuits. Salim enfonça les mains dans ses poches et poursuivit sa marche.

C'était le début de soirée. De loin, il vit une lumière allumée dans la maison d'Hakan et Hayal. Il aurait pu courir vers la porte et s'écrouler sur le seuil, mais préféra ne pas les affoler. Il avança d'un pas lent et mesuré, réfléchissant à ce qu'il leur dirait. Sa respiration s'accéléra. Ses doigts tremblaient lorsqu'il frappa au battant.

Hakan ouvrit. Il écarquilla les yeux en voyant ce garçon à peine reconnaissable.

—Salim !

—Monsieur Yilmaz…, commença Salim. Je n'ai nulle part où aller.

—Entre, entre ! dit Hakan en tendant le cou vers la rue. Où sont tes…

— Ils ne sont pas avec moi, répondit simplement Salim.

Hakan pinça les lèvres et conduisit le garçon dans la cuisine. Il appela Hayal, qui eut l'air encore plus sidérée que son mari. Elle le prit aussitôt dans ses bras. Salim ferma les yeux. C'était bon de retrouver leur chaleur, mais il se sentait si crasseux qu'il faillit s'écarter. Elle se mit à préparer du thé et à réchauffer de la nourriture. Hakan et Salim s'assirent à la table de la cuisine.

— Où est ta chère mère ? Et tes frère et sœur ? Est-ce qu'ils vont bien ?

— Je ne sais pas. Je crois que oui, je ne suis pas sûr. Peut-être qu'ils ont pris le train, ou alors ils m'attendent en Grèce, mais je ne sais pas comment y retourner.

Ses réponses étaient fébriles, confuses. Aussi usées que lui. Hakan et Hayal échangèrent des regards inquiets.

— Mange un peu, mon garçon. J'ai l'impression que tu as le ventre vide depuis des jours !

Hayal le dorlotait pendant qu'Hakan tentait de comprendre ce qui était arrivé après leur départ d'Intikal.

— Vous avez pris le ferry pour Athènes tous ensemble ? Où avez-vous logé ?

Salim était trop exténué pour édulcorer la réalité. Il leur parla du premier hôtel puis des Afghans qu'il avait rencontrés à Attiki. Il leur parla aussi de leur décision de quitter leur chambre afin de garder leurs économies pour la suite du voyage, et des nuits fraîches passées dans l'aire de jeux.

Hayal fut horrifiée par ce récit, elle imagina Fereiba et ses petits dormant sous la pluie. Salim poursuivit. Il parla de l'Hôtel Jaune et des billets de train qu'ils avaient achetés.

Il arriva ensuite à l'épisode du prêteur sur gages et des agents de police. Sa gorge se noua. Hayal posa une main sur la sienne. Le poste de police en Grèce. Le poste de police en Turquie et enfin, le seul endroit qui lui était venu à l'esprit, la maison des Yilmaz à Intikal. Bizarrement, dans ce moment-là, Hakan et Hayal furent davantage une famille pour lui que tous ses oncles et tantes réunis. Madar-*jan* serait tellement rassurée de le savoir avec eux.

Hakan se pencha en arrière sur sa chaise. En tant que parents, sa femme et lui avaient eu la même pensée. La priorité était de joindre l'Hôtel Jaune, mais Salim n'avait pas le numéro de téléphone de l'établissement.

—Nous pourrions le trouver, mais il nous faut un ordinateur, dit Hakan.

—Un ordinateur ? Chez Kamal ! Ils en ont un !

—Salim, la famille de Kamal a déménagé après ce triste mariage. Ils sont partis. Mais j'ai un autre ami pas loin qui pourrait nous aider. Je vais aller chez lui. D'abord, dis-moi tout ce dont tu te souviens à propos de cet hôtel.

Salim se creusa la mémoire puis écrivit le nom exact de l'hôtel et des rues alentour. Tandis qu'Hakan partait à la recherche du numéro, Hayal fit couler un bain à Salim ; il en avait bien besoin.

L'eau chaude détendit sa nuque, mais pas son esprit. Il ne pourrait rester là éternellement. Il fallait qu'il retourne en Grèce.

Il enfila les vêtements qu'Hayal lui avait préparés, un pantalon et une chemise qu'un de ses fils avait laissés chez ses parents, car ils ne lui allaient plus. Hakan rentra avec de bonnes nouvelles. Il avait pu se procurer les coordonnées de l'hôtel sur Internet. Salim, qui s'était assoupi sur le canapé, se réveilla d'un coup, dans un état extatique.

— Il faut que j'appelle ! Il faut que j'appelle tout de suite ! Ils y sont peut-être encore !

— Je sais, dit Hakan en souriant mais avec quelque hésitation. J'ai une carte téléphonique. Nous pouvons essayer maintenant, mais… mais Salim, tu dois garder en tête qu'il est possible qu'ils aient pris le train sans toi. On ne pourra peut-être pas les joindre, et ce ne sera pas forcément mauvais signe.

Salim acquiesça. Il était content de ne pas passer cet appel tout seul. Qu'il parvienne ou non à leur parler, il aurait besoin de quelqu'un vers qui se tourner après avoir raccroché.

Hakan lut les instructions au dos de la carte et composa le numéro jusqu'à ce que la connexion s'établisse. Il tendit alors le combiné à Salim, dont les articulations blanchirent pendant qu'il écoutait la sonnerie à l'autre bout du fil.

Un cliquetis, un raclement de gorge, puis un marmonnement. Salim reconnut la voix du vieil homme.

— S'il vous plaît ! J'ai besoin de parler à ma mère. Est-ce que ma mère est ici ?

Il s'exprima dans un mélange d'anglais, de turc et de dari, un court-circuit émotionnel entre ses pensées et sa langue.

— Qui est à l'appareil ?

La voix était confuse, méfiante. Hakan posa la main sur le coude de Salim.

Parle moins vite, lui conseillait-il par ce geste.

Salim prit une profonde inspiration et se concentra sur son anglais.

— S'il vous plaît, je m'appelle Salim. Je logeais à l'hôtel avec ma mère. J'ai besoin de lui parler. Elle est ici avec mon frère et ma sœur.

— Ah, le garçon ! Ta mère te cherche partout. Elle est dans la chambre. Rappelle plus tard. Je suis occupé maintenant.

— Non, je ne peux pas rappeler plus tard. S'il vous plaît ! Ma mère, je dois lui parler tout de suite !

Le vieil homme décela le désespoir dans son ton.

— D'accord, d'accord.

Il grommela quelques mots en grec que Salim ne comprit pas.

Le silence fut interminable. Hakan et Hayal regardaient le visage de Salim avec angoisse.

La voix de Fereiba grésilla alors dans le combiné. Salim bondit sur ses pieds et, comme un animal qu'on aurait attaché à une corde, se déplaça aussi loin que le lui permit le fil torsadé du téléphone.

— Salim, Salim, *bachem* ? C'est toi ? demanda-t-elle d'une voix tremblante.

— Oui, Madar-*jan*, dit-il. C'est moi.

— *Bachem*, où es-tu ? Oh, Dieu merci ! J'étais si inquiète.

— Je suis à Intikal, Madar-*jan*, avec Kaka Hakan et Khala-*jan*. La police m'a arrêté et m'a renvoyé en Turquie.

— La police ? Oh, mon Dieu, tu es en Turquie !

Madar-*jan* se mit à penser à toute vitesse, faisant défiler dans son esprit tout ce qu'impliquaient de telles nouvelles.

— Tu vas bien ? Tu es blessé ?

— Je vais bien, Madar-*jan*.

Cette fois, ils n'avaient pas de décision douloureuse à prendre, mais subissaient une décision qu'on avait prise à leur place. Salim parla en premier.

— Madar-*jan*, tu as les passeports et les billets de train. Emmène Samira et Aziz, et partez en Angleterre le plus tôt possible. Je vais trouver un moyen de revenir en Grèce, mais ça pourrait être long, puisque je n'ai plus mes papiers. Si vous m'attendez, l'état d'Aziz risque de s'aggraver.

— Je peux t'envoyer ton passeport par la poste. Je peux l'envoyer chez Hayal-*jan*.

La voix de Madar-*jan* était chargée de culpabilité.

— Mais, Salim-*jan*, et l'argent ? ajouta-t-elle. Est-ce que la police t'a tout pris ?

— Non, j'ai toujours l'argent des bijoux. Si tu arrives à m'envoyer le passeport, je pourrai refaire le même voyage et je vous retrouverai à Londres en un rien de temps.

Une partie de lui voulait que Madar-*jan* refuse, qu'elle décide de l'attendre en Grèce pour qu'ils partent tous ensemble en Angleterre. Elle voulait sûrement la même chose, mais leur plan devait prendre en considération le cœur abîmé d'Aziz.

— Oh, mon fils. Que Dieu te protège. Salim-*jan*, donne-moi leur adresse. Je vais t'envoyer le passeport. Ton amie, Rokshana, est venue à la gare. Elle nous a vus. Elle savait qui nous étions. Elle est si gentille, elle a dit qu'elle reviendrait plus tard dans la journée. Elle pourra sûrement m'aider à t'envoyer le passeport.

Madar-*jan* avait rencontré Roksana ? Salim se laissa retomber dans le fauteuil et posa une main sur son front. Tête baissée, il ferma les yeux et laissa la gratitude le submerger.

Merci, Roksana. Merci du fond du cœur.

Hakan tapota sa montre. Le crédit de la carte téléphonique serait bientôt épuisé.

— Madar-*jan*, je n'ai plus beaucoup de temps sur cette carte.

Il se tourna vers Hakan et lui demanda leur adresse. Celui-ci la griffonna rapidement sur un bout de papier, et Salim la répéta tout aussi vite à Madar-*jan*.

— Salim-*jan*, *bachem*, je t'envoie le billet de train et le passeport. Pardonne-moi, nous partirons, peut-être demain. Aziz a besoin de voir un médecin. Mais fais très attention à toi, je t'en supplie ! Dis une prière à chacun de tes pas et sois vigilant. Mon chéri, crois-moi, j'aimerais ne pas être obligée de…

La ligne fut coupée. Salim tenait précieusement le combiné. Quand la voix de sa mère se tut, son aventure prit un autre tour. Il était seul à présent. La nuit à venir serait la dernière que la famille Waziri passerait dans une relative sérénité, en sachant où se trouvait l'autre et qu'il était sain et sauf. La mère de Salim avait rencontré Roksana et celle-ci les guiderait lors des prochaines étapes. Fereiba était rassurée de savoir Salim avec Hakan et Hayal. Ce soir, s'ils arrivaient à ne pas penser au lendemain, ils pourraient tous se reposer.

Salim s'allongea sur le matelas familier et s'endormit en quelques secondes.

Il se réveilla le lendemain, ouvrit les yeux sur le même plâtre craquelé qu'il avait contemplé pendant des mois. Son regard revenait se poser sur les fissures, les endroits où la peinture s'écaillait et où le plafond s'effritait, le révélant dans sa nudité. Salim se passa les doigts dans les cheveux et sur les bras. Il s'attendait à sentir les mêmes lignes de faille sur son corps, des zones où le poids de la charge qui pesait sur lui avait commencé à le fendiller, pour l'exposer lui aussi dans toute sa nudité.

À l'aube, le soleil perça les fins rideaux de coton. Le brouillard se dissipait. Salim avait dormi plus d'une demi-journée. Il émergeait avec les idées claires.

Il attendrait le passeport. Cela pourrait prendre deux semaines. Deux semaines sans aucun revenu. Il n'y avait qu'une seule solution. Salim se leva et boutonna sa chemise. Il retournerait à la ferme.

M. Polat esquissa un sourire narquois et cracha, mais il avait besoin de cette aide. Il dit à Salim qu'il pouvait reprendre son travail aux champs. L'Arménienne eut un petit éclat de rire en le voyant, comme si elle avait toujours su qu'il reviendrait. Elle secoua la tête et reprit son labeur, en marmonnant à voix basse quelques mots qu'il n'aurait pu déchiffrer même si elle les avait hurlés au ciel.

Pourtant, il comprit.

À quoi bon ? Tu as fait tes bagages et pris un bateau, et tout ça pour quoi ? Rien n'a changé, rien ne changera jamais. Tu as essayé de te libérer de ces vignes, mais elles ne feront que t'enserrer davantage.

Salim ne lui parla pas, mais se tint un instant dos au soleil, son ombre puissante et râblée se découpant au milieu des plants de tomates. Elle avait tort. Tout avait changé depuis qu'il avait quitté cette ferme. C'était un véritable réfugié désormais, mais un réfugié qui avait vu l'océan. Il avait entendu le bruit des vagues et humé l'air marin. Chaque étape de son voyage l'avait changé, avait modifié sa vision du monde de façon irréversible. Il avait traversé les eaux une fois et les traverserait encore, sans sa famille, mais riche des minuscules mutations de son être qui lui donnaient la force d'affronter seul cette épreuve.

Chapitre 35

Fereiba

Je ne souhaite à personne d'avoir à faire face à un tel dilemme. Rien n'est plus difficile.

Mon sentiment de culpabilité pèse si lourd sur mes épaules qu'il me faut puiser au plus profond de mes réserves pour mettre un pied devant l'autre et continuer.

Comment Salim a retrouvé le chemin d'Intikal, je ne le saurai que lorsque je reverrai mon fils. Je n'aurais jamais dû le laisser quitter cette chambre d'hôtel. J'aurais dû me comporter en mère, hausser la voix et imposer mon autorité. J'ai eu des frissons ce jour-là quand il a parlé d'aller au mont-de-piété. Y a-t-il plus grand péché pour une mère que d'ignorer son intuition ? Je l'ai mise de côté pour accorder à Salim l'espace qu'il réclamait, l'espace que son père estimait nécessaire pour qu'il devienne un homme.

Mahmoud n'avait pas toujours raison. Je le comprends aujourd'hui avec le recul, c'est même aussi limpide que le bleu du ciel. Il prenait les décisions avec sa tête. Il défendait ce qu'il pensait être bien, logique et fondé ; des notions romantiques qui n'ont engendré que déception. Kaboul n'était pas un lieu propice aux idéaux. Je le savais. Je le lui avais dit. Les idéaux et les anges gardiens appartiennent aux rêves enfantins que l'on fait en temps de paix. Ils n'ont pas leur place dans ce monde. Nous aurions dû quitter Kaboul bien plus tôt, suivre ma famille dans un endroit plus sûr quand nous étions encore au complet. Je l'ai laissé contredire mes intuitions, snober les avertissements de Dieu.

Le haïr, cependant, serait une autre forme de blasphème.

Il n'est plus là, et je ne peux dévier du chemin que nous avions ensemble décidé de prendre. Je ne peux rien changer aux conversations que nous avons eues. Je m'en tenais au plan parce que je l'aimais et lui faisais confiance, parce que je voulais honorer les choix que nous avions faits. Sa bonté, le nectar qu'il offrait au monde, attirait une abeille, puis deux, puis tout un essaim. Elles l'encerclaient, bourdonnaient autour de lui, pour finalement libérer leur venin. Même après sa mort, j'ai continué à les entendre, elles rôdaient autour de ma famille. Mais cette fois-ci, je suis seule responsable. J'ai laissé Salim, mon premier-né, passer la porte de cette chambre pour rejoindre un monde sans pitié, et maintenant je pleure parce qu'il n'est pas revenu. Je suis la mère que je m'étais juré de ne jamais devenir.

Je n'ai pas fait ce choix sans raison. Aziz est au plus mal. Il n'a pas pris de poids, et je lis la tension sur son visage de suie, sur la minuscule veine bleue qui bat le long de sa tempe, sur son dos dont les os ressemblent à des perles de verre. Je dois tout faire pour lui venir en aide, afin qu'il puisse un jour revoir son grand frère. Il est si léger dans mes bras. C'est mon dernier-né, celui que je porterai aussi longtemps que possible, car il fait de moi une mère pour quelque temps encore.

Lorsqu'il est éveillé, j'observe ses mouvements. Je vois Salim en lui. Il ressemble beaucoup à son aîné, est aussi obstiné et résistant que lui. Chacun lutte à sa façon, mais Salim peut tenir sur ses jambes. À sa voix, qui m'est parvenue depuis la sécurité de la maison d'Hakan et Hayal, j'ai compris qu'il était capable de trouver son chemin.

J'ai fait un choix. Nous avons pris le train à Athènes. Aurais-je pu agir différemment ? Oui. Mais mon intuition me souffle qu'Aziz n'aurait pas survécu. Pardonne-moi, Salim, mais nous n'avons pu t'attendre. Pour ton petit frère chéri, auquel tu en veux et que tu adores, il fallait que je continue.

Qu'y a-t-il de pire que de choisir entre deux de ses enfants ? Que l'on me demande de choisir entre mon bras droit et mon bras gauche, je serais prête à en sacrifier un. Mais que l'on me demande de choisir entre Aziz et Salim, mon cœur se brise en mille morceaux. Les enfants sont des dons du ciel ; chaque souffle, chaque rire, chaque caresse qu'ils offrent est une gorgée d'eau pour le pèlerin traversant le désert. Je n'ai pas pu en faire l'expérience dans ma jeunesse, mais je le sais en tant que mère, j'ai acquis cette vérité à mesure que mon cœur se gonflait, se serrait, palpitait ou se brisait pour chacun de mes enfants.

Samira me regarde en silence. Ce n'est plus une petite fille, son corps est désormais celui d'une jeune femme aux courbes délicates. Dieu merci, elle a l'air bien plus sage que je ne l'étais à son âge. J'étais naïve. Je repense à la façon dont j'accordais ma confiance aux gens : au garçon dans le verger, à Kokogul. J'imagine que ma fille se tait, car elle sait que les mots ne valent rien, ne font rien avancer. Depuis notre départ de Kaboul, elle s'est montrée forte et mature sans faire de bruit. Elle a autant œuvré pour son petit frère que moi. Elle l'a bercé pendant ses poussées de fièvre, a fait preuve de patience quand il repoussait la nourriture, a porté nos sacs quand je ne le pouvais pas. Tout cela m'importe plus que tous les mots qu'elle aurait pu prononcer, même s'il me tarde d'entendre à nouveau sa voix. Et surtout, son rire.

Salim lui manque. Elle se sent terriblement seule sans lui et ne parlera pas tant qu'il ne sera pas revenu, tant que ce monde qui n'en finit pas de nous déposséder ne lui aura pas rendu ce qu'il lui doit. Son cœur est le reflet du mien, et c'est pour elle que je retiens mes larmes. Ça suffit maintenant. J'en ai assez d'être piégée. Chaque matin au réveil, lorsque je me rends compte que rien n'a changé, je pense en avoir fini avec la vie.

Sans mes enfants, ce serait le cas. Pour eux, je ne peux pas abandonner.

Peut-être retrouverai-je Salim. Peut-être le prendrai-je à nouveau dans les bras et entendrai-je à nouveau sa voix, peut-être nous sera-t-il rendu. Même si cette chance m'est donnée, je ne serai plus la même. Je serai à jamais la mère qui a laissé un de ses enfants derrière elle. Voici l'enfer dans lequel je vis à présent et dans lequel je vivrai pour toujours.

Le train a quitté la gare. Nous sommes en route. Les gens nous observent, mais nos billets ne sont pas remis en question, nos papiers non plus. Certains appelleraient cela de la chance, mais tout est relatif.

Samira regarde par la fenêtre ; la tête d'Aziz repose contre son bras. Elle pense à son frère, sans aucun doute, et se demande si sa mère a fait le bon choix. Je ne peux le lui expliquer. C'est une chose qui ne peut se réduire en mots.

Chapitre 36

Salim

Tous les jours, Salim se hâtait de rentrer chez ses hôtes pour savoir si le passeport et le billet de train étaient arrivés à Intikal. Une semaine après son retour, il aborda timidement Hakan et lui tendit quelques billets en paiement du gîte et du couvert. Hakan secoua la tête et dit à Salim de ne plus parler d'argent. Le jeune homme se tut et hocha la tête pour le remercier, un geste peu éloquent mais qui fut compris.

Dix jours passèrent et toujours aucune enveloppe en vue. L'humeur de Salim n'allait pas en s'améliorant, bien au contraire, avec le regain d'intérêt que lui portait Ekin. Elle se tenait derrière la maison où elle faisait semblant de lire ou de s'occuper du jardin de plantes aromatiques de sa mère. Elle s'arrangeait pour rester visible et observait Salim du coin de l'œil. Elle disait des choses que le jeune homme n'avait ni envie ni besoin d'entendre.

— Où étais-tu passé ? lui lança-t-elle en riant. Mon père a juré pendant deux jours quand tu n'es pas revenu. Tu as de la chance qu'il te laisse reprendre le travail.

Polat, de temps à autre, la chassait vers la maison, mais il semblait ne pas se rendre compte de la fascination que Salim exerçait bien malgré lui sur sa fille. Leurs conversations étaient déséquilibrées. Ekin parlait et Salim écoutait, craignant de dire quoi que ce soit qui aurait pu être mal interprété. Il gardait le silence pendant qu'elle bavassait sur l'école, la radio, ou d'autres futilités dont il ignorait tout.

Seize jours s'étaient écoulés, et toujours pas de passeport dans le courrier. Salim avait du mal à dormir. Hakan avait essayé de rappeler l'hôtel, mais le propriétaire lui avait dit que la famille était partie depuis longtemps. Salim espéra alors qu'ils avaient réussi à prendre le train, peut-être avec l'aide de Roksana. Peut-être étaient-ils déjà arrivés à Londres, même s'il ignorait si Madar-*jan* avait un plan pour aller d'Italie en Angleterre.

Le passeport était une tout autre affaire. Salim n'avait aucun moyen de savoir si les documents avaient été postés ou s'il y avait eu une erreur d'adresse. Peut-être que le courrier avait été confisqué par la poste. Il attendrait. Ce précieux livret, avec la photo de son visage grave et son anniversaire imaginaire, était pour lui le seul moyen d'éviter les pièges mortels dont les garçons d'Attiki avaient parlé. Il se rappelait les silhouettes sombres qui leur avaient fait traverser la frontière vers l'Iran. Il avait entendu le trafiquant exiger plus d'argent de sa mère ; d'autres personnes lui avaient livré de bien plus tristes récits. Le monde de la clandestinité n'avait ni lois, ni codes, ni filets de sécurité. Certains passaient avec succès. D'autres n'y parvenaient jamais. Nul ne savait ce qui arrivait réellement dans l'univers obscur des passeurs, en dehors des quelques histoires qui émergeaient à la surface.

Un lundi après-midi, Ekin flânait derrière la maison où Salim labourait la terre pour une nouvelle récolte en se demandant ce qu'il ferait si son passeport n'arrivait pas à la fin de la semaine.

— Je parie que l'eau devient noire quand tu te laves, lança-t-elle dans un sourire.

Salim garda la tête baissée et planta la binette dans la terre. Elle ne comprenait pas pourquoi il n'avait pas ri.

— Tu n'es pas très bavard. Je ne sais pas pourquoi tu es si silencieux. Tu travaillais dans une ferme là d'où tu viens ? Je vis ici depuis ma naissance, mais je parie que tu as cueilli plus de tomates en un jour que moi en une vie entière.

Si Salim avait été dans un autre état d'esprit, il aurait deviné que ces mots se voulaient flatteurs. Au contraire, il les trouva aussi apaisants que du papier de verre.

Ekin portait une jupe plissée arrivant à mi-mollet et un chemisier. Elle s'appuya contre la clôture et se mit à jouer avec ses chaussettes, tirant la gauche jusqu'au genou puis la droite. Salim pensa à Roksana. Les deux filles étaient si différentes l'une de l'autre.

— Ta mère travaille aussi ?

— Non.

— Et ton père ?

Elle le torturait. Salim serra les doigts sur le manche de l'outil et secoua la tête nerveusement.

— J'ai du travail, dit-il d'un ton sec.

Il était tendu comme un arc bandé. Ekin n'y prêta pas attention.

—Je sais. Tu es un bon travailleur et c'est pour ça que Baba t'a repris. Il dit que toi, au moins, tu n'es pas comme les autres, ajouta-t-elle en pinçant les lèvres. Il paraît que certains immigrants apportent des drogues avec eux. Baba dit que ça les rend paresseux et lents.

—Ekin, laisse-moi tranquille! Je travaille! explosa-t-il.

Il ne supporterait plus la moindre phrase venant d'elle. La jeune fille en resta bouche bée.

—Tu me cries dessus?

Elle semblait sidérée.

—Tu ne sais rien de ma famille, ni pourquoi je dois travailler ici dans une ferme. J'en ai assez de t'écouter!

—J'en sais plus que toi! se défendit-elle en haussant le ton. Tu ne sais pas comment on parle à quelqu'un qui essaie d'être gentil avec toi. Tu ne t'y connais qu'en tomates et en fumier! Peut-être que tu devrais apprendre quelques trucs avant de te mettre à hurler!

—Tu crois tout savoir? Tu ne sais rien! Moi aussi, je suis allé à l'école, mais les écoles ferment quand les missiles tombent sur les maisons. On est partis et on est venus dans ce pays, où je travaille pour presque rien. Je travaille pour pouvoir retrouver ma famille… pour les nourrir. Tu sais ce que ça fait d'être seul? Sans personne pour t'aider?

La voix de Salim faiblit. Il tenait toujours la binette à la main et labourait la terre avec rage. Il avait presque oublié la présence d'Ekin.

— Je ne sais pas où est ma famille, ajouta-t-il dans un murmure mélancolique. Ton père pense qu'il me donne trop d'argent, mais je m'épuise des jours entiers pour une misère. Je reviens travailler ici parce que je n'ai pas le choix.

Ekin était silencieuse. Enfin.

Salim canalisa sa colère en se concentrant sur sa tâche. Il ne prit pas la peine de lever les yeux vers la jeune fille. Ainsi, il ne vit pas l'expression de son visage. Il ne vit pas ses yeux se remplir de larmes, ni la façon dont elle se mordit la lèvre et s'éclipsa, tremblante. Creuser, pousser, soulever. Creuser, pousser, soulever. Il labourait, car c'était tout ce qu'il pouvait faire.

Ekin ne reparut plus pendant une semaine après cet épisode. La crise de colère de Salim l'avait tenue à distance. Il n'en ressentait aucun remords. Il devenait de plus en plus irritable. Son dernier échange avec sa mère remontait à presque trois semaines. L'espoir de voir arriver son passeport s'amenuisait de jour en jour.

Et puis Ekin reparut. La journée débutait, et Salim se dirigeait vers la grange après un salut rapide à Polat, qui se trouvait déjà sur sa charrue, en route vers un champ éloigné. Le fermier restait de son côté la plupart du temps, travaillait de longues heures, mais jamais à proximité de Salim ni de l'Arménienne.

Le garçon entra dans la grange pour vérifier les abreuvoirs. Il chercha un seau afin de les remplir d'eau fraîche.

— Salim.

Sa voix était un murmure timide.

— Hum, grogna-t-il.

Il ne prit pas la peine de se retourner et fouilla dans un tas de matériel en quête du seau.

— Je… je suis désolée.

Elle était derrière lui à présent. À quelques centimètres de son dos. Il sentit ses doigts se poser sur son épaule et se raidit. Des excuses ? Il ne s'y attendait vraiment pas.

— Je ne voulais pas…

Il hocha la tête, en reconnaissance silencieuse de son geste. Elle avait l'air sincère, et lui était trop fatigué pour se mettre en colère. Les mots d'Ekin eurent plus d'impact qu'il ne l'aurait pensé ; Salim la croyait dénuée d'humanité depuis toujours. Son humeur s'adoucit.

La main d'Ekin remonta jusqu'à la nuque de Salim, lentement, tranquillement. Il était paralysé, ne comprenant pas ce qu'elle faisait. Il avait peur de bouger. Sa caresse était étonnamment douce, bien plus douce que ses mots. Elle s'approcha encore. Il put sentir son souffle chaud contre sa peau.

Que fait-elle ? Je devrais m'écarter. Je devrais…

Elle glissa les doigts dans ses cheveux noirs comme l'encre, lui massa le crâne, puis revint vers son cou et ses épaules. Son autre main toucha son omoplate et s'attarda le long de son bras. Elle était hésitante, mais comme il ne s'éloignait pas, elle se pencha en avant et colla son visage dans le creux de son dos. Quelque chose en lui s'éveilla. Il ferma les yeux.

Ekin le poussa délicatement vers le fond de la grange et à l'abri des rayons du soleil. Le foin craquait sous leurs chaussures. Salim se laissait guider, mais ne se retourna pas pour lui faire face. Il en était incapable. Une faible lumière perçait entre les lattes du plafond.

Pourquoi fait-elle cela ?

— Je voulais seulement te parler, chuchota-t-elle.

Sa voix était si basse qu'il n'était pas sûr de l'avoir réellement entendue.

Il se retourna lentement, son drôle de corps agissant sans réfléchir. Ils étaient face à face, mais l'obscurité leur fut clémente. Elle lui caressa le front. Salim n'eut aucun mal à oublier toutes les conversations désagréables qu'ils avaient eues. Il y avait quelque chose de tendre et d'irrésistible dans ce moment. Ses mains bougèrent de leur plein gré, glissant jusqu'à la taille fine de la jeune fille, traçant les contours de ses hanches puis remontant vers sa poitrine. Elle lui effleura la joue du bout des lèvres. Il tourna la tête et leurs bouches se touchèrent. Maladroites et humides. Salim sentit une inquiétude monter en lui. Tant que ses yeux restaient fermés, il pouvait ignorer le reste du monde.

Leurs pieds s'agitèrent dans la paille.

— Salim…, murmura-t-elle.

Il ouvrit les yeux et s'écarta brusquement, comme s'il avait touché un poêle brûlant.

Mille pensées se bousculèrent dans son esprit. Et si M. Polat entrait ? Et pourquoi la touchait-il, de toute façon ? Il fit un pas en arrière et se cogna contre le mur. Ekin recula, surprise par son revirement soudain.

— Je dois… Tu dois partir, dit-il simplement.

Elle s'arrêta, puis pivota et sortit en courant de la grange. Salim se demanda alors à quelles conséquences il devait s'attendre. Si le père ou la mère d'Ekin l'apprenait… Son cœur se mit à battre la chamade à cette pensée.

Salim arpenta la grange en se demandant s'il devait partir avant que Polat ne se lance à sa poursuite. Il attendit, tendit l'oreille, guetta les pas furieux de son patron. Rien. Il se dirigea vers la porte et jeta un coup d'œil rapide à l'extérieur. Au loin, il vit Polat toujours sur sa charrue. Mme Polat, derrière la maison, suspendait des draps sur une corde. Aucun signe d'Ekin.

Il reprit prudemment son travail, mais il lui fallut des heures pour retrouver un pouls normal. Il regardait à droite, à gauche, ne voulant pas être pris au dépourvu. Le soleil se coucha et Salim partit, épuisé et en sueur après une journée incroyablement harassante.

Le lendemain matin, dans le camion qui le conduisait à la ferme, Salim eut peur qu'un piège lui soit tendu à son arrivée. Il s'avança d'un air inquiet, les sens en éveil, mais comme à son habitude Polat remarqua à peine sa présence. Le garçon resta sur ses gardes toute la journée et fut soulagé de ne pas voir Ekin. Il avait repensé à leur moment dans la grange. Déconcerté par les gestes de l'adolescente, il était incapable de comprendre ses motivations.

Quel genre de fille touche un garçon ? Quelle indécence !

Il se demanda également pourquoi elle l'avait approché. Le ton condescendant de sa voix et ses remarques méchantes… Tout cela n'était-il donc qu'une façade ?

Salim était encore plus dérouté par sa réaction à lui. Il ne l'avait pas repoussée.

Son corps avait répondu à celui d'Ekin par son propre désir. Il sentait encore sa peau sous ses doigts, ses courbes juvéniles sous ses paumes. La nuit précédente, allongé sur le matelas, il avait fait glisser sa main le long de sa nuque, comme Ekin l'avait fait. Il en avait eu des frissons.

Il se demanda si elle gardait ses distances par colère ou par honte.

À certains moments, il crut l'apercevoir furtivement à la fenêtre de l'arrière ou se glissant par la porte latérale. Elle restait fuyante. Salim lui en fut reconnaissant. Il n'aurait su quoi lui dire.

Au fil des jours, dans l'attente de l'enveloppe promise par sa mère, Salim tenait de moins en moins en place. Il avait même consulté les voisins pour leur demander si le passeport ne leur avait pas été livré par erreur. Un mois passa et toujours aucun signe. Hakan et Hayal avaient beau jouer les optimistes, Salim voyait bien qu'eux aussi commençaient à penser que le courrier n'arriverait jamais.

Ekin brisa enfin son silence. Le soleil se couchait et Salim venait de finir de planter un sac de graines que Polat lui avait tendu. Pour les récoltes d'hiver, ce dernier envisageait de faire pousser des betteraves à sucre. Salim avait rapporté les outils dans la grange, les avait rangés en tas dans un coin avant de s'étirer le dos. Il entendit le craquement du foin et se retourna, découvrant la mince silhouette d'Ekin devant la porte. Elle ne s'approcha pas de lui.

— Tu as terminé ? demanda-t-elle d'une voix douce.

Elle détourna le regard, un pied calé derrière l'autre dans une posture timide. Salim sentit son embarras et fut pris de pitié.

— Oui, répondit-il.

Il ne bougeait pas. Une distance de sécurité les séparait.

— Tu n'aimes pas travailler ici.

C'était une affirmation, non une question. Vraisemblablement, Ekin avait répété ses répliques avant de venir. Il l'imagina en train de le regarder de loin et de réfléchir à ce qu'elle allait lui dire.

—J'ai pensé que peut-être tu... Je ne voulais pas te fâcher ni te faire de la peine. Je ne savais pas. Je veux que tu prennes ça et que tu ne reviennes plus. Il vaut mieux que tu ne reviennes jamais ici.

Elle tenait dans sa main tendue un petit paquet emballé dans une page de cahier.

—Qu'est-ce que c'est ?

—Prends ça. Et va-t'en. S'il te plaît... Va-t'en, c'est tout.

Sa voix aiguë était celle d'un enfant au bord de la crise de nerfs. Elle fit quelques pas vers lui, la main toujours tendue. Elle maintenait entre eux une certaine distance, comme si Salim était une flamme à laquelle elle risquait de se brûler.

Le paquet était à portée de main. Salim le prit. Ekin était imprévisible, mais son comportement avait changé. Il se rendit compte qu'elle ne jouait pas avec lui et que ce qu'elle lui offrait là, quoi que contienne le paquet, était le fruit d'un choix difficile.

Il referma les doigts sur le papier. Ekin tourna les talons et sortit de la grange. Salim la regarda partir avant de défaire la feuille soigneusement pliée. À l'intérieur, il trouva une épaisse liasse de billets turcs. Il écarquilla les yeux. Il fut incapable d'estimer la somme qui s'y trouvait, car il y avait des billets de différentes valeurs.

Pris de panique, il les replia et les fourra dans sa poche. Il tendit l'oreille, à l'affût d'un bruit de pas, mais rien ne se produisit. Où Ekin avait-elle pu se procurer cet argent ?

Quand il vit que personne ne s'approchait de la grange, il s'éclipsa vers un coin sûr et sortit les billets de sa poche. Il les feuilleta, le cœur battant, en sueur. Une question le taraudait.

Dois-je les prendre ?

Après des mois de labeur pour quelques livres turques, la vente des derniers bijoux de Madar-*jan* pour une poignée d'euros et le vol de pain pour nourrir sa famille, Salim ne voyait pas d'autre solution. Il avait besoin de cet argent et pensait le mériter. Il remit la liasse dans sa poche et tira sa chemise dessus pour dissimuler le renflement. Il prit une profonde inspiration et sortit de la grange, puis traversa la cour en direction de la petite route. Il ne se retourna pas ni ne s'arrêta pour voir si l'Arménienne le suivait.

Il s'assit au fond du camion, sa poche pleine contre la cloison. Il garda la tête baissée et ne croisa aucun regard sur le chemin poussiéreux menant à la ville.

Dans sa poche se trouvait tout un monde de possibilités. Désormais, il pouvait payer un passeur qui lui permettrait de traverser l'océan et de gagner la Grèce. Au cours de la semaine écoulée, Salim s'était fait à l'idée que son passeport n'arriverait jamais. Chaque jour de plus passé à Intikal était un jour perdu. Il aurait dû rejoindre sa famille depuis longtemps. Cet argent le poussait à prendre une décision qu'il savait inévitable.

Il savait aussi qu'Ekin avait volé ces billets à son père. Il était donc exclu qu'il retourne à la ferme des Polat.

J'en ai besoin. J'ai supporté les ordres de M. Polat, accepté de recommencer le travail encore et encore, parce qu'il n'était jamais content. J'étais un réfugié qui n'avait pas son mot à dire.

Cet argent peut me sortir d'ici et me permettre de retrouver ma famille. Qu'importe ce qui l'a incitée à faire ça.

Lorsqu'il passa la porte, il avait pris sa décision. Il entendait Hayal dans la cuisine. Il ne pouvait pas leur parler de l'argent. Il n'aurait aucun moyen de justifier sa provenance. Il fallait qu'il se rende au port sans tarder et qu'il trouve un bateau pour Athènes. C'était la seule solution.

Une fois certain qu'Hakan et Hayal étaient couchés, il compta et recompta l'argent pour se convaincre de sa réalité et être sûr que cela suffirait pour la suite de son périple. C'était beaucoup plus que la somme accordée par le prêteur sur gages pour les bijoux de sa mère.

Salim n'avait jamais vu Madar-*jan* sans ces anneaux en or. Il savait seulement qu'ils avaient appartenu à sa grand-mère, un présent pour la fille qu'elle n'avait jamais rencontrée. Il toucha la montre de son père à son poignet.

Madar-*jan* devait ressentir le même attachement pour ces bracelets. Ils représentaient son seul lien avec sa mère.

Alors qu'il n'avait aucune idée de l'endroit où elle se trouvait, Salim pouvait à présent voir et entendre sa mère plus clairement qu'au cours des nombreux mois où ils avaient voyagé côte à côte, avaient été ballottés les uns contre les autres dans des bus, des bateaux, avaient dormi dans la même chambre et veillé ensemble sur Samira et Aziz. La brume se dissipa, et Madar-*jan* lui apparut dans toute sa réalité. Salim ferma les yeux dans le noir et s'enveloppa dans l'étreinte indulgente de sa mère. Il pria pour qu'une autre chance lui soit donnée.

Chapitre 37

Salim

Les adieux furent plus douloureux que la fois précédente. Si Salim avait à présent de l'argent et de la volonté, il lui manquait les documents indispensables au passage des frontières. Hakan et Hayal furent surpris par sa soudaine décision, mais ne tentèrent pas de le retenir. Hayal s'affaira pour lui préparer de la nourriture, deux paires de chaussettes en laine, trois chemises et un coupe-vent. Salim roula les habits en boule et les fourra dans son petit sac à dos, qu'il balança par-dessus son épaule. Une petite bise annonçait l'arrivée de l'hiver, et ces couches supplémentaires de vêtements pourraient le sauver.

Il garda la liasse de billets dans sa poche, où il pouvait sentir son renflement rassurant contre sa hanche. Si on l'arrêtait, on trouverait l'argent, mais il ne put se résoudre à le cacher ailleurs.

Salim rebroussa donc chemin et prit le bus qui le ramènerait vers la côte. Il frissonna quand le véhicule approcha du poste de police d'Izmir, d'où on l'avait renvoyé sans ménagement.

Ses mains devinrent moites. Dans sa solitude, il ne pouvait pas faire grand-chose pour se donner du courage. Il se répéta les mots que ses parents murmuraient dans les moments difficiles, lorsqu'ils espéraient un coup de pouce du destin ou cherchaient consolation.

Bismillah al Rahman al Rahim…

Au nom d'Allah, le bienveillant, le miséricordieux…

Salim avait réfléchi aux deux moyens qu'il connaissait pour rejoindre la Grèce. Il savait qu'il pouvait chercher un passeur pour la traversée. Cela lui coûterait beaucoup d'argent, surtout si le trafiquant sentait le désespoir en lui. S'il épuisait toutes ses économies, il ne lui resterait rien une fois en Grèce pour se rendre en Italie.

Les garçons d'Attiki lui avaient parlé de gens qui effectuaient la traversée sur des navires de fret partant de Turquie pour aller à Athènes. Des camions étaient chargés sur les bateaux. Jamal lui avait décrit cette stratégie. Le tableau n'était pas réjouissant.

« D'abord, tu t'introduis sous le châssis d'un camion quand personne ne regarde. Il y a beaucoup d'agitation dans les ports, alors tu agis à un moment où le conducteur et les gardiens sont distraits. Ensuite, tu restes là, sans bouger, jusqu'à ce que le camion soit chargé sur le bateau. Une fois qu'il est à bord, tu restes immobile, tu ne fais aucun bruit, même si le voyage est long. Le plus difficile, c'est au port d'arrivée, quand tu dois descendre du bateau sans te faire remarquer. »

Quelque part entre Intikal et Izmir, Salim avait décidé qu'il se débrouillerait tout seul pour effectuer la traversée.

Les passeurs faisaient courir trop de risques aux migrants, et il ne pouvait se permettre de dépenser toutes ses économies avec une si longue route devant lui.

Salim descendit du bus et se retrancha dans une ruelle, le temps de s'orienter. Il balaya discrètement les lieux du regard, à l'affût d'uniformes. Il fallait qu'il se rende au port. C'était déjà l'après-midi et il était peu probable qu'il puisse encore se glisser sous un camion. Le mieux était de trouver un endroit sûr pour passer la nuit.

Il se renseigna auprès d'un vendeur de rue, qui lui indiqua le bus à prendre pour se rendre au port. À son arrivée en bord de mer, il revit les imposants navires et les bateaux plus modestes flottant à quai ; des gens y montaient et d'autres en descendaient. L'endroit était peuplé de gardes, de membres d'équipage et de passagers en tous genres. Se lancer dans une course folle vers la passerelle n'était pas envisageable.

Sois malin, mais très prudent.

Le port grouillait d'agitation. Salim se trouvait devant une route qui faisait office de séparation entre la ville et les docks. Derrière les barrières, il aperçut un énorme lot de conteneurs, d'immenses caisses de transport rectangulaires de différentes couleurs, avec des inscriptions sur les côtés. Il vit qu'on en chargeait quelques-unes sur un navire.

Mais comment savoir à quel moment le conteneur doit être chargé à bord et quelle est sa destination ?

Il passa la soirée à observer les bateaux, à étudier leur logistique, à examiner le mouvement des passerelles. Il guettait les failles, les endroits où il aurait une chance de passer sans se faire remarquer.

Plus loin, il y avait un quai où des voyageurs embarquaient ou débarquaient. La famille Waziri était venue là pour se rendre à Athènes. Comme ce voyage avait été différent ! Ils l'avaient vécu dans la terreur d'être arrêtés, mais ensemble. Ils s'étaient émerveillés du spectacle et des bruits de la mer.

On n'avait pas idée de la chance qu'on avait. Si seulement les choses pouvaient être aussi faciles cette fois-ci.

Salim marcha jusqu'à une zone herbeuse au bord de l'autoroute. Elle se trouvait derrière un chantier, où il aperçut des ouvriers qui remballaient leurs outils puis se dirigeaient vers la route. De là, il avait une vue imprenable sur les quais. Il se servit de son sac à dos comme d'un oreiller, le posa contre un arbre et réfléchit. Le jour déclinait et sa visibilité était moins bonne, mais il resta tout de même attentif, scrutant le port avec obstination. Au bout d'une heure, un splendide coucher de soleil teinta le ciel d'orange et de violet. Quelques instants plus tard, il faisait nuit et Salim était totalement seul.

Il ramassa son sac à dos et se dirigea prudemment vers le petit immeuble en chantier. Il jeta un coup d'œil à travers ses vitres poussiéreuses et ne vit personne à l'intérieur. Il y avait des tuyaux apparents, des briques et des outils qui jonchaient le sol. Les portes étaient verrouillées. Il contourna le bâtiment et tenta les fenêtres. Par chance, l'une d'elles n'était pas fermée. Il s'y glissa et atterrit avec un bruit sourd dans un squelette de pièce qui ne comportait qu'une charpente et n'avait pas encore de murs. Chaque grincement, chaque son le fit sursauter. Il enfila une chemise supplémentaire et remonta la fermeture de son blouson, puis étendit les jambes sur une bâche grise.

Salim fut réveillé par des voix d'hommes. Il ouvrit lentement les yeux.

Les ouvriers ! C'était le matin et ils arrivaient pour une nouvelle journée de travail. Salim saisit son sac et ressortit par la fenêtre avant qu'ils n'entrent dans la pièce. Il entendit des cris derrière lui, mais ne se retourna pas. Il courut, fonça entre les voitures pour traverser la route, puis se cacha derrière un immeuble résidentiel. Il était à bout de souffle, sentait sa langue gonflée et sèche, comme recouverte de la poussière blanche qu'il avait ôtée de ses vêtements et ses cheveux. Une fois certain que personne n'était à ses trousses, il se dirigea vers une épicerie pour acheter une bouteille de jus de fruit puis regagna son poste d'observation.

On chargeait des conteneurs sur des camions avant de les transférer sur des bateaux. Salim s'approcha de la zone de chargement, mais les conteneurs semblaient tous verrouillés et impénétrables. Difficile de s'y introduire. Il y avait des camions de marchandises, des poids lourds entrant lentement dans le bateau en marche arrière pendant que des passagers gravissaient la passerelle en file indienne pour atteindre le pont. Le plan de Salim prenait forme dans son esprit.

Il se rendit au guichet et demanda les horaires des bateaux. La femme lui tendit un livret qu'il emporta le plus loin possible du port.

En milieu de matinée, Salim avait vu trois bateaux se mettre à quai avant de repartir avec de nouvelles cargaisons et de nouveaux passagers. Il commençait à avoir faim quand quelque chose attira son attention. Un jeune homme à la peau noire, qui avait l'air un peu plus âgé que lui, se promenait d'un pas nonchalant près des barrières entourant le lot de conteneurs. Il avait les mains dans les poches. Il tentait de passer inaperçu, mais mesurait près d'un mètre quatre-vingts et tournait sans cesse la tête de gauche à droite. Salim reconnut immédiatement le pas nerveux du réfugié.

L'homme escalada prestement la barrière en métal pour pénétrer dans la zone. Salim tendit le cou pour mieux voir. L'Africain se fraya un chemin à travers les conteneurs et se tint en lisière de l'espace où les camions entraient dans les bateaux en marche arrière. Accroupi derrière un conteneur rouge, il attendit quelques instants avant de jeter son dévolu sur un véhicule sur le point d'être chargé sur le navire. Il se précipita entre la cabine et la remorque, chercha un espace où se glisser. Salim retint son souffle.

Deux hommes coururent vers lui. On l'avait repéré.

Salim fit quelques pas vers la scène, guettant la suite avec inquiétude. L'Africain entendit les cris et se releva péniblement. Il s'engouffra dans le dédale de conteneurs, serpenta entre les caisses.

Salim se mordit la langue.

Ça pourrait être moi. Ça pourrait tout à fait être moi.

Le fuyard repassa agilement de l'autre côté de la barrière et traversa la route en courant, à quelques mètres de l'endroit où se tenait Salim. Tandis qu'il approchait, Salim aperçut un filet de sang sur sa main. L'homme ne semblait pas avoir remarqué sa blessure.

— Eh ! cria Salim. Bonjour !

L'autre leva les yeux et ralentit pour reprendre son souffle. Il regarda Salim avec méfiance.

— Votre main !

L'homme se trouvait à cinquante mètres à présent. Son front luisait. Il eut l'air surpris, mais comprit rapidement que Salim ne constituait pas une menace. Lui aussi reconnut probablement l'adolescent pour ce qu'il était.

— Votre main ! répéta Salim en désignant sa propre paume gauche.

L'homme baissa les yeux, imperturbable. Il adressa un hochement de tête à Salim et descendit la rue en prenant soin de cacher sa main.

La fébrilité de Salim s'intensifia. Écouter les histoires que racontaient les garçons d'Attiki était une chose, mais se trouver sur le port et voir un réfugié se faire pourchasser en était une autre. Il n'avait aucun mal à imaginer ce qui serait arrivé si l'Africain s'était fait attraper.

Salim dormit deux nuits de plus dans le chantier, qu'il quittait au petit matin avant l'arrivée des ouvriers. Il dépensa le minimum d'argent pour se nourrir, juste assez pour garder des forces. Il passa ses journées à observer le port. Une fois, il vit même l'Africain revenir pour examiner les environs, la main bandée, tenue contre son corps. Celui-ci ne fit aucune tentative et ne manifesta pas l'envie de parler avec Salim.

Au troisième jour, Salim décida de tenter sa chance sur les docks. Un bateau en partance pour Athènes était prévu à midi. Trente minutes avant l'arrivée du navire, trois camions se garèrent et se mirent en position. Les conducteurs descendirent de leurs véhicules, bavardèrent entre eux et commencèrent à déjeuner.

Salim débuta alors son jeu dangereux. Il balança son sac à dos par-dessus son épaule et se dirigea d'un pas nonchalant vers les camions. Des passagers faisaient déjà la queue ; ils traînaient derrière eux de lourdes valises ou portaient des sacs en toile en bandoulière. Salim espéra se fondre dans la foule.

Il s'écarta du groupe et vagabonda près des camions. D'épaisses volutes de fumée sortaient de leurs tuyaux usés. Constatant que personne ne faisait attention à lui, il s'approcha encore. Deux conducteurs qui se tenaient devant un véhicule lui tournaient le dos. Salim était à une centaine de mètres. S'il arrivait à atteindre l'arrière de la cabine, il avait une chance de pouvoir se glisser dans l'interstice et ensuite sous le châssis. À condition d'agir vite.

Un des chauffeurs montra quelque chose du doigt au loin. Salim se lança sans se laisser le temps de changer d'avis. Il marcha droit vers le camion, du pas le plus leste possible. Les chauffeurs étaient du côté opposé, toujours en pleine conversation. Salim chercha des yeux un élément auquel s'agripper derrière la cabine. Il y avait des tuyaux et des rouleaux de câble, mais aucun espace où se glisser et se tenir. Il s'accroupit et saisit quelque chose de si brûlant qu'il retira brusquement la main.

Il trouva une barre qui partait des roues avant et courait sur toute la longueur du châssis. Elle était fine, mais pourrait supporter son poids. Salim avait fait pivoter son sac à dos et le tenait désormais contre son ventre. Tandis qu'il s'agrippait à la barre, une partie de celle-ci se délogea et tomba au sol dans un bruit métallique. Alertés par ce fracas, les conducteurs se postèrent à l'arrière du camion au moment même où Salim se relevait tant bien que mal.

Cours. Contente-toi de courir.

Ils étaient derrière lui, hurlant et jurant.

Cours.

À Kaboul, les copains auraient pris les paris. Ils auraient parié qu'il était capable de semer les chauffeurs de camion et de s'enfuir sans leur laisser la moindre chance de poser la main sur lui. C'était une flèche sur le terrain de football, il était si rapide qu'il avait le temps de tourner la tête et de sourire au joueur qui courait derrière lui, à bout de souffle, la main tendue.

Mais c'était un autre Salim. Ce garçon-là avait des parents qu'il retrouvait en rentrant à la maison. Ce garçon-là avait le ventre plein des bons petits plats de sa mère et portait des baskets neuves. Ce garçon-là était loin.

Celui qui tentait d'échapper aux conducteurs avait faim, était seul et avait tout juste la force de se pencher au-dessus de plants de tomates ou de ratisser des excréments d'animaux avec quelqu'un derrière son épaule.

Ce Salim-là était bien plus facile à attraper.

Ils le saisirent par le col et le tirèrent en arrière. Battant des pieds dans le vain espoir de se projeter en avant, il fut jeté au sol. Son visage heurta le bitume, et une douleur intense lui transperça la mâchoire.

Du reste, Salim se souviendrait par fragments, en regardant les traces laissées sur son corps par ces hommes qui en avaient assez que des réfugiés profitent d'eux, qui en avaient assez que leurs camions soient sans cesse contrôlés par les douaniers. Des bottes marron et des mots de colère.

Il tenta de se relever. Il vacillait.

Une bouffée d'adrénaline.

Cours.

Ils hurlaient derrière lui.

Leurs voix faiblirent tandis que Salim réussit à s'éloigner d'eux.

Son sac à dos claquait violemment contre son torse. Il s'adossa à un immeuble en brique, à l'abri des regards. L'adrénaline redescendue, les sensations lui revinrent. Ses côtes vibraient et ses jambes semblaient sur le point de se dérober sous lui. Sa chemise était déchirée et son pantalon couvert de poussière. Son pouls battait dans ses oreilles, mais pas suffisamment fort pour couvrir leurs cris.

Il saignait de la langue. Il erra dans des ruelles étroites, en se tenant à distance des piétons. Il aurait voulu être invisible.

Salim entra d'un pas titubant dans un immeuble vide et attendit que ses yeux s'accoutument à l'obscurité. Il s'écroula contre le mur. Il ferma les yeux et tenta d'oublier sa douleur.

Mon Dieu, je vous en supplie, laissez-moi me reposer ici.

Il était en miettes, et ne savait pas ce qu'il pourrait encore endurer.

Chapitre 38

Salim

Pendant quarante-huit heures, Salim ne fit que dormir. Il ne distinguait plus le jour de la nuit. Chaque fois qu'il essayait de se réveiller, le sommeil l'attirait de nouveau dans ses profondeurs. Incapable de puiser en lui les forces nécessaires pour affronter une nouvelle journée, il en oubliait la faim qui le tenaillait.

Le troisième jour, son estomac lui réclama une nourriture solide, la demi-bouteille de jus de fruits qu'il avait sortie de son sac à dos ne suffisant plus. Il toucha sa lèvre ; elle avait encore enflé. Il arrivait à bouger, son corps lui faisait moins mal. Il se leva et se changea. Sa tête tournait.

Il s'était mal préparé. Il n'avait pas été prudent. Il n'en savait pas suffisamment sur les camions, sur la façon dont ils étaient conçus, et son ignorance s'était retournée contre lui. Il se détestait.

Salim s'aventura dehors en se protégeant les yeux de la lumière aveuglante. Il marcha jusqu'au marché et acheta un pain tressé et une bouteille de lait dans une des boutiques. Le vendeur le toisa avec un haussement de sourcils, mais Salim garda la tête baissée et régla son achat en silence, impatient d'échapper aux regards.

Il eut des crampes à l'estomac en mangeant, mais sentit aussi les forces lui revenir et ses idées s'éclaircir. Tandis que le soleil descendait à l'horizon, il reprit le chemin des sites en construction, racheta à manger sur la route et trouva un abri poussiéreux, familier.

Il n'avait guère le choix. Soit il persévérait, soit il croupissait dans ce pays, loin de sa famille. Ses blessures guériraient. Il devait tirer des leçons de ses erreurs.

Il retourna au port, observa les va-et-vient d'assez loin pour ne pas être vu des chauffeurs de poids lourds. Il scruta les bateaux, à l'affût d'une ouverture. Des membres d'équipage en uniforme bleu et blanc guidaient les passagers dans le ferry. Il serait impossible de les dépasser pour monter sur le pont principal.

Il pouvait retenter sa chance avec les camions. Peut-être en passant par-derrière, bien qu'un des garçons d'Attiki lui ait parlé d'un ami mort intoxiqué par les gaz des pots d'échappement après les avoir respirés trop longtemps.

Il porta de nouveau son attention sur les conteneurs, mais la tâche lui parut trop ardue. Il commençait à perdre espoir, à envisager de trouver un passeur, même s'il ignorait totalement comment s'y prendre. Le lendemain, décida-t-il, il se promènerait dans la ville en quête de réfugiés. Quelqu'un aurait bien un tuyau à lui refiler. Salim retourna aux docks pour une ultime inspection avant la tombée de la nuit.

Le dernier ferry pour Athènes était censé partir quinze minutes plus tard. Tandis qu'il s'approchait des bateaux,

Salim vit un conducteur sortir de son véhicule et se diriger vers la zone de chargement où deux jeunes femmes en uniforme bleu et blanc bavardaient.

Quand il fut certain que personne ne regardait dans sa direction, il passa à l'arrière du camion et s'accroupit pour en examiner le châssis. Il ne vit rien à quoi il pourrait s'agripper sans répéter son erreur. Il se redressa et observa le cadenas au bas de la porte arrière du camion. Celle-ci était verrouillée. En étudiant la porte de plus près, il se rendit compte d'un détail.

Il y avait une plate-forme ainsi qu'un petit loquet sur le côté de la porte. Il grimpa sur la plate-forme et s'accrocha au flanc du camion. Il parvint à se percher en posant son pied droit sur le loquet. Il agrippa le bord du véhicule, le souffle court. Ensuite, il se propulsa en prenant appui sur le loquet ; son pied manqua de glisser. Il tendit les bras au maximum pour accéder au toit, mais ses doigts ne purent atteindre le rebord. Il entendit des voix qui approchaient. Les conducteurs revenaient. En haut ou en bas, il fallait choisir.

Résolu, il fit un dernier effort pour porter tout son poids sur son pied droit et balancer sa jambe gauche vers le haut. Le rebord en métal s'enfonçait dans ses paumes. Son pied gauche atterrit sur le bord du toit dans un bruit sourd. Salim parvint à s'y hisser à grand-peine.

Ses biceps étaient en feu. Étendu sur le ventre, la tête tournée sur le côté, il espérait que son sac à dos ne serait pas visible depuis la terre ferme. Les voix résonnaient à quelques mètres, mais à leur ton désinvolte, il comprit qu'on ne l'avait pas repéré dans le crépuscule.

Un peu plus tard, le moteur se mit à vrombir. Le camion se dirigeait vers le bateau. Il y eut un autre bruit sourd quand le véhicule emprunta la rampe en marche arrière. La joue de Salim cognait contre le métal froid.

Le chauffeur fit une manœuvre pour se garer dans une zone où étaient alignés des poids lourds. D'autres encore vinrent s'y ranger, et d'épaisses fumées chaudes emplirent l'air. Salim tira sa chemise sur sa bouche et son nez. Il entendit une portière claquer puis des pas qui s'éloignaient. Dans la zone destinée aux camions, des voix retentissaient dont il était difficile de deviner la provenance. Il leva très légèrement la tête et aperçut deux silhouettes qui descendaient la rampe, sortant du navire. Salim put voir la file de passagers gravir les marches et embarquer, chargés de leurs bagages. Il n'y avait pas si longtemps, sa famille et lui avaient utilisé le même procédé civilisé.

Il avait du mal à croire qu'il était arrivé jusque-là.

Au bout de quelques minutes, la corne de brume signala le départ, les rampes furent relevées et les portes fermées. Caché dans le ventre du bateau, Salim s'agrippait au toit du camion, n'osant célébrer son petit succès. Quand il fut sûr que personne ne se trouvait dans les parages, il se redressa lentement en position assise et tenta de regarder autour de lui. Il faisait sombre et la faible visibilité le rassura : il passerait inaperçu.

La prochaine escale aurait lieu à Chios et, dans son souvenir, c'était une courte étape du voyage, une heure tout au plus. De là, ils partiraient vers Athènes, un trajet bien plus long. Dans les neuf heures environ. La question était de savoir comment quitter le bateau une fois celui-ci amarré au Pirée. Il les avait vus à Izmir décharger inlassablement des navires. Il n'espérait qu'une chose : continuer de passer inaperçu jusqu'au moment où il pourrait descendre discrètement du camion et s'enfuir en courant.

Lorsqu'il perçut un son nouveau dans la machinerie du bateau, il comprit qu'ils approchaient de Chios. Il se remit sur le ventre et regarda sa montre.

Tu as vu jusqu'où je suis arrivé, Padar-jan ?

Quelques minutes plus tard, la corne de brume retentit de nouveau ; les voilà repartis. C'était le milieu de la nuit, et les passagers étaient sans doute en train de sommeiller dans leurs sièges rembourrés. Salim ouvrit son sac à dos, se félicitant d'avoir acheté un paquet de chips et une bouteille de jus de fruits plus tôt dans la journée. Il aurait besoin d'énergie au moment de débarquer.

Il se mit à penser à sa famille, se demanda où ils pouvaient se trouver. Dans un train. Dans un centre de rétention. Endormis dans un parc. Leurs documents étaient bien conçus et leur permettraient de passer les frontières, se rassura-t-il.

Il toucha sa poche pour vérifier que la liasse de billets s'y trouvait toujours. Ekin. Il se rappela les sentiments qu'elle avait éveillés en lui, un mélange de honte et de curiosité. Peut-être aurait-il dû laisser la situation évoluer… juste pour savoir. Il ne l'avait pas comprise, n'avait pas saisi ce qui se passait.

Et Roksana. Il irait la voir une fois à Athènes. Elle devait savoir ce qui était arrivé à sa mère et ses frère et sœur.

Salim ferma les yeux et se représenta son visage. Elle lui manquait. Avoir quelqu'un à qui parler lui manquait. Il sombra dans un sommeil léger, où rêve et réalité s'entremêlaient. C'était Roksana, et non Ekin, qui lui caressait la joue. Ses mains étaient autour de sa taille et glissaient vers le creux de son dos. Leurs lèvres entraient en contact, une sensation électrisante qui fit se réveiller Salim avec un drôle de frisson.

Le bateau était silencieux désormais, on n'entendait que le bourdonnement du moteur. Son rêve s'attardait en lui. Il tenta de retenir cette sensation dans sa mémoire, de retenir l'intimité qu'il avait ressentie avec Roksana. Il ne voulait pas qu'elle s'évapore dans son état d'éveil, comme c'était souvent le cas des rêves agréables.

Salim avait perdu toute notion de durée dans le noir. Il ignorait depuis combien de temps ils avaient quitté Chios. Il referma les yeux et tenta de se rendormir.

Il les rouvrit brusquement, réveillé par des voix dans la zone de chargement. Il se mit immédiatement sur le ventre et se fit le plus plat possible. Les voix étaient proches.

Le Pirée. Les chauffeurs de camion retournaient à leurs véhicules et se préparaient à descendre la rampe. Les passagers commençaient à se diriger vers la porte où ils devaient récupérer leurs bagages. Salim avait mal à la tête à cause des émissions de fumée noire dont l'air était chargé. Il s'efforça de faire abstraction de sa migraine et de rester concentré.

Le bateau jeta l'ancre et s'immobilisa au port. Les camions étaient garés face à la rampe. Quand les barrières furent totalement abaissées et tandis que s'insinuait dans le ciel la lumière prometteuse d'un croissant de lune, Salim entendit la portière de la cabine s'ouvrir puis se refermer. Les moteurs se mettaient en marche. Il sentit un mouvement ; le camion débarquait.

C'était juste avant l'aube. Le véhicule roula vers le quai puis s'arrêta.

Salim leva la tête de quelques centimètres. Des voyageurs au regard fatigué marchaient en direction de la route principale ou de la station de taxis toute proche. Il resta attentif, guettant toute personne en uniforme ou susceptible de le repérer. Encore trop près de la jetée, il décida de baisser de nouveau la tête, en espérant que le camion s'arrêterait encore avant d'emprunter la grand-route.

Au bout de trois cents mètres, le poids lourd s'immobilisa à un feu rouge. L'occasion rêvée pour Salim. Il saisit son sac à dos, le mit sur ses épaules et se glissa lentement vers l'arrière du camion, cherchant du pied le loquet qui l'aiderait à descendre. Il le trouva au moment exact où le véhicule se remettait en mouvement.

Son pied gauche toucha la plate-forme. Ses mains glissèrent contre les flancs du camion, le métal lui écorcha la peau. Les phares étincelaient derrière lui, les klaxons retentissaient. Il sauta au sol, les chevilles hurlant de douleur. Le chauffeur du camion, sourd aux klaxons et aux cris derrière lui, poursuivit sa route tandis que Salim s'enfonçait à toute allure dans une ruelle adjacente.

Il courait toujours quand le soleil se leva. Il était passé par des endroits familiers, le premier hôtel dans lequel ils avaient séjourné, le café où ils s'étaient procuré de la nourriture le jour de leur arrivée, la station de métro où il était descendu pour s'aventurer seul dans Athènes.

Roksana. Il fallait qu'il la retrouve. Elle seule serait capable de lui dire où se trouvait sa famille et ce qu'il était advenu de son passeport. Mais il ne voulait pas qu'elle le voie dans cet état. Il n'avait pas pris de bain depuis une semaine. Ses cheveux collaient à son crâne, et ses vêtements étaient sales et abîmés. Les chantiers et les docks ne l'avaient pas épargné. Il passa donc la matinée à chercher des toilettes publiques. Il se lava du mieux qu'il put et enfila des habits propres.

Il prit le métro. C'était un jour de semaine, et il y avait une chance pour que Roksana fasse un crochet par Attiki après l'école. Salim n'avait pas d'autre moyen de la contacter.

Au camp, il trouva Jamal et Abdullah. Il leur parla de son expulsion vers la Turquie, leur raconta qu'il était à présent séparé de sa famille. Ils secouèrent la tête avec compassion, mais ne furent pas surpris. La dernière fois qu'il s'était trouvé là, il s'était senti différent de ces hommes. Au-dessus de la mêlée. Tout cela avait volé en éclats. Seul, il était l'un d'eux désormais. Il se reconnaissait dans leurs visages, dans leurs vêtements déchirés et les sacs en plastique dans lesquels ils transportaient le peu qu'ils possédaient.

Il dormit au camp cette nuit-là, mais se rappelant qu'il était à quelques mètres de l'infâme Sabour, il cacha son argent dans son caleçon et enroula la sangle de son sac à dos autour de son poignet. Après ses nombreuses nuits solitaires à Izmir, il était soulagé d'être en compagnie de gens qu'il connaissait, d'entendre les garçons rire et échanger des plaisanteries.

Salim était rentré en Grèce depuis deux jours. Il avait besoin d'aller chercher à manger, mais craignait de manquer Roksana. Alors il s'assit contre un arbre et écouta Abdullah raconter des épisodes de son enfance : les fois où il crachait des pépins de pastèque dans la rivière derrière sa maison, les fois où il effrayait ses petits cousins avec des histoires de fantômes. Abdullah dépeignait là un Afghanistan que personne n'aurait jamais voulu quitter. Il ne parlait que des bons souvenirs, mais Salim n'était pas dupe. Personne ne l'était.

Et puis, elle apparut. Salim bondit sur ses pieds en apercevant les tee-shirts violets familiers. Abdullah éclata de rire et se frappa les genoux.

— Ah, voilà la vraie raison de ton retour ! Tu crois qu'elle va te recueillir et t'offrir l'asile, c'est ça ?

— Abdullah, ne dis pas de bêtises. Ça n'a rien à voir.

Salim était nerveux. Quatre silhouettes s'approchèrent, et il retint son souffle. Il repéra Roksana, qui portait une grosse boîte. Il s'avança, réprimant son désir de courir vers elle. Il ne voulait pas attirer davantage l'attention sur la jeune fille, dans leur intérêt à tous les deux.

Il prononça son nom à voix basse.

Elle écarquilla les yeux de surprise.

— Salim ?

Elle posa la boîte sur un banc et lui toucha le bras.

— Salim, où étais-tu ? Que t'est-il arrivé ?

Elle l'examina rapidement. Il avait perdu du poids.

— Tu vas bien ?

— Oui, ça va, répondit Salim, troublé par son contact.

Percevant l'état d'agitation du garçon, elle retira sa main. Roksana s'était adoucie. Il résista à l'envie de la prendre dans ses bras.

— Raconte-moi, dit-elle en s'asseyant sur la marche en ciment.

Elle leva les yeux vers lui, et il prit place à côté d'elle. Il posa les premières questions.

— Roksana, ma mère... Elle est allée où ? Ils ont pris le train ?

Ils étaient partis le lendemain du jour où Salim avait téléphoné. Roksana s'était rendue à la gare et les avait reconnus, alors qu'elle ne les avait jamais vus auparavant et que Salim n'était pas là. Elle avait deviné qui ils étaient, lui expliqua-t-elle, à l'expression de leurs visages. Ils avaient l'air de gens à qui il manquait quelque chose... quelqu'un. Elle ne lui dit pas grand-chose de sa mère, cachant derrière des mots simples ses réelles impressions. Roksana les avait aidés à monter à bord du train pour l'Italie, mais ne savait rien de la suite des événements. Ils étaient partis depuis un mois déjà.

— Tu n'as eu aucune nouvelle d'eux ? s'enquit-elle.

— Non. J'espère qu'ils sont avec ma tante en Angleterre, soupira-t-il.

— Peux-tu appeler ta tante ?

Salim n'avait pas son numéro. Son échange avec sa mère avait été trop bref et trop angoissé pour qu'il puisse le lui demander.

Il n'avait aucun moyen de la contacter, ni de trouver sa famille une fois qu'il serait arrivé à Londres.

Roksana voulut tout savoir. Madar-*jan* lui avait parlé de la police, mais sans plus de détails.

Salim lui raconta alors toute l'histoire, qu'elle écouta attentivement. Elle se mordit la lèvre et secoua la tête tandis qu'il lui décrivait la façon dont les agents l'avaient martyrisé avant de le relâcher en Turquie. C'était agréable de pouvoir enfin se confier à une personne qui se contenterait de l'écouter sans le juger.

— Salim, tout ça n'est pas bon. Il faut agir. Tu ne peux pas rester coincé ici comme tous ces gens, le prévint Roksana en regardant les Afghans qui erraient sans but dans le parc. Tu dois trouver une meilleure issue. Si seulement tu avais ce passeport que je t'ai envoyé. Je suis sûre qu'il a été volé. On ne peut même pas faire confiance à la poste pour acheminer une enveloppe d'un endroit à un autre sans que quelqu'un mette la main dessus.

— Il est perdu. Je dois aller en Italie sans passeport. Ce ne sera pas facile.

— Non, et c'est très dangereux.

Roksana réfléchit au problème.

— Peut-être que tu pourrais te procurer un nouveau passeport. Mais… c'est un peu risqué.

— Un passeport ? Comment ?

Salim la regarda avec curiosité.

— Ça coûte cher. Pour un passeport européen, il faut compter plusieurs centaines d'euros, dit-elle avec hésitation. Je n'en suis pas sûre, mais les gens d'ici doivent savoir.

Salim avait de l'argent et en informa Roksana.

— Cache-le bien, Salim. N'en parle surtout pas aux garçons du camp, le mit-elle en garde en levant le menton en direction des autres. Et puis, les faux papiers, ça ne marche pas à tous les coups.

Salim songea qu'une fille comme Roksana n'avait rien à voir avec Attiki, une jungle de ciment et de mauvaises herbes, entourée d'immeubles et d'arbres faussement rassurants. Un endroit où des hommes dormaient sur des cartons. On se serait cru en zone de guerre au milieu de l'Afghanistan et non dans une nation européenne en paix. Roksana aurait dû prendre ses jambes à son cou en découvrant Attiki, mais ne l'avait pas fait. Il trouvait cela curieux.

— Pourquoi tu fais ça, Roksana ? demanda-t-il d'un air pensif.

Elle ne répondit pas, laissant sa question s'évaporer dans le silence.

Salim leva les yeux vers elle. Que voyait-elle ? Voyait-elle ses vêtements déchirés ou ses cheveux emmêlés ? Voyait-elle un ami ou un réfugié parmi d'autres ? Salim ne savait rien de l'Europe avant d'y venir, mais n'avait jamais imaginé qu'un tel accueil lui serait réservé. Comment aurait-il pu se douter qu'on le jetterait d'un endroit à un autre et qu'il vivrait chacun de ses pas sous la menace ? Si Roksana avait l'intention de réparer les malheurs qu'on avait fait subir à Salim et tout ce que sa famille avait enduré jusqu'à présent, elle n'était pas au bout de ses peines.

Un des bénévoles lui fit alors signe de la main. Ils avaient besoin de son aide.

— Où vas-tu dormir ce soir ? Veux-tu retourner à l'hôtel ? dit-elle d'un ton sec signifiant qu'elle reprenait son poste.

Salim fit « non » de la tête. Peut-être était-elle là pour se prouver qu'elle était généreuse et pleine d'abnégation. Peut-être sa présence n'avait-elle rien à voir avec lui et tout à voir avec elle-même. Un sentiment amer prit racine en lui sans qu'il sache pourquoi, et il n'en fut pas fier.

— Non, je vais rester ici.

Roksana hocha la tête, se leva et épousseta l'arrière de son pantalon avec les mains. Salim n'avait aucun moyen de savoir combien de fois elle s'était posé la même question. Pourquoi prendre la peine de venir ? Pourquoi prendre la peine de faire quoi que ce soit pour un seul réfugié, alors qu'il y en avait des milliers d'autres en route ?

Elle aurait pu s'éloigner de lui pour de bon. Elle aurait pu le mettre dans le même sac que les autres. Mais elle ne le considérait pas seulement comme un migrant.

Roksana regrettait de ne pas avoir plus de renseignements à lui offrir sur sa famille. Elle avait vu le train quitter la gare, mais à partir de là, tout et n'importe quoi avait pu arriver à Fereiba et à ses deux plus jeunes enfants. Tout et n'importe quoi.

Chapitre 39

Fereiba

J'ai traîné mes enfants avec moi de quai de gare en quai de gare, de pays en pays. À chaque poste de contrôle, chaque douane, je m'attends à ce que nous soyons découverts. Mon fol espoir d'évasion est menacé par ma plus grande peur : être séparée de mes enfants. Je me demande si Salim et moi nous reverrons un jour ; peut-être sera-t-il le seul d'entre nous à parvenir à destination. Samira est une jeune fille à présent, il est dangereux d'être seule à son âge. Aziz est fragile, c'est une fleur qui se fanera aussitôt arrachée du massif où elle a poussé. À certains postes de contrôle, je prie pour que mes enfants se voient accorder l'asile même si je suis expulsée. À d'autres, je prie pour qu'on nous renvoie tous ensemble. Les mères acculées font de bien étranges prières.

Lorsque les bombardements ravageaient notre pays, une de mes amies enseignantes prenait de folles décisions toutes les nuits. Une fois, elle fit dormir ses enfants avec elle et son mari, tous dans la même chambre. Une autre, elle installa chaque enfant dans une chambre différente. Chaque nuit, c'était un coup de poker. Tous s'en sortiraient indemnes, ou bien tous périraient ensemble. Ou alors, seuls un ou deux d'entre eux survivraient. Toutes les nuits, immanquablement, elle redoublait de ferveur pour implorer Dieu de ne pas l'épargner si ses enfants venaient à être emportés. Elle ne récitait ces supplications qu'en pensée, craignant de porter malheur à sa famille si elle les énonçait tout haut.

Cette année, en violant les lois pour mettre mes enfants hors de danger, j'ai eu le sentiment d'être une criminelle. Même la recherche du bien est teintée d'ambiguïté.

De Grèce en Italie, d'Italie en France. Nous entamons aujourd'hui la dernière étape de notre périple, de Paris à Londres, à bord d'un train jaune et argent qui fonce dans un tunnel telle une fusée flamboyante. C'est au cours de ce dernier trajet que je laisse Aziz aux bons soins de Samira et rassemble nos passeports belges. Je les glisse dans mon sac à main en cuir noir et les emporte avec moi dans les toilettes du wagon, un cube exigu d'acier inoxydable. Une à une, je déchire les pages des livrets en minuscules lambeaux et les laisse tomber dans la cuvette comme les flocons de neige qui nous accueilleront à Londres. Je les réduis en miettes, défais nos fausses identités. Je redeviens Fereiba. Mes enfants redeviennent Samira et Aziz.

Les gens qui m'ont aidée à arriver si loin m'ont mise en garde.

« Il ne faut pas qu'ils voient vos passeports. Ne leur dites pas comment vous êtes arrivés là. Dites-leur seulement que vous voulez obtenir l'asile. Dites-leur pourquoi vous avez dû fuir. Racontez-leur comment ils sont venus chercher Mahmoud ; c'est peut-être la seule histoire qui vous sauvera. »

À Londres, le passage en douane se passera différemment des autres. Cette fois-ci, nous serons honnêtes, et par là même, dans une position plus vulnérable que jamais. Jusqu'ici, nous nous sommes faits minuscules, nous nous sommes cachés, nous avons menti à chaque policier. Dans moins d'une heure, cela changera.

Debout devant les toilettes, les mains tremblantes, je m'assure que les flocons ont tous disparu dans le tourbillon. Je m'appuie contre la cloison, me tiens au lavabo en acier. Celui-ci est agréablement froid au toucher.

Le métal. Il est omniprésent. Les trains, les rails, les gares. Chaque structure est un monstre de permanence. Judicieusement conçue dans une modernité rutilante. Ce lavabo, les rails, le toit de la gare… toutes ces choses différencient le monde occidental de l'Afghanistan. Ce monde-là tient solidement debout, il est étincelant et efficace. De nos maisons à nos familles, notre pays est fait d'argile et de poussière, il est si fragile qu'un simple éternuement peut le balayer. Et cela fut le cas, à maintes reprises.

Je veux une vie qui ne s'effritera pas entre mes doigts. Je retournerai un jour à la poussière, mais en attendant, laissez-nous, mes enfants et moi, résister.

Je pense à mon père, seul dans son verger roussi, dormant dans un bosquet de décombres organiques. J'ignore s'il est vivant ou mort. Cela fait si longtemps que je n'ai pas entendu sa voix. Je sais pourquoi il a refusé de partir. Il a appris à aimer le caractère éphémère des choses, ce que l'on ne peut accepter qu'une fois parvenu au bout du chemin. Pour lui, que la fin arrive aujourd'hui ou demain importe peu. Il est prêt à retourner à la terre. Il respirera sans relâche la poussière des murs en ruine de son verger et l'humus de son jardin jusqu'à ce que ses poumons en soient pleins tel un sablier. Alors seulement, le temps s'arrêtera.

Il m'est plus facile d'aimer mon père de loin. D'ici, je ne vois ni ses faiblesses ni ses failles. D'ici, je ne vois que ces moments lumineux où il me regardait comme si j'étais son enfant le plus précieux, ces moments où il me parlait de ma mère et me donnait le sentiment d'être entière. Quant au reste de mon enfance… eh bien, peut-être vaut-il mieux qu'il soit réduit en cendres.

Je croise mon reflet dans le miroir. J'ai l'air bien plus âgée que dans mon souvenir. Je touche la peau de mon visage. Elle est rugueuse. J'en suis presque contente. Je n'ai jamais été une créature délicate. Chaque jour, mon cuir s'épaissit, et je me surprends à faire des choses que je n'ai jamais faites, pas même avec l'aide de mon mari. Plus forte je suis, plus grandes seront nos chances de survie.

Je les ai laissés trop longtemps maintenant. Mais j'ai besoin de ce répit, de ces moments où je peux m'éloigner, rassembler les morceaux épars de mon être et leur revenir en mère.

Mais le temps passe, et je dois retourner vers mes deux enfants. Le dénouement auquel nous nous préparons depuis des mois est imminent.

Chapitre 40

Salim

Trois jours plus tard, Roksana reparut. Salim s'inquiéta de ce qu'il allait lui dire. Leur dernier échange s'était terminé sur une note gênante. Il espérait qu'elle n'avait pas détecté l'amertume qu'il avait ressentie. Elle fit les distributions habituelles avec ses collègues avant de se diriger vers lui.

— Peux-tu me retrouver à l'aire de jeux, là où tu avais dormi avec ta mère ? Ce soir, vers 20 heures ?

Salim accepta, prêt à s'excuser, mais elle s'éloigna rapidement. Sans qu'il ait eu le temps d'entamer une conversation, elle était repartie avec les autres bénévoles.

Salim ne voulait pas manquer son rendez-vous. Il passa l'après-midi à écouter Abdullah et Hassan lui raconter les mêmes blagues éculées de mollahs. Celle du mollah et de la citrouille. Celle du mollah et de l'âne borgne. Les Afghans adoraient se moquer de leurs figures religieuses.

— Un type marche au bord de la rivière, il aperçoit un mollah sur la rive opposée et lui crie : « Eh, comment fait-on pour passer de l'autre côté ? » Le mollah lui répond : « Mais vous êtes bête ! Vous êtes déjà de l'autre côté ! »

Hassan riait. Rire à une plaisanterie qui l'avait amusé dans son enfance en Afghanistan, c'était se rappeler des jours meilleurs. Il se dégageait de ces histoires drôles comme une douce nostalgie. Si Salim ne s'était pas autant inquiété de l'heure, il les aurait appréciées davantage.

Il fit tourner sa montre autour de son poignet. À en juger par le ciel, il devait être environ 19 heures.

— Mes amis, dit-il en bâillant.

Il se leva lentement, les mains sur les genoux. Il s'étira et lâcha un léger grognement pour faire bonne mesure.

— J'ai le dos contracté… Je crois que je vais aller me dégourdir les jambes.

— Tu es sûr de vouloir marcher? Si tu veux, je peux demander à mon chauffeur de te faire faire un tour.

Salim se força à sourire.

— Peut-être la prochaine fois.

Au parc, trois petites filles faisaient de la balançoire; elles tendaient les jambes pour se propulser puis les repliaient au moment de redescendre. Leurs parents les surveillaient tout en jetant des regards obliques à Salim.

Il les mettait mal à l'aise. S'ils avaient su à quel point lui-même les craignait, ils auraient été rassurés.

Il se tenait volontairement à distance, assis sur un banc, les yeux dans le vague. Il envisagea de partir et de revenir lorsque les familles auraient quitté le parc. Mais il ne voulait pas prendre le risque de manquer Roksana. Sous son regard, il redevenait humain, une sensation à laquelle il n'était pas prêt à renoncer. Il y avait un journal sur le banc d'à côté. Salim le ramassa et revint à sa place, où il fit semblant de s'intéresser aux personnalités grecques figurant sur la couverture.

Roksana arriva enfin ; elle resta debout derrière lui sans prononcer un mot. Les adultes avaient repris leurs enfants par la main en jetant un dernier regard furtif à Salim. Le parc était vide désormais. Elle était probablement en retard. Peut-être savait-elle qu'il l'aurait attendue toute la nuit.

— Salim.

Il se retourna brusquement. Pourquoi se sentait-il coupable de la retrouver là ? Pourquoi cette gêne en lui ? Il y avait quelque chose de clandestin dans l'heure et le lieu du rendez-vous.

— Tiens, prends ça, lui dit-elle en lui tendant un paquet emballé dans une feuille de papier sulfurisé.

Elle s'assit sur le banc à côté de lui.

— Qu'est-ce que c'est ? demanda-t-il en dépliant l'emballage.

— Du kebab. Ma mère en fait un excellent. Je me suis dit que tu devais y goûter.

Elle déplaça le journal pour se rapprocher de lui. Le kebab était encore chaud, la viande hachée et les épices lui mirent l'eau à la bouche.

— Alors, comme ça, tu sais lire le grec ?

Il lui adressa un grand sourire tout en mordant dans la viande. Le premier morceau fondit sur sa langue ; il ne se rappelait pas n'avoir jamais rien mangé d'aussi bon de toute sa vie.

— Tu aimes ?

— Mmm, ça a le goût de… de la maison.

Salim s'essuya les lèvres et ferma les yeux.

— Merci !

Roksana se mit à rire.

— De rien. J'étais sûre que ça te plairait, dit-elle. Je voulais discuter avec toi, voir si tu avais des pistes… Pour rejoindre ta famille, tu sais ?

Salim soupira.

— Je ne sais pas quoi faire.

Son voyage depuis Izmir ne l'avait pas laissé indemne, il se sentait abattu.

— J'ai interrogé les gens que je connais, mais personne ne sait comment se procurer de faux papiers. Je crois qu'ils ont surtout peur de me le dire. Je suis vraiment désolée, Salim. J'aurais voulu t'aider davantage.

Salim était déçu, mais commençait à s'habituer à ce sentiment.

— Je sais que tu as essayé. Je vais trouver un autre moyen.

Le travail à la ferme, la vie dans la rue, la faim et les coups l'avaient marqué. Soumis à tant de pression, son corps mûrissait moins qu'il ne vieillissait. Il était sûr que Roksana s'en rendait compte en le regardant.

— *Ela*, j'ai eu une idée. J'ai pensé à ta tante et ton oncle. Quand tu seras en Angleterre, où vas-tu aller ? C'est un grand pays et tu seras perdu sans adresse. Si tu me donnes leur nom, peut-être que je pourrai t'aider à les localiser. Je peux chercher sur Internet. Je ne te promets rien, mais on peut au moins vérifier.

— Tu ferais ça ? dit Salim en s'essuyant la bouche avec le papier sulfurisé. Ma tante habite à Londres. Elle vit avec sa famille dans un appartement.

Roksana sortit un stylo et un bout de papier de son sac à main.

— Écris-moi leur nom. Ta tante, son mari, tes cousins. Écris tout ça et je vais voir ce que je trouve.

— Ma tante se nomme Najiba. C'est la sœur de ma mère. Son mari s'appelle Hamid Waziri. C'est le cousin de mon père. J'ai vu ces noms sur les lettres qu'ils nous envoyaient en Afghanistan.

— Bien, dit Roksana en rangeant le bout de papier dans son sac. Et autre chose, Salim.

Tout ce que tu voudras, pensa-t-il. *Reste avec moi et continue de parler.*

Salim aimait l'écouter, la regarder bouger les lèvres, repousser ses mèches de cheveux et battre des cils.

— Je sais que la vie n'est pas facile à Attiki.

« Attiki » était une manière gentille de dire « sans abri ».

— Alors j'ai pensé… Je voulais juste te dire que si tu veux, tu peux venir chez moi ce week-end pour prendre un bain. J'ai pensé que ça pourrait te faire du bien.

Le visage de Salim s'illumina. Il se tourna pour la regarder dans les yeux. Sous la lumière du réverbère, il la vit rougir.

— Mes parents doivent s'absenter ce week-end. Si tu veux, tu peux passer une heure ou deux pour prendre un bain chaud.

Il se demanda s'il devait accepter son offre. Ses parents n'en sauraient rien. Mais s'ils rentraient à l'improviste ? Le risque en valait-il la peine ? Il regarda de nouveau Roksana. La courbe parfaite de sa bouche, la force tranquille de son regard. Oui, cela en valait vraiment la peine.

— C'est très gentil. Oui, je veux bien.

Roksana hocha la tête et lui désigna du doigt un bâtiment au bas de la rue. Elle attira son attention sur le store vert. Il pourrait passer samedi après-midi. Elle écrivit le numéro de l'appartement sur un autre bout de papier qu'elle lui tendit. Ensuite, elle se leva pour partir.

— Il se fait tard, dit-elle avant de se tourner une nouvelle fois vers lui. Salim, tu ne parleras pas de tout ça aux garçons d'Attiki, d'accord ? Nous ne sommes pas… Je veux dire, les gens de l'association… Nous ne sommes pas censés avoir des contacts avec… Notre travail doit se limiter à Attiki. Tu comprends ?

Salim acquiesça. Il n'avait aucune intention de partager quoi que ce soit la concernant avec les jeunes du parc. Tapi en permanence dans les eaux peu profondes, le mauvais œil attendait exactement ce genre de prétexte pour émerger.

Elle ajusta la bandoulière de son sac et s'éloigna. Il ne put détourner le regard du balancement synchronisé de sa chevelure et de ses hanches, fasciné par sa féminité discrète.

Il lui restait trois jours avant le samedi. Dans le parc, la nuit tombée, Salim pencha la tête en arrière et s'imagina déjà chez Roksana. Il ferma les yeux et s'endormit.

Dans son rêve, il se trouvait dans sa salle de bains. De l'eau chaude ruisselait sur sa nuque et ses épaules. Il se sentait léger. Il prit de l'eau dans ses mains et la porta à ses lèvres. Enveloppé dans une serviette, il entra dans une grande pièce vide, si sombre qu'il n'en voyait pas les murs. Roksana s'approcha de lui, vêtue d'un jean qui mettait en valeur ses courbes adolescentes. Elle sourit, toucha ses épaules humides et essuya l'eau qui perlait sur son torse. Elle l'attira contre elle…

Salim se réveilla brusquement. Il se redressa d'un coup. Il faisait nuit noire.

Il se rappela qu'il était dans le parc, sur les marches d'un vieil immeuble, avec Abdullah qui ronflait à quelques mètres de lui. Il avait rêvé. Il éprouva un sentiment d'excitation qui le mit mal à l'aise et pencha à nouveau la tête en arrière en attendant qu'il se dissipe.

C'est alors qu'il sentit une présence.

Tandis que ses yeux s'accommodaient à l'obscurité, il distingua la silhouette massive d'un homme accroupi à ses pieds. Il reconnut cette personne. C'était Sabour.

— Qu'est-ce que tu veux ? lâcha Salim.

— Tu devais faire un beau rêve, murmura Sabour.

Salim devina son sourire narquois au ton de sa voix.

Il se redressa puis toucha rapidement sa hanche pour vérifier que son argent était à sa place. Il avait emballé les billets dans un chiffon et épinglé le paquet à ses sous-vêtements ; cette cachette lui semblait la plus sûre. Il sentit le renflement frotter contre son aine.

— Qu'est-ce que tu veux ? répéta-t-il.

Pendant ce temps, l'imperturbable Abdullah continuait de ronfler.

Sabour dégageait une odeur de sueur rance. Il posa sa grosse main sur le tibia de Salim, puis remonta vers son genou. Son contact fit bondir le garçon. Ils se retrouvèrent debout tous les deux, se regardant droit dans les yeux.

— Je voulais juste m'assurer que tu dormais bien, mon petit, dit-il en ricanant. Maintenant, tu peux retourner à tes rêves et moi aux miens.

Salim vit la silhouette de l'homme s'éclipser calmement dans l'obscurité, traverser un dédale de corps pour rejoindre sa tente de fortune.

Il lui fut impossible de dormir après cet épisode. Salim garda les yeux ouverts dans le noir, à l'affût de bruits de pas. Il maudit Abdullah de ne pas s'être réveillé. Mais depuis combien de temps Sabour avait-il été là ? Avait-il posé les mains sur lui pendant son sommeil ?

Cette dernière pensée lui fit froid dans le dos. On lui avait parlé de la tendance de Sabour à voler les autres réfugiés, mais c'était tout. Ce moment lui avait paru si étrange qu'il l'aurait cru sorti de son imagination. Pourtant, même sous le manteau de la nuit, la scène était réelle, toute récente, et il en eut des frissons.

À l'aube, ses paupières étaient lourdes. Dans la relative sécurité du jour, il lui fut difficile de ne pas se rendormir.

Abdullah bâilla et trouva Salim en train de cligner lentement des yeux.

— Eh, tu es déjà réveillé ? Bonjour, mon ami ! Bienvenue à Attiki pour une nouvelle journée magnifique. J'aimerais pouvoir t'offrir un petit déjeuner digne de ce nom, mais si je le faisais, tu ne connaîtrais pas la véritable saveur d'Attiki, lança-t-il d'un ton malicieux.

Salim, le visage grave, fut soudain sur le qui-vive ; son engourdissement disparut avec le besoin de partager sa rencontre nocturne.

— Abdullah, un truc bizarre est arrivé cette nuit, commença-t-il.

Il parlait d'une voix sèche et tendue, inquiet de la réaction de son ami. Peut-être le prendrait-il pour un affabulateur.

— Ça n'a rien de bizarre, tu sais. Ça arrive à tous les mecs. Bienvenue dans l'âge adulte, mon petit.

Abdullah s'assit et étira les bras au-dessus de sa tête.

— Tu veux bien m'écouter une minute ? Je me suis réveillé au milieu de la nuit et Sabour se tenait juste là, à mes pieds.

Salim montra du doigt l'endroit où il avait vu la silhouette accroupie de Sabour.

— Ce salaud, il essayait de nous voler !

Abdullah se retourna et vérifia son sac en plastique. Il se détendit en constatant que toutes ses affaires étaient à leur place.

— Je ne sais pas ce qu'il fabriquait. Je ne crois pas qu'il ait volé quoi que ce soit. Il se comportait… de façon étrange.

— Étrange ? Qu'est-ce que tu veux dire ?

— Eh bien, il… quand je me suis réveillé… il était assis là en train de me regarder.

Salim se frotta les yeux. Il avait du mal à formuler les événements.

— Et ensuite, il m'a touché la jambe.

Abdullah se redressa d'un seul coup. Son visage se crispa.

— Il t'a touché la jambe ? Pourquoi tu ne m'as pas réveillé ?

Salim haussa les épaules. Il l'ignorait.

— Je lui ai demandé deux fois ce qu'il voulait, et j'ai cru que ça allait te réveiller, mais ensuite il est parti sans que je sache ce qu'il avait fait.

Salim se sentait particulièrement sale ce matin-là. Savoir Sabour à seulement quelques dizaines de mètres lui faisait horreur.

Abdullah observa un moment de silence, se frotta lui aussi les yeux, puis se mit à parler à voix basse.

— Il y avait un jeune garçon ici le mois dernier. Tu te souviens peut-être de lui ? Un gosse en âge d'aller à l'école, qui voyageait avec son grand frère. Bon, un jour, le gamin s'est réveillé comme s'il avait le diable aux trousses. On l'a trouvé en train de vomir. Quand son frère a essayé de l'interroger, il s'est mis à hurler. On n'avait aucune idée de ce qui lui était arrivé, mais je l'ai vu regarder à deux reprises dans la direction de Sabour, qui le foudroyait des yeux. Ça m'a fait froid dans le dos. Deux jours plus tard, le garçon s'est précipité dans une rue bondée et s'est fait renverser par une voiture. Il est mort juste là sur la route.

Abdullah secoua la tête en se remémorant cet événement.

— C'était affreux. Son frère était au fond du trou après ça. La police est venue et l'a emmené, et plus personne n'en a parlé. Il n'aurait pas survécu longtemps à ce rythme.

Abdullah laissa échapper un profond soupir. Ce souvenir le perturbait.

— Je ne sais pas ce qui s'est produit, mais depuis, je me demande si Sabour n'avait pas un rapport avec cette histoire. Il y avait quelque chose de vraiment malsain dans le regard que le petit lui a lancé. Et Sabour, c'était comme s'il avait réduit le gamin au silence rien qu'avec les yeux.

Salim sentit un nœud se former dans sa gorge.

Abdullah était assis, les genoux fléchis contre son torse. Il tapait du pied droit sur le sol comme pour marteler la gravité de son récit.

— C'est déjà pénible d'être coincé ici, mais être coincé ici avec lui... Que Dieu nous pardonne. Je vais prévenir Hassan et Jamal. Si tu commences à en parler, tu ne sais pas ce que l'animal fera. Il faut qu'on soit vigilants, Salim, et qu'on fasse attention les uns aux autres. C'est le seul moyen de survivre dans un endroit comme celui-ci.

Salim hocha la tête. Il lui fallait une arme. Dorénavant, il était véritablement seul et sans défense. Quelques mois avant sa disparition, Padar-*jan* avait pris l'habitude de dormir avec un couteau sous son matelas. Il pensait que ses enfants n'en savaient rien, mais Salim l'avait vu et se demandait de quoi son père avait peur ; il aurait voulu partager ce fardeau avec lui. Mais le privilège de l'enfance voulait qu'il puisse fermer les yeux et s'assoupir, avec la certitude rassurante que son père les protégerait, quel que soit le danger qui les menaçait. Cela marquait peut-être le passage à l'âge adulte, pensa-t-il ; ce moment où l'on devient seul responsable de son bien-être.

Il devait désormais assurer sa sécurité lui-même.

Il se procurerait un couteau, comme l'avait fait Padar-*jan*. Il trouverait un instrument tranchant, qui pouvait tuer, pas un gadget.

Il aurait pu dormir, mais préféra marcher. Il erra dans les rues commerçantes, contempla les vitrines et entra dans des boutiques qui lui semblaient prometteuses. Il trouva quelques couteaux de cuisine, un poignard ancien avec un manche en métal, un canif décoré du drapeau grec. Aucun de ces objets ne ferait l'affaire.

Dans une échoppe au fond d'une ruelle, il trouva exactement ce qu'il cherchait. La vitrine, remplie d'objets hétéroclites, laissait deviner un intérieur tout aussi foisonnant : on y voyait une machine à coudre, un tabouret, une pile de livres, des ustensiles de cuisine, des vêtements pour enfants, une paire de bottes de travail et un vieux globe terrestre. Salim poussa la porte qui tinta pour annoncer son arrivée. Quelque part dans ce tas d'articles devait bien se trouver une lame digne de ce nom. Il ne s'était pas trompé. Le propriétaire était un homme âgé chaussé de lunettes à la monture métallique. Armé d'un minuscule tournevis, il bricolait le mécanisme d'une horloge ancienne qu'il avait disséquée, et dont les pièces étaient étalées sur le comptoir en verre. D'autres pendules du même type, à divers stades de délabrement, étaient alignées derrière lui. Salim le salua d'un signe de tête et se mit à parcourir les trois allées étroites.

Des bols sur des oreillers, un Thermos caché sous de vieilles cassettes, des lunettes de lecture d'occasion à côté d'une boîte pleine d'ampoules. Ce magasin n'avait aucune logique, aucune cohérence. Salim balaya les rayonnages des yeux jusqu'à ce qu'ils se posent sur l'étagère du bas. Enfoui sous une pile de chemins de table, un manche en bronze dépassait. Salim le sortit et vit que le couteau était inséré dans un bel étui de la même couleur. Il fit glisser l'étui et découvrit une lame de quinze centimètres couverte de rouille. Même abîmé, c'était le plus beau couteau qu'il ait jamais vu.

C'était exactement ce qu'il voulait. Salim effleura la lame. Celle-ci lui parut impressionnante et intimidante contre sa paume. La pointe était encore assez affûtée pour s'enfoncer dans la peau, il le constata en appuyant le doigt dessus. Il glissa de nouveau le couteau dans son étui et le tint devant sa taille. L'objet tiendrait dans son jean malgré son poids. Salim se dirigea vers le comptoir, où l'homme était encore occupé à bricoler le mécanisme de l'horloge.

— Je veux l'acheter, s'il vous plaît. Combien ?

Le vieil homme leva les yeux, et ses lunettes faillirent tomber du bout de son nez. Il regarda le couteau puis Salim.

— Vingt euros, dit-il avant de retourner à son bricolage.

Salim remua sur place, réfléchissant à la somme qu'il était prêt à débourser.

— Monsieur, je vous en donne dix euros. Pas plus.

— Vingt euros.

— Monsieur, s'il vous plaît. Dix euros.

L'homme leva de nouveau la tête pour mieux examiner Salim. Il ôta ses lunettes et les posa sur la table.

— Dix-huit.

Salim observa un silence. Il repensa à la nuit précédente et à la main de Sabour sur son genou.

— Quinze euros, s'il vous plaît, proposa-t-il.

L'homme soupira puis acquiesça d'un hochement de menton. Il tendit la main pendant que Salim comptait les billets. Le garçon glissa le manche dans la ceinture de son pantalon. Au moment où il sortait, il s'arrêta.

— Monsieur, vous réparez les horloges ?

— Hum.

Le commerçant s'était déjà remis à la tâche et ne prit pas la peine de lever les yeux.

— Vous… vous pouvez regarder ma montre ?

À ces mots, l'homme leva la tête. Il tendit la main, attendant l'objet en question. Salim défit rapidement le bracelet, ôta la montre de son poignet et la posa dans la paume du vieux monsieur.

Ce dernier la retourna, la secoua doucement en la tenant contre son oreille. Il marmonna quelque chose puis fouilla dans une corbeille en plastique jusqu'à trouver le bon outil. Il ouvrit le dos de la montre et saisit une pince à épiler. Il toucha délicatement les dents d'engrenage, donna de petits coups, tapota. Le mécanisme était si minuscule que Salim n'eut aucune idée de ce qu'il faisait. Au bout d'un moment, l'homme remit le capot en place, retourna la montre et la remonta.

Sans cérémonie, il tendit à Salim l'objet qui avait retrouvé son tic-tac.

— C'est bon maintenant. Vous réglerez l'heure, annonça-t-il.

Salim reprit sa montre. Son cœur bondit dans sa poitrine quand il vit la petite aiguille avancer. La montre de son père fonctionnait de nouveau !

— Merci, monsieur ! Merci beaucoup ! Merci !

Salim se pencha par-dessus le comptoir et enlaça le vendeur médusé.

— Oui, oui.

L'homme se dégagea de l'étreinte de son client et lui fit signe de partir. L'esprit léger, Salim se remit en route et trouva un morceau de tissu devant un magasin de vêtements. Il en enveloppa le manche du couteau et attacha cette cordelette improvisée autour de sa taille avant de la nouer à la boucle de sa ceinture pour la maintenir en place.

Salim tourna la tête à gauche et vit une route qui menait à l'hôtel *Attica Dream*. Il regarda à droite et reconnut le chemin conduisant au marché dans lequel il avait dérobé leur premier repas. Il se mordit la lèvre de honte en repensant à tout ce qu'il avait volé. Il ne le referait plus jamais, se jura-t-il.

Un homme, pensa-t-il, *doit trouver un moyen plus noble de nourrir sa famille.*

Ne pas sombrer dans le désespoir et le crime devenait essentiel à ses yeux.

Il lui restait une chose à faire pour rendre sa dignité à la famille Waziri. Madar-*jan* l'aurait mis en garde contre une attitude aussi impulsive, mais Salim décida, sur un coup de tête, de marcher vers l'est. Il n'en aurait pas discuté avec elle, de toute façon. Peut-être était-ce le fait d'avoir survécu aussi longtemps sans rien dans les poches qui l'incita à agir de manière aussi irrationnelle.

Marchant d'un pas résolu, un plan audacieux en tête, Salim écouta le tic-tac rassurant de sa montre et sourit.

Chapitre 41

Salim

— Dépêche-toi, lui dit Roksana en le tirant par le coude. On a des voisins curieux.

Salim franchit le seuil d'un pas nerveux. Il préféra ne pas envisager l'hypothèse où le père de Roksana trouverait un réfugié afghan assis dans son canapé en rentrant chez lui.

— Peut-être que je devrais…, bredouilla-t-il.

— Ça va aller. Entre.

Elle referma la porte derrière eux, puis jeta un dernier coup d'œil vers le couloir pour s'assurer qu'aucune autre porte de l'appartement n'était ouverte. Rassurée, elle le conduisit dans le salon.

Salim balaya la pièce du regard, mémorisant chaque détail. D'impeccables canapés beiges étaient disposés autour d'une table basse en bois brun sur laquelle étaient étalés quelques livres. Des photographies couleur sépia étaient accrochées aux murs. Des stores en lin laissant passer la lumière donnaient à la pièce un caractère apaisant. Leur appartement faisait probablement la même superficie que la maison des Waziri à Kaboul, mais il sembla à Salim bien plus moderne et spacieux.

— Mes parents sont sortis pour l'après-midi seulement, alors on doit faire vite. Je voulais que tu puisses prendre un vrai bain.

Sa voix était différente. Il lui manquait sa décontraction habituelle. La jeune fille s'agitait et détournait le regard. Salim ne comprenait pas si Roksana était gênée de se trouver seule avec lui ou si elle craignait que ses parents ne rentrent plus tôt que prévu.

— Roksana, je peux partir...

— Non, dit-elle, se rendant compte de son ton peu accueillant.

Elle prit une profonde inspiration et recommença.

— Tout va bien.

Elle sourit, une fois recouvré son calme. Salim fut impressionné et l'envia secrètement. Lui n'avait aucune emprise sur ses angoisses.

Elle le conduisit ensuite dans un étroit couloir où elle lui indiqua une porte.

— La salle de bains est ici. Et voici une serviette. Il y a du shampoing et du savon. Je t'attends à côté, ça ira ?

Si ça allait ? Mieux que bien, c'était fantastique. Il n'avait jamais vu pareille salle de bains. Des murs jaunes rendaient la pièce lumineuse et gaie. Le lavabo était une vasque en verre ancrée dans le mur. De minuscules flacons vert menthe en céramique étaient alignés sur une étagère suspendue, dégageant chacun un délicat parfum floral. Une porte coulissante en verre dépoli s'ouvrait sur la douche.

Salim se sentit gauche et mal à l'aise au milieu de ce luxe. Il tourna maladroitement le robinet. Il ôta ensuite ses vêtements et cacha couteau et argent dans son jean. Il entra alors dans la douche et s'abandonna sous une pluie d'eau brûlante, dont un tourbillon trouble disparut dans la canalisation. Salim se frotta le corps jusqu'à ce que l'eau devienne claire, se lava trois fois les cheveux, puis referma le robinet à contrecœur. Il s'attarda un peu dans la pièce chaude et embuée.

Ça ne fait aucun doute, se dit-il en révisant son jugement, *l'eau est* roshani.

Salim se sécha, se rhabilla, puis sortit dans le couloir. À sa gauche, des portes-fenêtres entrebâillées ouvraient sur une pièce. Au centre de celle-ci se trouvait un bureau en bois sculpté. Trois des murs étaient occupés par des étagères faites du même bois couleur cerise. Il y avait tellement de livres ! Cela lui rappela le jour où son père l'avait emmené dans son bureau au ministère de l'Eau et de l'Électricité. Ils avaient visité la bibliothèque et ses rayonnages remplis d'ouvrages aux pages jaunies et aux reliures poussiéreuses. Salim avait eu conscience qu'aucun autre enfant de cinq ans ne serait jamais autorisé à se promener en ces lieux, et ce privilège l'avait bien plus impressionné que n'importe quel livre de l'immense pièce.

Plusieurs années après cet épisode, le père de Salim s'amusait souvent à lui rappeler le moment le plus mémorable de cette journée.

« Et ensuite, l'ingénieur en chef est entré et t'a demandé si tu aimerais travailler dans ce bâtiment un jour, et tu as répondu : "Non, monsieur. Ma mère dit que Padar-*jan* passe trop de temps le nez dans ses livres, et ça la met en colère. Je ne veux pas qu'elle soit en colère contre moi aussi." »

Il s'était demandé comment son père pouvait ressasser aussi souvent ce commentaire enfantin avec un tel enthousiasme.

En réalité, Salim ne s'était jamais lassé de l'entendre. Avec un soupir, il revint au temps présent.

Ça doit être le bureau de son père.

Il fit trois pas en avant pour examiner les étagères : les livres y étaient soigneusement classés par taille. Il effleura les tranches brillantes. Beaucoup d'ouvrages étaient en anglais, certains en grec. Il y avait des livres de médecine et de philosophie, d'après ce que Salim comprit. Il s'intéressa à la bibliothèque placée derrière le bureau. Sur l'étagère du bas, un détail attira son regard : toute une rangée de livres dont les titres figuraient en caractères farsi.

Salim se pencha pour en lire les titres : *L'Afghanistan : histoire d'une nation*, *Afghanistan : l'Empire déchu*, *Recueil de poèmes afghans*. Pourquoi possédait-il autant de livres sur l'Afghanistan ? Le père de Roksana parlait-il dari ?

Salim repensa à certains commentaires narquois, voire lubriques, que les garçons faisaient parfois sur elle à Attiki, aux regards assassins qu'elle leur lançait alors, comme si elle comprenait leur langue. Salim observa autour de lui, confus. Sur une étagère située de l'autre côté de la pièce se trouvait une statuette d'une dizaine de centimètres de hauteur. Elle représentait un aigle taillé dans un morceau étincelant de lapis-lazuli, une pierre bleue aussi incontestablement afghane que les burqas de la même couleur.

— Tu as terminé ?

Roksana se tenait sur le seuil.

Salim se retourna brusquement, honteux d'avoir abusé de son accueil.

— Désolé. J'ai vu les livres et je voulais savoir… Il y en a tellement, mais… Roksana, ton père, est-ce qu'il parle dari ?

— Quoi ? s'exclama-t-elle en se raidissant visiblement.

— Il y a beaucoup de livres sur l'Afghanistan. Et ils sont en dari. Et cet oiseau, c'est une pierre afghane. Pourquoi…

Salim butait sur les mots, cherchant du sens à tout cela.

— Ma mère. Tu as parlé à ma mère ? Est-ce que tu parles dari ? Ton père… Est-ce qu'il a travaillé en Afghanistan ?

Roksana secoua la tête, soupira, puis sourit timidement.

— *Ela*, Salim, mon père… mon père n'a pas travaillé en Afghanistan.

Elle parlait à voix basse, avec une pointe d'espièglerie.

— Mais alors pourquoi…

— Il a vécu là-bas, en fait. Il y est né. Mon père est afghan.

Salim resta bouche bée. Il regarda Roksana en plissant les yeux comme s'il la voyait pour la première fois. Si son père était afghan, alors Roksana était…

— Moitié afghane, moitié grecque, expliqua-t-elle, une main sur le cœur. Ma mère est grecque. Mon père est venu à Athènes dans sa jeunesse pour étudier la médecine, mais il a finalement pris une autre voie. Il a épousé ma mère et vit ici depuis. J'ai appris le dari pour lui. Je ne le maîtrise pas très bien, mais assez pour tenir une conversation.

Salim frappa dans les mains et se fendit d'un grand sourire.

— Tu es afghane ! s'écria-t-il en dari, les mots sortant naturellement de ses lèvres. Je savais qu'il y avait quelque chose d'unique chez toi ! Mais je ne savais pas quoi ! C'est pour ça que tu fais tout ça ? Mais ton père, ça ne lui plairait sûrement pas de te savoir en compagnie de garçons afghans, surtout des garçons comme… des garçons comme…

Roksana vint à son secours, lui épargnant de finir sa phrase.

— Mon père ne sait rien de mes activités. Ça ne lui plairait pas, mais pas vraiment pour les raisons auxquelles tu penses. C'est plus compliqué. Je ne le dis à personne, car je sais que ça causerait des problèmes. J'ai envie d'aider ces gens, mais tu peux imaginer à quel point ce serait difficile pour moi s'ils découvraient que mon père est afghan.

Salim le comprenait parfaitement. Tant que Roksana était grecque, elle serait considérée uniquement selon les standards de son pays. Les hommes d'Attiki ne jugeraient pas sa tenue ni son comportement selon les normes afghanes. Mais s'ils apprenaient qu'elle était afghane, ils se montreraient nettement moins indulgents. Certains pourraient même la harceler. Les hommes l'aborderaient pour de mauvaises raisons. Le seul fait d'envisager une telle situation donna envie à Salim d'éloigner Roksana d'Attiki.

— Tu as raison. Je ne dirai rien.

— Merci. Mangeons un morceau avant de sortir.

Salim la suivit à la cuisine où elle avait réchauffé une tourte feuilletée aux épinards, du poulet rôti et une salade. Salim mangea jusqu'à se sentir au bord de l'explosion. Roksana sourit en le voyant se pencher en arrière avec un grognement.

— C'était comment ? On dirait que tu as aimé.

— Oh oui, beaucoup ! J'ai assez mangé pour trois jours.

Il se mit à rire en tapotant son ventre encore plat.

— Bon. Je vais débarrasser et on pourra partir. Tu peux attendre dans la pièce à côté si tu veux, proposa-t-elle.

— Non, je veux… Je vais rester avec toi. Pour t'aider, dit-il timidement.

Le regard de Roksana s'éclaira, et ensemble ils firent disparaître toute trace de leur déjeuner clandestin. Puis la jeune fille attrapa son pull, et ils se dirigèrent vers la porte.

— Aujourd'hui, nous allons à l'Acropole. Tu l'as déjà visitée ?

— Lacro… quoi ?

— L'Acropole, répéta-t-elle lentement. Suis-moi. Je vais te montrer.

Ce jour-là, Salim fut un touriste, épris de son guide attitré. Ils se promenèrent dans les rues animées d'Athènes et ses quartiers aux parfums variés, avant de se retrouver au bas d'un escalier menant à l'Acropole, des ruines antiques au sommet d'une colline, offrant une vue majestueuse sur la capitale. Salim avait aperçu cette structure de loin, mais ne s'en était jamais approché. Roksana lui parla du temple dédié à Athéna, lui raconta qu'il était passé de main en main au cours de l'histoire et qu'il avait même été contrôlé par les Ottomans à une époque. Elle lui montra l'amphithéâtre et lui expliqua qu'il fut autrefois un centre communautaire.

Salim était fasciné. Ils s'assirent contre un muret qui formait une enceinte autour des bâtiments. Il tapa une pierre du pied d'un air maussade.

— À quoi tu penses, Salim ?

— Hein ? Oh. Je pensais à ces bâtiments… ils sont si vieux, ils existent depuis tant d'années. Et pourtant, ils sont en meilleur état que les immeubles les plus récents de Kaboul.

Ce qu'il voulait dire, c'était que deux siècles de paix pouvaient être défaits en un mois de guerre. Roksana comprit parfaitement l'allusion.

—Oui, eh bien, les gens sont très doués pour détruire les choses, les belles choses surtout.

—C'est l'enfer à Kaboul. Tout le monde fuit. Même là-bas, les Afghans vivent comme des réfugiés.

Il la regarda furtivement puis baissa de nouveau les yeux vers le sol.

—Les gens ne verront jamais rien d'autre en regardant des Afghans.

—Salim, dit-elle d'une voix douce. Je ne vois pas un réfugié quand je te regarde. Je vois un garçon qui devrait être dans ma classe, partager mes lectures et faire du sport, passer son temps libre dans des cafés. C'est toi que je vois.

Elle mit sa main sur celle de Salim et la serra brièvement avant de la retirer.

—Est-ce que ton père a le mal du pays ? Il a quitté l'Afghanistan depuis si longtemps. Moi, je ne sais pas. Peut-être que je retournerai là-bas un jour. Parfois, mon pays me manque.

—Non, mon père n'a pas le mal du pays. Il aime son pays, mais il dit que l'Afghanistan est comme une femme trop belle à qui ça fait du tort. Elle ne sera jamais en sécurité, même parmi les siens. Il est parti à un moment où la vie était encore normale, mais c'est différent pour lui, je crois. Il a dit qu'après les guerres le pays n'était plus le même. Il écoute les informations et parle à sa famille restée là-bas, mais ça lui fait surtout du mal.

— Mais vivre si longtemps dans un autre pays… Personne ne parle dari ici, la nourriture est différente, il n'y a pas de *masjid* pour aller prier.

— *Masjid* ? Mon père n'est pas pratiquant. Il pense que les gens ont détruit la religion et que la religion a détruit les gens. Il dit qu'il croit en Dieu, mais qu'il n'a pas foi en les hommes.

Peut-être avait-il raison, mais Salim n'avait jamais rencontré d'Afghan qui ne se considérait pas comme musulman.

Il lui demanda comment elle avait appris le dari.

— Avec mon père. Et ma grand-mère. Elle a vécu avec nous pendant les dernières années de sa vie. Mon père adore cette langue, sa poésie. C'est tout le reste qui lui brise le cœur. Je crois qu'il est heureux en Grèce, mais parfois… parfois, je le surprends en train de lire ses livres ou de regarder de vieilles photos. Je crois qu'il y a encore un peu d'Afghanistan dans son cœur et que ça le rend triste.

Elle se leva et épousseta son jean. Parler des états d'âme de son père l'embarrassait.

— Il est tard, dit-elle pour changer de sujet. Je devrais rentrer.

Salim avait redouté ce moment, celui où elle le laisserait.

— Roksana, merci… pour tout. C'était une super journée.

Il se leva à son tour et hissa son sac à dos sur son épaule.

— De rien.

Ils descendirent l'escalier en tâchant de ne pas se perdre de vue parmi la horde de touristes divisés en groupes dont chaque guide parlait une langue différente. Au pied de la colline, Roksana se tourna rapidement vers lui.

— Oh, une dernière chose… J'ai failli oublier ! J'ai de bonnes nouvelles pour toi.

Sur ces mots, elle sortit de son sac un morceau de papier.

— Je crois avoir trouvé l'adresse de ton oncle à Londres !

Salim écarquilla les yeux.

— J'ai tapé son nom sur Internet. Je pense que c'est la bonne adresse. Je n'ai pas leur téléphone, mais au moins, quand tu seras là-bas, tu sauras où aller.

Salim prit le bout de papier et posa un regard incrédule sur le numéro et le nom de rue qu'elle y avait griffonnés. Il se sentait tout près de retrouver sa famille. Roksana lui avait donné une véritable destination.

— Roksana, tu m'as aidé. Tu as aidé ma mère. Je suis vraiment… Merci.

Il paraissait au bord des larmes. Roksana s'agita sur place et regarda ailleurs, gênée.

— À très bientôt, dit-elle en lui serrant légèrement le bras. Fais attention à toi, Salim.

Il retourna au camp, épuisé par sa journée de touriste. Abdullah le taquina en le voyant arriver. S'il portait les mêmes vêtements usés, le garçon avait l'air bien plus frais depuis sa douche.

— Mais dites-moi, c'est Salim que je vois là ou un acteur de cinéma ? Tu te maries, aujourd'hui ? Comment tu t'es débrouillé pour avoir les cheveux aussi propres ?

Il ébouriffa la chevelure de Salim pour faire bonne mesure. Salim se baissa et sourit.

— J'ai trouvé une bouteille de shampoing. Je l'ai emportée dans des toilettes publiques et j'ai passé la tête sous le robinet. Tu aurais dû voir la tronche des gens, inventa-t-il.

— Tu m'étonnes !

Il faisait nuit. La plupart des garçons s'étaient blottis dans un coin pour se reposer. Salim, Abdullah, Hassan et Jamal se partageaient un espace où ils avaient aligné leurs cartons. Entre besoin de sécurité et besoin d'intimité, il fallait trouver le juste équilibre. C'était le code tacite du parc. Sabour s'était absenté toute la journée et semblait exténué depuis son retour. Il fut l'un des premiers à rejoindre son emplacement sous l'arbre.

Très bien, pensa Salim. *Va donc te coucher et laisse-nous tranquilles.*

Il rêva à nouveau de Roksana. Elle se promenait dans un parc avec Madar-*jan*, Samira et Aziz. Son petit frère, les joues roses et rebondies, trottinait derrière les autres, qu'il avait du mal à rattraper. Ils riaient, bavardaient. Samira, tout excitée, tenait la main de Roksana. Celle-ci se tourna alors vers lui et le regarda amoureusement, des étincelles dans les yeux.

Il se réveilla soudain en sursaut. Il faisait nuit noire. On n'y voyait rien. Ses sens étaient aiguisés. Il sentait une odeur... Était-ce de la sueur ? Salim s'efforça de rester parfaitement immobile. Il n'entendit ni ne vit rien.

Tu te fais des idées, se dit-il. *Rendors-toi.*

Il referma les yeux, dans l'intention de reprendre son rêve là où il s'était interrompu. Il commençait seulement à sombrer quand une main se posa sur sa cuisse. Il sursauta d'effroi. Une autre vint se plaquer contre sa bouche. Salim saisit le poignet de son agresseur, mais la prise était ferme et calleuse. Un souffle chaud lui caressa l'oreille.

— Reste calme, mon petit. Reste calme. Détends-toi et on pourra être amis.

Sabour tripotait la boucle de ceinture de Salim. Ce dernier se débattit, tenta de se libérer, mais le poids de l'homme le clouait au sol. Il pouvait à peine respirer.

— Pas un bruit, ou tu le regretteras.

Non, non, non!

Salim tenta de décoller la paume de sa bouche et de son nez. Il agita les jambes, mais ne donna que des coups de pied dans le vide. Il saisit la main de Sabour, mais celle-ci était lourde et ne bougea pas.

Non, non, non!

Il eut un haut-le-cœur lorsque des doigts se glissèrent sous sa ceinture.

Salim passa une main dans son dos à la recherche du manche de son couteau. Il tâtonna de gauche à droite avant de réussir à l'attraper. Il pouvait à peine distinguer la silhouette penchée sur lui, mais sentait l'haleine rance de l'homme sur son visage.

Il tenait l'arme. D'un mouvement, il sortit la lame de son étui et la planta dans la pénombre au-dessus de lui. Il entendit un halètement puis la masse pesante se détacha de lui. La main plaquée contre sa bouche se dégagea, celle qui s'était glissée dans son entrejambe se retira.

— Lâche-moi ! Lâche-moi ! Lâche-moi ! hurla Salim.

Il vit alors l'ombre bouger, vaciller, puis tomber en arrière. Les autres s'étaient réveillés.

— Qu'est-ce qui se passe ?

— Qui a hurlé ? Tout le monde va bien ?

— Qu'est-ce qui se passe ?

Salim était debout. Ses yeux s'accoutumèrent à l'obscurité, et il put voir Sabour qui s'éloignait en boitant et en se tenant le flanc gauche. Le garçon sentit qu'on lui attrapait le bras et sauta en arrière.

— Eh, eh, Salim ! C'est moi, Abdullah ! Qu'est-ce qui s'est passé ?

Que s'était-il passé ? Salim n'en était pas sûr. S'était-il réellement passé quelque chose ? Que venait-il de faire ? Il se sentait paralysé, étourdi. Il baissa les yeux et vit le couteau qu'il serrait toujours dans son poing.

— Oh, mon Dieu. Oh, mon Dieu. Oh, mon Dieu, dit-il, affolé. Il était ici ! Il était sur moi !

— Eh, c'est Sabour ! Sabour est blessé ! crièrent des voix dans le noir.

— Il saigne !

— Qu'est-ce qui lui est arrivé ? Qui a fait ça ?

Abdullah était à côté de Salim. Il tira un briquet de sa poche et l'alluma, éclairant la lame rouillée et luisante que tenait le garçon. Une goutte tomba de sa pointe.

— Tu l'as poignardé ? murmura-t-il, incrédule.

— Je… Je… Il était sur moi ! Ses mains étaient…

Les voix au loin continuaient à s'élever. Les gens étaient confus, en panique.

— Il est blessé. Il faut faire quelque chose !

Salim avait les paumes moites, collantes. Il regarda sa main droite.

— Salim, arrête ! Où tu vas ? Salim ! Attends !

D'un pas lourd, il erra de ruelle en ruelle. Il tituba, trébucha sur des pavés mal fixés et tomba dans l'obscurité. Il y avait bel et bien du sang, désormais sec, sur sa main droite, cela ne faisait aucun doute. Il le sentait. Il en sentait l'odeur, c'était l'odeur métallique du vivant. Salim repensa alors à Intikal. Il revit le frère de la mariée, aux vêtements tachés de rouge, aux traits déformés par la douleur.

Salim aurait voulu courir dans les bras de sa mère, enfouir le visage dans son épaule, entendre sa voix douce lui dire qu'il avait fait ce qu'il fallait. Il aurait voulu que son père soit avec lui ; s'il avait été à ses côtés, Sabour n'aurait jamais osé s'approcher. En même temps, Salim était content qu'aucun de ses parents ne soit là à cet instant, qu'aucun ne voie son fils ainsi, un fugitif dans la nuit, du sang sur les mains.

Chapitre 42

Salim

Salim tenait la casserole en fer au-dessus du réchaud de fortune, fait de briques disposées en carré, au centre duquel brûlait du petit bois. La poignée était de plus en plus chaude. Les flammes léchaient le fond noirci du récipient. Salim se rapprocha du feu en se tortillant. Il faisait frais, et son blouson lui parut particulièrement fin.

L'eau commençait à bouillir.

— C'est prêt ? demanda Ali depuis l'intérieur.

— Oui, une seconde.

Ali sortit et regarda dans la casserole. Il ouvrit un sachet de thé et versa soigneusement la moitié de son contenu dans l'eau.

— Retire-la du feu, maintenant. Je vais chercher le pain, et on pourra prendre notre petit déjeuner. On dirait qu'il va pleuvoir aujourd'hui, hein ?

Salim tira sa manche sur sa main et saisit la poignée. Il ne releva pas le commentaire d'Ali. Ce dernier disait la même chose tous les jours depuis deux semaines, quel que soit l'aspect du ciel. Salim n'y avait pas prêté attention le premier jour, mais le deuxième, tandis qu'ils étaient à l'intérieur en train d'écouter les gouttes tambouriner contre la bâche en plastique, Ali avait fait la même prédiction. Salim avait cru qu'il plaisantait, mais le visage du garçon était resté grave et pensif.

Ali devait avoir à peu près le même âge que lui, mais il était beaucoup plus petit. Salim l'avait repéré à son arrivée au camp afghan de Patras et avait été attiré vers lui précisément à cause de son allure juvénile et inoffensive. Il était issu d'une ethnie différente de celle de Salim, les Hazaras. À Kaboul, cela aurait eu beaucoup d'importance. Dans ce camp de réfugiés où les hommes mangeaient et dormaient dans la même misère, cela importait peu.

Le camp de Patras était très différent de celui d'Attiki. Ce dernier se situait dans une zone à l'abandon, entourée d'immeubles et à quelques mètres à peine de la vie normale. Patras, au contraire, était un bidonville, ce qui était préférable par certains aspects et pire par d'autres. Au lieu de cartons, de couvertures fines et de chariots de supermarché, il y avait de véritables murs et des toits. Quelqu'un y avait même ouvert une sorte de salon de coiffure pour hommes, après avoir déniché un tabouret et une paire de ciseaux. D'épaisses bâches faisaient office de cloisons pour ceux qui n'avaient pas trouvé de matériaux plus robustes. Et les centaines de personnes qui vivaient là, essentiellement des Afghans mais aussi quelques Roms et Africains sans abri, fabriquaient d'improbables fours à partir de pierres et de briques, pour cuisiner des repas simples. Le logement était plus solide, mais l'endroit était aussi plus vaste et attirait davantage l'attention du voisinage. C'était une tache dans la ville, un lieu où des vagabonds se regroupaient dans l'insalubrité la plus totale. Les Grecs ne savaient pas quoi en faire, ignoraient s'ils devaient raser le camp ou l'améliorer, car les réfugiés y reviendraient inévitablement.

Patras était censé être un point de transit. Avant même les Afghans, d'autres migrants s'y étaient arrêtés avant de repartir vers d'autres pays européens. Cela faisait bien longtemps qu'on y cherchait des moyens de passer la frontière en douce pour rejoindre l'Italie, par camion ou bateau. Salim était devenu un personnage de plus dans cette histoire partagée.

C'était déjà un voyageur aguerri lorsqu'il arriva à Patras. À présent, il était là depuis des mois, avait même probablement dépassé la date de son anniversaire, mais c'était difficile de le savoir et plus encore de s'en soucier. Les contours des jours et des semaines s'étaient estompés au fil de son périple.

Il faut que je quitte Patras, pensa-t-il en regardant le thé infuser et donner à l'eau chaude une couleur ambrée.

Il songea à Attiki, comme cela lui arrivait souvent le jour et immanquablement la nuit. Il pensa à sa dernière nuit là-bas, à l'étonnement d'Abdullah en voyant le couteau, et à sa course folle dans le noir pour s'éloigner le plus possible du parc. Salim avait nettoyé ses mains tremblantes et ensanglantées, puis s'était caché dans une ruelle jusqu'au lever du soleil. Il n'avait dit au revoir à personne, pas même à Roksana. Il n'avait pas pris la peine d'aller récupérer son sac à dos, qui ne contenait de toute façon que quelques vêtements de rechange. Il avait sauté dans le premier bus pour Patras, où il n'avait pas été difficile de localiser le camp.

Il se demandait si Sabour était en vie. Non pas qu'il aurait regretté de l'avoir tué, mais ce n'était pas sans importance à ses yeux, au sens où cela le définirait autrement. Blessure superficielle ou mortelle, le mystère restait entier. Même s'il était loin de l'Afghanistan, la guerre et le sang le poursuivaient. Les réfugiés n'échappaient pas seulement à un lieu. Ils fuyaient aussi mille souvenirs, et devaient attendre qu'une distance et une durée suffisantes les aient séparés de leur malheur avant d'envisager des jours meilleurs.

Les nuits de Salim étaient une torture. Il se réveillait souvent, croyait distinguer des silhouettes dans le noir. Il renouait avec les angoisses de l'enfance, cette période où son imagination débordante façonnait des créatures et toutes sortes de dangers à partir de l'obscurité. Il était de plus en plus nerveux et sentait son caractère changer. Les gens l'irritaient ou bien l'effrayaient. L'éventail des possibles était assez limité.

— Tu as vu la jambe de Wahid ? lui demanda Ali. Ils l'ont recousue comme un sac de riz ! Il se promène en boitant et en criant à la cantonade qu'il n'a pas eu mal, mais je l'ai entendu pleurer comme un bébé pendant l'intervention.

— Oui, je l'ai vue.

Wahid s'était fait chasser d'un des camions qui se dirigeaient vers l'Italie, et la clôture métallique qu'il avait escaladée lui avait déchiré le mollet. Un infirmier d'une association humanitaire installée près du camp l'avait soigné. Des plaies comme celle-ci, ils en voyaient quotidiennement.

— Tu sais quel jour on est ? demanda Ali. Le 10 *muharram*. Je gardais ce sucre et ce riz pour l'occasion. Je vais préparer du *sheerbrinj* ce soir, et on va prier.

Le 10 *muharram* était le jour où le petit-fils du prophète Mohammed était mort en martyr sur le champ de bataille. La famille d'Ali respectait la tradition afghane et marquait ce jour avec du *sheerbrinj*, du riz au lait, mais aussi en distribuant à manger aux pauvres et en priant.

— Aujourd'hui ? Vraiment ?

Salim trouva plus intéressante la promesse de ce dessert que la perspective de la fête religieuse. Il se mit à saliver, se remémorant la douceur crémeuse du riz au lait de Madar-*jan*, parsemé de pistaches concassées, qui fondait dans la bouche.

— Tu sais le faire ?

Il s'avéra qu'Ali maîtrisait parfaitement la recette. Ce soir-là, ils partagèrent le *sheerbrinj* avec trois autres jeunes qui vivaient dans l'abri adjacent. Blottis à l'intérieur, ils plaisantèrent ensemble, sans oublier de prendre quelques minutes pour baisser la tête et prier. Ils n'eurent droit qu'à quelques cuillerées chacun, mais cela suffit à adoucir leurs palais.

— Tu sais ce qu'on dit, plaisanta Ali. Même les sandales les plus vieilles sont une bénédiction dans le désert.

Hormis ce soir de fête, Salim resta secret. Il ne voyait pas grand intérêt à se faire des amis dans ce lieu. Il gardait le silence et se contentait d'écouter les autres. Chacun avait une histoire, mais Salim n'était pas disposé à raconter la sienne. Créer des liens, ce n'était pas pour les nomades, se disait-il.

Patras lui rappelait Izmir. C'était un point de sortie situé sur les rives de la Grèce, qui menaçait des mêmes dangers ceux qui tentaient de passer la frontière. Salim avait fait quelques tentatives pour s'introduire dans des camions, mais avait échoué lamentablement et manqué de peu de se faire attraper. Il observait les autres rescapés et tirait des leçons de leurs erreurs.

Il gardait en permanence sur lui ses deux moyens de protection : son argent et son couteau. Il s'assurait que personne n'apprendrait l'existence de l'un ni de l'autre et ne s'en séparait jamais, même lorsqu'il se lavait sous la douche de fortune. Il considérait tout le monde d'un œil méfiant. Il avait besoin de l'abri que ce camp offrait, et le gentil Ali était pour lui le colocataire parfait dans de telles circonstances. Il aimait parler et posait peu de questions. C'était bien commode.

Salim était impatient de partir avant qu'un drame n'arrive. Même le personnel médical grec, qui avait émis des critiques à l'égard du gouvernement, devenait une cible dans le climat de conflit qui s'installait. Les réfugiés étaient à cran. Les policiers étaient partout et les arrêtaient de plus en plus souvent pour des contrôles d'identité.

Chaque jour était identique au précédent. Salim se réveillait, vérifiait que son argent et son couteau étaient à leur place. Il explorait les points de passage, à l'affût d'une opportunité pour gagner l'Italie.

Le jour se leva. Salim entendit Ali sortir et se soulager derrière leur chambre. Il revint avec un grand sourire.

—Ah, tu es réveillé ! Bonjour. J'ai fait un de ces rêves cette nuit. On était en train de marcher, toi et moi, dans une rue pleine d'immeubles gigantesques, comme ceux des films. Il y avait des gens partout, habillés super classe et conduisant des voitures hors de prix. On a demandé à un passant dans quel pays on était, et devine ce qu'il a répondu : l'Amérique ! Tu te rends compte ? Si on marche assez longtemps, on peut peut-être y arriver, tu ne crois pas ? dit-il en riant.

— Oublie l'Amérique, marmonna Salim, les paupières encore lourdes. On a déjà assez de mal à passer en Italie.

— C'est vrai, s'amusa Ali. Ce n'est pas un bon jour pour entreprendre une longue marche de toute façon. On dirait qu'il va pleuvoir aujourd'hui.

Il rouvrit la porte, sortit la tête et regarda le magnifique ciel bleu.

Salim n'était pas d'humeur à la contradiction, il était bien trop tôt. Il se lava rapidement à l'eau froide. Le camp était une zone délabrée composée de pièces indépendantes, construites les unes contre les autres. Des cordes à linge étaient suspendues entre les abris comme des toiles d'araignées. Il n'y avait pas de réelle alimentation en eau et en électricité, mais quelques réfugiés s'étaient raccordés au gazoduc d'un immeuble d'habitation situé non loin de là. Une unique pompe à eau servait au camp tout entier, avec une irrégularité que les réfugiés acceptaient sans se plaindre.

Salim retourna au port… et à son ballet familier de camions, de navires et de passagers. Il vit quelques hommes courir, escalader les barrières en métal et s'approcher prudemment des poids lourds. Ils inspectèrent les châssis, cherchèrent des points d'appui, des poignées, qui leur permettraient de grimper dans les remorques.

Salim regarda autour de lui, observa l'activité qui se déroulait à quelques mètres de distance. Il y avait trois camions alignés et aucun chauffeur en vue. L'envie de faire une tentative le démangeait.

Évaluant la possibilité qui s'offrait à lui, il sentit son pouls s'accélérer et sa langue devenir sèche. Il traversa la route et escalada la clôture en balançant sa jambe par-dessus avant de sauter pour atterrir de l'autre côté. Il courut à petites foulées vers les camions sans surveillance. Quelques gars du camp étaient là, réfléchissant à une stratégie.

Un garçon tenta de forcer la serrure d'une remorque. Deux autres s'étaient déjà glissés dessous pour étudier le châssis. Salim vit leurs pieds dépasser tandis qu'ils se préparaient au court trajet jusqu'au bateau.

Il baissa la tête pour voir à quoi ils s'agrippaient. Il aperçut un garçon qui devait avoir son âge, à en juger par sa pilosité faciale. Le visage rouge, il luttait pour maintenir tout son corps au-dessus du sol. Il surprit Salim qui l'observait.

— Va-t'en, mon frère ! Il n'y a pas de place pour deux ici !

Salim hocha la tête. Il scruta les alentours en quête d'un autre camion, d'un autre trou de souris dans lequel s'introduire, mais n'en vit aucun. Déçus, lui et quatre autres malchanceux se hâtèrent vers la barrière.

— Police ! Police ! Tirez-vous, les gars ! cria une voix affolée.

Salim se retourna. Une voiture de police approchait. Ils se mirent à courir, puis escaladèrent la barrière aussi vite que possible. Le véhicule se gara à quelques dizaines de mètres, et les portières s'ouvrirent. Deux agents en jaillirent.

Salim sauta et se tordit la cheville en heurtant le sol. Il se releva difficilement et fonça dans une direction différente des autres. Tout le monde se dispersa. La police prit en chasse deux des fuyards sur quelques mètres, sans grande conviction, mais assez vigoureusement pour se faire comprendre. Salim se cacha derrière des poubelles longeant un immeuble. Il avait le souffle court, la cage thoracique en feu.

Au bout de dix minutes, il retourna au camp. Ali était dehors avec quatre autres réfugiés. Des seaux et des caisses en bois renversés leur servaient de chaises.

— Tu étais où ? s'écria Ali.

— J'étais au port, répliqua Salim.

Il s'assit avec eux. Ils ne furent pas surpris. Ils n'avaient pas d'autre endroit où aller à Patras, surtout avec l'hostilité grandissante d'une partie de la population.

— Pas de chance, hein ?

Salim avait déjà rencontré ces gars, mais ne se rappelait pas leurs noms. Farid ? Faizal ?

— Non. La police est arrivée et nous a pris en chasse.

Haris secoua la tête. Il avait la trentaine, un véritable vétéran dans cette communauté d'adolescents. Il voyait les choses sous un angle différent.

— Comment le leur reprocher ? Vous avez vu ce camp ? Les gens ne veulent pas de ce spectacle quand ils ouvrent leurs fenêtres.

Un silence s'ensuivit. Haris avait raison, mais il était plus commode de se mettre en colère. La rancœur était un sentiment fédérateur chez les réfugiés. C'était bon de s'asseoir ensemble et d'être d'accord, d'avoir un ennemi commun et de partager la même lutte. C'était bon d'être compris. La rationalité d'Haris contredisait la hargne dont ils avaient besoin pour continuer.

Ali regarda le ciel.

— On dirait bien qu'il va pleuvoir aujourd'hui.

— Mais bon sang, qu'est-ce que tu as avec la pluie ! explosa Salim avec la force d'une bouteille de soda qu'on aurait agitée.

Leur conversation à propos des camps de réfugiés et sa course matinale dans le port l'avaient exaspéré ; il déversa toute sa rage sur Ali.

— Tous les jours, sans exception !

Il régna un silence. La colère de Salim avait surpris les autres. Le visage d'Ali se figea, puis se couvrit de plaques rouges. Salim regretta immédiatement ses mots, mais il était trop tard. Il baissa les yeux, honteux et incapable de regarder Ali.

Ce dernier se leva et rentra.

— Tu ne sais rien de lui, hein ? demanda Hakim sur un ton de réprimande.

Salim leva les yeux.

— Tu n'as donc aucun respect pour celui qui partage son espace avec toi ?

— Je ne...

— Tu veux savoir ce qui lui est arrivé ? Ali vivait dans la même rue que moi à Kaboul. Il était devant sa maison quand sa mère les a appelés, son frère et lui. Elle leur a dit qu'il allait sûrement pleuvoir et qu'ils feraient mieux de rentrer. Son frère l'a écoutée. Ali n'en a fait qu'à sa tête. Il a dit qu'il partait chercher des copains pour jouer et il a descendu la rue. C'est à ce moment-là que les missiles sont tombés sur sa maison. Toute sa famille a été tuée. Ali est revenu en courant et a vu son frère en feu s'écrouler dans la rue. Il a essayé d'éteindre les flammes, mais c'était trop tard. Ça l'a anéanti. Tout ce dont il se souvient, c'est de sa mère lui demandant de rentrer parce qu'il allait sûrement pleuvoir. Tout ce qu'il entend, c'est sa voix, qui se répète inlassablement dans son esprit. Je crois qu'il aurait préféré avoir obéi et s'être fait tuer avec eux, plutôt que de vivre avec le souvenir de les avoir vus mourir.

Salim regarda par terre, le visage brûlant de remords.

— Alors laisse-le répéter sa phrase absurde tant qu'il veut.

— Je ne savais pas…

— Bien sûr que tu ne savais pas. Mais tu crois qu'un seul d'entre nous ici a une histoire heureuse à raconter ?

Salim resta silencieux. Hakim se leva et poussa un soupir d'agacement. Les autres l'imitèrent, mais pour une raison différente. Une foule commençait à se former non loin. Quelques hommes arrivaient en courant et appelaient les autres.

Salim se sentit terriblement étranger à ce moment-là.

— Qu'est-ce qui se passe ? demanda Hakim.

— Appelle Akbar ! cria un des hommes. C'est Naim ! Il a été tué au port aujourd'hui ! Ils rapportent son corps.

Chapitre 43

Salim

Akbar n'était pas un vrai mollah. Il n'avait jamais reçu de formation religieuse officielle, mais c'était l'un des résidents les plus âgés du camp, qui avait à son répertoire un nombre considérable de sourates. De plus, sa voix apaisante et la conviction qui en émanait compensaient les lacunes de ses qualifications.

Quand le corps de Naim fut ramené au camp, Salim se rendit compte qu'il s'agissait du garçon qu'il avait vu sous le camion, celui qui l'avait sommé de trouver un autre véhicule.

Naim était presque arrivé sur le bateau lorsqu'il avait lâché prise et glissé du châssis. Les fumées des pots d'échappement l'avaient vraisemblablement étourdi. Tandis que le camion roulait vers le navire, le chauffeur avait senti un obstacle incongru sur sa route et entendu des hurlements au loin. Il avait alors poussé un cri strident en découvrant le corps mutilé de Naim sous ses pneus ensanglantés.

Les quelques Afghans qui traînaient dans le coin avaient observé la scène à distance, et vu le garçon tomber, puis se tordre sous les roues du poids lourd. Trop éloignés pour intervenir, ils s'étaient mis à crier. Le temps d'arriver sur le lieu de l'accident, il n'y avait plus rien à faire que récupérer le cadavre.

Naim pendait mollement, porté par deux hommes. À mesure qu'ils approchaient, les détails macabres se firent plus nets. Son visage et son corps étaient violets, entièrement recouverts de contusions. Son avant-bras gauche se balançait de façon grotesque.

Salim détourna le regard. Il eut soudain mal au cœur et ferma les yeux. Il marcha d'abord lentement, puis pressa le pas et se précipita finalement vers les toilettes à l'extérieur du camp. Son estomac se vida une fois, puis deux, puis trois. Il respira profondément et se souvint de l'expression déterminée de Naim. Il y était presque arrivé. Presque.

Akbar donna ses instructions. Le garçon serait inhumé le soir même. Cette précipitation était dictée par les lois islamiques, mais également motivée par la peur tacite de voir les autorités locales débarquer. Ils lavèrent la dépouille de Naim et l'enveloppèrent dans un drap blanc comme l'exigeait la tradition. Ils choisirent de l'enterrer à proximité du camp, dans une zone boisée où la végétation était dense.

Dans la communauté, on tremblait à l'idée que la police fasse une descente, mais il n'en fut rien. Les agents n'avaient aucune envie de mettre les pieds dans ces bicoques aux toits bâchés. Ils ne s'inquiétaient que lorsque le chaos se propageait dans le reste de Patras.

Akbar demanda aux hommes de se mettre en ligne. Face à La Mecque, le corps de Naim étendu devant eux. Salim se joignit à eux, même s'il aurait tout donné pour être ailleurs. Ali se tenait à ses côtés, le visage inondé de larmes. Solennellement, à l'unisson, ils suivirent les instructions d'Akbar. Ils formèrent trois rangées ; ils étaient une cinquantaine au total, tête baissée, mains croisées au-dessous du nombril, coudes plaqués le long du corps. Akbar dirigea les incantations. Les hommes murmurèrent ensemble les versets. Les bras montaient vers les oreilles puis redescendaient de façon synchronisée.

Salim n'avait pas prié avec ferveur depuis la mort de son père, mais la *dua* sortit naturellement de ses lèvres. C'était un murmure qu'il avait récité des centaines de fois dans son enfance, des sons qui témoignaient d'une expérience partagée, d'un chemin commun vers l'apaisement. Il se sentit soutenu par tous ces inconnus qui l'entouraient. La prière était un voyage en soi, les versets le ramenaient chez lui en douceur. Il bougea avec les autres et comprit. À peine un souffle les séparait de Naim. Un unique instant dévastateur pouvait ramener n'importe lequel d'entre eux à l'état de poussière. Naim était à portée de main, et pourtant irrévocablement inaccessible.

Salim pria au-dessus du corps du jeune homme par respect. Par culpabilité. Par peur. Cela aurait pu être lui sous ce camion. Cela aurait pu être son cadavre, là devant cette foule d'inconnus.

Il avait perdu le fil. Il tendit l'oreille pour déchiffrer les murmures de son voisin au milieu des reniflements d'Ali.

« Mon père n'a même pas eu droit à ce semblant de funérailles. Dieu seul sait comment son corps a été traité. Pas une âme pour le laver, pour prier au-dessus de lui, pour le porter vers sa dernière demeure et l'enterrer avec un minimum de dignité. J'aurais dû être là pour porter son corps. J'aurais accompli ces rituels pour lui si j'avais su. J'aurais dû chercher son corps. Je ne pourrai jamais me recueillir sur sa tombe… »

Salim n'arrivait plus à se concentrer. Son esprit s'égarait dans plusieurs directions à la fois ; il pensait à la guerre, à son père, à sa famille, se demandait combien de temps encore il pourrait vivre en suspension, agiter les pieds dans le vide. À un moment donné, il finirait bien par s'écraser.

Ali commença à gémir. Il prononça le nom de Naim et se couvrit le visage des deux mains. Il parlait en sanglotant. Tout le corps de Salim se crispa. Il piétina nerveusement sur place et tenta de faire abstraction de la voix d'Ali et de se concentrer sur la prière.

Hakim et son cousin sortirent du rang et prirent le garçon en pleurs par les coudes. Ils le conduisirent calmement à l'écart pour que la *jenaza* puisse se poursuivre sans distraction. Le volume de sa voix diminua à mesure qu'ils s'éloignaient. Salim comprenait désormais. Parfois, la tempête qui fait rage dans l'esprit d'une personne devient trop bruyante.

Les hommes joignirent leurs forces pour porter le corps du défunt. Tous voulaient aider. Akbar remarqua Salim à l'écart et le fit approcher.

— C'est notre devoir de porter notre frère, *bachem*. Viens participer.

Bachem. *Mon fils.* Les épaules de Salim se relâchèrent. Cela faisait des mois qu'on ne l'avait pas appelé ainsi. Un manque avait dû se creuser en lui.

— Ces actes nous apportent le *sawab*.

Salim s'avança. Cet acte noble lui serait peut-être bénéfique. Il obéit à Akbar. Le corps de Naim fut hissé par deux rangées d'hommes. Salim se fit une place parmi eux et leva la main droite. Il touchait le genou du mort. Sa main tremblait, et il riva son regard aux pieds de l'homme qui marchait devant lui.

Ne pense à rien. Contente-toi de les suivre.

Mais il lui fut impossible d'arrêter de penser. Dans la file compacte des porteurs, Salim se sentit suffoquer. Son cœur était comprimé, comme si l'air venait à manquer dans ce petit espace. Un souffle. À peine un seul souffle le séparait de Naim.

D'autres s'introduisirent dans les rangs pour prendre le relais. Salim céda volontiers sa place pour sortir de la foule. Akbar le regarda et lui adressa un hochement de tête approbateur.

Ils firent descendre le corps de Naim dans la tranchée qu'ils avaient creusée de leurs mains, à l'aide de quelques bouts de ferraille, à la force de leur fraternité. Il n'y avait pas de cercueil, juste deux morceaux de carton. C'était tout ce qu'ils pouvaient faire et ce que chacun d'entre eux pouvait espérer de mieux s'il venait à finir sa route au même endroit que Naim. Une tombe de bric et de broc marquant la fin d'une vie de bric et de broc.

Chapitre 44

Salim

Même s'il lui fallut plus de temps qu'il n'aurait osé l'admettre, Salim trouva le courage de retourner au port. Les autres éprouvaient la même appréhension. Ils avaient appris, par les aides-soignants et les travailleurs humanitaires de Patras, que personne au port ne savait ce qui était réellement arrivé à Naim. Certains disaient que le garçon avait pu se relever et s'enfuir après l'accident, d'autres que des amis l'avaient emmené. L'événement n'avait guère soulevé de questions.

Salim était démoralisé, mais n'avait pas le choix. Il traîna sur les lieux, observa les camions et les voyageurs de loin. Lorsqu'il fermait les yeux, il voyait le visage de Naim. Il fut tenté de rentrer au camp, mais avec seulement trois cents euros en poche, il fallait qu'il se décide à prendre ce risque s'il voulait arriver un jour en Italie, et garder l'espoir de finir son voyage.

Il étudia les va-et-vient, tenta de décrypter l'emploi du temps et le mode de fonctionnement des navires et des camions. Les opportunités pouvaient se présenter à n'importe quel instant, se rappela-t-il. Les yeux ouverts, il se remémora la stratégie dont il avait usé à Izmir. C'était possible.

Quand sa chance se présenta, ce fut à un moment parfaitement banal.

Salim escalada la barrière et s'approcha des camions à pas de loup. Il se trouvait derrière des conteneurs lorsqu'il entendit un poids lourd arriver, freiner, puis dégager une épaisse volute de fumée noire vers le ciel. Le chauffeur, un homme costaud aux gros bras poilus, sortit du véhicule et ouvrit la porte arrière. Salim s'accroupit et regarda attentivement.

La série d'événements qui suivit se résuma en quelques secondes, un bref instant de cataclysme intérieur. Le portable du conducteur sonna de façon stridente. Il répondit d'une voix enjouée, puis ralentit le pas et s'éloigna, absorbé par sa conversation. Salim se trouvait à moins de trois mètres de la plate-forme. Il regarda le chauffeur, téléphone collé à l'oreille et canette de soda aux lèvres, se diriger nonchalamment vers sa cabine.

Salim ne prit pas le temps de réfléchir. S'il l'avait fait, il ne serait sûrement jamais sorti de Patras. Il poussa la porte du camion, suffisamment pour glisser sa mince silhouette dans l'ouverture.

Il se retrouva dans le noir, coincé au milieu de piles de caisses. Il se guida avec les mains, attendit que ses yeux s'habituent à l'obscurité. Pas de raffut à l'extérieur. Pas encore, du moins. Salim se tapit entre deux tours de cartons, puis en poussa certains devant lui pour se constituer un mur. Il resta sans bouger, sur le qui-vive.

Un filet de sueur coula le long de son dos.

Il ne pensait pas à sa mère, ni à Samira, ni à Aziz dans ce genre de moments. S'il s'était rappelé à quel point il avait envie d'être avec eux, de sentir leurs bras autour de son cou et de voir leurs yeux briller, ses nerfs auraient lâché. Il se concentra sur sa respiration, s'efforçant de ne pas faire de bruit.

La voix du conducteur se rapprocha. Celui-ci était revenu à l'arrière du camion, toujours au téléphone. Salim baissa le menton, se fit le plus petit possible.

La porte s'ouvrit en grand. La lumière entra, et Salim retint son souffle. Le chauffeur tira une des caisses, fouilla dedans puis la referma d'un coup sec. Des bouteilles en verre s'entrechoquèrent. Le chauffeur riait, poursuivant sa joyeuse conversation, une aubaine pour Salim. La porte redescendit puis elle fut verrouillée dans un cliquetis métallique.

Noir complet.

Il était seul.

Il respira.

Chapitre 45

Fereiba

J'ai quitté l'Afghanistan avec trois enfants agrippés à mes jupes. En ce moment, je tiens la main de ma fille. Samira et moi n'arrivons pas à nous regarder, ni à lâcher prise. Il y a une tasse de thé noir sur la table devant moi, ainsi que quelques magazines et une boîte de mouchoirs. Le thé a refroidi avant que j'en boive une seule gorgée. Le magazine écorné montre des images de gens souriants qui ne me ressemblent en rien et ignorent tout de ma vie. Reste la boîte de mouchoirs. L'un d'eux s'en est échappé et pend vers moi comme une offrande.

Mais je le refuse.

Les murs sont peints en bleu clair, la teinte d'une burqa oubliée au soleil. Je me demande si je reverrai un jour cette couleur, je pense aux œufs d'oiseaux et aux eaux baignées de lumière. Pour l'instant, tout cela me ramène encore en arrière, au lieu de me faire avancer.

Les mains de Samira sont tièdes. Le pull qu'elle porte appartenait à la fille de Najiba. Mon enfant a l'air d'une autre personne ainsi vêtue. Ses joues ont déjà commencé à se remplir. Comme elle me semble différente, les cheveux tirés en arrière, attachés par une barrette en écaille que sa tante lui a offerte. C'est un luxe de penser aux coiffures et aux tenues. Je me souviens de celles que je portais dans mes premières années avec Mahmoud. Aujourd'hui, je trouve les vêtements tellement futiles… et pourtant ils peuvent changer une vie.

Certaines vérités sont totalement contradictoires, à la fois du noir le plus intense et du blanc le plus éclatant.

Cela fait deux heures à présent. Nous avons été accueillis par des visages bienveillants, sans jugement. Par des mots lents et patients. Les infirmières ont souri à Samira qui leur a souri en retour. Ainsi, il m'a été moins difficile de les voir emmener mon tout-petit. Aziz m'a regardé pendant qu'on l'enlevait de mes bras, il a tiré sur mes boucles d'oreilles. L'infirmière a posé une main sur mon épaule et l'a serrée doucement, me signifiant sans parole qu'elle aussi était mère et qu'on s'occuperait bien de mon fils.

S'ils peuvent réparer son cœur, il y a de l'espoir pour moi.

En quelques semaines, depuis notre arrivée, beaucoup de choses se sont passées. La première étape a été la plus difficile : approcher le douanier avec pour seul justificatif la vérité nue, la raison de notre venue. Un drapeau blanc pour demander grâce. L'agent a froncé les sourcils et maugréé, avant de nous conduire à l'écart, pendant que d'autres observaient, heureux de ne pas être à notre place et tendant l'oreille pour entendre ce qui se disait. Nous étions une curiosité. Je gardais les yeux baissés, incapable d'affronter les regards de l'assemblée.

Nous avons passé une heure dans une pièce avant d'être transférés dans une autre. À un moment, ils ont amené un Iranien. Il a traduit mes paroles en anglais, sèchement et mécaniquement. Il n'a pas souri une seule fois, n'a prononcé aucun mot hormis ceux qu'on attendait de lui. Il n'était pas là pour être notre ami ni pour nous défendre, et s'est assuré que ce point serait bien compris.

Le processus avait commencé. On nous a envoyés dans un refuge, un immeuble avec de petites chambres et des salles de bains communes. D'autres réfugiés s'y trouvaient déjà, suivant tous le même protocole. Des gens de toutes les couleurs, parlant toutes les langues. Incapables de communiquer, nous nous lancions des regards méfiants, comme si nous étions des adversaires, comme s'il ne pouvait y avoir qu'un seul vainqueur. Nous nous demandions qui détenait l'histoire la plus bouleversante, qui parmi nous méritait le plus la compassion de ce pays. C'était une rivalité silencieuse, dérangeante.

On nous a encore interrogés. J'ai livré tous les détails. Je leur ai parlé de mon mari, du métier qu'il exerçait et des ennemis qu'il s'était faits. Je leur ai raconté la nuit où les hommes sont venus chez nous et l'ont emmené. Samira écoutait, tête baissée. Nous n'en avions jamais parlé ensemble. L'interprète a relayé notre histoire à une femme qui prenait des notes, hochait la tête, et passait à la page de questions suivante. Je leur ai parlé de Salim et du fait que nous l'avions perdu en chemin. Je le leur ai signalé pour qu'il figure dans leurs dossiers, le jour où il reparaîtrait. Ils ont confirmé nos identités, nos dates de naissance, les noms des membres de notre famille, ainsi que des adresses et toutes sortes de détails. On m'a posé tant de fois les mêmes questions que j'ai eu peur de buter sur mes réponses, même si ce n'était que la vérité.

On a autorisé ma sœur Najiba à nous rendre visite. Je suis tombée dans ses bras. Être près de sa famille, c'est sentir la possibilité de s'enraciner de nouveau. Quand elle m'a interrogée sur Salim, mon cœur s'est fendu. J'avais espéré qu'il serait déjà chez sa tante, en train de nous attendre. Ma sœur m'a serrée fort. Sa famille l'accompagnait, Hamid et les enfants. La réunion a été douce-amère, assombrie par l'absence de Mahmoud. Hamid a essuyé des larmes en me voyant sans mon mari, son cousin. Pour l'instant, le reste de mon histoire avec Hamid, la façon tortueuse dont il est entré dans notre famille est mise de côté. J'ai d'autres soucis, plus urgents. Salim est toujours introuvable. Ma sœur fait de son mieux pour me remonter le moral.

« Il arrivera bientôt, Fereiba-*jan*. C'est un garçon intelligent. C'est le fils de son père. »

Oui, c'est vrai.

À présent, nous vivons dans un petit appartement, avec une seule chambre et une minuscule cuisine. C'est modeste et grandiose à la fois. En attendant que notre cas soit étudié, on nous a remis des pièces d'identité et octroyé quelques livres sterling par semaine pour la nourriture. Plus que tout, je suis contente qu'Aziz ait pu être examiné. Le gentil docteur turc ne s'était pas trompé. Mon bébé a un trou dans le cœur et doit être opéré en urgence. Les médecins d'ici vont s'en occuper pendant qu'on traite notre dossier. Avec ou sans interprète, je n'ai pas de mot assez fort pour exprimer ma gratitude.

Si seulement je pouvais partager ces nouvelles avec Salim. Je le cherche partout où nous allons. Je vois des garçons de sa taille, avec sa couleur de cheveux, et prie pour que l'un d'eux accoure vers moi. J'entends sa voix dans la foule et me retourne fréquemment en me demandant si je l'ai croisé sans le savoir. Et s'il était là et qu'il n'arrivait pas à nous rejoindre ? Samira me comprend, mon attitude ne la surprend pas. Elle fait la même chose. Le plus difficile, c'est d'ignorer où il se trouve.

J'ose imaginer un monde parfait. Je m'autorise à rêver que la femme qui est en train de coucher mon histoire sur ces centaines de pages va s'arrêter un instant d'écrire et se rappeler qu'un garçon du nom de Salim Waziri manque à l'appel et qu'il recherche sa famille. Je rêve de dire à mon fils que son petit frère va bien. Je rêve que nous recevions une lettre déclarant que l'on ne va pas nous renvoyer, que nous serons autorisés à travailler, à aller à l'école, et à rester dans ce pays où l'air est pur et où la vie est plus métal que poussière.

Tandis que ces pensées se bousculent dans ma tête, une femme en blouse verte s'avance vers moi. Ses cheveux sont coiffés d'une toque bleue, du même bleu criard que les murs. Elle retire son masque en approchant. Je scrute son visage, craignant les nouvelles qu'elle m'apporte. Je ne peux rien lire dans ses yeux. Je n'ose me lever, car elle pourrait très bien me mettre à terre avec l'annonce qu'elle est sur le point de me faire. Je n'ai d'autre choix que d'attendre et écouter.

Cela ne devrait plus être très long maintenant.

Chapitre 46

Salim

Encore une nouvelle langue, un nouveau peuple.

Pourtant, rien n'avait changé. Il se sentait toujours aussi perdu. Les mêmes choses lui donnaient des sueurs froides et asséchaient sa bouche : les uniformes, les réfugiés, les points de contrôle, la vue de nourriture.

Après ce qui lui sembla une éternité, Salim sentit que le bateau ne bougeait plus et que les camions commençaient à débarquer. Le véhicule franchit la rampe dans le port de Bari, sur la côte est de l'Italie. S'extraire de sa cachette ne fut pas une mince affaire. Il attendit que le chauffeur effectue son premier arrêt et ouvre la porte arrière. Quand il le fit, Salim déplia son corps et bondit sur la plate-forme, renversant presque le conducteur. Telle une souris découverte dans un cagibi, il se redressa maladroitement et s'enfuit à toutes jambes.

Cours. Ne t'arrête pas.

Le soleil l'éblouit violemment après tout ce temps tapi dans le noir. Il se précipita vers la route. On criait derrière lui. Il accéléra puis tourna à gauche, s'enfonça dans un passage entre deux bâtiments. Quand il eut mis suffisamment de distance avec le camion, il s'effondra entre deux bennes à ordures et attendit.

La nuit commençait à tomber lorsqu'il se remit en route. Il marcha d'un pas décidé, mais sans destination précise, sidéré d'être parvenu jusque-là. Il leva les yeux et découvrit de grands immeubles. Il avait atterri dans une métropole, le genre de ville qu'il n'avait vue qu'en photo dans les livres de son père.

Ici, je peux me perdre, pensa Salim avec un mélange d'inquiétude et d'espoir.

Il erra dans les rues étroites où défilaient voitures et taxis à vive allure. Une famille passa. La mère dirigeait une poussette tandis que le père portait un petit garçon sur les épaules. Salim tourna la tête. Il avait beau être à des milliers de kilomètres de Kaboul, avoir quitté son pays depuis plusieurs mois, la blessure était encore vive, inscrite profondément dans sa peau. Arriverait-il un jour à regarder un père et son fils sans ressentir le poison du remords battre dans ses veines ? Avant la nuit où Padar-*jan* avait été enlevé, il n'avait jamais prêté attention à ce genre de scènes. À présent, ses yeux étaient attirés vers elles, et il ne pouvait se détourner de ce spectacle douloureux. Avec l'obstination d'un adolescent refusant de s'avouer vaincu, il espérait qu'un jour, il finirait par se faire une raison.

Et puis il y avait les mères. Et les jeunes filles de l'âge de Samira. Et les tout-petits en bonne santé. De plus en plus, Salim devait détourner le regard devant le spectacle du monde. Il était encore plus seul qu'il ne le pensait.

Il trouva le courage d'entrer dans une petite épicerie. Il dépensa quelques euros pour un sandwich et du jus de fruits. Le marchand encaissa ses sous et retourna à ses occupations.

Il gagna une aire de jeux mal éclairée. Il passa devant les balançoires, le toboggan et le bac à sable. Il se dirigea vers le tourniquet, un disque peint de couleurs primaires. Salim poussa la balustrade métallique et le fit tourner. Le dispositif vacilla dans un lent grincement à vous donner la chair de poule. L'obscurité transformait ces parcs en villages fantômes, vidés des rires et des cris rédempteurs des enfants.

Salim vivait dans ces creux. Il vivait dans les espaces inhabités de la nuit, les endroits où l'on ne trouvait pas de visages souriants et joyeux. Il vivait dans les recoins cachés du monde, au milieu des objets dont les gens se débarrassaient par la porte de service.

Il passa la nuit accroupi sous le manège et se réveilla au lever du jour. Les klaxons retentissaient, la ville reprenait vie. Salim se dirigea vers le trottoir. Aujourd'hui, il élaborerait un plan.

Des femmes portant des sacs de courses et accompagnées de jeunes enfants marchaient dans la rue. Les magasins lui semblaient familiers. La langue, au contraire, avait une sonorité étrangère. La situation était différente et identique à la fois. Salim guettait toujours les uniformes. Sa destination était l'Angleterre désormais, il chercherait donc le meilleur itinéraire pour s'y rendre. En Turquie, il s'était débrouillé pour prendre des bus. Il se dit qu'il pourrait faire de même dans cette ville. Il trouva le courage d'aborder une vieille dame au dos courbé. Il lui demanda, dans un mélange de grec et d'anglais, la direction de la gare routière. La femme eut l'air agacée et le chassa en tapant le sol avec sa canne. Salim continua de marcher, mains dans les poches.

Il repéra un homme aux cheveux gris assis seul à la terrasse d'un café. Celui-ci venait de replier son journal et de le glisser sous son bras quand Salim s'approcha et fit de son mieux pour formuler sa question.

—*Dov'e' la stazione? Si, si.*

Par une série de gestes, l'homme lui indiqua une grande avenue et un tournant à gauche. Il se répéta, d'une voix lente et patiente, jusqu'à être certain que Salim avait à peu près compris ses explications.

Salim le remercia d'une main sur le cœur et d'un hochement de tête, avec l'impression de mimer Padar-*jan*.

Les panneaux indicateurs ne lui furent pas d'une grande aide. Salim parvint à une intersection et se demanda si c'était là qu'il était censé tourner à gauche. Il marcha encore un peu et aperçut une large structure, dont la façade tout entière était constituée d'arcades et de fenêtres décorées. Deux bus s'engagèrent dans la rue qui contournait le bâtiment. Apercevant un agent de police en train de siroter un café à quelques mètres, Salim, pris de panique, dévia discrètement dans une voie transversale. Deux pâtés de maisons plus loin, il rebroussa chemin et revint vers la rue principale. Ne voyant plus le policier, il se dirigea droit vers la gare.

Il découvrit un lieu grouillant de monde, une métropole en soi. Salim se fraya un passage dans la foule de voyageurs, erra en tous sens avant d'apercevoir un mur où des cartes de différentes échelles étaient exposées sur quatre grandes affiches. Salim examina les itinéraires des bus locaux, puis passa à la carte de l'Italie.

Bon, où suis-je maintenant ?

Pas loin de l'océan. Pas loin de la Grèce. Ses yeux se fixèrent sur le point rouge sur la côte est de l'Italie.

D'accord, donc je suis ici. Mais comment aller en Angleterre ?

Il se retourna un instant pour s'assurer qu'il n'avait pas attiré l'attention puis réexamina la carte. Pour rejoindre l'Angleterre, le plus court était de passer par la France. Mais comment ?

Salim pensa à tout le chemin parcouru jusque-là.

Une étape à la fois. Dans les grandes villes, c'est plus facile de se cacher. Ne tombe pas dans le piège des petites villes.

Rome.

Située au nord-ouest par rapport à l'endroit où il se trouvait, cette ville était inscrite en gros caractères, et il semblait qu'une quantité de routes y menaient. De Rome, il lui faudrait continuer vers le nord pour traverser la France et ensuite la Manche.

Salim vérifia la cordelette attachée à sa taille, la bourse contenant son argent. À l'intérieur, il avait glissé le bout de papier avec l'adresse que Roksana avait trouvée. Une destination. C'était tout ce qu'il avait. Pas de numéro de téléphone, pas de plan, pas de photos. Seulement une adresse.

Il se dirigea prudemment vers la rangée de guichets, où des employés étaient assis derrière des vitres en Plexiglas. Il se posta devant une dame âgée qui prit tout juste la peine de lever les yeux. Salim ne comprit pas un mot de ce qu'elle lui dit.

— S'il vous plaît ? Ticket de bus pour Rome ? demanda-t-il, en priant pour que la femme parle l'anglais.

— Rome ? dit-elle en levant la tête de son écran.

Elle le scruta par-dessus ses lunettes.

Il tenta de déchiffrer son expression, se tint prêt à courir.

— Euh… pour Rome, c'est mieux le train, non ? dit-elle.

Salim acquiesça d'un geste. Elle s'exprimait d'un ton désinvolte, sans méfiance.

Il suivit ses instructions et prit le chemin de la gare ferroviaire, non loin. Là, il inspecta de nouveau les lieux et s'assura qu'aucun policier ne rôdait dans les parages avant de s'approcher du guichet. Il parvint à acheter un billet pour Rome. Le train partait deux heures plus tard. Dès qu'il vit des voyageurs monter à bord, il les imita.

Il était presque 22 heures lorsque le train entra en gare de Rome. Avant de s'aventurer dans la nuit, Salim prit un moment pour calmer sa nervosité. Il avait avancé d'un pas, certes, mais savait parfaitement qu'il pouvait reculer de deux en un rien de temps.

Chapitre 47

Salim

Il régla sa montre sur l'horloge de la gare. Salim plongea alors dans la nuit de cette ville inconnue, en quête d'un endroit où dormir. Il était impatient de trouver le meilleur itinéraire pour se rendre en France, mais préférait agir prudemment, sans précipitation.

L'air était frais. Il mit les mains dans ses poches, garda la tête baissée et les yeux ouverts.

Les voyageurs se bousculaient pour sortir par les portes étroites de la gare avec leurs valises à roulettes. Salim opta pour une rue bien éclairée et beaucoup moins fréquentée que celle où déambulaient la plupart des gens.

Il marchait depuis dix ou vingt minutes quand il les vit. Trois femmes se tenaient devant des vitrines de magasins. Leurs jupes couvraient à peine leurs fesses, et leurs corsages semblaient collés à leur poitrine. Deux d'entre elles étaient de type africain, l'une aux cheveux orange vif, étincelants sous la lumière du réverbère. La troisième avait la peau plus claire que celle de Salim et des cheveux châtains. Elles piétinaient sur place puis effectuaient quelques pas sur le trottoir, les bras croisés, se réchauffant comme elles pouvaient. Salim s'arrêta pour les observer.

Des voitures ralentissaient devant elles. Les filles mettaient alors un pied devant l'autre et regardaient le conducteur en inclinant la tête. Salim s'intéressa à la fille au teint pâle. Tandis qu'un véhicule s'arrêtait à son niveau, elle jeta un coup d'œil par-dessus son épaule et se passa la main dans les cheveux.

Salim détecta en elles le parfum ô combien familier du désespoir.

Une petite auto s'approcha. Une des Africaines s'avança vers le côté passager et se pencha à travers la vitre ouverte, une main sur la hanche. Elle secoua le menton et le véhicule repartit, lui laissant à peine le temps de retirer sa tête. Elle hurla de colère tandis que les phares disparaissaient au loin.

Les gars du camp avaient parlé d'un quartier à Patras où les hommes pouvaient payer des femmes pour passer du temps avec elles. Salim avait souri et même ri à leurs plaisanteries, mais n'avait jamais vu un tel endroit ni rencontré de telles femmes. Malgré sa naïveté, il avait parfaitement compris à quoi ils faisaient allusion. Celles-ci étaient plutôt de très jeunes filles. Peut-être se trompait-il sur leur compte. Mû par la curiosité, il s'approcha pour leur demander son chemin.

La fille aux cheveux châtains le vit et fit quelques pas en arrière pour s'adosser à la façade de l'immeuble. Les deux autres le regardèrent sans lui porter d'intérêt puis se mirent à bavarder quelques mètres plus loin.

Il ne put s'empêcher de l'examiner en détail. Il commença par ses talons vertigineux de douze centimètres, puis remonta le long de ses jambes nues, jusqu'à ses cuisses où sa robe noire finissait… ou commençait, selon le point de vue. Le vêtement moulait sa mince silhouette, tandis qu'un entrelacs de lanières courait le long de son buste et ses épaules comme des spaghettis.

— *Buonasera*, le salua-t-elle.

Le réverbère illuminait ses traits délicats, projetant des ombres sur son visage. Elle avait un nez fin, des yeux vert clair qui brillaient même dans la pénombre, et des lèvres peintes en rouge criard. Malgré ces couches de maquillage, on voyait qu'elle n'avait pas plus de dix-sept ans.

— *Allo*, répliqua maladroitement Salim.

Il cherchait ses mots. Elle s'impatienta.

— *Allo*, dit-elle, l'incitant à poursuivre.

Sentant que ce garçon ne présageait rien de bon, elle abandonna son attitude faussement timide.

— Je… j'ai besoin d'aide. Comment faire pour aller en Angleterre ?

Il s'exprimait du mieux qu'il pouvait.

Elle leva les yeux au ciel et lui tourna le dos. Salim persista.

— S'il vous plaît, je dois aller en Angleterre, supplia-t-il. Un endroit où je peux dormir cette nuit ? Vous en connaissez un ?

— Je peux pas aider vous, répliqua-t-elle brusquement.

Elle parlait anglais, mais avec un accent plus prononcé et plus grossier que celui de Salim. Elle s'éloigna de quelques pas en voyant une voiture ralentir. Mais celle-ci repartit immédiatement. Elle se retourna alors vers Salim avec agacement.

— Va-t'en, cria-t-elle. Pas rester là !

— S'il vous plaît ! Je viens d'Afghanistan. Vous savez s'il y a des Afghans ici ?

— Non, je sais pas.

— D'où viens-tu ? insista-t-il.

— Albanie, répondit-elle, le regard triste pendant une fraction de seconde. Maintenant, va-t'en.

Salim n'avait jamais entendu parler de ce pays. Il s'obstina. Ils avaient le même âge. Après avoir connu Roksana, il se disait que cette fille aurait peut-être envie de l'aider elle aussi, même s'il savait qu'elles n'avaient rien en commun.

Elle lui tourna le dos effrontément. Alors Salim renonça. Il fit le tour du quartier à la recherche d'une personne susceptible de le renseigner, mais il était presque minuit et il était exténué. Il tourna à l'angle et la retrouva dans la même rue. Les deux autres filles le regardèrent de loin et traversèrent la chaussée d'un air consterné. L'Albanaise jeta un coup d'œil vers lui et balança la tête en arrière en soupirant.

— Je suis désolé. Je veux juste te demander… s'il te plaît. J'ai besoin de dormir, d'un endroit en sécurité. Loin de la police.

— S'il te plaît, tu me fais problèmes. Va-t'en !

Comme si Salim les avait appelées, des lumières bleues se mirent à tournoyer au loin. Les filles se dispersèrent.

— La police ? demanda Salim tandis que l'adolescente au teint clair courait dans la rue.

— Oui, murmura-t-elle sans se retourner.

Salim recula pour se plaquer contre l'immeuble. Les lumières restèrent lointaines. Il la regarda partir ; la blancheur de ses jambes se détachait dans l'obscurité. Elle était gauche sur ses talons. Dans sa hâte, elle se tordit la cheville puis se mit à agiter les bras en tous sens. Elle fit deux pas maladroits avant de tomber. Salim se précipita vers elle. Elle avait de méchantes éraflures aux genoux et se tenait la cheville en grimaçant. Elle tenta de se relever, mais poussa un cri au moment de prendre appui sur son pied gauche.

Salim la tint par le coude pendant qu'elle ôtait sa chaussure. Le talon s'était cassé. La fille avait l'air au bord des larmes. Son escarpin à la main, elle avança en boitillant. Salim lui lâcha le bras mais, la voyant en difficulté, la rattrapa rapidement.

— Je vais t'aider, proposa-t-il en lui tendant la main.

Elle le regarda avec résignation, puis hocha la tête.

— Par là, dit-elle simplement en lui indiquant le chemin.

Ils empruntèrent plusieurs ruelles couleur ardoise. Elle le conduisit vers une Sedan rouillée garée sur un parking, sortit une clé de son sac, déverrouilla la portière et se glissa sur la banquette arrière.

— Toi asseoir, proposa-t-elle en montrant le siège à côté d'elle.

Il s'exécuta, en prenant garde de ne pas trop s'approcher. Elle était moins farouche à présent, mais se retrouver seul dans une voiture avec elle le mit soudain mal à l'aise.

— Ton nom ? demanda-t-elle avec un faible intérêt.

— Salim. Et toi ?

— Mimi.

Un silence s'ensuivit. Mimi remuait nerveusement et se frottait la cheville. Elle observa Salim en fronçant les sourcils.

— Pourquoi toi ici ?

— Ici ?

— En Italie. Pourquoi toi en Italie ?

— Je veux aller en Angleterre. Ma famille est là-bas.

— Ta famille ?

— Ma mère, ma sœur et mon petit frère.

Mimi regarda par la vitre. Des gouttes de pluie tombaient en silence sur l'herbe.

— Et toi, où est ta famille ? s'enquit Salim.

Mimi se frotta les bras et s'agita un peu plus sur son siège.

— Pas de famille, dit-elle d'un ton brusque.

— Oh.

Sa réponse suscita chez Salim de nombreuses autres questions, mais il hésita à les poser.

— Depuis quand es-tu en Italie ?

— Deux ans, dit-elle. Deux ans.

— Tu veux rester ?

Elle pinça les lèvres dans une moue furieuse.

— Rien de bon ici.

— Où veux-tu aller ?

Mimi leva les yeux comme si personne ne lui avait jamais posé cette question. L'obscurité donnait à leur conversation une saveur agréablement anonyme.

— Je sais pas.

La pluie se mit à tomber à verse, à tambouriner sur le toit de la voiture à un rythme saccadé et avec un son métallique. Bercée par ce bruit, Mimi commença à raconter son histoire à Salim, dans un anglais lacunaire qui lui rendit la tâche plus ardue.

Elle venait d'une famille pauvre d'Albanie. Elle était la troisième fille d'une fratrie de cinq. Quand elle atteignit l'âge de quinze ans, ses parents lui arrangèrent un mariage avec un homme qui avait deux fois son âge. Elle protesta en vain. Elle vécut avec son mari pendant presque trois mois, qu'elle passa à ramasser des bouteilles vides et à subir ses crises de colère alcoolisées. Elle voulut retourner chez ses parents, mais ceux-ci refusèrent de l'accueillir. Mimi partit donc vivre chez sa tante.

Elle s'éprit d'un garçon du coin qui lui demanda de s'installer en Italie avec lui, où ils se marieraient et entameraient une nouvelle vie. Il organisa leur voyage en hors-bord, de l'Albanie à la côte italienne. Mimi ne parla à personne, pas même à sa tante, de sa décision de partir. Quand ils arrivèrent en Italie, ils vécurent dans un petit appartement et, pendant une semaine ou deux, Mimi crut que débutait pour elle la vie dorée qu'il lui avait promise. Mais bientôt, le garçon commença à se plaindre de leur manque d'argent. Il ne trouvait pas de travail, et dit à sa fiancée que sa beauté pourrait leur rapporter suffisamment pour les faire vivre tous les deux. Il lui promit que cela ne durerait pas et que rien ne changerait entre eux.

Salim n'interrompit pas son récit.

Le garçon accaparait tout l'argent que Mimi gagnait. Il le dépensait en drogue et en sorties avec ses amis pendant qu'elle travaillait. Un jour, il l'emmena dans un appartement, où il la vendit sans ménagement à un autre homme. Elle le supplia, lui rappelant ses promesses et tout ce qu'elle avait fait pour lui, mais il tourna les talons et ne revint jamais. L'homme voulait qu'elle travaille pour lui. Lorsqu'elle refusait, il la battait et l'enfermait dans une pièce avec deux autres filles jusqu'à ce qu'elles n'aient d'autre choix que de se soumettre. C'était sept mois plus tôt. Son patron n'était pas le genre d'individu auquel on pouvait échapper, elle avait appris cela d'autres filles.

— J'ai pas endroit où aller. Pas de papiers. Ma famille veut pas moi. Et si je pars, lui me retrouver.

Salim ne trouva aucune parole de réconfort ni d'encouragement. Il était content que l'obscurité dissimule l'expression de son visage. C'était une fille impure, marquée de cette indignité dont les gens ne parlaient pas en société à Kaboul. Il fut surpris de ne pas voir cette souillure en elle.

Il n'avait qu'une seule question, à laquelle Mimi répondit avant même qu'il la pose.

— Je sais pas pourquoi je raconte ça à toi. Tu dis tu as besoin aide. Mais tu es un garçon. Tu es libre. Tu as pas besoin aide.

Ces affirmations mirent Salim en colère. Il eut envie de la détester. Une partie de lui la détesta. Il lui en voulait de lui avoir raconté ces choses horribles, en comparaison desquelles ses propres problèmes semblaient insignifiants. Il lui en voulait de lui avoir fait ressentir de la pitié pour quelqu'un d'autre que lui. Il lui en voulait d'avoir exacerbé son sentiment d'impuissance ; il se sentait incapable de venir en aide à qui que ce soit, à commencer par lui-même.

Salim lui lança un autre regard oblique. Il imaginait sans mal que sa famille ait pu lui tourner le dos. Une fille qui avait quitté son mari puis s'était enfuie avec un autre garçon, tout cela pour finir prostituée. En Afghanistan, on l'aurait punie de façon radicale pour le déshonneur qu'elle avait jeté sur sa famille.

Salim regarda par la fenêtre. Il contempla la pluie, se concentrant sur une seule goutte, qu'il suivit des yeux tandis qu'elle glissait le long de la vitre et disparaissait dans la nuit. Il ne pouvait pas la détester. Malgré son ton brusque et son apparence vulgaire, ce n'était qu'une gamine. Le mieux qu'il pouvait faire était de ne rien dire.

— Toi pas de papiers ? s'enquit-elle.

— Non.

— Hum.

Salim tripota sa montre. Il se demanda s'il était prudent d'être ici avec elle, mais il pleuvait fort à présent, et il n'avait aucune envie de chercher un autre abri.

— Ta montre… c'est joli.

Salim cessa de jouer avec son bracelet et se redressa sur son siège. Au bout de quelques instants, il entendit sa propre voix briser le silence.

— C'était celle de mon père.

En regardant les aiguilles égrener les secondes et les minutes, Salim lui raconta son histoire. Il la raconta simplement et brièvement. Il s'étonna que tant de jours et d'années n'aient plus aucune importance. Son histoire, le cœur de son récit, se résumait en réalité à une poignée de secondes ou de minutes. Tout le reste n'était qu'une route déserte, une étendue qui ne faisait que prolonger le voyage d'un point à un autre.

Il lui parla de son père. Il lui parla de leur départ et de la ferme de Polat en Turquie. Sa voix s'adoucit quand il fit allusion aux inquiétudes de Madar-*jan*, au mutisme de Samira et au cœur abîmé d'Aziz. Il lui parla d'Attiki, mais omit de mentionner Sabour et l'épisode du couteau, qu'il avait encore du mal à assumer. Il lui parla de Patras et du corps mutilé de Naim.

— Toi un enfant, dit finalement Mimi. Ta famille attend toi. Va les retrouver.

— Mais je peux aller en France ?

Mimi devint pensive.

— Peut-être je montre toi... mais peut-être pas bonne idée.

— Dis-moi, la pressa Salim. N'importe quelle idée est bonne à prendre.

— Des gens partir en France tous les jours. Certains, transporter boîte et partir en France. Facile, seule chose importante, échapper police, sinon toi prison.

— Seulement pour avoir transporté une boîte ? Je peux faire ça, dit Salim plein d'espoir.

— Pas sûr. J'emmène toi chez un homme. Lui savoir. Je demande lui pour toi.

Mimi et Salim convinrent de se retrouver le lendemain soir. Lorsque la pluie cessa, la fille lui dit qu'il valait mieux qu'il s'en aille et trouve un autre endroit pour dormir jusqu'au matin. Il comprit et repartit dans la nuit, heureux d'avoir rencontré Mimi, la femme enfant.

Chapitre 48

Salim

Salim passa la journée à errer dans les rues de Rome. Il observa les touristes, appareil photo autour du cou, brochure de papier glacé entre les mains. Leur démarche avait un rythme bien caractéristique : s'arrêter, regarder, photographier. Encore quelques pas, puis à nouveau : s'arrêter, regarder, photographier.

Salim enregistra mentalement son parcours. Les klaxons et autres bruits de la ville noyaient ses pensées moroses.

Il prit un tournant, et un édifice couleur terre apparut devant lui, une ruine se dressant au-dessus d'une rue bondée. Le bâtiment asymétrique à ciel ouvert lui sembla étrangement familier, alors qu'il se trouvait dans ce pays depuis seulement une journée. Il se dirigea vers le monument, et une vague de souvenirs déferla en lui. Il s'arrêta, bouche bée, devant la structure.

Il devait avoir sept ou huit ans à l'époque, et toute la famille se serrait dans le salon de sa tante. Ils faisaient partie des rares personnes à posséder un magnétoscope, et un de ses cousins avait emprunté à un camarade la cassette d'un film de kung-fu. Quel en était le titre ? Il était question d'un dragon. Devant lui se trouvait le décor d'une des scènes de combat du film. Après l'avoir visionnée, Salim avait passé des semaines à agiter les poings devant lui et à bander les muscles de ses frêles biceps.

Il se rapprocha du Colisée, la nostalgie et la curiosité accélérant son pas. Il suivit la longue file de visiteurs qui encerclaient le bâtiment. Les gens achetaient des billets d'entrée. Salim s'assit sur un banc de l'autre côté de la rue. Il ne pouvait se permettre de grignoter ses économies pour visiter le monument, ni se résoudre à partir. Il imaginait ces hommes au torse nu, luisant de sueur, les muscles saillants, donner des coups, en esquiver, bondir dans les airs avec grâce.

Salim pensa aux chauffeurs de camion, aux agents de police, à Sabour. Ses combats à lui n'avaient rien à voir avec ceux du film.

Il se demanda ce que Roksana faisait. Elle était probablement en classe, en train d'écouter le professeur d'une oreille sceptique. Il se remémora le jour où elle l'avait emmené chez elle. Il la revit le conduisant dans le salon, conversant avec lui autour d'un déjeuner. Sa main douce lui glissant l'adresse de sa tante. La manière dont son tee-shirt marquait sa taille fine.

Son esprit dévia vers Mimi, une fille radicalement différente. Son visage, ses jambes, sa poitrine. Il n'avait jamais vu autant de peau dénudée chez une femme. Une femme innocente et scandaleuse. Derrière le fard incrusté dans les sillons de ses paupières, l'odeur de cigarette qui imprégnait ses vêtements et son air agacé, Salim devinait de la douceur.

Il en percevait dans sa façon de repousser ses cheveux derrière les oreilles ou bien de s'asseoir, le menton posé au creux de sa paume.

Salim n'avait jamais côtoyé de fille de ce genre auparavant. Le seul fait de penser elle lui donnait le sentiment d'être un peu plus un homme, pour peu que cela ait un sens.

La nuit tomba et Salim retrouva le chemin de la rue mal éclairée. Mimi n'y était pas. Il vit d'autres filles, des créatures de toutes les couleurs de peau, vêtues de shorts ou de jupes à volants, masquant leur ennui sous des postures coquettes. Il garda ses distances.

Il s'assit sur les marches d'un immeuble à l'abandon. Sa montre indiquait 21 heures. Quelques voitures passèrent, lentement. De là où il se trouvait, il pouvait voir le réverbère sous lequel ils s'étaient rencontrés. Il attendrait, décida-t-il.

Trente minutes plus tard, une voiture s'arrêta. La portière du côté passager s'ouvrit puis, une jambe pâle après l'autre, Mimi en émergea. Elle referma la portière derrière elle juste au moment où le véhicule redémarrait. Elle arrangea sa tenue et recula sur le trottoir avec précaution, la cheville encore sensible.

Elle portait un haut vert jade et une jupe blanche dont le tissu chatoyait sous la lumière du lampadaire. Salim se leva et se dirigea vers elle. Elle le vit approcher, mais resta de marbre.

— Mimi, la salua Salim nerveusement.

Il garda les mains dans les poches, ne sachant quoi en faire.

— Encore toi.

À sa façon de parler, Salim comprit qu'elle ne s'y était pas attendue, et que cela ne l'enchantait pas.

— Oui. Ton pied. Ça va ?

Elle hocha la tête. Peut-être regrettait-elle de lui avoir dit de revenir.

Salim se lança avant qu'elle lui demande de partir.

— Tu peux me conduire à cet homme ? Celui qui peut me faire aller en France ?

— C'est pas bonne idée. Peut-être mieux tu débrouilles seul.

L'étincelle d'espoir qu'elle avait allumée en lui la veille s'était transformée en feu ardent. Elle hésitait, Salim non.

— S'il te plaît, j'ai besoin d'aide. Je dois aller en Angleterre… rejoindre ma famille. Pour ma mère, ma sœur, mon petit frère.

Le mot « famille » la fit grimacer. Elle posa une main sur sa hanche et jeta un rapide coup d'œil derrière elle.

— Je sais pas. Ces gens parfois dans endroits dangereux. Tu viens en Italie tout seul. Je crois tu pars maintenant et débrouilles seul, comme tout le monde. Tu peux. Personne surveille toi ou retient toi ici.

— Mimi, je t'en prie.

— Pas bonne idée, répéta-t-elle doucement.

— Je n'ai rien, supplia Salim. J'ai besoin de ça.

Il avait bien plus qu'elle, Mimi le savait. Elle l'enviait pour le risque qu'il pouvait prendre ; un risque qu'elle, oiseau en cage, ne pourrait jamais courir. Elle céda, sachant qu'elle l'avait suffisamment mis en garde. Ce qui arriverait par la suite ne serait pas de son ressort.

— Je montre toi. Mais tu dis pas mon nom.

Salim accepta sans hésitation. Une sonnerie de téléphone retentit. Elle plongea rapidement la main dans son minuscule sac et en sortit un portable. Elle parla brièvement, en balayant la rue du regard. Sa voix était nerveuse, obéissante.

— Nous partir vite.

Il la suivit. Elle l'informa qu'elle le conduisait devant un immeuble où il entrerait tout seul pour aborder l'homme et lui demander de l'aider à passer en France.

Enfin, j'avance.

Son soulagement fut de courte durée.

Ils marchaient depuis peu quand une voiture gris métallisé déboula à toute vitesse et s'arrêta dans un crissement de freins devant eux, montant presque sur le trottoir. Ils reculèrent d'un bond, et Mimi vacilla en avant, le pied toujours instable. Salim tendit le bras pour la rattraper et elle prit sa main.

— Toi client, murmura-t-elle rapidement d'une voix tremblante.

— Quoi ?

Elle n'eut pas le temps de s'expliquer. Un homme en blouson de cuir foncé sortit brutalement du côté conducteur et claqua la portière. Il saisit Mimi par le coude, l'arrachant à Salim, et lui demanda quelque chose dans une langue que le garçon ne comprit pas. Mécontent de sa réponse, il resserra sa prise et tenta de lui soutirer la vérité en la secouant. Elle le supplia.

— Tu fais quoi avec cette fille ? gronda l'homme en se tournant vers Salim.

Ses yeux noirs et froids s'étrécirent. Il était un peu plus grand que Salim et devait bien peser quinze kilos de plus que lui. Sa barbe naissante ne fit qu'intimider davantage le jeune homme.

— Je… je… je parlais, bredouilla Salim avant de se souvenir de ce que Mimi lui avait murmuré.

— Tu parlais de quoi ?

— Je voulais lui demander… parce que je voulais…

— Tu la veux ? dit-il simplement.

— Euh… oui, répondit Salim avec le plus de conviction possible.

Mimi les regarda nerveusement l'un après l'autre.

— Bien. Fais voir l'argent.

Salim paniqua. Son argent se trouvait dans la bourse cachée sous sa ceinture. Il ne pouvait pas sortir quelques billets sans que l'homme se rende compte qu'il en possédait davantage, et il ne pouvait prendre le risque de tout perdre.

— Je… Je n'ai pas…

L'homme avait lâché Mimi pour saisir Salim par le menton, qu'il serra d'une poigne de fer.

— Pas d'argent ?

— Non, grinça Salim à travers ses lèvres écrasées.

La brute resserra sa prise.

— Pas d'argent, hein ?

Il se tourna vers Mimi et lui aboya dessus. Avant qu'elle puisse commencer à s'expliquer, elle reçut une gifle en plein visage. Elle recula en chancelant. Salim tendit les mains vers elle, mais à présent, l'homme lui accordait toute son attention.

— Tu fais perdre temps à ma fille ?

Il gratifia Salim du même coup vicieux. Le garçon tituba, tenta de recouvrer l'équilibre, mais deux autres claques l'en empêchèrent.

Il était impossible de négocier avec un tel enragé.

Des bottes pointues vinrent frapper le dos de Salim, son ventre et ses côtes. Il entendit Mimi hurler. Il tenta de se rouler en boule, de se protéger des coups. Il avait le souffle court.

Il sentait le bitume, froid et rugueux, sous sa joue. Puis tout s'arrêta. Salim s'enfuit en rampant ; il toussait et crachotait. Les cris de Mimi s'affaiblirent. Il se traîna dans un coin et s'écroula derrière une pile de cartons.

Je vous en supplie, faites que ça cesse.

Salim ferma les yeux et sombra dans l'inconscience.

Chapitre 49

Salim

Pourquoi n'ai-je pas rendu les coups ? Qu'est-ce qui cloche chez moi ?

Salim était aussi furieux contre lui-même qu'il l'était contre le proxénète de Mimi. C'était le matin. Son corps hurlait de douleur tandis qu'il se dirigeait en boitillant vers une épicerie pour acheter une boisson qu'il puisse siroter par ses lèvres gonflées et fendues. Le vendeur, le prenant pour un voyou, accepta son argent d'un air méprisant. Il secoua la tête, déçu par son pays qui se montrait incapable de tenir les fauteurs de troubles à l'écart.

Salim trouva le chemin de la gare et y chercha des horaires, des itinéraires pour se rendre en France. Il sentit les yeux d'un policier dans son dos. En un éclair, le garçon se fondit habilement dans la foule, laissant l'agent dépité repartir du côté opposé.

Jour après jour, Salim se heurtait à la même hypothèse : et s'il n'arrivait jamais en Angleterre ? Fort de l'expérience qu'il avait acquise depuis son arrivée en Italie, il voulait à tout prix tenter sa chance. Mais il était fatigué, aussi exténué que si du plomb coulait dans ses veines. Il en avait assez de n'avoir rien à manger et de s'inquiéter pour l'argent. Il en avait assez de regarder par-dessus son épaule. Peut-être avaient-ils eu tort de quitter Kaboul tout compte fait. La situation aurait peut-être pu s'arranger.

Salim n'entendit pas le bruit des talons qui s'approchaient de lui. Il s'était assoupi, adossé au mur d'un immeuble. Dans les ruelles cachées de la capitale italienne, quelqu'un avait reconnu son visage tuméfié.

— Salim.

Il ouvrit les yeux sur deux genoux éraflés. Mimi s'accroupit à côté de lui et parla à voix basse.

— Tu vas bien ?

— Oui, ça va.

Il s'exprimait lentement, mentait. Il regarda autour de lui.

— Tu es seule ?

— Oui, répondit-elle. Burim est pas là.

Il s'appelait donc Burim.

— Tu as mal ? Oh, ta bouche !

— Je vais bien. Ça va mieux maintenant.

Salim avait conscience que c'était à cause de lui qu'ils étaient tombés sur Burim cette nuit-là et que Mimi avait été emmenée. Visiblement, la brute ne l'avait pas épargnée. Elle avait un bleu sous l'œil gauche et une coupure à la lèvre.

— Je… Je suis désolé, Mimi, s'excusa-t-il. Je ne voulais pas que tu sois blessée.

Mimi se laissa glisser au sol pour s'asseoir à côté de lui.

— Je sais. Burim est fou. Je connais lui. Rien nouveau.

— Il faut que tu t'enfuies.

Cela semblait simple aux yeux de Salim. Pourquoi continuer ainsi, à gagner de l'argent qui n'était pas pour elle et à vivre dans un état permanent de terreur ? Pourquoi Mimi ne s'enfuyait-elle pas ?

— Je peux rien faire. Pas maintenant. Peut-être un jour, mais maintenant… maintenant pas le choix pour moi.

Ils réfléchirent en silence, Salim se demandant pourquoi elle ne partait pas immédiatement et Mimi sachant qu'il ne comprendrait jamais.

— J'emmène toi chez homme maintenant, dit-elle. Peut-être tu peux partir. Toi plus de chance que moi.

— Mais Burim ? Et s'il nous retrouve ?

— Il est loin maintenant. Il a deux filles loin d'ici. Des nouvelles. Il part les voir. On a du temps.

Il acquiesça et la suivit. Il ne se sentait pas vraiment d'attaque pour cette rencontre, mais avait hâte de quitter Rome. Mimi le ramena donc dans le même quartier, en s'assurant qu'il tenait le rythme. Ils arrivèrent devant un immeuble au bouton de porte cassé et dont les fenêtres du premier étage étaient recouvertes d'adhésif. Salim secoua la tête, refusant consciemment d'écouter son instinct qui lui dictait de se sauver.

— Dedans il y a porte, tu appuies sur appartement B3, lui indiqua Mimi. Un homme répond. Il demande qui tu es et tu dis Mimi envoie toi. Tu dis tu veux aller en France, et peut-être il a travail pour toi.

— Je lui dis ton nom ?

— Oui. Cet homme, pas ami de Burim. Mais tu fais tout comme il dit. Tout, compris ? Lui dangereux, mais possible il t'envoie en France. Tu viens ici dans deux jours, lui précisa-t-elle.

Salim fut soulagé de ne pas devoir rencontrer le contact de Mimi sur-le-champ, même s'il était déçu de devoir attendre au moins quarante-huit heures de plus avant de quitter cette ville.

— Quel est son nom ? demanda-t-il.

Mimi le ramenait déjà à l'endroit d'où ils étaient venus.

— Comment s'appelle cet homme ?

— Pas de nom, répondit-elle fermement. Pas de questions. Il aime pas parler.

— Comment tu le connais ?

— Il travaille avec Burim un an, mais ils disputent pour argent. Maintenant eux parlent pas, mais je sais il envoie les gens dans autres pays. Il explique toi.

Salim hocha la tête, même s'il ne comprenait pas tout. Mimi baignait dans un monde peuplé de personnages douteux. Salim se demanda si lui-même était l'un d'eux.

Peut-être que je suis comme elle. Comme les gens qu'elle fréquente. Peut-être que je ne suis plus un garçon innocent en fuite maintenant. Peut-être que j'irai mieux en me faisant à cette idée.

Elle marchait devant lui, sa fine queue-de-cheval l'incitant à la suivre. Salim, les membres encore endoloris, suggéra qu'ils s'assoient quelque part pour manger le demi-sandwich qu'il avait dans la poche. Mimi lui fit signe d'approcher d'un mouvement de tête.

— Viens avec moi, dit-elle.

Elle le conduisit vers un immeuble non loin de l'endroit où elle l'avait retrouvé, et le fit entrer dans un studio mal éclairé.

Un simple drap recouvrait un matelas double posé sur un cadre de lit en fer. Une lampe trônait sur une chaise en bois et deux autres sièges meublaient la pièce. La peinture des murs, qu'on devinait rouge vif à l'origine, se craquelait. La kitchenette était à moins d'un mètre, séparée de la pièce principale par un demi-mur. Les appareils ménagers semblaient vétustes et inutilisés. Par la porte entrouverte de la salle de bains, Salim aperçut un lavabo en porcelaine ébréché et une étroite cabine de douche aux joints crasseux.

L'appartement était en piteux état, et si Salim l'avait vu avant de quitter Kaboul, il aurait fait demi-tour. Mais son regard avait changé. Comme le disait souvent Padar-*jan* : « Au royaume des aveugles, les borgnes sont rois. »

Dans l'immédiat, Salim se demandait avec inquiétude si c'était une bonne idée pour lui d'être ici. Mimi lut dans ses pensées.

— Il vient pas. Burim a nouvelles filles. Il part voir elles et revient matin. La première nuit, très très dur.

Mimi s'assit sur le lit, et Salim tira une chaise pour s'installer en face d'elle. Il sortit de sa poche le morceau de sandwich aplati, défit l'emballage et lui en offrit la moitié. Elle l'accepta avec un timide « merci ».

— Tu vis ici ? demanda-t-il.

Oui, elle vivait là. Ses robes étriquées et ses hauts en maille pendaient mollement dans le placard, l'air aussi usés qu'elle. Mimi remplit un verre d'eau au robinet de la cuisine, but une gorgée et le lui tendit.

La lampe n'éclairait pas grand-chose, et l'unique fenêtre du studio faisait face à un autre immeuble, laissant passer très peu de lumière de la rue. Salim était penché en avant sur sa chaise. Son genou frôlait celui de Mimi.

— Je suis désolé, Mimi. Burim t'a fait du mal à toi aussi. Tu m'as demandé de partir, mais je… Je suis désolé.

Mimi regardait le sol.

— Ça va. Oublie. Il change pas. Il dit je suis libre si je gagne argent. Je gagne argent pour acheter ticket pour Albanie et je peux rentrer maison. Mais maintenant, sept mois, et rien. Les autres filles, elles travaillent deux, trois ans. Personne gagne jamais assez argent pour être libre. C'est ma vie maintenant. Tu es ici, tu es pas ici… la même chose pour moi.

Elle leva la tête. Comme les gouttes de pluie qu'il avait contemplées sur la vitre de la voiture, deux larmes roulaient sur les joues fardées de Mimi.

— Mais toi… tu peux rentrer maison. Ta famille attend toi, quand ils voient toi, eux contents.

Rêveuse, Mimi écarquillait les yeux, imaginant Salim, accueilli à bras ouverts par les siens. Elle essuya ses larmes et sourit faiblement.

Il aurait aimé lui offrir les mêmes encouragements. La même gentillesse. Il hésita, puis tendit le bras et posa une main sur le genou de la jeune fille.

— Tu es forte, Mimi. Tu vas trouver une solution. Quelque chose de bien va t'arriver à toi aussi. Des gens m'ont aidé à venir ici. Toi, tu m'as aidé. Dieu t'aidera, toi aussi. Quelqu'un va t'aider.

Salim percevait le son creux de ses mots.

— Personne pour aider moi. Il prend mon argent. Il me laisse jamais partir, je sais. Il contrôle tout.

Salim sentit son corps se contracter. Mimi, dans sa fragilité, trouvait encore le moyen de partager. Lui aussi pouvait se dépasser. On pouvait avoir les poches vides et une incroyable grandeur d'âme.

— Il ne me contrôle pas, moi, dit-il. Aide-moi à le trouver, Mimi.

Elle posa sa main sur celle du garçon et le regarda. Elle voulait le croire, croire chacune de ses phrases, même brièvement. Elle lui toucha la joue. Le cœur de Salim se serra quand il sentit ses doigts fins et frais sur son visage. Elle toucha son autre joue, et il ferma les yeux. Il imagina alors la Mimi d'autrefois, une fillette souriante qui s'amusait avec ses sœurs. Il se représenta une jeune fille encore pure. Celle qu'elle avait été avant que le monde ne la piétine.

Mimi lui prit les mains. Salim s'assit sur le lit à côté d'elle. Il laissa ses doigts s'entrelacer dans les siens avant de remonter le long de ses bras. Il trouva ses épaules, la peau laiteuse de son cou. Elle attira son visage vers le sien, titilla ses joues d'un souffle. Elle colla alors sa bouche contre celle de Salim.

Elle mena la danse et il suivit. Il était timide et nerveux, mais elle le rassura par des murmures, la douceur de ses caresses. Elle se montra attentionnée, et il se sentit changer, soudain capable de soulever des montagnes. Il effleura les bleus qui lui marbraient les côtes. Elle battit des paupières. Il y avait d'autres contusions, que ses vêtements avaient cachées. Il aurait voulu s'excuser un millier de fois. Il appuya son visage contre la poitrine de Mimi et entendit les battements lents et réguliers de son cœur. Son cœur à lui tambourinait, sauvage et impatient.

Il était captivé par sa chair. Il hésita, ses mains tâtonnèrent, cherchant les bonnes réponses. Cette maladresse ne sembla pas la gêner. Elle l'accueillit, lui prouvant que la vie n'avait pas que solitude et souffrance à lui offrir.

Salim se tourna sur le côté et fit glisser son doigt le long du bras de Mimi. Mimi, la fille qui avait besoin d'être sauvée, venait de le sauver, lui. Il reprit son souffle peu à peu, et ses muscles se détendirent tandis qu'il en reprenait le contrôle. Alors seulement, son regard remonta vers le visage de la jeune fille, passif et sans expression. Alors seulement, Salim se rendit compte que la lumineuse Mimi, la Mimi pleine d'espoir qu'il avait imaginée en fermant les yeux, n'existait pas et n'avait probablement jamais existé.

Chapitre 50

Salim

Il patientait dans l'obscurité. Mimi lui lança un regard furtif depuis le trottoir d'en face. Salim guettait le signal dont ils avaient convenu, le moment où elle tirerait sur sa jupe. Elle restait à l'écart des autres, ignorant à dessein les voitures qui ralentissaient devant elle. Pas ce soir.

Deux heures plus tard, elle lui adressa enfin le signal.

Ils avaient élaboré ce plan la veille, alors que Salim était encore à moitié nu, à moitié ivre de ses caresses. Il fallait faire vite et, comme pour la plupart des activités de Salim, il fallait agir de nuit, à l'abri des regards.

Le signal. Une bouffée d'adrénaline l'envahit. Burim était là, marchant nonchalamment en direction de Mimi. Salim attendit, puis émergea de sa cachette, à l'angle de l'immeuble. Il avança d'un pas vif et léger, traversa la rue, à un demi-pâté de maisons du proxénète.

Tu n'es pas un lâche.

Salim se répéta cette phrase en boucle pour s'encourager. C'était son idée, et il ne pouvait pas reculer. Il irait jusqu'au bout. Il en avait assez de subir les événements, d'être un jouet et non un homme. C'était l'occasion ou jamais. Comme l'avait prédit Mimi, Burim venait contrôler son travail.

Salim se trouvait désormais derrière lui, rasant les murs. Burim s'entretenait avec Mimi. Elle était agitée, jetait des regards nerveux autour d'elle, les épaules voûtées.

Il m'a pris pour un faible. Il va voir.

Salim se glissa derrière un kiosque à journaux vide. Il serra les doigts autour de la barre de fer qu'il avait apportée. Il entendait Burim parler à Mimi, hausser le ton, furieux. La jeune fille bredouilla quelques mots. La brute ricana.

Salim prit une profonde inspiration et sortit de sa cachette. Il brandit la barre de fer et frappa Burim dans les côtes. L'homme chancela et trébucha en avant. Sans lui laisser le temps de se retourner, Salim le frappa une deuxième fois, derrière le genou, avec assez de force pour le mettre à terre. Burim grogna de colère.

Mimi s'était recroquevillée dans un coin, dos au mur, le visage inexpressif. Burim roula sur le côté. Il leva les yeux et découvrit Salim qui le surplombait, tenant son arme à deux mains, calme et déterminé. Le torse du jeune homme se soulevait à chaque respiration. Mimi approcha et se posta à côté de lui.

— Espèce de… de… pute, cracha Burim.

Salim lut la rage sur le visage de l'homme, qui plongea la main droite dans sa poche. Il en sortit un petit revolver noir, mais le garçon le désarma aussitôt d'un coup de barre de fer, envoyant le pistolet valser dans les airs. Burim jura en tenant sa main blessée.

— Tu es mort… Tu fais grosse erreur…

Alors qu'il tentait de se redresser en s'appuyant sur ses genoux, il leva les yeux vers Mimi. Il siffla quelque chose en albanais, des paroles qui allumèrent des flammes de colère dans les yeux vides de la jeune fille.

— Toi, tu perds rien pour attendre !

Il était désormais accroupi, presque debout.

Salim vit les bras tendus de Mimi. Elle prononça quelques mots d'une voix tremblante et cracha sur son bourreau.

Burim grognait, il s'apprêtait à se jeter sur elle. Salim comprit ce qui se passait, et la barre lui glissa des doigts pour heurter le bitume dans un fracas métallique.

— Mimi ! cria-t-il.

Une détonation retentit. Burim s'arrêta net et pivota, se retrouvant alors nez à nez avec Salim.

Le jeune homme, éberlué, fit un bond en arrière. Ses yeux passèrent de Burim à Mimi.

Elle tremblait comme une feuille. Elle lâcha le revolver et se couvrit la bouche des deux mains. Elle regarda Salim.

La rue était déserte. Les voitures les plus proches étaient à plusieurs pâtés de maisons. Deux ou trois lumières s'étaient allumées aux fenêtres de l'immeuble. Ceux qui avaient un sommeil léger commençaient à s'agiter. Mimi reprit ses esprits en premier. Elle s'agenouilla devant Burim et fouilla dans ses poches, s'empara de son portefeuille puis arracha la chaîne en or de son cou gras. Il gémit doucement, mais n'opposa aucune résistance.

Elle jeta un coup d'œil par-dessus son épaule.

— On s'en va.

Ils détalèrent, serpentant entre les immeubles, tournant dans des rues sombres pour s'éloigner le plus possible de Burim.

Leur fuite se déroula dans le silence. Le souffle court. Faisant naître autour d'eux des regards inquiets.

—Attends, dit enfin Mimi.

Elle posa les mains sur ses genoux et se pencha en avant pour reprendre sa respiration.

—J'ai besoin pause.

Elle était d'une pâleur effrayante, même sous la lumière jaune du réverbère. Salim songea qu'il ne devait pas avoir meilleure mine. Leur plan avait viré à la catastrophe. Burim n'était pas censé voir son assaillant. Mimi était censée avoir l'air surprise et sans défense devant l'attaque. Mais l'homme avait vu leurs visages, avait compris qu'on l'avait dupé, qu'on avait conspiré contre lui.

—Mimi, nous devons nous cacher.

Ils allèrent dans son appartement. En vitesse, elle fourra une pile de vêtements dans un sac en toile.

Elle n'avait aucune intention de rester là après cette nuit, comprit Salim.

Chapitre 51

Salim

Salim et Mimi attendirent l'après-midi pour se rendre à l'adresse qu'elle lui avait indiquée.

— J'attends toi ici, dit-elle en désignant un banc public à quelques mètres.

Elle tira sur les manches de son sweat-shirt pour se couvrir les mains et souffla dessus. Le soleil ne l'aida pas beaucoup à se réchauffer.

Salim entra dans le vieil immeuble. Il découvrit un dédale peu accueillant de couloirs en état de délabrement avancé : mégots jonchant le sol, rampe d'escalier cassée, applique murale vacillante. Des postes de radio et de télévision bourdonnaient derrière des portes closes, mais il ne vit personne.

Il vérifia le numéro d'appartement, prit une profonde inspiration et frappa. Il fit un pas nerveux en arrière et patienta. Un cliquetis se fit entendre, puis le judas s'ouvrit. Au bout d'un moment, on entrebâilla la porte. Un homme se tenait devant Salim, une cigarette pendouillant de sa lèvre inférieure. Vêtu d'un jean et d'une chemise noire non boutonnée, exhibant fièrement sa boucle de ceinture en métal, il devait avoir dans les trente-cinq ans. Il toisa rapidement l'adolescent et conclut qu'il n'avait rien à craindre de lui.

Salim déglutit avant de prendre la parole.

— Je cherche du travail.

— Tu es qui ?

— Je veux aller en France. Je peux travailler.

L'homme tira sur sa cigarette puis la balança dans le couloir. Il regarda Salim en plissant les yeux puis exhala la fumée.

— Qui envoie toi ?

— Mimi, répondit calmement Salim.

Elle lui avait permis de prononcer son nom, craignant qu'il n'aille pas bien loin sans cela.

— Mimi, hein ?

— Oui.

Salim suivit les conseils de la jeune fille en faisant des réponses brèves. La porte s'ouvrit un peu plus, puis un hochement de tête l'invita à entrer.

L'appartement était plus spacieux que celui de Mimi, mais aussi beaucoup plus crasseux. Il y avait des vêtements partout, des emballages alimentaires froissés, et une table basse couverte d'assiettes sales et de plusieurs téléphones portables. La télévision beuglait. Salim prit soin de ne pas regarder l'homme fixement. La porte se referma derrière eux.

— Tu viens d'où ?

— D'Afghanistan.

— D'Afghanistan ? répéta l'homme en haussant ses sourcils fournis. Pourquoi tu veux travailler ?

— Ma famille est à Londres. Je veux aller là-bas.

Salim se mit soudain à douter, son pouls s'accéléra. Il venait d'apercevoir un revolver entre deux coussins du canapé. Il resta concentré sur l'homme qui lui faisait face.

— Tu as papiers ?

— Non.

— Tu connais Mimi ?

— Oui.

— Tous les hommes connaissent Mimi, dit l'autre avec un petit rire, son humeur s'égayant.

Il pinça le biceps de Salim entre le pouce et l'index, et marmonna quelque chose dans sa barbe. Il fit ensuite glisser ses mains vers le ventre du garçon puis sa taille. Il s'immobilisa lorsqu'il sentit l'étui rigide du couteau. Il interrogea son visiteur du regard.

— C'est un couteau, expliqua Salim.

Il n'osa plus bouger, garda les bras le long du corps. L'homme détacha l'arme de la cordelette entourant les hanches du garçon. Il n'avait pas remarqué la pochette qui gonflait son sous-vêtement. L'argent de Salim était en sécurité pour le moment.

Il tira la lame de l'étui et siffla, impressionné.

— Très joli. Cadeau pour moi, hein ?

Salim ouvrit la bouche pour protester, mais se ravisa.

— Oui, répondit-il.

L'homme esquissa un sourire narquois. Il jeta le couteau sur le canapé.

— C'est problème, dit-il froidement. Tu veux aller à Londres sans papiers. Tu as argent ?

Salim secoua le menton.

— Pas argent, reprit l'homme en souriant de plus belle. Et Mimi te dit venir ici.

— Oui. Je veux vous aider.

— Oh, tu veux aider moi ? dit-il d'un air amusé en penchant la tête pour feindre la gratitude.

Salim recula d'un pas.

— Tu aides pas moi. Tu travailles pour moi.

Salim acquiesça en silence.

Un deuxième homme émergea de la pièce attenante, manches retroussées dévoilant ses tatouages. Il regarda Salim avec curiosité puis dit quelques mots à son colocataire avant de s'avachir sur le canapé.

— Alors, tu veux travailler pour moi, monsieur Af-gha-nis-tan ? demanda-t-il en articulant les syllabes de façon grotesque.

— Oui.

— Tu penses quoi, Visar ? dit-il en se tournant vers son acolyte.

Ce dernier haussa les épaules. Il remarqua le couteau, le ramassa et l'examina en tous sens, admirant l'étui comme l'avait fait Salim le jour de sa trouvaille.

— Tu aimes, Visar ? Cadeau du petit.

Il fit signe à Salim de s'asseoir à la table de la cuisine. Le garçon s'exécuta et attendit. L'homme ouvrit un placard et lui jeta une boîte.

— Ouvre.

Salim arracha l'adhésif et défit le carton. À l'intérieur se trouvait un gros ours en peluche de la taille d'un nouveau-né. Il l'examina sans comprendre.

— Tu prends ça en France. Je te donne papiers et billet de train pour Paris. Tu parles à personne jusqu'au départ. À Paris, un homme t'attend. Tu donnes ça à lui. Compris ?

— Oui, j'ai compris.

— Bien. Maintenant, regarde ici.

Il désigna une petite lentille ronde posée sur la table et tendit le bras vers son ordinateur portable. Salim regarda fixement la bille, sans savoir pourquoi. L'homme appuya sur quelques touches, grogna puis détourna l'objectif de Salim.

— Le train part 20 heures ce soir de Termini. Tu changes train à Milan et ensuite tu vas à Paris. Tu as bagages ?

Salim secoua la tête. Il n'avait rien.

L'homme se leva et se dirigea vers le placard du couloir, en sortit un sac à dos vide et y fourra trois chemises, un pantalon et un magazine qu'il ramassa dans le fouillis de l'appartement.

— Tiens. Tu dois porter sac comme touriste. Mets dedans, ordonna-t-il en prenant l'ours des mains de Salim avant de le jeter dans le sac. Maintenant tu pars. Reviens dans deux heures pour papiers et sac. Pas de retard.

Salim obéit. Il prit note de l'heure qu'il était, pour savoir quand revenir sur les lieux, ne voulant être ni en retard ni en avance. Il sortit de l'immeuble pour replonger dans l'après-midi ensoleillé mais frais. Contrairement à ce qu'elle lui avait promis, Mimi n'était plus sur son banc. Il fit le tour du pâté de maisons, sonda les ruelles adjacentes et la laverie automatique qui faisait l'angle. La jeune fille avait disparu.

Avait-elle prémédité son coup ? Salim était perplexe. Tellement de choses s'étaient passées entre eux en l'espace de deux jours. Elle s'était montrée distante depuis la veille, n'avait pas dit un mot de leur nuit. Elle n'avait semblé ni choquée ni désemparée, seulement mélancolique.

Au moins, elle a l'argent, pensa-t-il.

Lorsqu'ils avaient enfin cessé de courir, Mimi avait sorti les billets et la chaîne en or de son sac. Elle avait compté quatre cent vingt euros puis levé les yeux vers Salim.

« Garde-les, avait-il dit. Il t'a pris assez. »

Elle l'avait transpercé du regard, comme pour évaluer sa sincérité. Ne le voyant pas vaciller, elle avait rangé l'argent dans la poche intérieure de son sac et posé une main protectrice dessus. Elle n'avait pas de famille qui l'attendait. Personne pour l'accueillir avec le sourire. Où irait-elle ? Salim avait secoué la tête, sachant, dorénavant, que la liberté et quatre cents euros ne suffiraient pas à la sauver.

Comme prévu, il retourna à l'appartement à 19 h 30. Visar ne prit pas la peine de l'inviter à entrer. Il lui tendit une enveloppe en papier kraft et le sac à dos.

— Eh, petit ! Ton train part dans trente minutes. Pas de retard.

— D'accord, promit Salim.

Visar était sur le point de refermer la porte quand il saisit Salim par la nuque, enfonçant les doigts dans sa chair.

— Si toi pas à Paris quand l'homme attend, il trouve toi et il tue toi. Compris ?

Son ton était glacial.

Salim déglutit et hocha la tête.

L'homme le libéra.

Salim parcourut deux pâtés de maisons avant de se rendre compte qu'il marchait dans la mauvaise direction. Il regarda sa montre. Il avait vingt minutes pour attraper son train. Il ouvrit l'enveloppe et en sortit un passeport grec plus vrai que nature, sur lequel figuraient sa photo et un faux nom. Il le remit rapidement dans l'enveloppe et s'assura que personne ne l'observait. Il y avait également un billet de train. Le voilà donc reparti ; il n'avait pas de temps à perdre.

Il entra dans la gare en proie à une nouvelle angoisse. Il dressa l'inventaire de ce qu'il transportait : des papiers d'apparence valide à montrer en cas de contrôle d'identité, quelques vêtements et une peluche dont le contenu était de toute évidence illicite. Si on venait à le fouiller, l'ours attirerait sûrement l'attention.

Cinq minutes.

Salim chercha sur le tableau d'affichage le train correspondant à ce qui était inscrit sur son billet. On lui tapa sur l'épaule. Il se retourna et se trouva nez à nez avec un agent de police au regard sévère. Son estomac se serra. L'homme ouvrit la bouche avant qu'il puisse filer.

— Où allez-vous ?

— J'ai un billet, bredouilla Salim.

— Montrez-le-moi.

Il prit le billet de la main tremblante du garçon puis leva les yeux vers le tableau. Il lui montra la gauche du doigt.

— Porte 7. Dépêchez-vous.

Salim marmonna un remerciement gêné et se dirigea dans la direction indiquée d'un pas mesuré, préférant éviter de courir. Il s'attendait sérieusement à entendre une voix lui ordonner de s'arrêter. Il n'osa regarder derrière lui.

Continue d'avancer. Continue de marcher. Cherche la porte 7.

Il la trouva et se retourna alors furtivement. Personne ne l'avait suivi.

Une minute.

Salim monta à bord et repéra le numéro de place inscrit sur son billet. Juste à temps.

Il sortit l'ours du sac. Une femme assise de l'autre côté de l'allée lui sourit chaleureusement. Comme il devait avoir l'air innocent, ce petit homme voyageant avec sa peluche adorée. Il pressa l'animal entre ses mains et sentit quelque chose de dur à l'intérieur, de forme carrée. Salim remit le jouet dans le sac et refoula sa curiosité.

Le conducteur annonça le départ. À travers la vitre, le train adjacent semblait avancer. Ensuite, il y eut des arbres et des tunnels. Du vert, du gris. La vie, la mort. Salim était autant en sécurité qu'en danger.

Il tendit son billet au contrôleur dans l'attente d'un regard accusateur ou au moins d'une question. Mais Salim, avec son sac à dos, ressemblait aux nombreux étudiants installés dans le wagon. Assis derrière lui, ces derniers riaient aux éclats, s'échangeaient des magazines. Le contrôleur passa dans la voiture suivante, et les jeunes gens, l'un après l'autre, enfoncèrent des écouteurs dans leurs oreilles ou s'endormirent contre l'épaule de leur voisin, ne laissant plus résonner que le bourdonnement du train.

Salim repensa à ses amis d'enfance en Afghanistan. S'ils avaient pu grandir ensemble, sans bombes, ils auraient sûrement été aussi joyeux et chahuteurs que ces jeunes. Mais la guerre avait tendance à vous dompter. Les enfants de Kaboul ne le restaient guère longtemps.

Roksana était différente de ces adolescents. Elle paraissait avoir hérité un peu de la gravité de ses compatriotes afghans, sans jamais avoir mis les pieds dans ce pays. La distance qu'observait son père vis-à-vis de ses racines avait éveillé en elle le devoir de comprendre les luttes de son peuple. Salim l'admirait pour cela, et doutait que lui-même aurait eu la même envie.

Quel genre de garçon aurait-il été si son existence avait ressemblé à celle de Roksana ? Deux parents, l'école, un pays en paix ? Il aurait été un autre Salim. Celui qu'il était à présent était la somme d'une série de terribles épreuves.

Il fit tourner sa montre autour de son poignet. Quelques rayures de plus sur le cadran, sans doute consécutives aux événements de la nuit précédente.

Regarde ce qui nous est arrivé, Padar-jan.

S'ils avaient quitté Kaboul plus tôt, ils auraient eu davantage de chances de s'en sortir. Ils auraient pu mener une vie tranquille à Londres, peut-être près de la famille de Khala Najiba. Salim et Samira auraient été scolarisés, auraient appris une nouvelle langue et passé leurs soirées à se creuser la cervelle devant leurs devoirs. Cette image était si parfaite, si irréelle, qu'elle se déroula dans son esprit à la manière d'un dessin animé.

Au lieu de cela, Padar-*jan* avait décidé de rester à Kaboul avec les siens et d'espérer des jours meilleurs… malgré les conflits grandissants, les assassinats, les privations.

Pourquoi as-tu fait ce choix pour nous ? Qu'avons-nous gagné en restant aussi longtemps alors que tout le monde était déjà parti ?

Salim se réveilla en sursaut. Le train était à l'arrêt. Il regarda autour de lui et vit que de nouveaux passagers montaient à bord, tandis que d'autres étaient déjà descendus. Un homme rangeait son sac dans le compartiment situé au-dessus de son siège.

— Excusez-moi, Milan ? demanda Salim en montrant la fenêtre du doigt.

— *Sì*, répondit l'autre avec un hochement de tête.

Salim saisit son sac à dos et sortit en vitesse, manquant de bousculer un couple de personnes âgées. Il leva les mains en signe d'excuse. Il n'avait que trente minutes, lui avait-on dit, pour prendre la correspondance pour Paris. Il espérait que le train ne s'était pas arrêté depuis trop longtemps. Il sortit les billets de l'enveloppe et tenta une nouvelle fois de décrypter le tableau lumineux.

Paris. Porte 4. Dix minutes.

Salim courut. Il se retrouva devant la porte 17. Il zigzagua entre les voyageurs et leurs valises à roulettes, en priant pour que personne ne l'interrompe dans sa course.

Chapitre 52

Salim

Le train s'arrêta à Paris dans la matinée. Salim était enfin en France, mais ne pouvait continuer son voyage avant d'avoir effectué sa mission. Il pria pour que l'homme censé récupérer le paquet soit facile à repérer.

Il arpenta les quais, guettant aussi bien les uniformes que tout individu qui ressemblerait aux Albanais rencontrés à Rome.

Une main lui saisit le bras. Salim voulut reculer, mais la prise était ferme. Il se retourna et sut, au premier regard, que son contact l'avait trouvé.

L'homme avait les dents jaunes et des yeux noirs perçants. Il portait un blouson foncé en polyester sur un tee-shirt vert-de-gris avec des inscriptions en lettres inclinées à la façon des graffitis, ainsi qu'un jean étroit et délavé.

— C'est toi le garçon. Tu viens de Rome.

Salim acquiesça. Supposant que les mêmes règles s'appliquaient avec cette personne, il garda le silence.

— Bien. Tu as quelque chose pour moi ?

Il lâcha le bras de Salim. Ce dernier fit glisser le sac à dos de son épaule et commença à ouvrir la fermeture Éclair.

— Pas ici ! Idiot ! Viens.

Salim se laissa conduire à travers la foule, tandis que les haut-parleurs marmonnaient leurs instructions aux voyageurs qui se pressaient dans les allées. Ils se dirigèrent vers un banc situé près d'une rangée de casiers. Ils s'assirent côte à côte, comme s'ils attendaient un ami qui devait descendre du train suivant.

— Ouvre le sac.

Salim l'avait posé sur ses genoux. Il tira lentement la fermeture Éclair et sortit la grotesque peluche. Il la tendit à l'homme.

Celui-ci pressa l'ours entre les mains pour vérifier que son contenu s'y trouvait bien. Il examina ensuite son cou et ses pattes, et constata que les coutures étaient intactes. Satisfait, il prit le sac à dos des genoux de Salim et fouilla à l'intérieur.

— Où est le passeport ?

Salim sortit le livret de sa poche arrière. L'homme le prit, l'ouvrit à la page où se trouvait la photo d'identité. Il remit brutalement le sac à dos sur les genoux du garçon.

— C'est fini pour toi. Tu peux partir.

— Mais, le passeport… S'il vous plaît…, commença-t-il d'un ton nerveux.

— Quoi ? demanda l'autre sèchement.

Il était déjà debout et prêt à détaler.

— J'ai besoin du passeport pour aller en Angleterre.

— Le passeport ?

Son accent était aussi prononcé que celui de ses amis à Rome. Pour toute réponse, l'homme le gratifia d'un ricanement méprisant.

— Tu veux payer pour passeport ?

— Je n'ai pas d'argent. Mais j'en ai besoin pour rejoindre ma famille là-bas, supplia-t-il.

Comment négocier avec cet inconnu ? Le passeport était désormais dans sa poche, si proche que Salim eut une envie urgente de s'en emparer.

— Huit cents euros, dit-il avec un sourire narquois. Passeport pour huit cents euros. Bon prix pour toi.

La misérable bourse de Salim ne contenait pas une telle somme. Il y avait bien cet autre achat qu'il avait effectué à Athènes, mais il n'était pas prêt à s'en défaire.

— S'il vous plaît, monsieur, j'ai pas beaucoup d'argent. Huit cents, c'est trop. Un peu moins ?

— Combien tu as ?

Oserait-il avouer la somme qu'il possédait ? Ce petit livret avec sa photo et un faux nom pouvait l'aider à se rendre à Londres, à retrouver sa famille. Cela valait tout ce qu'il avait, décida Salim.

— J'ai cent cinquante euros.

— Cent cinquante euros ? se moqua l'homme. Tu es fou !

Adieu le passeport. L'homme avait déjà tourné les talons et fait quelques pas quand Salim le rappela.

— Monsieur, s'il vous plaît, dites-moi comment aller à Londres.

Il regarda Salim un moment, puis maugréa et avança vers lui.

— Londres ?

Salim hocha la tête.

— Tu vas à Calais. C'est où qu'ils vont tous. Là-bas, il y a un tunnel, ajouta-t-il en riant, faisant comprendre à Salim qu'il l'envoyait dans une impasse. Peut-être tu auras de la chance.

Chapitre 53

Salim

Une vieille dame au visage aimable aida Salim à localiser Calais sur un plan. Perchée sur la côte nord-ouest de la France, la ville faisait face à l'Angleterre. Une étroite bande d'eau courait entre les deux pays. Impatient de poursuivre sa route et n'ayant aucune envie de visiter Paris, il avait immédiatement acheté un billet. Après un voyage sans encombre, il arriva à Calais dans la matinée.

Salim erra dans la ville pendant des heures, se fondant facilement parmi sa foule bigarrée. Il s'éloigna de la gare pour explorer les rues et trouver au plus vite le chemin du port. Il passa devant des immeubles imposants avec des façades ornées de colonnes et des balcons. Même les plus petits bâtiments avaient des fenêtres décorées, encadrées de personnages au visage poupin.

L'odeur de l'océan, désormais familière, flottait dans l'air. Salim suivit la brume salée jusqu'au port, où il se sentit rassuré. Il connaissait à présent le rythme régulier de ces lieux, les lents gémissements des navires, le va-et-vient des camions et des voyageurs.

Ce port-là était particulièrement beau. Des bandes de littoral avançaient dans les eaux de la Manche. Les mâts des bateaux croisaient l'étendue horizontale où ciel et mer se confondaient. Plus loin, d'énormes paquebots étaient amarrés, se préparant, comme Salim, à leur prochaine traversée.

Il quitta la rue pour longer un chemin gravillonné en direction des navires. Il repéra deux hommes aux cheveux bruns qui déambulaient au loin, la mine vaincue, le visage émacié du réfugié.

J'ai probablement la même tête. Je ne veux pas me l'avouer, c'est tout.

Son instinct ne l'avait pas trompé. C'étaient des Afghans, et ils l'accueillirent chaleureusement dans le camp. Salim se sentait déjà à l'aise. Il marcha avec eux vers ce qu'on appelait la « jungle » de Calais.

C'était Patras, transplanté en France. Un terrain vague à proximité de la côte. Depuis sa périphérie, on apercevait l'Angleterre et ses falaises blanches à l'aspect préhistorique.

Les réfugiés traînaient là, le regard rivé sur l'horizon et la promesse d'une vie meilleure. La « jungle » n'était pas un endroit où il faisait bon prendre racine.

Entouré de grands arbres et de clôtures métalliques, le camp était un enclos à ciel ouvert. Salim y entra par un chemin de terre gardé par trois hommes. Il était inquiet, mais remarqua que les autres réfugiés ne l'étaient pas. L'un d'eux, Ajmal, vit sa curiosité et lui fournit des explications, avec la satisfaction de celui qui partage sa science.

— Ils ne t'embêteront pas. Ils sont là uniquement pour éviter les embrouilles. On peut aller et venir librement. Mais au port ou près du tunnel, c'est différent. Là-bas, les policiers nous chassent, et ils n'hésiteront pas à te saisir par la peau du cou s'ils t'attrapent.

— Le tunnel ?

Salim avait vu le port, mais son interlocuteur parlait d'un tunnel, celui-là même qu'avait mentionné l'homme à Paris.

— Oui, le tunnel. Oh, tu es vraiment nouveau ici ! se moqua-t-il. Le tunnel part de Calais pour aller jusqu'en Angleterre. Il mesure environ cinquante kilomètres de long. Beaucoup de gens l'ont traversé, parfois sur des camions ou dans des coffres de voiture, ou carrément à pied. Mais ça grouille de policiers là-bas. Je connais un type qui a traversé deux fois le tunnel, et chaque fois il s'est fait attraper en sortant de l'autre côté ! Tu te rends compte de la malchance ? Deux fois !

Le compagnon d'Ajmal se mit à rire avec lui.

Salim découvrit donc la « jungle ». Une colonie de maisons de fortune avec des plaques de tôle en guise de toits et des bâches bleues en guise de murs, entourée de montagnes de détritus. La puanteur le heurta de plein fouet. Des centaines d'Afghans vivaient là, ainsi que des Irakiens et des Iraniens, apprit Salim. Les travailleurs humanitaires venaient une fois par jour distribuer un repas sommaire. Certains avaient construit des braseros, mais il était rare qu'ils aient quelque chose à cuisiner. C'était pire qu'à Patras.

L'autre homme s'en alla, laissant à Ajmal le soin de montrer au nouveau venu les conditions insalubres du camp. Çà et là, des cabinets de toilettes destinés aux hommes débordaient de déjections humaines tandis que des nuées de mouches planaient au-dessus. Par endroits, on pouvait lire des inscriptions en anglais sur des pancartes :

WE WANT FREEDOM
NO LIFE IN THE JUNGLE
RESPECT FOR HUMANS[1]

— Le gouvernement français veut fermer ce camp, mais la plupart des gens ici demandent l'asile. On espère qu'ils ne vont pas nous renvoyer. Tu as des parents en Angleterre ?

— La famille de ma tante. Ma mère, ma sœur et mon petit frère y sont en ce moment. Enfin, je l'espère.

— Tu l'espères ?

— Nous nous sommes perdus de vue en Grèce.

— Ta mère a voyagé seule avec deux enfants ?

— Oui, mais ils avaient des papiers, expliqua Salim. J'espère qu'ils ne se sont pas fait arrêter en chemin.

— Alors tu es venu de la même façon que nous tous, dit Ajmal avec un hochement de tête. Heureusement que ta famille avait des papiers. La route est dangereuse jusqu'ici, aucune femme ne devrait être obligée de la faire avec ses enfants. Que Dieu protège nos mères.

Salim laissa les mots d'Ajmal flotter un peu dans l'air avant de parler.

— Et toi, tu connais quelqu'un en Angleterre ?

---

1. Nous voulons la liberté
Il n'y a pas de vie dans la « jungle »
Respectons les êtres humains

— Oui, ma sœur vit là-bas avec son mari et ses enfants. Et j'ai des cousins aussi. Je suis ici depuis cinq mois. Je suis passé par l'Iran et la Turquie, mais je me suis fait arrêter en Grèce, et on m'a placé en centre de rétention. Ils m'ont dit qu'ils me renverraient en Iran et que j'avais trente jours pour partir, mais il était hors de question que je reparte. Après ce que j'avais payé pour arriver aussi loin ! Mais maintenant, je suis coincé ici avec tous les autres.

— Tu as essayé de traverser ? lui demanda évidemment Salim.

— Le port est entouré de clôtures. Tu les as vues aujourd'hui, non ? Le tunnel est la meilleure solution, mais on m'a déjà attrapé deux fois. C'est très difficile.

Salim comprenait. Il avait remarqué ces clôtures. L'endroit était plus lourdement gardé que les autres ports où il était passé. Il devait prendre en compte l'expérience d'Ajmal et des autres. Seulement cinquante kilomètres de tunnel le séparaient de l'Angleterre. Salim sourit à l'idée d'être si près du but.

— Tu peux rester avec moi ce soir. On est déjà cinq à vivre ensemble, mais on peut se serrer. Demain, on verra si quelqu'un a plus de place. On partage tout ici. C'est comme ça qu'on vit. Bienvenue dans la « jungle », mon ami !

Les bras écartés de façon théâtrale, Ajmal lui présenta le camp dans toute sa splendeur. Salim se mit à rire. Il prit son sac à dos et suivit le jeune homme vers son abri.

Il avait faim, mais leurs réserves étaient vides, et il était trop épuisé pour chercher bien loin. Les colocataires d'Ajmal étaient tous jeunes et de bonne composition, âgés de treize à vingt ans. Ajmal se situait à peu près au milieu, à cheval entre l'adolescence et l'âge adulte. Ils firent une petite place à Salim, lui laissant un vieux bout de carton pour s'étendre. Il parvint à dormir paisiblement toute la nuit, bercé par le chœur de leurs ronflements.

Le lendemain matin, le camp bourdonnait de nouvelles de l'extérieur.

— Ils vont raser le camp. C'est le bruit qui court. Ils vont arrêter tout le monde.

— Qu'est-ce qu'on va faire ?

— Il faut partir. Il faut quitter le camp avant qu'ils arrivent et nous renvoient tous en Afghanistan.

— Tu es fou ? Et on ira où ?

— On peut prendre le tunnel. Si on passe tous en même temps, ils ne pourront pas nous arrêter. Ça augmentera nos chances de succès. On devrait le faire ce soir, pendant la fête. Il y aura sûrement moins de gardes.

— Comme si un homme seul n'attirait pas déjà assez l'attention ! Tu crois qu'on peut tous avancer ensemble et se jeter dans les bras de la police ?

Le débat se poursuivit pendant deux heures. De la même façon que la ville de Patras ne supportait plus sa dégradation, Calais ne voulait plus de sa « jungle ». Tout en les écoutant discuter, Salim dirigea son regard en marge du groupe. Un homme à la barbe grise était assis sur un seau retourné. Il observait la foule sans participer au débat.

Bizarre, pensa Salim.

Il était rare en effet qu'un homme de cet âge fasse le voyage depuis le pays. À moins de trouver un moyen légal de partir, les gens comme lui étaient condamnés à rejoindre la terre gorgée de sang de l'Afghanistan.

Le vieil homme lui semblait étrangement familier sans que Salim puisse l'identifier. Il le dévisagea, attendant que son esprit fasse le lien. L'homme croisa son regard et le salua du menton. Salim détourna les yeux une seconde puis les redirigea vers lui pour lui adresser un sourire crispé en retour.

Est-ce qu'il me connaît ? Ou alors, il m'a simplement surpris en train de l'observer ?

Salim garda la tête baissée un moment, et lorsqu'il la releva, le vieillard avait disparu.

Plusieurs garçons partirent explorer une autre partie de la ville. La « jungle » allait peut-être fermer, mais cela ne signifiait pas que les migrants se verraient offrir un nouveau refuge. Certains disaient que la police attendait le bon moment pour débarquer et les chasser. Salim n'aurait pu choisir pire époque pour arriver.

Ils mangèrent du riz bouilli avec des tomates. Un repas insipide, mais qui le réchauffa.

En début de soirée, deux des colocataires d'Ajmal décidèrent de quitter le camp pour s'installer ailleurs. Ils croyaient aux rumeurs selon lesquelles les jours de la « jungle » étaient comptés. Ils remballèrent leurs poêles rouillées, leurs mugs et leurs rares vêtements dans des sacs en plastique, puis s'en allèrent. Ajmal était déçu de leur départ, mais proposa l'espace vacant à Salim, qui l'accepta avec gratitude.

Le lendemain matin, Salim se dirigea vers les toilettes infestées de mouches. Le camp était silencieux. Le soleil venait de se lever, et seuls quelques hommes étaient réveillés. En approchant d'une zone où plusieurs tentes étaient regroupées, Salim tomba sur le vieillard aperçu la veille. Ce dernier lui sourit.

— *Sohb bakhair, bachem.*

— Bonjour. Excusez-moi, je ne vous avais pas vu.

— On devient invisible avec l'âge, dit-il sans cesser de sourire.

— Mais pas du tout. C'est moi qui suis distrait, répondit timidement Salim.

L'homme devait avoir dans les soixante-dix ans, au moins. Le teint olivâtre, la peau fine, il portait une moustache ainsi qu'une barbe blanche fournie. D'épais sourcils neigeux surmontaient ses yeux entourés de rides. Il était vêtu d'une longue tunique beige et d'un pantalon bouffant d'un ton légèrement plus foncé.

— Tu es là depuis peu, reprit-il. Comment t'appelles-tu et d'où viens-tu ?

— Je m'appelle Salim Waziri. J'habitais à Kaboul avec ma famille.

— Tout le monde prétend venir de Kaboul ici. Mais je détecte dans ton accent que tu y as grandi. Marche un peu avec moi. Je veux en savoir plus sur toi.

Salim le suivit, fasciné par sa voix doucement éraillée. Ils s'éloignèrent de la cabane d'Ajmal pour gagner l'autre extrémité du camp, d'où l'on apercevait les falaises crayeuses de l'Angleterre.

J'ai l'impression de vous connaître, voulait lui dire Salim.

Mais il résista et se laissa conduire par le vieil homme. Ils empruntèrent le chemin principal qui traversait la « jungle ».

— Une famille de Kaboul. Quel est le nom de ton père ?

— Mahmoud Waziri.

Salim tripota le bracelet de montre usé attaché à son poignet.

— Waziri. Mahmoud Waziri ? Ce nom m'est terriblement familier. Laisse-moi réfléchir, veux-tu parler de Mahmoud Waziri, l'ingénieur ? Celui qui travaillait pour le ministère de l'Eau et de l'Électricité ?

Salim sentit son cœur accélérer.

— Oui, oui ! Vous connaissiez mon père ?

Il s'arrêta net et leva les yeux vers l'homme, dont les lèvres fines esquissèrent un demi-sourire.

— Vois-tu ces cheveux blancs, mon ami ? Je suis assez vieux pour avoir connu un certain nombre de personnes. Je connais plusieurs générations d'Afghans. Si j'ose dire, presque toute l'histoire de Kaboul tient entre mes deux oreilles.

Un grand sourire se dessina sur le visage de Salim.

— Bien sûr que je connaissais ton père. Il n'est pas ici avec toi.

Une affirmation délicate plutôt qu'une question.

— Non, il a été… enlevé, répondit rapidement Salim, ne voulant pas s'éterniser sur le sujet.

— Quelle tristesse, quelle terrible perte. Un homme si brillant. Et ta mère ? Elle était enseignante. Où est-elle ?

— Elle est avec ma sœur et mon petit frère. Je crois qu'ils sont à Londres. Nous avons été séparés pendant notre voyage.

— Ah, je vois. Si Dieu le veut, ta famille est en sécurité et attend avec impatience ton arrivée. Tu es très courageux d'avoir fait la route tout seul. Tu as dû traverser bien des épreuves.

— Ni plus ni moins que les autres, dit Salim.

Il pensait à Ali. À Naim. Aux garçons d'Attiki. De Patras. De Pagani. À ceux dont le périple s'était terminé au fond des eaux. À ceux qui n'avaient jamais réussi à quitter Kaboul.

— C'est une sage réflexion. Nous avons eu des centaines de montagnes à franchir pour arriver jusqu'ici. Et d'autres encore se dresseront devant nous sur le chemin qu'il nous reste à parcourir avant d'atteindre la destination que Dieu a choisie pour nous.

— J'ai peur de ce que Dieu a décidé pour mon petit frère, lui confia Salim en creusant le sol avec la pointe de sa chaussure. Son cœur est très malade. Nous avons pu lui acheter des médicaments en Turquie, mais après, nous n'avons pas pu l'emmener chez un docteur.

— Certains éléments échappent à notre contrôle, mais le monde obéit à une logique, qu'on y croie ou non. Asseyons-nous.

Il mena Salim vers des rochers à quelques mètres.

— Parlons de choses plus agréables que le destin de la « jungle ». Salim-*jan*, je connaissais ton père de réputation. C'était un brillant ingénieur, un des plus grands talents de Kaboul. Sais-tu en quoi consistait son travail ?

— Non, mon oncle, dit Salim avec respect.

Son ignorance concernant le métier de son père le fit rougir.

— Je sais seulement que ça avait un rapport avec l'eau.

L'homme se montra indulgent.

— Tu étais petit, c'est normal. La mission que s'était donnée ton père consistait à alimenter en eau les quartiers périphériques de Kaboul et leurs alentours. Il avait plusieurs projets ingénieux d'irrigation, et devait franchir des montagnes de bureaucratie pour les mettre en œuvre. Des montagnes de bureaucratie dans le meilleur des cas. Plus tard, de bien plus gros obstacles se sont dressés en travers de sa route. À cette époque, tout projet était voué à l'échec à Kaboul. Les gens avaient peur. Plus rien n'évoluait. Les gens tentaient juste de survivre. Quand ton père a été tué, ta mère et toi vous êtes retrouvés seuls pour vous occuper des petits ?

— Oui. Nous n'avions pas d'argent. Nous ne savions pas s'ils allaient revenir nous chercher, nous nous sentions piégés. Nous devions fuir Kaboul.

— Ce n'est jamais facile de quitter sa patrie, surtout quand il n'y a que des portes closes à l'horizon.

— Mon père nous a laissés sans rien. Ça n'avait aucun sens de rester. Presque toute notre famille était déjà partie. Ma tante et mon oncle vivaient à Londres. Une vie normale. Pas comme… pas comme ça. Mes cousins n'ont jamais vu la situation dégénérer à Kaboul. Ça aurait pu être notre histoire à nous aussi.

Salim n'avait pas eu l'intention d'exprimer une telle amertume. D'ordinaire, le jeune homme refoulait son ressentiment, mais celui-ci refaisait surface de temps à autre, en particulier sous l'effet de la fatigue.

— Si ton père vous avait fait quitter Kaboul plus tôt, peut-être en effet que votre histoire aurait été différente. Vous auriez peut-être une vie tranquille en Europe à l'heure qu'il est, et on aurait peut-être accepté votre demande d'asile. Mais seulement si Allah avait choisi ce destin pour vous. Et il y a autre chose que tu dois comprendre. Tu penses que ton père est resté pour rien à Kaboul, qu'il a continué à travailler vainement, mais il y a des centaines de gens qui te diraient le contraire.

— Comment ça ? De qui parlez-vous ?

— Eh bien, des centaines d'habitants qui disposaient de l'eau courante grâce à lui. Des centaines de malheureux qui pouvaient survivre grâce à lui. C'était le seul à porter ces projets, à exiger avec insistance qu'ils soient mis en œuvre. D'autres s'intéressaient avant tout à leurs intérêts personnels, à l'argent et aux armes, à se remplir la panse au lieu d'aider à nourrir leurs concitoyens. Voilà en quoi ton père était utile. Il changeait la vie des gens. Sans même connaître leurs noms. Sans avoir jamais vu leurs visages. Il leur sauvait la vie.

— Je ne savais pas, avoua Salim, la voix étouffée par la culpabilité.

— Tu ne pouvais pas savoir, répliqua gentiment le vieil homme.

Le garçon baissa la tête le temps de chasser ses larmes.

Il faut une vie entière pour connaître ses parents. Pour un enfant, père et mère sont des êtres surhumains. Ce sont des bras forts faits pour porter leurs petits, des genoux tièdes où poser sa tête pour s'assoupir, ceux qui nourrissent et transmettent leur sagesse. C'est comme si les parents étaient nés le même jour que leurs enfants, comme s'ils n'avaient pas existé un seul instant avant eux.

Tandis que les enfants entrent dans l'adolescence, l'image du parent change. Il devient une figure d'autorité, un puits de science, une voix qui réprimande. Selon le jour, il peut être détesté, imité, remis en question, ou défié.

Ce n'est qu'une fois adulte qu'un fils voit son père comme une personne à part entière, comme un mari, un frère ou l'enfant de quelqu'un. Ce n'est qu'à ce stade de l'existence qu'il est en mesure de comprendre la place de son père dans le monde, au-delà des quatre murs du foyer. Salim ne disposait que de fragments concernant son père, essentiellement des souvenirs d'enfance. Il passerait le reste de sa vie, il le savait, à tenter de reconstituer le puzzle qu'était cet homme avec les pièces qu'il possédait déjà ou que sa mère lui fournirait.

Mais avant, il lui fallait admettre que sa dernière année de souvenirs était teintée de colère envers Padar-*jan*, à cause duquel ils étaient restés à Kaboul au moment où ils auraient dû fuir. À présent, Salim savait que son père avait agi ainsi, car il avait conscience de l'importance de son travail. Dès qu'il avait compris que sa famille était en danger, il avait planifié leur départ, mais c'était déjà trop tard.

« Récolte de nobles fruits, mon fils. »

— Je… J'aimais beaucoup mon père, bégaya Salim.

— Bien sûr que tu l'aimais. Tu te poses des questions. Tu exiges des réponses. C'est tout naturel. C'est exactement ce que ton père aurait fait.

L'homme avait mentionné Madar-*jan* un peu plus tôt.

— Vous connaissiez également ma mère ? demanda Salim en stabilisant sa voix.

— Ta mère, son nom, c'est… Oh, ma mémoire me joue des tours. Comment s'appelle-t-elle, déjà ?

— Fereiba.

— Ah oui, Fereiba-*jan*, dit-il.

Salim eut le sentiment que l'homme n'avait pas réellement oublié son nom.

— Une femme délicieuse. Je me souviens d'elle enseignante. Elle savait donner de l'importance à chaque élève et à chaque leçon. Tu sais, durant son enfance, le monde n'a pas été tendre avec elle. Mais elle n'a pas laissé cette injustice la rendre amère. Si tu rencontres un jour un de ses anciens élèves, tu seras fier d'apprendre quel professeur elle était.

—Comment l'avez-vous connue ?

—J'étais en quelque sorte un ami de son grand-père. Il possédait un verger magnifique, abondant, que tout le monde enviait à Kaboul. Mais quand elle a grandi, je l'ai vue de moins en moins. J'ai été ravi d'apprendre son mariage heureux avec ton père. Leur succès m'a rempli de joie. Tu sais, mon enfant, tu as de la chance. Je vois un peu de tes deux parents en toi.

« De la chance. »

Salim n'aurait pas choisi ces mots-là pour se décrire. Il s'était senti tout sauf chanceux au cours des derniers mois.

—Alors, mon garçon, je lis sur ton visage que tu as fait un voyage difficile. Mais comment comptes-tu rejoindre l'Angleterre ?

—Je ne sais pas encore, mais ce tunnel est probablement le meilleur itinéraire. J'ai été au port, et les clôtures sont trop hautes. Je ne vois pas comment les gravir. Presque tout le monde s'est fait attraper en essayant de passer.

Le vieil homme se leva et dirigea son regard vers le tunnel. De là, on distinguait facilement le canal, les courants linéaires dont la teinte était différente du reste de l'océan, comme des passages secrets dans les profondeurs.

—Quelle que soit la hauteur de la montagne, mon fils, conclut le vieil homme, il existe un moyen d'atteindre l'autre côté.

Chapitre 54

Salim

Pendant deux semaines, les garçons de la « jungle » flottèrent dans l'inconnu, dans un temps court et dense après des mois, voire des années passées dans la clandestinité. Au cours de ces deux semaines, le vieil homme semblait avoir disparu. Salim interrogea Ajmal à son sujet, mais son colocataire se contenta de hausser les épaules en disant qu'il ne connaissait pas les centaines d'Afghans qui peuplaient Calais.

Tous les jours, des hommes vêtus de coupe-vent et de pantalons impeccablement repassés venaient au camp. De loin, ils montraient du doigt, griffonnaient sur des blocs-notes, prenaient des photos, avant de se serrer la main et de partir dans des directions différentes. Quelque chose se préparait.

Un groupe de garçons avait élaboré un plan. Une fête était prévue quelques jours plus tard. Deux des réfugiés avaient réussi à en convaincre environ deux cents autres de se joindre à eux. L'idée était de tirer profit de cette journée. L'équipe de garde, alors réduite, serait distraite par des repas festifs de conciliation et probablement quelques libations. Personne dans le camp ne savait ce que signifiait cette fête, et personne ne tenait à le savoir. Tout ce qui comptait, c'était qu'en surveillant l'événement les gardiens français seraient moins attentifs au reste.

Ils en parlèrent tous les jours, transformant peu à peu leurs hypothèses en solide plan d'action.

— Si on traverse tous en même temps, combien pourront-ils en arrêter ? Peut-être une poignée, mais la plupart d'entre nous arriveront à passer.

— Tu vois ! Même toi, tu admets qu'ils vont en attraper certains.

— Chaque jour, quelques personnes essaient de traverser, et combien réussissent ? Nos chances seront multipliées. La « jungle » est sur le point de disparaître. C'est peut-être le moment ou jamais.

Salim réfléchit à cette idée. C'était un plan convenable, conclut-il. Mais braver le tunnel en compagnie de centaines de réfugiés lui parut paradoxal. Jusqu'à présent, il avait franchi seul tous les passages, en essayant d'attirer le moins possible l'attention.

Salim écoutait de loin, attendant qu'une voix fiable exprime son opinion, mais celles qu'il avait le plus besoin d'entendre étaient trop éloignées pour être audibles.

Décide-toi. Le temps file. Tu n'auras bientôt plus d'argent.

Au crépuscule, le camp se mit à bourdonner. Les gens s'agitaient, ne tenaient plus en place. Salim et Ajmal observaient de loin l'effervescence qui régnait.

— J'ai le sentiment qu'ils vont droit à la catastrophe, dit Ajmal. Ils sont fous de faire ça.

Salim faisait les cent pas en se mordant la lèvre. Il ne savait pas encore s'il se joindrait aux autres, mais lui non plus ne tenait pas en place.

— Peut-être qu'ils sont fous. Peut-être que non, dit-il.

Prenant brusquement sa décision, il se précipita dans l'abri qu'il partageait avec Ajmal, saisit son sac à dos et le hissa sur ses épaules.

— Souhaite-moi bonne chance, mon frère. Qui sait ? Peut-être que je vais revenir. Mais il faut au moins que j'essaie.

À 23 h 15, tandis qu'une lune orange pâle éclairait le ciel, une foule désordonnée d'une centaine de jeunes entama sa marche vers le tunnel. Ils se divisèrent en petits groupes, parlant par murmures et riant de temps en temps pour briser la tension ambiante. La plupart restaient graves et silencieux.

Salim courut pour les rattraper. Le chemin lui était familier. Il s'était déjà assis plusieurs fois sur la colline qui surplombait l'entrée du tunnel, mais n'avait jamais eu le courage de s'en approcher. Les garçons atteignirent une clôture métallique. Les attaches étaient brisées à deux ou trois endroits, invitant au passage. Comme les autres, Salim rampa dessous, grimaçant lorsque le métal lui érafla le dos.

L'entrée du tunnel, bloc de béton percé à la base d'une plaine, formait une vallée flanquée de coteaux verdoyants. Il y avait des couloirs béants où les trains circulaient dans les deux sens, tandis qu'un réseau de voies ferrées courait vers les trous noirs. Une bande étroite séparait l'entrée des trains de voyageurs de celle destinée au transport des véhicules routiers. La vallée dans son ensemble était un lit de métal, de chaussée et de béton, illuminé par des rangées de lampes au sodium.

La nuit était calme.

Salim laissa les autres ouvrir le chemin. Ils avaient beaucoup marché pour arriver jusque-là. Il se frotta les mains pour les réchauffer. Il était bien content d'avoir mis la parka que lui avait donnée un des hommes du camp. Des ombres noires couraient vers l'entrée, à l'affût de gardes, de lumières, de sirènes. Toujours rien.

Suis-les. Ils seront bientôt en Angleterre. C'est maintenant ou jamais.

Par groupes de deux ou trois, ils s'engouffraient dans le tunnel et disparaissaient. Salim se tint derrière un arbre et observa avec perplexité. Frustré, il donna un coup de poing dans l'écorce.

Ça suffit. J'y vais.

Tandis qu'il se décidait enfin à mettre ses peurs de côté et à saisir sa chance, les cris retentirent. Des lumières blanches brisèrent la brume orangée. Trois voitures de police apparurent et s'arrêtèrent dans un crissement de pneus devant l'entrée. Les torches électriques ouvrirent la voie.

Salim sentit son estomac se nouer. Ils étaient si nombreux. Le manège dura des heures. Des hommes étaient emmenés hors du tunnel, mains attachées derrière le dos, traînant les pieds avec déception. Les garçons avaient craint quelques arrestations, mais ne s'étaient pas imaginé un désastre d'une telle ampleur. Au moins la moitié des réfugiés s'était fait coincer, d'après les estimations de Salim. Tout ce que ces garçons avaient fait, tout l'argent qu'ils avaient dépensé et les risques qu'ils avaient pris, toutes les nuits glaciales qu'ils avaient endurées, tout cela avait été vain.

Les autres seraient probablement arrêtés de l'autre côté par les autorités britanniques. Qu'adviendrait-il d'eux ? Leur donnerait-on une chance de faire une demande d'asile, ou seraient-ils renvoyés en France ?

Cette nuit-là n'était pas la bonne pour tenter de décrocher la lune. Lorsqu'il ne resta plus qu'une seule voiture de police sur les lieux, Salim fit demi-tour pour rejoindre la « jungle ».

Chapitre 55

Fereiba

Najiba a été bonne avec nous. L'attitude de son mari, en revanche, est sans équivoque. Hamid donnerait tout pour que nous partions. L'Allemagne offre plus d'avantages à ses réfugiés, répète-t-il, même s'il n'explique pas clairement pourquoi lui-même ne veut pas y résider.

J'ai compris peu à peu que ma sœur ne savait rien des tentatives de son époux pour nous décourager à nous installer en Angleterre. Elle avait même mis de l'argent de côté pour nous, afin que nous puissions manger à notre faim et nous vêtir en attendant d'avoir la chance de remplir nos formulaires de demande d'asile.

Son mari me considère comme une intruse. Notre présence le gêne. Il est incapable de me regarder dans les yeux et semble vivre comme une épreuve la conversation la plus élémentaire.

J'ai envie de lui dire qu'il n'a aucune raison d'être inquiet. Ces jours lointains où ses paroles flatteuses et ses promesses romantiques emplissaient mon ciel font partie d'un temps révolu, dont je parviens à peine à me souvenir. Tant de choses se sont passées depuis. Bien que Mahmoud, mon *hamsar*, ne soit plus à mes côtés, mes années avec lui sont plus puissantes que mes rêves de jeune fille. Je suis fière du temps que nous avons partagé ensemble, même s'il fut court, et des enfants que nous avons élevés.

Hamid, le garçon du verger, a joué un rôle dans le chemin qui m'a menée vers Mahmoud. Le sentiment de trahison que je ressentais à l'époque a disparu lorsque j'ai appris à connaître mon époux. Cela n'a pas été la route la plus directe, mais elle m'a conduite chez moi.

Hamid ne comprend pas cela. Et je ne peux le lui expliquer, car c'est le mari de ma sœur. Je ne tiens pas à rouvrir des portes qui sont fermées depuis longtemps, et à raison. Najiba nous accueille à bras ouverts. Il serait malvenu d'éveiller de vieilles rancunes.

Et puis il y a Kokogul. Je lui suis également reconnaissante, car c'est elle qui a mis Najiba sous le nez de Shirin-*jan*. C'était elle qui pensait que sa fille la plus jolie, sa véritable fille, était plus digne que moi de notre estimé voisin. Et je sais que lorsque sa mère lui a parlé de la beauté de Najiba, il a rapidement changé d'avis et cessé de s'approcher du verger. Trop lâche pour avouer quoi que ce soit, il a gardé son choix secret.

J'ai pleuré à tort pendant des jours. Nos œillères nous empêchent de reconnaître les bons moments, ceux dont nous devrions nous réjouir.

Khala Zeba, la mère adorée de Mahmoud, voyait ce que les autres ne voyaient pas. Et mon mari lui faisait confiance. Quelle chance j'ai eue de les avoir rencontrés tous les deux !

Allah a choisi mon *nasib* avec sagesse. Sur ma photo de mariage, j'ai le visage grave, je suis en proie au doute. Khala Zeba a soulevé mon voile vert et m'a regardée avec des yeux chaleureux, maternels.

La main de Mahmoud et la mienne se sont jointes ce jour-là, tandis que les bracelets de ma mère s'entrechoquaient dans un délicat tintement comme s'ils portaient un toast en privé. Mon père observait la scène d'un air sombre.

« Tu lui ressembles beaucoup, ma fille. »

Je me souviens d'avoir eu la gorge nouée. La mère que je n'avais jamais connue me manquait, tout comme me manquaient le grand-père qui avait veillé sur moi et l'ange du verger qui avait promis d'éclairer mon chemin. L'homme à mes côtés, mon jeune époux, me rendait nerveuse. Pourtant, ces gens qui me manquaient tant, dont je ne verrais jamais plus les visages qu'en rêve, murmuraient à mon oreille que tout se passerait bien.

Les enfants de Najiba ont hérité des traits délicats et du caractère jovial de leur mère. De leur père, seulement sa nature impatiente. Au parc, je les observe : ils escaladent des échelles, rient aux éclats lorsqu'ils tombent sur les fesses ou dévalent le toboggan. Samira se sent trop vieille pour jouer avec ses cousins. C'est presque une jeune fille maintenant, et les seules aires de jeux de son enfance sont des lieux où l'on se cache par une nuit pluvieuse. Je me demande si c'est ce qu'elle voit lorsqu'elle regarde les petits faire de la balançoire.

Elle s'est remise à parler. Par phrases courtes, mais elle émerge lentement. Elle attend, comme moi, que Salim nous rejoigne. Le jour où elle le reverra, je sais qu'elle sera complète à nouveau, une adolescente parfaite et comblée.

Aziz est trop peureux pour s'aventurer loin de moi. Il regarde les autres enfants jouer et imite leurs gestes sans les approcher. Ses jambes à présent plus potelées soutiennent solidement son poids. Il est encore menu, mais ses lèvres roses esquissent un sourire et ses yeux brillent suffisamment pour faire naître des larmes au coin des miens. Merci, mon Dieu. Merci.

J'ai l'intuition que mon fils n'est plus très loin. Je continue de l'attendre et me dis que c'est cela, être mère. Attendre qu'un petit ventre rond se tende ; guetter les signaux de faim en pleine nuit ; percevoir un timbre de voix, un appel impatient au milieu d'une rue bruyante, d'une musique tonitruante ou du vrombissement des moteurs. C'est surveiller chaque porte, chaque téléphone, chaque silhouette qui s'approche, et sentir cette douce élévation, cette possibilité qui vous titille, celle d'exister à nouveau. Être mère.

J'ai rêvé de Salim la nuit dernière. Il nageait dans une mer bleue étincelante, et les vaguelettes scintillaient sous le soleil. La brise projetait une brume salée sur mes joues pendant que je le regardais. Il y avait de l'eau tout autour de lui, et il glissait, avançait par gestes souples et puissants, comme si l'océan l'avait fait naître. De loin, je voyais son grand sourire espiègle, la fierté triomphante du petit garçon qui a trouvé tout seul le chemin de la maison.

C'était un beau rêve pour une mère, et je me réveille avec une joie que je n'ai pas ressentie depuis longtemps. Merci, mon Dieu, pour l'eau, car l'eau est *roshani*, l'eau est lumière.

Chapitre 56

Salim

— Ils en ont attrapé combien ? Est-ce qu'on les a frappés ?

— Je ne sais pas. Peut-être cinquante… soixante. Je n'ai aucune idée de ce qui s'est passé de l'autre côté du tunnel.

C'était le matin et Salim racontait à Ajmal ce qu'il avait vu pour la deuxième fois. Même s'il lui avait déjà tout dit la veille, Ajmal voulait réentendre l'histoire à la lumière du jour.

— Je savais que c'était une mauvaise idée, dit-il en secouant la tête. Je me serais fait attraper. Je n'ai pas de chance avec la police.

— Mais on n'est pas tellement mieux lotis. Regarde-nous. Tu crois qu'on peut tenir combien de temps comme ça ? Les gens tombent malades. Les habitants de la ville veulent voir disparaître la « jungle ». Ça se gâte pour nous, même les bénévoles de la Croix-Rouge l'admettent.

— Tu veux qu'on aille où, Salim ? On n'a pas de papiers. Pas d'argent.

Ajmal s'assit par terre, les genoux contre son torse. Il appuya le front sur ses bras croisés.

— Si j'avais su comment c'était ici, je ne suis pas sûr que j'aurais quitté l'Afghanistan. Peut-être qu'il vaut mieux mourir sur sa terre natale, plutôt qu'être chassé comme un chien errant partout où on passe.

La même pensée avait traversé l'esprit de Salim, mais celui-ci préféra la rejeter cette fois-ci.

— Tu parles comme les vieux. Il fallait qu'on parte. Si on ne fait pas de plan pour l'avenir, il n'y aura pas d'avenir.

Ajmal redressa la tête. La conviction de Salim ne le laissa pas indifférent.

Le raffut commença moins d'une heure plus tard. Ajmal et Salim sortirent pour voir ce qui se passait. Une foule de Français en colère s'était rassemblée devant le camp. Certains chantaient des refrains. D'autres levaient le poing en l'air. D'autres encore brandissaient des pancartes.

SUPPRIMEZ LES FRONTIÈRES
PAS DE PRISON POUR LES IMMIGRANTS
APPLIQUEZ LES DROITS DE L'HOMME

— Regarde-les ! s'exclama Ajmal.

Ils devaient être des centaines. Des hommes et des femmes. Il y avait aussi une trentaine de policiers en uniformes noirs et coiffés de casques, tentant à grand-peine de contrôler le chaos en encerclant le groupe. La situation était bizarre. La police était là à cause des manifestants. Et les manifestants étaient là pour les habitants de la « jungle ».

— Leur propre peuple se soulève pour nous défendre !

Mais Salim était dubitatif en observant la foule. Ils devaient détenir des informations. Peut-être qu'une rumeur avait couru. Il vit d'autres activistes rejoindre le groupe, deux ou trois à la fois.

— Ajmal, ce n'est pas bon signe. Quelque chose se trame. On devrait partir d'ici.

— Maintenant ? Alors qu'on vient de se faire plein de nouveaux amis ? Je parie que la situation va s'améliorer. Il faut juste attendre.

— Je ne veux pas attendre. On risque de se faire arrêter avec tout ce tapage. Exactement comme en Afghanistan.

Ajmal soupira.

— Peut-être qu'on devrait s'installer ailleurs dans la ville, comme l'ont fait les autres.

— Non, dit Salim. Je crois qu'on devrait traverser le tunnel.

— Le tunnel ? Tu as perdu la tête ?

— Je sais... mais regarde où sont les policiers en ce moment. Ils sont ici ! C'est la distraction parfaite.

Ajmal était aussi désespéré que Salim. Son silence le trahissait.

— Écoute, Ajmal. J'ai réfléchi. Il y a deux entrées dans le tunnel. Les gars sont tous passés par l'entrée des trains qui transportent les voitures et les camions. Mais il y a l'autre.

— Tu veux dire celle des trains de voyageurs ?

— Oui, tout à fait.

— C'est suicidaire. Les gens ont essayé de sauter sur les trains. Ils ont été électrocutés par les câbles. Et tu sais à quelle vitesse ils roulent ? Si tu te fais heurter par un de ces engins, même ta mère sera incapable d'identifier ton corps.

— Je crois que ça en vaut la peine. Les clôtures sont encore coupées, et on peut aller jeter un coup d'œil. Je ne vois pas d'autre moyen. C'est presque impossible de monter dans les camions. Et les bateaux sont trop bien gardés. Ce n'est pas comme dans les autres ports. Je vais essayer de traverser le tunnel à pied, en longeant la voie.

Ajmal prit une profonde inspiration.

— Tu comptes y aller quand ?

— Ce soir, dès le coucher du soleil. C'est moins risqué dans le noir.

Ajmal réfléchit au raisonnement de Salim. Il hocha la tête pour indiquer qu'il était d'accord.

— Prions pour que ça marche.

Dans les moments de désespoir extrême, Salim tentait d'oublier l'hypocrisie de la prière, et espérait que Dieu en ferait autant.

À la nuit tombée, Salim et Ajmal ne dirent rien aux autres. Ils rassemblèrent le peu de nourriture qu'ils avaient et la fourrèrent dans leurs poches. Avec cinquante kilomètres de rails à parcourir, ils auraient besoin de forces. Ils longèrent le chemin de terre et sortirent de la « jungle ». Les manifestants allaient et venaient avec leurs pancartes. Salim ne comprenait pas ce qu'ils déclamaient et détourna le regard. Les deux garçons fuyaient un climat étrange, mais où la tension était palpable.

Ils arrivèrent près de l'entrée du tunnel, et Salim conduisit Ajmal vers le passage ouvert dans la clôture. Les autorités n'avaient pas encore repéré ce trou, ou n'avaient pas eu le temps de le rafistoler. Les deux garçons s'accroupirent derrière des arbres, à l'affût de gardes. La zone était déserte, mais il y avait un flot continu de voitures. Comme l'obscurité n'était pas totale, ils décidèrent d'attendre. Il était inutile de se précipiter.

Au bout d'une heure, il ne restait plus du soleil qu'une lueur violette à l'horizon. Les garçons rampèrent sous les barrières métalliques et se dirigèrent sur la pointe des pieds vers la voie ferrée, en évitant prudemment les rails.

Leur premier aperçu du tunnel fut impressionnant. Il n'y avait que soixante centimètres d'espace libre de chaque côté de la voie. Il leur faudrait plaquer le ventre contre le mur au moment où les trains passeraient. Vaciller ou perdre l'équilibre leur serait fatal.

—Il fera noir, le prévint Salim. Il faut qu'on reste tout près l'un de l'autre et qu'on tende l'oreille pour entendre le train arriver.

—Oui, on reste ensemble. Et on guette le moindre bruit.

Salim perçut un chevrotement dans la voix d'Ajmal.

—Ajmal, tu n'es pas obligé de m'accompagner si tu n'en as pas envie, lui dit-il gentiment.

Il ne voulait pas être responsable de ce qui pourrait arriver si les nerfs d'Ajmal lâchaient pendant la traversée.

—Je vais bien. On peut le faire, Salim.

Les garçons pénétrèrent dans l'obscurité. Salim vérifia de nouveau sa poche, où se trouvait le précieux morceau de papier avec l'adresse de Khala Najiba.

Ils avaient parcouru environ deux kilomètres dans le tunnel quand un léger tremblement se fit sentir sous leurs pieds.

—Salim !

— Souviens-toi, contre le mur et ne bouge pas ! Ne bouge surtout pas ! hurla Salim.

Il colla la joue contre la cloison froide du tunnel et tenta de s'aplatir. Il ferma les yeux, inquiet pour Ajmal et pour lui-même.

Le train arriva à leur niveau presque instantanément, des lumières aveuglantes les prévenant de son passage. Roulant à près de cent soixante kilomètres à l'heure, le convoi les frôla dans un violent coup de vent.

Un… deux… trois… quatre. Salim compta, les doigts agrippés au mur en béton. Neuf… dix… onze… et l'attaque se poursuivit. Quatorze… quinze… seize… et enfin, par bonheur, le bruit assourdissant disparut au loin.

Sans bouger, Salim lâcha le soupir désespéré qu'il avait retenu. Lentement, son corps, comprenant qu'il était entier, se détendit. Leur plan pouvait marcher !

— Ajmal !

Aucune réponse.

— Ajmal !

Toujours le silence.

— Ajmal, tu vas bien ? Réponds-moi !

Salim tâtonna derrière lui dans le noir.

— Oui, oui, je vais bien. C'est juste… Oh, Salim, il était tellement proche !

— Mais tu vas bien ?

— Oui, je vais bien.

— Tu peux continuer ?

— Mon ami, une fois que tu as conduit l'âne au milieu de la montagne, ça ne sert à rien de lui faire faire demi-tour.

Le rire de Salim résonna dans le tunnel obscur, fila devant lui, ouvrant le chemin comme un phare dans la nuit. Il n'y avait plus qu'à le suivre.

Salim toucha son pantalon pour sentir son argent. Il repensa à sa deuxième visite au prêteur sur gages d'Athènes et à l'expression de surprise sur le visage de celui-ci lorsqu'il avait vu son client plonger la main dans sa poche et lui donner presque tout ce qu'il avait.

Madar-jan, *je ne suis plus qu'à quelques kilomètres de toi. Je serai bientôt à tes côtés et je prouverai à Padar*-jan *que je suis capable d'être l'homme de la famille… l'homme que j'ai envie d'être. Je n'abandonnerai pas tant que je n'aurai pas revu ces bracelets à ton poignet, Madar*-jan.

La gorge serrée mais savourant le goût de la victoire, Salim appela son compagnon invisible.

—Ajmal, mon ami, en avant !

Glossaire

Arous : fiancée
Aush : soupe de nouilles
Azan : appel à la prière
Bismillah : au nom d'Allah/de Dieu
Bachem : mon garçon/enfant
Bibi-jan : grand-mère chérie
Boba-jan : grand-père chéri
Dokhtar : fille
Dua : prière
Aïd : vacances
Espand : encens utilisé pour chasser le mauvais œil
Fatiha : prière
Hamsar : époux
Iftar : repas du soir rompant le jeûne du ramadan au coucher du soleil
Inchallah : si Dieu le veut
Jan/janem : cher/mon cher
Jenaza : prière mortuaire
Juma : vendredi

Kaka : oncle
Khala : tante
Khanum : dame
Khastgar : soupirant, prétendant
Madar-jan : chère maman
Mahram : parent proche de sexe masculin
Mantu : boulettes de viande hachée
Masjid : lieu de culte
Moallim : enseignant
Nakhod : pois chiche
Name-e-khoda : que Dieu soit loué
Nasib : destin
Nazar : mauvais œil
Nikah : cérémonie de mariage islamique
Nooshe-jan : bon appétit (littéralement, « que ces mets nourrissent ton âme »)
Padar-jan : cher papa
Purdah : voile
Qandem : ma douce
Roshani : lumière/chance
Sawab : récompense spirituelle
Sheerbrinj : riz au lait
Shirni : sucreries/plateau de douceurs utilisé pour signifier l'acceptation d'un prétendant
Sourate : verset du Coran
Tasbeh : chapelet
Wa-alaikum : à toi aussi

Achevé d'imprimer en septembre 2016
N° d'impression 1607.0011
Dépôt légal, octobre 2016
Imprimé en France
81121826-1

ZOOM sur l'auteur

Myrtille Bastard

Née en 1985, Myrtille Bastard est comédienne, metteuse-en-scène et principalement touche à tout, de la musique à la réalisation de courts-métrages. Elle écrit beaucoup et tout le temps, sur l'un de ses innombrables cahiers qui l'accompagnent partout : pièces de théâtre, scenarios, nouvelles, romans, histoires pour enfants… Ses genres de prédilection sont les aventures historiques et l'imaginaire sous toutes ses formes

https://www.facebook.com/MyrtilleBastardAuteure

https://twitter.com/MyrtilleBastard

http://myrtille.bastard.over-blog.fr

Suivez les actualités des éditions Alter Real sur

www.editions-alter-real.com

Achevé d'imprimer :
mars 2021
COPYMEDIA
www.copy-media.net
Avenue de Guitayne - 33610 CANÉJAN
IMPRIM'VERT
imprifrance